CW00819497

Dieser Taschenbuchedition liegt die Kritische Ausgabe der Werke von Franz Kafka zugrunde. Sie wurde anhand der Originalmanuskripte erarbeitet und bietet die authentischen, oft fragmentarischen Texte unter Beibehaltung von Orthographie und Zeichensetzung; im Fall der zu Lebzeiten Kafkas publizierten Texte bietet sie autorisierte Druckfassungen.

›Ein Landarzt‹ enthält sämtliche Texte, die Franz Kafka selbst veröffentlicht hat, in Zeitschriften oder Zeitungen und in seinen Büchern: von ›Betrachtung‹ (1912) bis ›Ein Hungerkünstler‹ (1924).

Franz Kafka wurde am 3. Juli 1883 als Sohn jüdischer Eltern in Prag geboren, der Stadt, in der er nahezu sein ganzes Leben verbrachte. Nach Schulbesuch und Jurastudium, das er 1906 mit der Promotion abschloß, absolvierte er zunächst ein einjähriges Rechtspraktikum, bevor er 1907 in die Prager Filiale der *Assicurazioni Generali* und 1908 schließlich in die *Arbeiter-Unfall-Versicherungs-Anstalt* eintrat, deren Beamter er bis zu seiner frühzeitigen Pensionierung im Jahre 1922 blieb. Im Spätsommer 1917 erlitt Franz Kafka einen Blutsturz; es war der Ausbruch der Tuberkulose, an deren Folgen er am 3. Juni 1924, noch nicht 41 Jahre alt, starb.

Franz Kafka
Gesammelte Werke in zwölf Bänden

Nach der Kritischen Ausgabe
herausgegeben von Hans-Gerd Koch

Franz Kafka
Ein Landarzt

und andere Drucke zu Lebzeiten

Fischer
Taschenbuch
Verlag

›Ein Landarzt‹ entspricht inhaltlich den Bänden
›Betrachtung‹, erschienen 1912 im Ernst Rowohlt Verlag, Leipzig,
›Der Heizer‹, erschienen 1913 im Kurt Wolff Verlag, Leipzig,
›Die Verwandlung‹, erschienen 1915 im Kurt Wolff Verlag, Leipzig,
›Das Urteil‹, erschienen 1916 im Kurt Wolff Verlag, Leipzig,
›In der Strafkolonie‹, erschienen 1919 im Kurt Wolff Verlag, Leipzig,
›Ein Landarzt‹, erschienen 1919 im Kurt Wolff Verlag, München und Leipzig,
und ›Ein Hungerkünstler‹, erschienen 1924 im Verlag Die Schmiede, Berlin.

Textgrundlage dieses Bandes ist
Franz Kafka, ›Drucke zu Lebzeiten‹, Kritische Ausgabe,
herausgegeben von Wolf Kittler, Hans-Gerd Koch und Gerhard Neumann,
Frankfurt am Main: S. Fischer Verlag 1994.

Ein Landarzt
und andere Drucke zu Lebzeiten

Drucke zu Lebzeiten:
Buchveröffentlichungen

Betrachtung

Für M. B.

Kinder auf der Landstraße

Ich hörte die Wagen an dem Gartengitter vorüberfahren, manchmal sah ich sie auch durch die schwach bewegten Lücken im Laub. Wie krachte in dem heißen Sommer das Holz in ihren Speichen und Deichseln! Arbeiter kamen von den Feldern und lachten, daß es eine Schande war.

Ich saß auf unserer kleinen Schaukel, ich ruhte mich gerade aus zwischen den Bäumen im Garten meiner Eltern.

Vor dem Gitter hörte es nicht auf. Kinder im Laufschritt waren im Augenblick vorüber; Getreidewagen mit Männern und Frauen auf den Garben und rings herum verdunkelten die Blumenbeete; gegen Abend sah ich einen Herrn mit einem Stock langsam spazieren gehn und paar Mädchen, die Arm in Arm ihm entgegenkamen, traten grüßend ins seitliche Gras.

Dann flogen Vögel wie sprühend auf, ich folgte ihnen mit den Blicken, sah, wie sie in einem Atemzug stiegen, bis ich nicht mehr glaubte, daß sie stiegen, sondern daß ich falle, und fest mich an den Seilen haltend aus Schwäche ein wenig zu schaukeln anfing. Bald schaukelte ich stärker, als die Luft schon kühler wehte und statt der fliegenden Vögel zitternde Sterne erschienen.

Bei Kerzenlicht bekam ich mein Nachtmahl. Oft hatte ich beide Arme auf der Holzplatte und, schon müde, biß ich in mein Butterbrot. Die stark durchbrochenen Vorhänge bauschten sich im warmen Wind, und manchmal hielt sie einer, der draußen vorüberging, mit seinen Händen fest, wenn er mich besser sehen und mit mir reden wollte. Meistens verlöschte die Kerze bald und in dem dunklen Kerzenrauch trieben sich noch eine Zeitlang die versammelten Mükken herum. Fragte mich einer vom Fenster aus, so sah ich ihn an, als schaue ich ins Gebirge oder in die bloße Luft, und auch ihm war an einer Antwort nicht viel gelegen.

Sprang dann einer über die Fensterbrüstung und meldete, die anderen seien schon vor dem Haus, so stand ich freilich seufzend auf.

»Nein, warum seufzst Du so? Was ist denn geschehn? Ist es ein besonderes, nie gut zu machendes Unglück? Werden wir uns nie davon erholen können? Ist wirklich alles verloren?«

Nichts war verloren. Wir liefen vor das Haus. »Gott sei Dank, da seid Ihr endlich!« – »Du kommst halt immer zu spät!« – »Wieso denn ich?« – »Gerade Du, bleib zu Hause, wenn Du nicht mitwillst. « – »Keine Gnaden!« – »Was? Keine Gnaden? Wie redest Du?«

Wir durchstießen den Abend mit dem Kopf. Es gab keine Tages- und keine Nachtzeit. Bald rieben sich unsere Westenknöpfe aneinander wie Zähne, bald liefen wir in gleichbleibender Entfernung, Feuer im Mund, wie Tiere in den Tropen. Wie Kürassiere in alten Kriegen, stampfend und hoch in der Luft, trieben wir einander die kurze Gasse hinunter und mit diesem Anlauf in den Beinen die Landstraße weiter hinauf. Einzelne traten in den Straßengraben, kaum verschwanden sie vor der dunklen Böschung, standen sie schon wie fremde Leute oben auf dem Feldweg und schauten herab.

»Kommt doch herunter!« – »Kommt zuerst herauf!« – »Damit Ihr uns herunterwerfet, fällt uns nicht ein, so gescheit sind wir noch. « – »So feig seid Ihr, wollt Ihr sagen. Kommt nur, kommt!« – »Wirklich? Ihr? Gerade Ihr werdet uns hinunterwerfen? Wie müßtet Ihr aussehen?«

Wir machten den Angriff, wurden vor die Brust gestoßen und legten uns in das Gras des Straßengrabens, fallend und freiwillig. Alles war gleichmäßig erwärmt, wir spürten nicht Wärme, nicht Kälte im Gras, nur müde wurde man.

Wenn man sich auf die rechte Seite drehte, die Hand unters Ohr gab, da wollte man gerne einschlafen. Zwar wollte man sich noch einmal aufraffen mit erhobenem Kinn, dafür aber in einen tieferen Graben fallen. Dann wollte man, den Arm quer vorgehalten, die Beine schiefgeweht, sich gegen die Luft werfen und wieder bestimmt in einen noch tieferen Graben fallen. Und damit wollte man gar nicht aufhören.

Wie man sich im letzten Graben richtig zum Schlafen aufs äußerste strecken würde, besonders in den Knien, daran dachte man noch kaum und lag, zum Weinen aufgelegt, wie krank auf dem Rücken. Man zwinkerte, wenn einmal ein Junge, die Ellbogen bei den Hüften, mit dunklen Sohlen über uns von der Böschung auf die Straße sprang.

Den Mond sah man schon in einiger Höhe, ein Postwagen fuhr in seinem Licht vorbei. Ein schwacher Wind erhob sich allgemein, auch im Graben fühlte man ihn, und in der Nähe fing der Wald zu rauschen an. Da lag einem nicht mehr soviel daran, allein zu sein.

»Wo seid Ihr?« – »Kommt her!« – »Alle zusammen!« – »Was versteckst Du Dich, laß den Unsinn!« – »Wißt Ihr nicht, daß die Post schon vorüber ist?« – »Aber nein! Schon vorüber?« – »Natürlich, während Du geschlafen hast, ist sie vorübergefahren.« – »Ich habe geschlafen? Nein so etwas!« – »Schweig nur, man sieht es Dir doch an.« – »Aber ich bitte Dich.« – »Kommt!«

Wir liefen enger beisammen, manche reichten einander die Hände, den Kopf konnte man nicht genug hoch haben, weil es abwärts ging. Einer schrie einen indianischen Kriegsruf heraus, wir bekamen in die Beine einen Galopp wie niemals, bei den Sprüngen hob uns in den Hüften der Wind. Nichts hätte uns aufhalten können; wir waren so im Laufe, daß wir selbst beim Überholen die Arme verschränken und ruhig uns umsehen konnten.

Auf der Wildbachbrücke blieben wir stehn; die weiter gelaufen waren, kehrten zurück. Das Wasser unten schlug an Steine und Wurzeln, als wäre es nicht schon spät abend. Es gab keinen Grund dafür, warum nicht einer auf das Geländer der Brücke sprang.

Hinter Gebüschen in der Ferne fuhr ein Eisenbahnzug heraus, alle Coupées waren beleuchtet, die Glasfenster sicher herabgelassen. Einer von uns begann einen Gassenhauer zu singen, aber wir alle wollten singen. Wir sangen viel rascher als der Zug fuhr, wir schaukelten die Arme, weil die Stimme nicht genügte, wir kamen mit unseren Stimmen in ein Gedränge, in dem uns wohl war. Wenn man seine Stimme unter andere mischt, ist man wie mit einem Angelhaken gefangen.

So sangen wir, den Wald im Rücken, den fernen Reisenden in die Ohren. Die Erwachsenen wachten noch im Dorfe, die Mütter richteten die Betten für die Nacht.

Es war schon Zeit. Ich küßte den, der bei mir stand, reichte den drei Nächsten nur so die Hände, begann den Weg zurückzulaufen, keiner rief mich. Bei der ersten Kreuzung, wo sie mich nicht mehr sehen konnten, bog ich ein und lief auf Feldwegen wieder in den Wald. Ich strebte zu der Stadt im Süden hin, von der es in unserem Dorfe hieß:

»Dort sind Leute! Denkt Euch, die schlafen nicht!«

»Und warum denn nicht?«

»Weil sie nicht müde werden.«

»Und warum denn nicht?«

»Weil sie Narren sind.«

»Werden denn Narren nicht müde?«

»Wie könnten Narren müde werden!«

Entlarvung eines Bauernfängers

Endlich gegen 10 Uhr abends kam ich mit einem mir von früher her nur flüchtig bekannten Mann, der sich mir diesmal unversehens wieder angeschlossen und mich zwei Stunden lang in den Gassen herumgezogen hatte, vor dem herrschaftlichen Hause an, in das ich zu einer Gesellschaft geladen war.

»So!« sagte ich und klatschte in die Hände zum Zeichen der unbedingten Notwendigkeit des Abschieds. Weniger bestimmte Versuche hatte ich schon einige gemacht. Ich war schon ganz müde.

»Gehn Sie gleich hinauf?« fragte er. In seinem Munde hörte ich ein Geräusch wie vom Aneinanderschlagen der Zähne.

»Ja.«

Ich war doch eingeladen, ich hatte es ihm gleich gesagt. Aber ich war eingeladen, hinaufzukommen, wo ich schon so gerne gewesen wäre, und nicht hier unten vor dem Tor zu stehn und an den Ohren meines Gegenübers vorüberzuschauen. Und jetzt noch mit ihm stumm zu werden, als seien wir zu einem langen Aufenthalt auf diesem Fleck entschlossen. Dabei nahmen an diesem Schweigen gleich die Häuser rings herum ihren Anteil, und das Dunkel über ihnen bis zu den Sternen. Und die Schritte unsichtbarer Spaziergänger, deren Wege zu erraten man nicht Lust hatte, der Wind, der immer wieder an die gegenüberliegende Straßenseite sich drückte, ein Grammophon, das gegen die geschlossenen Fenster irgendeines Zimmers sang, – sie ließen aus diesem Schweigen sich hören, als sei es ihr Eigentum seit jeher und für immer.

Und mein Begleiter fügte sich in seinem und – nach einem Lächeln – auch in meinem Namen, streckte die Mauer entlang den rechten Arm aufwärts und lehnte sein Gesicht, die Augen schließend, an ihn.

Doch dieses Lächeln sah ich nicht mehr ganz zu Ende, denn Scham drehte mich plötzlich herum. Erst an diesem Lächeln also hatte ich erkannt, daß das ein Bauernfänger war, nichts weiter. Und ich war doch schon Monate lang in dieser Stadt, hatte geglaubt, diese Bauernfänger durch und durch zu kennen, wie sie bei Nacht aus Seitenstraßen, die Hände vorgestreckt, wie Gastwirte uns entgegentreten, wie sie sich um die Anschlagsäule, bei der wir stehen, herumdrücken, wie zum Versteckenspielen und hinter der Säulenrundung hervor zumindest mit einem Auge spionieren, wie sie in Straßenkreuzungen, wenn wir ängstlich werden, auf einmal vor uns schweben auf der Kante unseres Trottoirs! Ich verstand sie doch so gut, sie waren ja meine ersten städtischen Bekannten in den kleinen Wirtshäusern gewesen, und ich verdankte ihnen den ersten Anblick einer Unnachgiebigkeit, die ich mir jetzt so wenig von der Erde wegdenken konnte, daß ich sie schon in mir zu fühlen begann. Wie standen sie einem noch gegenüber, selbst wenn man ihnen schon längst entlaufen war, wenn es also längst nichts mehr zu fangen gab! Wie setzten sie sich nicht, wie fielen sie nicht hin, sondern sahen einen mit Blicken an, die noch immer, wenn auch nur aus der Ferne, überzeugten! Und ihre Mittel waren stets die gleichen: Sie stellten sich vor uns hin, so breit sie konnten; suchten uns abzuhalten von dort, wohin wir strebten; bereiteten uns zum Ersatz eine Wohnung in ihrer eigenen Brust, und bäumte sich endlich das gesammelte Gefühl in uns auf, nahmen sie es als Umarmung, in die sie sich warfen, das Gesicht voran.

Und diese alten Späße hatte ich diesmal erst nach so langem Beisammensein erkannt. Ich zerrieb mir die Fingerspitzen an einander, um die Schande ungeschehen zu machen.

Mein Mann aber lehnte hier noch wie früher, hielt sich noch immer für einen Bauernfänger, und die Zufriedenheit mit seinem Schicksal rötete ihm die freie Wange.

»Erkannt!« sagte ich und klopfte ihm noch leicht auf die Schulter. Dann eilte ich die Treppe hinauf und die so grundlos treuen Gesichter der Dienerschaft oben im Vorzimmer freuten mich wie eine schöne Überraschung. Ich sah sie alle der Reihe nach an, während man mir den Mantel abnahm und die Stiefel abstaubte. Aufatmend und langgestreckt betrat ich dann den Saal.

Der plötzliche Spaziergang

Wenn man sich am Abend endgültig entschlossen zu haben scheint, zu Hause zu bleiben, den Hausrock angezogen hat, nach dem Nachtmahl beim beleuchteten Tische sitzt und jene Arbeit oder jenes Spiel vorgenommen hat, nach dessen Beendigung man gewohnheitsgemäß schlafen geht, wenn draußen ein unfreundliches Wetter ist, welches das Zuhausebleiben selbstverständlich macht, wenn man jetzt auch schon so lange bei Tisch stillgehalten hat, daß das Weggehen allgemeines Erstaunen hervorrufen müßte, wenn nun auch schon das Treppenhaus dunkel und das Haustor gesperrt ist, und wenn man nun trotz alledem in einem plötzlichen Unbehagen aufsteht, den Rock wechselt, sofort straßenmäßig angezogen erscheint, weggehen zu müssen erklärt, es nach kurzem Abschied auch tut, je nach der Schnelligkeit, mit der man die Wohnungstür zuschlägt, mehr oder weniger Ärger zu hinterlassen glaubt, wenn man sich auf der Gasse wiederfindet, mit Gliedern, die diese schon unerwartete Freiheit, die man ihnen verschafft hat, mit besonderer Beweglichkeit beantworten, wenn man durch diesen einen Entschluß alle Entschlußfähigkeit in sich gesammelt fühlt, wenn man mit größerer als der gewöhnlichen Bedeutung erkennt, daß man ja mehr Kraft als Bedürfnis hat, die schnellste Veränderung leicht zu bewirken und zu ertragen, und wenn man so die langen Gassen hinläuft, – dann ist man für diesen Abend gänzlich aus seiner Familie ausgetreten, die ins Wesenlose abschwenkt, während man selbst, ganz fest, schwarz vor Umrissenheit, hinten die Schenkel schlagend, sich zu seiner wahren Gestalt erhebt.

Verstärkt wird alles noch, wenn man zu dieser späten Abendzeit einen Freund aufsucht, um nachzusehen, wie es ihm geht.

Entschlüsse

Aus einem elenden Zustand sich zu erheben, muß selbst mit gewollter Energie leicht sein. Ich reiße mich vom Sessel los, umlaufe den Tisch, mache Kopf und Hals beweglich, bringe Feuer in die Augen, spanne die Muskeln um sie herum. Arbeite jedem Gefühl entgegen, begrüße A. stürmisch, wenn er jetzt kommen wird, dulde B. freundlich in meinem Zimmer, ziehe bei C. alles, was gesagt wird, trotz Schmerz und Mühe mit langen Zügen in mich hinein.

Aber selbst wenn es so geht, wird mit jedem Fehler, der nicht ausbleiben kann, das Ganze, das Leichte und das Schwere, stocken, und ich werde mich im Kreise zurück-drehen müssen.

Deshalb bleibt doch der beste Rat, alles hinzunehmen, als schwere Masse sich verhalten und fühle man sich selbst fort-geblasen, keinen unnötigen Schritt sich ablocken lassen, den anderen mit Tierblick anschaun, keine Reue fühlen, kurz, das, was vom Leben als Gespenst noch übrig ist, mit eigener Hand niederdrücken, d. h., die letzte grabmäßige Ruhe noch vermehren und nichts außer ihr mehr bestehen lassen.

Eine charakteristische Bewegung eines solchen Zustandes ist das Hinfahren des kleinen Fingers über die Augenbrauen.

Der Ausflug ins Gebirge

»Ich weiß nicht«, rief ich ohne Klang, »ich weiß ja nicht. Wenn niemand kommt, dann kommt eben niemand. Ich habe niemandem etwas Böses getan, niemand hat mir etwas Böses getan, niemand aber will mir helfen. Lauter niemand. Aber so ist es doch nicht. Nur daß mir niemand hilft –, sonst wäre lauter niemand hübsch. Ich würde ganz gern – warum denn nicht – einen Ausflug mit einer Gesellschaft von lauter Niemand machen. Natürlich ins Gebirge, wohin denn sonst? Wie sich diese Niemand aneinander drängen, diese vielen quer gestreckten und eingehängten Arme, diese vielen Füße, durch winzige Schritte getrennt! Versteht sich, daß alle in Frack sind. Wir gehen so lala, der Wind fährt durch die Lücken, die wir und unsere Gliedmaßen offen lassen. Die Hälse werden im Gebirge frei! Es ist ein Wunder, daß wir nicht singen.«

Das Unglück des Junggesellen

Es scheint so arg, Junggeselle zu bleiben, als alter Mann unter schwerer Wahrung der Würde um Aufnahme zu bitten, wenn man einen Abend mit Menschen verbringen will, krank zu sein und aus dem Winkel seines Bettes wochenlang das leere Zimmer anzusehn, immer vor dem Haustor Abschied zu nehmen, niemals neben seiner Frau sich die Treppe hinaufzudrängen, in seinem Zimmer nur Seitentüren zu haben, die in fremde Wohnungen führen, sein Nachtmahl in einer Hand nach Hause zu tragen, fremde Kinder anstaunen zu müssen und nicht immerfort wiederholen zu dürfen: »Ich habe keine«, sich im Aussehn und Benehmen nach ein oder zwei Junggesellen der Jugenderinnerungen auszubilden.

So wird es sein, nur daß man auch in Wirklichkeit heute und später selbst dastehen wird, mit einem Körper und einem wirklichen Kopf, also auch einer Stirn, um mit der Hand an sie zu schlagen.

Der Kaufmann

Es ist möglich, daß einige Leute Mitleid mit mir haben, aber ich spüre nichts davon. Mein kleines Geschäft erfüllt mich mit Sorgen, die mich innen an Stirne und Schläfen schmerzen, aber ohne mir Zufriedenheit in Aussicht zu stellen, denn mein Geschäft ist klein.

Für Stunden im voraus muß ich Bestimmungen treffen, das Gedächtnis des Hausdieners wachhalten, vor befürchteten Fehlern warnen und in einer Jahreszeit die Moden der folgenden berechnen, nicht wie sie unter Leuten meines Kreises herrschen werden, sondern bei unzugänglichen Bevölkerungen auf dem Lande.

Mein Geld haben fremde Leute; ihre Verhältnisse können mir nicht deutlich sein; das Unglück, das sie treffen könnte, ahne ich nicht; wie könnte ich es abwehren! Vielleicht sind sie verschwenderisch geworden und geben ein Fest in einem Wirtshausgarten und andere halten sich für ein Weilchen auf der Flucht nach Amerika bei diesem Feste auf.

Wenn nun am Abend eines Werketages das Geschäft gesperrt wird und ich plötzlich Stunden vor mir sehe, in denen ich für die ununterbrochenen Bedürfnisse meines Geschäftes nichts werde arbeiten können, dann wirft sich meine am Morgen weit vorausgeschickte Aufregung in mich, wie eine zurückkehrende Flut, hält es aber in mir nicht aus und ohne Ziel reißt sie mich mit.

Und doch kann ich diese Laune gar nicht benützen und

kann nur nach Hause gehn, denn ich habe Gesicht und Hände schmutzig und verschwitzt, das Kleid fleckig und staubig, die Geschäftsmütze auf dem Kopfe und von Kistennägeln zerkratzte Stiefel. Ich gehe dann wie auf Wellen, klappere mit den Fingern beider Hände und mir entgegenkommenden Kindern fahre ich über das Haar.

Aber der Weg ist zu kurz. Gleich bin ich in meinem Hause, öffne die Lifttür und trete ein.

Ich sehe, daß ich jetzt und plötzlich allein bin. Andere, die über Treppen steigen müssen, ermüden dabei ein wenig, müssen mit eilig atmenden Lungen warten, bis man die Tür der Wohnung öffnen kommt, haben dabei einen Grund für Ärger und Ungeduld, kommen jetzt ins Vorzimmer, wo sie den Hut aufhängen, und erst bis sie durch den Gang an einigen Glastüren vorbei in ihr eigenes Zimmer kommen, sind sie allein.

Ich aber bin gleich allein im Lift, und schaue, auf die Knie gestützt, in den schmalen Spiegel. Als der Lift sich zu heben anfängt, sage ich:

»Seid still, tretet zurück, wollt Ihr in den Schatten der Bäume, hinter die Draperien der Fenster, in das Laubengewölbe?«

Ich rede mit den Zähnen und die Treppengeländer gleiten an den Milchglasscheiben hinunter wie stürzendes Wasser.

»Flieget weg; Euere Flügel, die ich niemals gesehen habe, mögen Euch ins dörfliche Tal tragen oder nach Paris, wenn es Euch dorthin treibt.

Doch genießet die Aussicht des Fensters, wenn die Prozessionen aus allen drei Straßen kommen, einander nicht ausweichen, durcheinander gehn und zwischen ihren letzten Reihen den freien Platz wieder entstehen lassen. Winket mit den Tüchern, seid entsetzt, seid gerührt, lobet die schöne Dame, die vorüberfährt.

Geht über den Bach auf der hölzernen Brücke, nickt den badenden Kindern zu und staunet über das Hurra der tausend Matrosen auf dem fernen Panzerschiff.

Verfolget nur den unscheinbaren Mann und wenn Ihr ihn in einen Torweg gestoßen habt, beraubt ihn und seht ihm dann, jeder die Hände in den Taschen, nach, wie er traurig seines Weges in die linke Gasse geht.

Die verstreut auf ihren Pferden galoppierende Polizei bändigt die Tiere und drängt Euch zurück. Lasset sie, die leeren Gassen werden sie unglücklich machen, ich weiß es. Schon reiten sie, ich bitte, paarweise weg, langsam um die Straßenecken, fliegend über die Plätze.«

Dann muß ich aussteigen, den Aufzug hinunterlassen, an der Türglocke läuten, und das Mädchen öffnet die Tür, während ich grüße.

Zerstreutes Hinausschaun

Was werden wir in diesen Frühlingstagen tun, die jetzt rasch kommen? Heute früh war der Himmel grau, geht man aber jetzt zum Fenster, so ist man überrascht und lehnt die Wange an die Klinke des Fensters.

Unten sieht man das Licht der freilich schon sinkenden Sonne auf dem Gesicht des kindlichen Mädchens, das so geht und sich umschaut, und zugleich sieht man den Schatten des Mannes darauf, der hinter ihm rascher kommt.

Dann ist der Mann schon vorübergegangen und das Gesicht des Kindes ist ganz hell.

Der Nachhauseweg

Man sehe die Überzeugungskraft der Luft nach dem Gewitter! Meine Verdienste erscheinen mir und überwältigen mich, wenn ich mich auch nicht sträube.

Ich marschiere und mein Tempo ist das Tempo dieser Gassenseite, dieser Gasse, dieses Viertels. Ich bin mit Recht verantwortlich für alle Schläge gegen Türen, auf die Platten der Tische, für alle Trinksprüche, für die Liebespaare in ihren Betten, in den Gerüsten der Neubauten, in dunklen Gassen an die Häusermauern gepreßt, auf den Ottomanen der Bordelle.

Ich schätze meine Vergangenheit gegen meine Zukunft, finde aber beide vortrefflich, kann keiner von beiden den Vorzug geben und nur die Ungerechtigkeit der Vorsehung, die mich so begünstigt, muß ich tadeln.

Nur als ich in mein Zimmer trete, bin ich ein wenig nachdenklich, aber ohne daß ich während des Treppensteigens etwas Nachdenkenswertes gefunden hätte. Es hilft mir nicht viel, daß ich das Fenster gänzlich öffne und daß in einem Garten die Musik noch spielt.

Die Vorüberlaufenden

Wenn man in der Nacht durch eine Gasse spazieren geht, und ein Mann, von weitem schon sichtbar – denn die Gasse vor uns steigt an und es ist Vollmond – uns entgegenläuft, so werden wir ihn nicht anpacken, selbst wenn er schwach und zerlumpt ist, selbst wenn jemand hinter ihm läuft und schreit, sondern wir werden ihn weiter laufen lassen.

Denn es ist Nacht, und wir können nicht dafür, daß die Gasse im Vollmond vor uns aufsteigt, und überdies, vielleicht haben diese zwei die Hetze zu ihrer Unterhaltung veranstaltet, vielleicht verfolgen beide einen dritten, vielleicht wird der erste unschuldig verfolgt, vielleicht will der zweite morden, und wir würden Mitschuldige des Mordes, vielleicht wissen die zwei nichts von einander, und es läuft nur jeder auf eigene Verantwortung in sein Bett, vielleicht sind es Nachtwandler, vielleicht hat der erste Waffen.

Und endlich, dürfen wir nicht müde sein, haben wir nicht soviel Wein getrunken? Wir sind froh, daß wir auch den zweiten nicht mehr sehn.

Der Fahrgast

Ich stehe auf der Plattform des elektrischen Wagens und bin vollständig unsicher in Rücksicht meiner Stellung in dieser Welt, in dieser Stadt, in meiner Familie. Auch nicht beiläufig könnte ich angeben, welche Ansprüche ich in irgendeiner Richtung mit Recht vorbringen könnte. Ich kann es gar nicht verteidigen, daß ich auf dieser Plattform stehe, mich an dieser Schlinge halte, von diesem Wagen mich tragen lasse, daß Leute dem Wagen ausweichen oder still gehn oder vor den Schaufenstern ruhn. – Niemand verlangt es ja von mir, aber das ist gleichgültig.

Der Wagen nähert sich einer Haltestelle, ein Mädchen stellt sich nahe den Stufen, zum Aussteigen bereit. Sie erscheint mir so deutlich, als ob ich sie betastet hätte. Sie ist schwarz gekleidet, die Rockfalten bewegen sich fast nicht, die Bluse ist knapp und hat einen Kragen aus weißer kleinmaschiger Spitze, die linke Hand hält sie flach an die Wand, der Schirm in ihrer Rechten steht auf der zweitobersten Stufe. Ihr Gesicht ist braun, die Nase, an den Seiten schwach gepreßt, schließt rund und breit ab. Sie hat viel braunes Haar und verwehte Härchen an der rechten Schläfe. Ihr kleines Ohr liegt eng an, doch sehe ich, da ich nahe stehe, den ganzen Rücken der rechten Ohrmuschel und den Schatten an der Wurzel.

Ich fragte mich damals: Wieso kommt es, daß sie nicht über sich verwundert ist, daß sie den Mund geschlossen hält und nichts dergleichen sagt?

Kleider

Oft wenn ich Kleider mit vielfachen Falten, Rüschen und Behängen sehe, die über schönen Körper schön sich legen, dann denke ich, daß sie nicht lange so erhalten bleiben, sondern Falten bekommen, nicht mehr gerade zu glätten, Staub bekommen, der, dick in der Verzierung, nicht mehr zu entfernen ist, und daß niemand so traurig und lächerlich sich wird machen wollen, täglich das gleiche kostbare Kleid früh anzulegen und abends auszuziehn.

Doch sehe ich Mädchen, die wohl schön sind und vielfache reizende Muskeln und Knöchelchen und gespannte Haut und Massen dünner Haare zeigen, und doch tagtäglich in diesem einen natürlichen Maskenanzug erscheinen, immer das gleiche Gesicht in die gleichen Handflächen legen und von ihrem Spiegel widerscheinen lassen.

Nur manchmal am Abend, wenn sie spät von einem Feste kommen, scheint es ihnen im Spiegel abgenützt, gedunsen, verstaubt, von allen schon gesehn und kaum mehr tragbar.

Die Abweisung

Wenn ich einem schönen Mädchen begegne und sie bitte: »Sei so gut, komm mit mir« und sie stumm vorübergeht, so meint sie damit:

»Du bist kein Herzog mit fliegendem Namen, kein breiter Amerikaner mit indianischem Wuchs, mit wagrecht ruhenden Augen, mit einer von der Luft der Rasenplätze und der sie durchströmenden Flüsse massierten Haut, Du hast keine Reisen gemacht zu den großen Seen und auf ihnen, die ich weiß nicht wo zu finden sind. Also ich bitte, warum soll ich, ein schönes Mädchen, mit Dir gehn?«

»Du vergißt, Dich trägt kein Automobil in langen Stößen schaukelnd durch die Gasse; ich sehe nicht die in ihre Kleider gepreßten Herren Deines Gefolges, die Segensprüche für Dich murmelnd in genauem Halbkreis hinter Dir gehn; Deine Brüste sind im Mieder gut geordnet, aber Deine Schenkel und Hüften entschädigen sich für jene Enthaltsamkeit; Du trägst ein Taffetkleid mit plissierten Falten, wie es im vorigen Herbste uns durchaus allen Freude machte, und doch lächelst Du – diese Lebensgefahr auf dem Leibe – bisweilen.«

»Ja, wir haben beide recht und, um uns dessen nicht unwiderleglich bewußt zu werden, wollen wir, nicht wahr, lieber jeder allein nach Hause gehn.«

Zum Nachdenken für Herrenreiter

Nichts, wenn man es überlegt, kann dazu verlocken, in einem Wettrennen der erste sein zu wollen.

Der Ruhm, als der beste Reiter eines Landes anerkannt zu werden, freut beim Losgehn des Orchesters zu stark, als daß sich am Morgen danach die Reue verhindern ließe.

Der Neid der Gegner, listiger, ziemlich einflußreicher Leute, muß uns in dem engen Spalier schmerzen, das wir nun durchreiten nach jener Ebene, die bald vor uns leer war bis auf einige überrundete Reiter, die klein gegen den Rand des Horizonts anritten.

Viele unserer Freunde eilen den Gewinn zu beheben und nur über die Schultern weg schreien sie von den entlegenen Schaltern ihr Hurra zu uns; die besten Freunde aber haben gar nicht auf unser Pferd gesetzt, da sie fürchteten, käme es zum Verluste, müßten sie uns böse sein, nun aber, da unser Pferd das erste war und sie nichts gewonnen haben, drehn sie sich um, wenn wir vorüberkommen und schauen lieber die Tribünen entlang.

Die Konkurrenten rückwärts, fest im Sattel, suchen das Unglück zu überblicken, das sie getroffen hat, und das Unrecht, das ihnen irgendwie zugefügt wird; sie nehmen ein frisches Aussehen an, als müsse ein neues Rennen anfangen und ein ernsthaftes nach diesem Kinderspiel.

Vielen Damen scheint der Sieger lächerlich, weil er sich aufbläht und doch nicht weiß, was anzufangen mit dem ewigen Händeschütteln, Salutieren, Sich-Niederbeugen und In-die-Ferne-Grüßen, während die Besiegten den Mund geschlossen haben und die Hälse ihrer meist wiehernden Pferde leichthin klopfen.

Endlich fängt es gar aus dem trüb gewordenen Himmel zu regnen an.

Das Gassenfenster

Wer verlassen lebt und sich doch hie und da irgendwo anschließen möchte, wer mit Rücksicht auf die Veränderungen der Tageszeit, der Witterung, der Berufsverhältnisse und dergleichen ohne weiteres irgend einen beliebigen Arm sehen will, an dem er sich halten könnte, – der wird es ohne ein Gassenfenster nicht lange treiben. Und steht es mit ihm so, daß er gar nichts sucht und nur als müder Mann, die Augen auf und ab zwischen Publikum und Himmel, an seine Fensterbrüstung tritt, und er will nicht und hat ein wenig den Kopf zurückgeneigt, so reißen ihn doch unten die Pferde mit in ihr Gefolge von Wagen und Lärm und damit endlich der menschlichen Eintracht zu.

Wunsch, Indianer zu werden

Wenn man doch ein Indianer wäre, gleich bereit, und auf dem rennenden Pferde, schief in der Luft, immer wieder kurz erzitterte über dem zitternden Boden, bis man die Sporen ließ, denn es gab keine Sporen, bis man die Zügel wegwarf, denn es gab keine Zügel, und kaum das Land vor sich als glatt gemähte Heide sah, schon ohne Pferdehals und Pferdekopf.

Die Bäume

Denn wir sind wie Baumstämme im Schnee. Scheinbar liegen sie glatt auf, und mit kleinem Anstoß sollte man sie wegschieben können. Nein, das kann man nicht, denn sie sind fest mit dem Boden verbunden. Aber sieh, sogar das ist nur scheinbar.

Unglücklichsein

Als es schon unerträglich geworden war – einmal gegen Abend im November – und ich über den schmalen Teppich meines Zimmers wie in einer Rennbahn einherlief, durch den Anblick der beleuchteten Gasse erschreckt, wieder wendete, und in der Tiefe des Zimmers, im Grund des Spiegels doch wieder ein neues Ziel bekam, und aufschrie, um nur den Schrei zu hören, dem nichts antwortet und dem auch nichts die Kraft des Schreiens nimmt, der also aufsteigt, ohne Gegengewicht, und nicht aufhören kann, selbst wenn er verstummt, da öffnete sich aus der Wand heraus die Tür, so eilig, weil doch Eile nötig war und selbst die Wagenpferde unten auf dem Pflaster wie wildgewordene Pferde in der Schlacht, die Gurgeln preisgegeben, sich erhoben.

Als kleines Gespenst fuhr ein Kind aus dem ganz dunklen Korridor, in dem die Lampe noch nicht brannte, und blieb auf den Fußspitzen stehn, auf einem unmerklich schaukelnden Fußbodenbalken. Von der Dämmerung des Zimmers gleich geblendet, wollte es mit dem Gesicht rasch in seine Hände, beruhigte sich aber unversehens mit dem Blick zum Fenster, vor dessen Kreuz der hochgetriebene Dunst der Straßenbeleuchtung endlich unter dem Dunkel liegen blieb. Mit dem rechten Ellbogen hielt es sich vor der offenen Tür aufrecht an der Zimmerwand und ließ den Luftzug von draußen um die Gelenke der Füße streichen, auch den Hals, auch die Schläfen entlang.

Ich sah ein wenig hin, dann sagte ich »Guten Tag« und nahm meinen Rock vom Ofenschirm, weil ich nicht so halb nackt dastehen wollte. Ein Weilchen lang hielt ich den Mund offen, damit mich die Aufregung durch den Mund verlasse. Ich hatte schlechten Speichel in mir, im Gesicht zitterten mir die Augenwimpern, kurz, es fehlte mir nichts, als gerade dieser allerdings erwartete Besuch.

Das Kind stand noch an der Wand auf dem gleichen Platz, es hatte die rechte Hand an die Mauer gepreßt und konnte, ganz rotwangig, dessen nicht satt werden, daß die weißgetünchte Wand grobkörnig war und die Fingerspitzen rieb. Ich sagte: »Wollen Sie tatsächlich zu mir? Ist es kein Irrtum? Nichts leichter als ein Irrtum in diesem großen Hause. Ich heiße Soundso, wohne im dritten Stock. Bin ich also der, den Sie besuchen wollen?«

»Ruhe, Ruhe!« sagte das Kind über die Schulter weg, »alles ist schon richtig.«

»Dann kommen Sie weiter ins Zimmer herein, ich möchte die Tür schließen.«

»Die Tür habe ich jetzt gerade geschlossen. Machen Sie sich keine Mühe. Beruhigen Sie sich überhaupt.«

»Reden Sie nicht von Mühe. Aber auf diesem Gange wohnt eine Menge Leute, alle sind natürlich meine Bekannten; die meisten kommen jetzt aus den Geschäften; wenn sie in einem Zimmer reden hören, glauben sie einfach das Recht zu haben, aufzumachen und nachzuschaun, was los ist. Es ist einmal schon so. Diese Leute haben die tägliche Arbeit hinter sich; wem würden sie sich in der provisorischen Abendfreiheit unterwerfen! Übrigens wissen Sie es ja auch. Lassen Sie mich die Türe schließen.«

»Ja was ist denn? Was haben Sie? Meinetwegen kann das ganze Haus hereinkommen. Und dann noch einmal: Ich habe die Türe schon geschlossen, glauben Sie denn, nur Sie können die Türe schließen? Ich habe sogar mit dem Schlüssel zugesperrt.«

»Dann ist gut. Mehr will ich ja nicht. Mit dem Schlüssel hätten Sie gar nicht zusperren müssen. Und jetzt machen Sie es sich nur behaglich, wenn Sie schon einmal da sind. Sie sind

32

mein Gast. Vertrauen Sie mir völlig. Machen Sie sich nur breit ohne Angst. Ich werde Sie weder zum Hierbleiben zwingen, noch zum Weggehn. Muß ich das erst sagen? Kennen Sie mich so schlecht?«

»Nein. Sie hätten das wirklich nicht sagen müssen. Noch mehr, Sie hätten es gar nicht sagen sollen. Ich bin ein Kind; warum soviel Umstände mit mir machen?«

»So schlimm ist es nicht. Natürlich, ein Kind. Aber gar so klein sind Sie nicht. Sie sind schon ganz erwachsen. Wenn Sie ein Mädchen wären, dürften Sie sich nicht so einfach mit mir in einem Zimmer einsperren.«

»Darüber müssen wir uns keine Sorge machen. Ich wollte nur sagen: Daß ich Sie so gut kenne, schützt mich wenig, es enthebt Sie nur der Anstrengung, mir etwas vorzulügen. Trotzdem aber machen Sie mir Komplimente. Lassen Sie das, ich fordere Sie auf, lassen Sie das. Dazu kommt, daß ich Sie nicht überall und immerfort kenne, gar bei dieser Finsternis. Es wäre viel besser, wenn Sie Licht machen ließen. Nein, lieber nicht. Immerhin werde ich mir merken, daß Sie mir schon gedroht haben.«

»Wie? Ich hätte Ihnen gedroht? Aber ich bitte Sie. Ich bin ja so froh, daß Sie endlich hier sind. Ich sage ›endlich‹, weil es schon so spät ist. Es ist mir unbegreiflich, warum Sie so spät gekommen sind. Da ist es möglich, daß ich in der Freude so durcheinander gesprochen habe und daß Sie es gerade so verstanden haben. Daß ich so gesprochen habe, gebe ich zehnmal zu, ja ich habe Ihnen mit Allem gedroht, was Sie wollen. – Nur keinen Streit, um Himmelswillen! – Aber wie konnten Sie es glauben? Wie konnten Sie mich so kränken? Warum wollen Sie mir mit aller Gewalt dieses kleine Weilchen Ihres Hierseins verderben? Ein fremder Mensch wäre entgegenkommender als Sie.«

»Das glaube ich; das war keine Weisheit. So nah, als Ihnen

ein fremder Mensch entgegenkommen kann, bin ich Ihnen schon von Natur aus. Das wissen Sie auch, wozu also die Wehmut? Sagen Sie, daß Sie Komödie spielen wollen, und ich gehe augenblicklich.«

»So? Auch das wagen Sie mir zu sagen? Sie sind ein wenig zu kühn. Am Ende sind Sie doch in meinem Zimmer. Sie reiben Ihre Finger wie verrückt an meiner Wand. Mein Zimmer, meine Wand! Und außerdem ist das, was Sie sagen, lächerlich, nicht nur frech. Sie sagen, Ihre Natur zwinge Sie, mit mir in dieser Weise zu reden. Wirklich? Ihre Natur zwingt Sie? Das ist nett von Ihrer Natur. Ihre Natur ist meine, und wenn ich mich von Natur aus freundlich zu Ihnen verhalte, so dürfen auch Sie nicht anders.«

»Ist das freundlich?«

»Ich rede von früher.«

»Wissen Sie, wie ich später sein werde?«

»Nichts weiß ich.«

Und ich ging zum Nachttisch hin, auf dem ich die Kerze anzündete. Ich hatte in jener Zeit weder Gas noch elektrisches Licht in meinem Zimmer. Ich saß dann noch eine Weile beim Tisch, bis ich auch dessen müde wurde, den Überzieher anzog, den Hut vom Kanapee nahm und die Kerze ausblies. Beim Hinausgehen verfing ich mich in ein Sesselbein.

Auf der Treppe traf ich einen Mieter aus dem gleichen Stockwerk.

»Sie gehen schon wieder weg, Sie Lump?« fragte er, auf seinen über zwei Stufen ausgebreiteten Beinen ausruhend.

»Was soll ich machen?« sagte ich, »jetzt habe ich ein Gespenst im Zimmer gehabt.«

»Sie sagen das mit der gleichen Unzufriedenheit, wie wenn Sie ein Haar in der Suppe gefunden hätten.«

»Sie spaßen. Aber merken Sie sich, ein Gespenst ist ein Gespenst.«

»Sehr wahr. Aber wie, wenn man überhaupt nicht an Gespenster glaubt?«

»Ja meinen Sie denn, ich glaube an Gespenster? Was hilft mir aber dieses Nichtglauben?«

»Sehr einfach. Sie müssen eben keine Angst mehr haben, wenn ein Gespenst wirklich zu Ihnen kommt.«

»Ja, aber das ist doch die nebensächliche Angst. Die eigentliche Angst ist die Angst vor der Ursache der Erscheinung. Und diese Angst bleibt. Die habe ich geradezu großartig in mir.« Ich fing vor Nervosität an, alle meine Taschen zu durchsuchen.

»Da Sie aber vor der Erscheinung selbst keine Angst hatten, hätten Sie sie doch ruhig nach ihrer Ursache fragen können!«

»Sie haben offenbar noch nie mit Gespenstern gesprochen. Aus denen kann man ja niemals eine klare Auskunft bekommen. Das ist ein Hinundher. Diese Gespenster scheinen über ihre Existenz mehr im Zweifel zu sein, als wir, was übrigens bei ihrer Hinfälligkeit kein Wunder ist.«

»Ich habe aber gehört, daß man sie auffüttern kann.«

»Da sind Sie gut berichtet. Das kann man. Aber wer wird das machen?«

»Warum nicht? Wenn es ein weibliches Gespenst ist z.B.«, sagte er und schwang sich auf die obere Stufe.

»Ach so«, sagte ich, »aber selbst dann steht es nicht dafür.«

Ich besann mich. Mein Bekannter war schon so hoch, daß er sich, um mich zu sehen, unter einer Wölbung des Treppenhauses vorbeugen mußte. »Aber trotzdem«, rief ich, »wenn Sie mir dort oben mein Gespenst wegnehmen, dann ist es zwischen uns aus, für immer.«

»Aber das war ja nur Spaß«, sagte er und zog den Kopf zurück.

»Dann ist es gut«, sagte ich und hätte jetzt eigentlich ruhig spazieren gehen können. Aber weil ich mich gar so verlassen fühlte, ging ich lieber hinauf und legte mich schlafen.

Das Urteil

Eine Geschichte

Für F.

Es war an einem Sonntagvormittag im schönsten Frühjahr. Georg Bendemann, ein junger Kaufmann, saß in seinem Privatzimmer im ersten Stock eines der niedrigen, leichtgebauten Häuser, die entlang des Flusses in einer langen Reihe, fast nur in der Höhe und Färbung unterschieden, sich hinzogen. Er hatte gerade einen Brief an einen sich im Ausland befindenden Jugendfreund beendet, verschloß ihn in spielerischer Langsamkeit und sah dann, den Ellbogen auf den Schreibtisch gestützt, aus dem Fenster auf den Fluß, die Brücke und die Anhöhen am anderen Ufer mit ihrem schwachen Grün.

Er dachte darüber nach, wie dieser Freund, mit seinem Fortkommen zu Hause unzufrieden, vor Jahren schon nach Rußland sich förmlich geflüchtet hatte. Nun betrieb er ein Geschäft in Petersburg, das anfangs sich sehr gut angelassen hatte, seit langem aber schon zu stocken schien, wie der Freund bei seinen immer seltener werdenden Besuchen klagte. So arbeitete er sich in der Fremde nutzlos ab, der fremdartige Vollbart verdeckte nur schlecht das seit den Kinderjahren wohlbekannte Gesicht, dessen gelbe Hautfarbe auf eine sich entwickelnde Krankheit hinzudeuten schien. Wie er erzählte, hatte er keine rechte Verbindung mit der dortigen Kolonie seiner Landsleute, aber auch fast keinen gesellschaftlichen Verkehr mit einheimischen Familien und richtete sich so für ein endgültiges Junggesellentum ein.

Was wollte man einem solchen Manne schreiben, der sich offenbar verrannt hatte, den man bedauern, dem man aber nicht helfen konnte. Sollte man ihm vielleicht raten, wieder nach Hause zu kommen, seine Existenz hierher zu verlegen, alle die alten freundschaftlichen Beziehungen wieder aufzunehmen – wofür ja kein Hindernis bestand – und im übrigen auf die Hilfe der Freunde zu vertrauen? Das bedeutete aber nichts anderes, als daß man ihm gleichzeitig, je schonender, desto kränkender, sagte, daß seine bisherigen Versuche mißlungen seien, daß er endlich von ihnen ablassen solle, daß er zurückkehren und sich als ein für immer Zurückgekehrter von allen mit großen Augen anstaunen lassen müsse, daß nur seine Freunde etwas verstünden und daß er ein altes Kind sei und den erfolgreichen, zu Hause gebliebenen Freunden einfach zu folgen habe. Und war es dann noch sicher, daß alle die Plage, die man ihm antun müßte, einen Zweck hätte? Vielleicht gelang es nicht einmal, ihn überhaupt nach Hause zu bringen – er sagte ja selbst, daß er die Verhältnisse in der Heimat nicht mehr verstünde –, und so bliebe er dann trotz allem in seiner Fremde, verbittert durch die Ratschläge und den Freunden noch ein Stück mehr entfremdet. Folgte er aber wirklich dem Rat und würde hier – natürlich nicht mit Absicht, aber durch die Tatsachen – niedergedrückt, fände sich nicht in seinen Freunden und nicht ohne sie zurecht, litte an Beschämung, hätte jetzt wirklich keine Heimat und keine Freunde mehr; war es da nicht viel besser für ihn, er blieb in der Fremde, so wie er war? Konnte man denn bei solchen Umständen daran denken, daß er es hier tatsächlich vorwärts bringen würde?

Aus diesen Gründen konnte man ihm, wenn man überhaupt noch die briefliche Verbindung aufrecht erhalten wollte, keine eigentlichen Mitteilungen machen, wie man sie ohne Scheu auch den entferntesten Bekannten geben würde. Der Freund war nun schon über drei Jahre nicht in der Heimat gewesen und erklärte dies sehr notdürftig mit der Unsicherheit der politischen Verhältnisse in Rußland, die demnach also auch die kürzeste Abwesenheit eines kleinen Geschäftsmannes nicht zuließen, während hunderttausende Russen ruhig in der Welt herumfuhren. Im Laufe dieser drei Jahre hatte sich aber gerade für Georg vieles verändert. Von dem Todesfall von Georgs Mutter, der vor etwa zwei Jahren erfolgt war und seit welchem Georg mit seinem alten Vater in gemeinsamer Wirtschaft lebte, hatte der Freund wohl noch erfahren und sein Beileid in einem Brief mit einer Trockenheit ausgedrückt, die ihren Grund nur darin haben konnte, daß die Trauer über ein solches Ereignis in der Fremde ganz unvorstellbar wird. Nun hatte aber Georg seit jener Zeit, so wie alles andere, auch sein Geschäft mit größerer Entschlossenheit angepackt. Vielleicht hatte ihn der Vater bei Lebzeiten der Mutter dadurch, daß er im Geschäft nur seine Ansicht gelten lassen wollte, an einer wirklichen eigenen Tätigkeit gehindert. Vielleicht war der Vater seit dem Tode der Mutter, trotzdem er noch immer im Geschäft arbeitete, zurückhaltender geworden, vielleicht spielten – was sogar sehr wahrscheinlich war – glückliche Zufälle eine weit wichtigere Rolle, jedenfalls aber hatte sich das Geschäft in diesen zwei Jahren ganz unerwartet entwickelt. Das Personal hatte man verdoppeln müssen, der Umsatz sich verfünffacht, ein weiterer Fortschritt stand zweifellos bevor.

Der Freund aber hatte keine Ahnung von dieser Veränderung. Früher, zum letztenmal vielleicht in jenem Beileidsbrief, hatte er Georg zur Auswanderung nach Rußland überreden wollen und sich über die Aussichten verbreitet, die gerade für Georgs Geschäftszweig in Petersburg bestanden. Die Ziffern waren verschwindend gegenüber dem Umfang, den Georgs Geschäft jetzt angenommen hatte. Georg aber hatte keine Lust gehabt, dem Freund von seinen geschäftlichen Erfolgen zu schreiben, und jetzt nachträglich hätte es wirklich einen merkwürdigen Anschein gehabt.

So beschränkte sich Georg darauf, dem Freund immer nur über bedeutungslose Vorfälle zu schreiben, wie sie sich, wenn man an einem ruhigen Sonntag nachdenkt, in der Erinnerung ungeordnet aufhäufen. Er wollte nichts anderes, als die Vorstellung ungestört lassen, die sich der Freund von der Heimatstadt in der langen Zwischenzeit wohl gemacht und mit welcher er sich abgefunden hatte. So geschah es Georg, daß er dem Freund die Verlobung eines gleichgültigen Menschen mit einem ebenso gleichgültigen Mädchen dreimal in ziemlich weit auseinanderliegenden Briefen anzeigte, bis sich dann allerdings der Freund, ganz gegen Georgs Absicht, für diese Merkwürdigkeit zu interessieren begann.

Georg schrieb ihm aber solche Dinge viel lieber, als daß er zugestanden hätte, daß er selbst vor einem Monat mit einem Fräulein Frieda Brandenfeld, einem Mädchen aus wohlhabender Familie, sich verlobt hatte. Oft sprach er mit seiner Braut über diesen Freund und das besondere Korrespondenzverhältnis, in welchem er zu ihm stand. »Er wird also gar nicht zu unserer Hochzeit kommen«, sagte sie, »und ich habe doch das Recht, alle deine Freunde kennenzulernen.« »Ich will ihn nicht stören«, antwortete Georg, »verstehe mich recht, er würde wahrscheinlich kommen, wenigstens glaube ich es, aber er würde sich gezwungen und geschädigt fühlen, vielleicht mich beneiden und sicher unzufrieden und unfähig, diese Unzufriedenheit jemals zu beseitigen, allein wieder zurückfahren. Allein – weißt du, was das ist?« »Ja, kann er denn von unserer Heirat nicht auch auf andere Weise erfahren?« »Das kann ich allerdings nicht verhindern, aber es ist bei seiner Lebensweise unwahrscheinlich.« »Wenn du solche Freunde hast, Georg, hättest du dich überhaupt nicht verloben sollen.« »Ja, das ist unser beider Schuld; aber ich wollte es auch jetzt nicht anders haben.« Und wenn sie dann, rasch atmend unter seinen Küssen, noch vorbrachte: »Eigentlich kränkt es mich doch«, hielt er es wirklich für unverfänglich, dem Freund alles zu schreiben. »So bin ich und so hat er mich hinzunehmen«, sagte er sich, »ich kann nicht aus mir einen Menschen herausschneiden, der vielleicht für die Freundschaft mit ihm geeigneter wäre, als ich es bin.«

Und tatsächlich berichtete er seinem Freunde in dem langen Brief, den er an diesem Sonntagvormittag schrieb, die erfolgte Verlobung mit folgenden Worten: »Die beste Neuigkeit habe ich mir bis zum Schluß aufgespart. Ich habe mich mit einem Fräulein Frieda Brandenfeld verlobt, einem Mädchen aus einer wohlhabenden Familie, die sich hier erst lange nach Deiner Abreise angesiedelt hat, die Du also kaum kennen dürftest. Es wird sich noch Gelegenheit finden, Dir Näheres über meine Braut mitzuteilen, heute genüge Dir, daß ich recht glücklich bin und daß sich in unserem gegenseitigen Verhältnis nur insofern etwas geändert hat, als Du jetzt in mir statt eines ganz gewöhnlichen Freundes einen glücklichen Freund haben wirst. Außerdem bekommst Du in meiner Braut, die Dich herzlich grüßen läßt, und die Dir nächstens selbst schreiben wird, eine aufrichtige Freundin, was für einen Junggesellen nicht ganz ohne Bedeutung ist. Ich weiß, es hält Dich vielerlei von einem Besuche bei uns zurück. Wäre aber nicht gerade meine Hochzeit die richtige Gelegenheit, einmal alle Hindernisse über den Haufen zu werfen? Aber wie dies auch sein mag, handle ohne alle Rücksicht und nur nach Deiner Wohlmeinung.«

Mit diesem Brief in der Hand war Georg lange, das Gesicht dem Fenster zugekehrt, an seinem Schreibtisch gesessen. Einem Bekannten, der ihn im Vorübergehen von der Gasse aus gegrüßt hatte, hatte er kaum mit einem abwesenden Lächeln geantwortet.

Endlich steckte er den Brief in die Tasche und ging aus seinem Zimmer quer durch einen kleinen Gang in das Zimmer seines Vaters, in dem er schon seit Monaten nicht gewesen war. Es bestand auch sonst keine Nötigung dazu, denn er verkehrte mit seinem Vater ständig im Geschäft. Das Mittagessen nahmen sie gleichzeitig in einem Speisehaus ein, abends versorgte sich zwar jeder nach Belieben; doch saßen sie dann noch ein Weilchen, meistens jeder mit seiner Zeitung, im gemeinsamen Wohnzimmer, wenn nicht Georg, wie es am häufigsten geschah, mit Freunden beisammen war oder jetzt seine Braut besuchte.

Georg staunte darüber, wie dunkel das Zimmer des Vaters selbst an diesem sonnigen Vormittag war. Einen solchen Schatten warf also die hohe Mauer, die sich jenseits des schmalen Hofes erhob. Der Vater saß beim Fenster in einer Ecke, die mit verschiedenen Andenken an die selige Mutter ausgeschmückt war, und las die Zeitung, die er seitlich vor die Augen hielt, wodurch er irgend eine Augenschwäche auszugleichen suchte. Auf dem Tisch standen die Reste des Frühstücks, von dem nicht viel verzehrt zu sein schien.

»Ah, Georg!« sagte der Vater und ging ihm gleich entgegen. Sein schwerer Schlafrock öffnete sich im Gehen, die Enden umflatterten ihn – »mein Vater ist noch immer ein Riese«, dachte sich Georg.

»Hier ist es ja unerträglich dunkel«, sagte er dann.

»Ja, dunkel ist es schon«, antwortete der Vater.

»Das Fenster hast du auch geschlossen?«

»Ich habe es lieber so.«

»Es ist ja ganz warm draußen«, sagte Georg, wie im Nachhang zu dem Früheren, und setzte sich.

Der Vater räumte das Frühstücksgeschirr ab und stellte es auf einen Kasten.

»Ich wollte dir eigentlich nur sagen«, fuhr Georg fort, der den Bewegungen des alten Mannes ganz verloren folgte, »daß ich nun doch nach Petersburg meine Verlobung angezeigt habe.« Er zog den Brief ein wenig aus der Tasche und ließ ihn wieder zurückfallen.

»Nach Petersburg?« fragte der Vater.

»Meinem Freunde doch«, sagte Georg und suchte des Vaters Augen. – »Im Geschäft ist er doch ganz anders«, dachte er, »wie er hier breit sitzt und die Arme über der Brust kreuzt.«

»Ja. Deinem Freunde«, sagte der Vater mit Betonung.

»Du weißt doch, Vater, daß ich ihm meine Verlobung zuerst verschweigen wollte. Aus Rücksichtnahme, aus keinem anderen Grunde sonst. Du weißt selbst, er ist ein schwieriger Mensch. Ich sagte mir, von anderer Seite kann er von meiner Verlobung wohl erfahren, wenn das auch bei seiner einsamen Lebensweise kaum wahrscheinlich ist – das kann ich nicht hindern –, aber von mir selbst soll er es nun einmal nicht erfahren.«

»Und jetzt hast du es dir wieder anders überlegt?« fragte der Vater, legte die große Zeitung auf den Fensterbord und auf die Zeitung die Brille, die er mit der Hand bedeckte.

»Ja, jetzt habe ich es mir wieder überlegt. Wenn er mein guter Freund ist, sagte ich mir, dann ist meine glückliche Verlobung auch für ihn ein Glück. Und deshalb habe ich nicht mehr gezögert, es ihm anzuzeigen. Ehe ich jedoch den Brief einwarf, wollte ich es dir sagen.«

»Georg«, sagte der Vater und zog den zahnlosen Mund in die Breite, »hör' einmal! Du bist wegen dieser Sache zu mir gekommen, um dich mit mir zu beraten. Das ehrt dich ohne Zweifel. Aber es ist nichts, es ist ärger als nichts, wenn du mir jetzt nicht die volle Wahrheit sagst. Ich will nicht Dinge aufrühren, die nicht hierher gehören. Seit dem Tode unserer teueren Mutter sind gewisse unschöne Dinge vorgegangen. Vielleicht kommt auch für sie die Zeit und vielleicht kommt sie früher, als wir denken. Im Geschäft entgeht mir manches, es wird mir vielleicht nicht verborgen – ich will jetzt gar nicht die Annahme machen, daß es mir verborgen wird –, ich bin nicht mehr kräftig genug, mein Gedächtnis läßt nach. Ich habe nicht mehr den Blick für alle die vielen Sachen. Das ist erstens der Ablauf der Natur, und zweitens hat mich der Tod unseres Mütterchens viel mehr niedergeschlagen als dich. – Aber weil wir gerade bei dieser Sache sind, bei diesem Brief, so bitte ich dich Georg, täusche mich nicht. Es ist eine Kleinigkeit, es ist nicht des Atems wert, also täusche mich nicht. Hast du wirklich diesen Freund in Petersburg?«

Georg stand verlegen auf. »Lassen wir meine Freunde sein. Tausend Freunde ersetzen mir nicht meinen Vater. Weißt du, was ich glaube? Du schonst dich nicht genug. Aber das Alter verlangt seine Rechte. Du bist mir im Geschäft unentbehrlich, das weißt du ja sehr genau; aber wenn das Geschäft deine Gesundheit bedrohen sollte, sperre ich es noch morgen für immer. Das geht nicht. Wir müssen da eine andere Lebensweise für dich einführen. Aber von Grund aus. Du sitzt hier im Dunkel, und im Wohnzimmer hättest du schönes Licht. Du nippst vom Frühstück, statt dich ordentlich zu stärken. Du sitzt bei geschlossenem Fenster, und die Luft würde dir so gut tun. Nein Vater! Ich werde den Arzt holen und seine Vorschriften werden wir befolgen. Die Zimmer werden wir wechseln, du wirst ins Vorderzimmer ziehen, ich hierher. Es wird keine Veränderung für dich sein, alles wird mit hinübergetragen. Aber das alles hat Zeit, jetzt lege dich noch ein wenig ins Bett, du brauchst unbedingt Ruhe. Komm, ich werde dir beim Ausziehn helfen, du wirst sehen, ich kann es. Oder willst du gleich ins Vorderzimmer gehn, dann legst du dich vorläufig in mein Bett. Das wäre übrigens sehr vernünftig.«

Georg stand knapp neben seinem Vater, der den Kopf mit dem struppigen weißen Haar auf die Brust hatte sinken lassen.

»Georg«, sagte der Vater leise, ohne Bewegung.

Georg kniete sofort neben dem Vater nieder, er sah die Pupillen in dem müden Gesicht des Vaters übergroß in den Winkeln der Augen auf sich gerichtet.

»Du hast keinen Freund in Petersburg. Du bist immer ein Spaßmacher gewesen und hast dich auch mir gegenüber nicht zurückgehalten. Wie solltest du denn gerade dort einen Freund haben! Das kann ich gar nicht glauben.«

»Denk doch noch einmal nach, Vater«, sagte Georg, hob den Vater vom Sessel und zog ihm, wie er nun doch recht schwach dastand, den Schlafrock aus, »jetzt wird es bald drei Jahre her sein, da war ja mein Freund bei uns zu Besuch. Ich erinnere mich noch, daß du ihn nicht besonders gern hattest. Wenigstens zweimal habe ich ihn vor dir verleugnet, trotz-dem er gerade bei mir im Zimmer saß. Ich konnte ja deine Abneigung gegen ihn ganz gut verstehn, mein Freund hat seine Eigentümlichkeiten. Aber dann hast du dich doch auch wieder ganz gut mit ihm unterhalten. Ich war damals noch so stolz darauf, daß du ihm zuhörtest, nicktest und fragtest. Wenn du nachdenkst, mußt du dich erinnern. Er erzählte damals unglaubliche Geschichten von der russischen Revolu-tion. Wie er z. B. auf einer Geschäftsreise in Kiew bei einem Tumult einen Geistlichen auf einem Balkon gesehen hatte, der sich ein breites Blutkreuz in die flache Hand schnitt, diese Hand erhob und die Menge anrief. Du hast ja selbst diese Geschichte hie und da wiedererzählt.«

Währenddessen war es Georg gelungen, den Vater wieder niederzusetzen und ihm die Trikothose, die er über den Lei-nenunterhosen trug, sowie die Socken vorsichtig auszuzie-hn. Beim Anblick der nicht besonders reinen Wäsche machte er sich Vorwürfe, den Vater vernachlässigt zu haben. Es wäre sicherlich auch seine Pflicht gewesen, über den Wä-schewechsel seines Vaters zu wachen. Er hatte mit seiner

Braut darüber noch nicht ausdrücklich gesprochen, wie sie die Zukunft des Vaters einrichten wollten, aber sie hatten stillschweigend vorausgesetzt, daß der Vater allein in der alten Wohnung bleiben würde. Doch jetzt entschloß er sich kurz mit aller Bestimmtheit, den Vater in seinen künftigen Haushalt mitzunehmen. Es schien ja fast, wenn man genauer zusah, daß die Pflege, die dort dem Vater bereitet werden sollte, zu spät kommen könnte.

Auf seinen Armen trug er den Vater ins Bett. Ein schreckliches Gefühl hatte er, als er während der paar Schritte zum Bett hin merkte, daß an seiner Brust der Vater mit seiner Uhrkette spiele. Er konnte ihn nicht gleich ins Bett legen, so fest hielt er sich an dieser Uhrkette.

Kaum war er aber im Bett, schien alles gut. Er deckte sich selbst zu und zog dann die Bettdecke noch besonders weit über die Schulter. Er sah nicht unfreundlich zu Georg hinauf.

»Nicht wahr, du erinnerst dich schon an ihn?« fragte Georg und nickte ihm aufmunternd zu.

»Bin ich jetzt gut zugedeckt?« fragte der Vater, als könne er nicht nachschauen, ob die Füße genug bedeckt seien.

»Es gefällt dir also schon im Bett«, sagte Georg und legte das Deckzeug besser um ihn.

»Bin ich gut zugedeckt?« fragte der Vater noch einmal und schien auf die Antwort besonders aufzupassen.

»Sei nur ruhig, du bist gut zugedeckt.«

»Nein!« rief der Vater, daß die Antwort an die Frage stieß, warf die Decke zurück mit einer Kraft, daß sie einen Augenblick im Fluge sich ganz entfaltete, und stand aufrecht im Bett. Nur eine Hand hielt er leicht an den Plafond. »Du wolltest mich zudecken, das weiß ich, mein Früchtchen, aber zugedeckt bin ich noch nicht. Und ist es auch die letzte Kraft, genug für dich, zuviel für dich! Wohl kenne ich deinen Freund. Er wäre ein Sohn nach meinem Herzen. Darum hast du ihn auch betrogen die ganzen Jahre lang. Warum sonst? Glaubst du, ich habe nicht um ihn geweint? Darum doch sperrst du dich in dein Bureau, niemand soll stören, der Chef ist beschäftigt – nur damit du deine falschen Briefchen nach Rußland schreiben kannst. Aber den Vater muß glücklicherweise niemand lehren, den Sohn zu durchschauen. Wie du jetzt geglaubt hast, du hättest ihn untergekriegt, so untergekriegt, daß du dich mit deinem Hintern auf ihn setzen kannst und er rührt sich nicht, da hat sich mein Herr Sohn zum Heiraten entschlossen!«

Georg sah zum Schreckbild seines Vaters auf. Der Petersburger Freund, den der Vater plötzlich so gut kannte, ergriff ihn, wie noch nie. Verloren im weiten Rußland sah er ihn. An der Türe des leeren, ausgeraubten Geschäftes sah er ihn. Zwischen den Trümmern der Regale, den zerfetzten Waren, den fallenden Gasarmen stand er gerade noch. Warum hatte er so weit wegfahren müssen!

»Aber schau mich an!« rief der Vater, und Georg lief, fast zerstreut, zum Bett, um alles zu fassen, stockte aber in der Mitte des Weges.

»Weil sie die Röcke gehoben hat«, fing der Vater zu flöten an, »weil sie die Röcke so gehoben hat, die widerliche Gans«, und er hob, um das darzustellen, sein Hemd so hoch, daß man auf seinem Oberschenkel die Narbe aus seinen Kriegsjahren sah, »weil sie die Röcke so und so und so gehoben hat, hast du dich an sie herangemacht, und damit du an ihr ohne Störung dich befriedigen kannst, hast du unserer Mutter Andenken geschändet, den Freund verraten und deinen Vater ins Bett gesteckt, damit er sich nicht rühren kann. Aber kann er sich rühren oder nicht?«

Und er stand vollkommen frei und warf die Beine. Er strahlte vor Einsicht.

Georg stand in einem Winkel, möglichst weit vom Vater.

Vor einer langen Weile hatte er sich fest entschlossen, alles vollkommen genau zu beobachten, damit er nicht irgendwie auf Umwegen, von hinten her, von oben herab überrascht werden könne. Jetzt erinnerte er sich wieder an den längst vergessenen Entschluß und vergaß ihn, wie man einen kurzen Faden durch ein Nadelöhr zieht.

»Aber der Freund ist nun doch nicht verraten!« rief der Vater, und sein hin- und herbewegter Zeigefinger bekräftigte es. »Ich war sein Vertreter hier am Ort.«

»Komödiant!« konnte sich Georg zu rufen nicht enthalten, erkannte sofort den Schaden und biß, nur zu spät, – die Augen erstarrt – in seine Zunge, daß er vor Schmerz einknickte.

»Ja, freilich habe ich Komödie gespielt! Komödie! Gutes Wort! Welcher andere Trost blieb dem alten verwitweten Vater? Sag – und für den Augenblick der Antwort sei du noch mein lebender Sohn –, was blieb mir übrig, in meinem Hinterzimmer, verfolgt vom ungetreuen Personal, alt bis in die Knochen? Und mein Sohn ging im Jubel durch die Welt, schloß Geschäfte ab, die ich vorbereitet hatte, überpurzelte sich vor Vergnügen und ging vor seinem Vater mit dem verschlossenen Gesicht eines Ehrenmannes davon! Glaubst du, ich hätte dich nicht geliebt, ich, von dem du ausgingst?«

»Jetzt wird er sich vorbeugen«, dachte Georg, »wenn er fiele und zerschmetterte!« Dieses Wort durchzischte seinen Kopf.

Der Vater beugte sich vor, fiel aber nicht. Da Georg sich nicht näherte, wie er erwartet hatte, erhob er sich wieder.

»Bleib, wo du bist, ich brauche dich nicht! Du denkst, du hast noch die Kraft, hierher zu kommen und hältst dich bloß zurück, weil du so willst. Daß du dich nicht irrst! Ich bin noch immer der viel Stärkere. Allein hätte ich vielleicht zurückweichen müssen, aber so hat mir die Mutter ihre Kraft abgegeben, mit deinem Freund habe ich mich herrlich verbunden, deine Kundschaft habe ich hier in der Tasche!«

»Sogar im Hemd hat er Taschen!« sagte sich Georg und glaubte, er könne ihn mit dieser Bemerkung in der ganzen Welt unmöglich machen. Nur einen Augenblick dachte er das, denn immerfort vergaß er alles.

»Häng dich nur in deine Braut ein und komm mir entgegen! Ich fege sie dir von der Seite weg, du weißt nicht wie!«

Georg machte Grimassen, als glaube er das nicht. Der Vater nickte bloß, die Wahrheit dessen beteuernd, was er sagte, in Georgs Ecke hin.

»Wie hast du mich doch heute unterhalten, als du kamst und fragtest, ob du deinem Freund von der Verlobung schreiben sollst. Er weiß doch alles, dummer Junge, er weiß doch alles! Ich schrieb ihm doch, weil du vergessen hast, mir das Schreibzeug wegzunehmen. Darum kommt er schon seit Jahren nicht, er weiß ja alles hundertmal besser als du selbst. Deine Briefe zerknüllt er ungelesen in der linken Hand, während er in der Rechten meine Briefe zum Lesen sich vorhält!«

Seinen Arm schwang er vor Begeisterung über dem Kopf. »Er weiß alles tausendmal besser!« rief er.

»Zehntausendmal!« sagte Georg, um den Vater zu verlachen, aber noch in seinem Munde bekam das Wort einen toternsten Klang.

»Seit Jahren passe ich schon auf, daß du mit dieser Frage kämest! Glaubst du, mich kümmert etwas anderes? Glaubst du, ich lese Zeitungen? Da!« und er warf Georg ein Zeitungsblatt, das irgendwie mit ins Bett getragen worden war, zu. Eine alte Zeitung, mit einem Georg schon ganz unbekannten Namen.

»Wie lange hast du gezögert, ehe du reif geworden bist! Die Mutter mußte sterben, sie konnte den Freudentag nicht erleben, der Freund geht zugrunde in seinem Rußland, schon vor drei Jahren war er gelb zum Wegwerfen, und ich, du siehst ja, wie es mit mir steht. Dafür hast du doch Augen!«

»Du hast mir also aufgelauert!« rief Georg.

Mitleidig sagte der Vater nebenbei: »Das wolltest du wahrscheinlich früher sagen. Jetzt paßt es ja gar nicht mehr.«

Und lauter: »Jetzt weißt du also, was es noch außer dir gab, bisher wußtest du nur von dir! Ein unschuldiges Kind warst du ja eigentlich, aber noch eigentlicher warst du ein teuflischer Mensch! – Und darum wisse: Ich verurteile dich jetzt zum Tode des Ertrinkens!«

Georg fühlte sich aus dem Zimmer gejagt, den Schlag, mit dem der Vater hinter ihm aufs Bett stürzte, trug er noch in den Ohren davon. Auf der Treppe, über deren Stufen er wie über eine schiefe Fläche eilte, überrumpelte er seine Bedienerin, die im Begriffe war heraufzugehen, um die Wohnung nach der Nacht aufzuräumen. »Jesus!« rief sie und verdeckte mit der Schürze das Gesicht, aber er war schon davon. Aus dem Tor sprang er, über die Fahrbahn zum Wasser trieb es ihn. Schon hielt er das Geländer fest, wie ein Hungriger die Nahrung. Er schwang sich über, als der ausgezeichnete Turner, der er in seinen Jugendjahren zum Stolz seiner Eltern gewesen war. Noch hielt er sich mit schwächer werdenden Händen fest, erspähte zwischen den Geländerstangen einen Autoomnibus, der mit Leichtigkeit seinen Fall übertönen würde, rief leise: »Liebe Eltern, ich habe euch doch immer geliebt«, und ließ sich hinabfallen.

In diesem Augenblick ging über die Brücke ein geradezu unendlicher Verkehr.

Der Heizer

Ein Fragment

Als der sechzehnjährige Karl Roßmann, der von seinen armen Eltern nach Amerika geschickt worden war, weil ihn ein Dienstmädchen verführt und ein Kind von ihm bekommen hatte, in dem schon langsam gewordenen Schiff in den Hafen von New York einfuhr, erblickte er die schon längst beobachtete Statue der Freiheitsgöttin wie in einem plötzlich stärker gewordenen Sonnenlicht. Ihr Arm mit dem Schwert ragte wie neuerdings empor, und um ihre Gestalt wehten die freien Lüfte.

»So hoch!« sagte er sich und wurde, wie er so gar nicht an das Weggehen dachte, von der immer mehr anschwellenden Menge der Gepäckträger, die an ihm vorüberzogen, allmählich bis an das Bordgeländer geschoben.

Ein junger Mann, mit dem er während der Fahrt flüchtig bekannt geworden war, sagte im Vorübergehen: »Ja, haben Sie denn noch keine Lust, auszusteigen?« »Ich bin doch fertig«, sagte Karl, ihn anlachend, und hob aus Übermut, und weil er ein starker Junge war, seinen Koffer auf die Achsel. Aber wie er über seinen Bekannten hinsah, der ein wenig seinen Stock schwenkend sich schon mit den andern entfernte, merkte er bestürzt, daß er seinen eigenen Regenschirm unten im Schiff vergessen hatte. Er bat schnell den Bekannten, der nicht sehr beglückt schien, um die Freundlichkeit, bei seinem Koffer einen Augenblick zu warten, überblickte noch die Situation, um sich bei der Rückkehr zurechtzufinden und eilte davon. Unten fand er zu seinem Bedauern einen Gang, der seinen Weg sehr verkürzt hätte, zum erstenmal versperrt, was wahrscheinlich mit der Ausschiffung sämtlicher Passagiere zusammenhing, und mußte sich seinen Weg durch eine Unzahl kleiner Räume, über kurze Treppen, die einander immer wieder folgten, durch fortwährend abbiegende Korridore, durch ein leeres Zimmer mit einem verlassenen Schreibtisch mühselig suchen, bis er sich tatsächlich, da er diesen Weg nur ein- oder zweimal und immer in größerer Gesellschaft gegangen war, ganz und gar verirrt hatte. In seiner Ratlosigkeit und da er keinen Menschen traf und nur immerfort über sich das Scharren der tausend Menschenfüße hörte und von der Ferne, wie einen Hauch, das letzte Arbeiten der schon eingestellten Maschinen merkte, fing er, ohne zu überlegen, an eine beliebige kleine Tür zu schlagen an, bei der er in seinem Herumirren stockte.

»Es ist ja offen«, rief es von innen, und Karl öffnete mit ehrlichem Aufatmen die Tür. »Warum schlagen Sie so verrückt auf die Tür?« fragte ein riesiger Mann, kaum daß er nach Karl hinsah. Durch irgendeine Oberlichtluke fiel ein trübes, oben im Schiff längst abgebrauchtes Licht in die klägliche Kabine, in welcher ein Bett, ein Schrank, ein Sessel und der Mann knapp nebeneinander, wie eingelagert, standen. »Ich habe mich verirrt«, sagte Karl, »ich habe es während der Fahrt gar nicht so bemerkt, aber es ist ein schrecklich großes Schiff.« »Ja, da haben Sie recht«, sagte der Mann mit einigem Stolz und hörte nicht auf, an dem Schloß eines kleinen Koffers zu hantieren, den er mit beiden Händen immer wieder zudrückte, um das Einschnappen des Riegels zu behorchen. »Aber kommen Sie doch herein!« sagte der Mann weiter, »Sie werden doch nicht draußen stehn!« »Störe ich nicht?« fragte Karl. »Ach, wie werden Sie denn stören!« »Sind Sie ein Deutscher?« suchte sich Karl noch zu versichern, da er viel von den Gefahren gehört hatte, welche besonders von Irländern den Neuankömmlingen in Amerika drohen. »Bin ich, bin ich«, sagte der Mann. Karl zögerte noch. Da faßte unversehens der Mann die Türklinke und schob mit der Türe, die er rasch schloß, Karl zu sich herein. »Ich kann es nicht leiden, wenn man mir vom Gang hereinschaut«, sagte der Mann, der wieder an seinem Koffer arbeitete, »da läuft jeder vorbei und schaut herein, das soll der Zehnte aushalten!« »Aber der Gang ist doch ganz leer«, sagte Karl, der unbehaglich an den Bettpfosten gequetscht dastand. »Ja jetzt«, sagte der Mann. »Es handelt sich doch um jetzt«, dachte Karl, »mit dem Mann ist schwer zu reden.« »Legen Sie sich doch aufs Bett, da haben Sie mehr Platz«, sagte der Mann. Karl kroch, so gut es ging, hinein und lachte dabei laut über den ersten vergeblichen Versuch, sich hinüberzuschwingen. Kaum war er aber im Bett, rief er: »Gotteswillen, ich habe ja ganz meinen Koffer vergessen!« »Wo ist er denn?« »Oben auf dem Deck, ein Bekannter gibt acht auf ihn. Wie heißt er nur?« Und er zog aus einer Geheimtasche, die ihm seine Mutter für die Reise im Rockfutter angelegt hatte, eine Visitkarte. »Butterbaum, Franz Butterbaum.« »Haben Sie den Koffer sehr nötig?« »Natürlich.« »Ja, warum haben Sie ihn dann einem fremden Menschen gegeben?« »Ich hatte meinen Regenschirm unten vergessen und bin gelaufen, ihn zu holen, wollte aber den Koffer nicht mitschleppen. Dann habe ich mich auch noch verirrt.« »Sie sind allein? Ohne Begleitung?« »Ja, allein.« »Ich sollte mich vielleicht an diesen Mann halten«, ging es Karl durch den Kopf, »wo finde ich gleich einen besseren Freund.« »Und jetzt haben Sie auch noch den Koffer verloren. Vom Regenschirm rede ich gar nicht.« Und der Mann setzte sich auf den Sessel, als habe Karls Sache jetzt einiges Interesse für ihn gewonnen. »Ich glaube aber, der Koffer ist noch nicht verloren.« »Glauben macht selig«, sagte der Mann und kratzte sich kräftig in seinem dunklen, kurzen, dichten Haar, »auf dem Schiff wechseln mit den Hafenplätzen auch die Sitten. In Hamburg hätte Ihr Butterbaum den Koffer vielleicht bewacht, hier ist höchstwahrscheinlich von beiden keine Spur mehr.« »Da muß ich aber doch gleich hinaufschaun«, sagte Karl und sah sich um, wie er hinauskommen könnte. »Bleiben Sie nur«, sagte der Mann und stieß ihn mit einer Hand gegen die Brust, geradezu rauh, ins Bett zurück. »Warum denn?« fragte Karl ärgerlich. »Weil es keinen Sinn hat«, sagte der Mann, »in einem kleinen Weilchen gehe ich auch, dann gehen wir zusammen. Entweder ist der Koffer gestohlen, dann ist keine Hilfe, oder der Mann hat ihn stehen gelassen, dann werden wir ihn, bis das Schiff ganz entleert ist, desto besser finden. Ebenso auch Ihren Regenschirm.« »Kennen Sie sich auf dem Schiff aus?« fragte Karl mißtrauisch und es schien ihm, als hätte der sonst überzeugende Gedanke, daß auf dem leeren Schiff seine Sachen am besten zu finden sein würden, einen verborgenen Haken. »Ich bin doch Schiffsheizer«, sagte der Mann. »Sie sind Schiffsheizer!« rief Karl freudig, als überstiege das alle Erwartungen, und sah, den Ellbogen aufgestützt, den Mann näher an. »Gerade vor der Kammer, wo ich mit den Slowaken geschlafen habe, war eine Luke angebracht, durch die man in den Maschinenraum sehen konnte.« »Ja, dort habe ich gearbeitet«, sagte der Heizer. »Ich habe mich immer so für Technik interessiert«, sagte Karl, der in einem bestimmten Gedankengang blieb, »und ich wäre sicher später Ingenieur geworden, wenn ich nicht nach Amerika hätte fahren müssen.« »Warum haben Sie denn fahren müssen?« »Ach was!« sagte Karl und warf die ganze Geschichte mit der Hand weg. Dabei sah er lächelnd den Heizer an, als bitte er ihn selbst für das Nichteingestandene um seine Nachsicht. »Es wird schon einen Grund gehabt haben«, sagte der Heizer, und man wußte nicht recht, ob er damit die Erzählung dieses Grundes fordern oder abwehren wollte. »Jetzt könnte ich auch Heizer werden«, sagte Karl, »meinen

Eltern ist es jetzt ganz gleichgültig, was ich werde.« »Meine Stelle wird frei«, sagte der Heizer, gab im Vollbewußtsein dessen die Hände in die Hosentaschen und warf die Beine, die in faltigen, lederartigen, eisengrauen Hosen steckten, aufs Bett hin, um sie zu strecken. Karl mußte mehr an die Wand rücken. »Sie verlassen das Schiff?« »Jawohl, wir marschieren heute ab.« »Warum denn? Gefällt es Ihnen nicht?« »Ja, das sind die Verhältnisse, es entscheidet nicht immer, ob es einem gefällt oder nicht. Übrigens haben Sie recht, es gefällt mir auch nicht. Sie denken wahrscheinlich nicht ernstlich daran, Heizer zu werden, aber gerade dann kann man es am leichtesten werden. Ich also rate Ihnen entschieden ab. Wenn Sie in Europa studieren wollten, warum wollen Sie es denn hier nicht? Die amerikanischen Universitäten sind ja unvergleichlich besser als die europäischen.« »Es ist ja möglich«, sagte Karl, »aber ich habe ja fast kein Geld zum Studieren. Ich habe zwar von irgendjemandem gelesen, der bei Tag in einem Geschäft gearbeitet und in der Nacht studiert hat, bis er Doktor und ich glaube Bürgermeister wurde, aber dazu gehört doch eine große Ausdauer, nicht? Ich fürchte, die fehlt mir. Außerdem war ich gar kein besonders guter Schüler, der Abschied von der Schule ist mir wirklich nicht schwer geworden. Und die Schulen hier sind vielleicht noch strenger. Englisch kann ich fast gar nicht. Überhaupt ist man hier gegen Fremde so eingenommen, glaube ich.« »Haben Sie das auch schon erfahren? Na, dann ist's gut. Dann sind Sie mein Mann. Sehen Sie, wir sind doch auf einem deutschen Schiff, es gehört der Hamburg-Amerika-Linie, warum sind wir nicht lauter Deutsche hier? Warum ist der Obermaschinist ein Rumäne? Er heißt Schubal. Das ist doch nicht zu glauben. Und dieser Lumpenhund schindet uns Deutsche auf einem deutschen Schiff! Glauben Sie nicht, « – ihm ging die Luft aus, er fackelte mit der Hand – »daß ich klage, um zu klagen. Ich weiß, daß Sie keinen Einfluß haben und selbst ein armes Bürschchen sind. Aber es ist zu arg!« Und er schlug auf den Tisch mehrmals mit der Faust und ließ kein Auge von ihr, während er schlug. »Ich habe doch schon auf so vielen Schiffen gedient« – und er nannte zwanzig Namen hintereinander als sei es ein Wort, Karl wurde ganz wirr – »und habe mich ausgezeichnet, bin belobt worden, war ein Arbeiter nach dem Geschmack meiner Kapitäne, sogar auf dem gleichen Handelssegler war ich einige Jahre« – er erhob sich, als sei das der Höhepunkt seines Lebens – »und hier auf diesem Kasten, wo alles nach der Schnur eingerichtet ist, wo kein Witz erfordert wird, hier taug' ich nichts, hier stehe ich dem Schubal immer im Wege, bin ein Faulpelz, verdiene hinausgeworfen zu werden und bekomme meinen Lohn aus Gnade. Verstehen Sie das? Ich nicht.« »Das dürfen Sie sich nicht gefallen lassen«, sagte Karl aufgeregt. Er hatte fast das Gefühl davon verloren, daß er auf dem unsicheren Boden eines Schiffes, an der Küste eines unbekannten Erdteils war, so heimisch war ihm hier auf dem Bett des Heizers zumute. »Waren Sie schon beim Kapitän? Haben Sie schon bei ihm Ihr Recht gesucht?« »Ach gehen Sie, gehen Sie lieber weg. Ich will Sie nicht hier haben. Sie hören nicht zu was ich sage und geben mir Ratschläge. Wie soll ich denn zum Kapitän gehen!« Und müde setzte sich der Heizer wieder und legte das Gesicht in beide Hände.

»Einen besseren Rat kann ich ihm nicht geben«, sagte sich Karl. Und er fand überhaupt, daß er lieber seinen Koffer hätte holen sollen, statt hier Ratschläge zu geben, die doch nur für dumm gehalten wurden. Als ihm der Vater den Koffer für immer übergeben hatte, hatte er im Scherz gefragt: »Wielange wirst Du ihn haben?«, und jetzt war dieser teure Koffer vielleicht schon im Ernst verloren. Der einzige Trost war noch, daß der Vater von seiner jetzigen Lage kaum erfahren konnte, selbst wenn er nachforschen sollte. Nur daß er bis New York mitgekommen war, konnte die Schiffsgesellschaft gerade noch sagen. Leid tat es aber Karl, daß er die Sachen im Koffer noch kaum verwendet hatte, trotzdem er es beispielsweise längst nötig gehabt hätte, das Hemd zu wechseln. Da hatte er also am unrichtigen Ort gespart; jetzt, wo er es gerade am Beginn seiner Laufbahn nötig haben würde, rein gekleidet aufzutreten, würde er im schmutzigen Hemd erscheinen müssen. Sonst wäre der Verlust des Koffers nicht gar so arg gewesen, denn der Anzug, den er anhatte, war sogar besser, als jener im Koffer, der eigentlich nur ein Notanzug war, den die Mutter noch knapp vor der Abreise hatte flicken müssen. Jetzt erinnerte er sich auch, daß im Koffer noch ein Stück Veroneser Salami war, die ihm die Mutter als Extragabe eingepackt hatte, von der er jedoch nur den kleinsten Teil hatte aufessen können, da er während der Fahrt ganz ohne Appetit gewesen war und die Suppe, die im Zwischendeck zur Verteilung kam, ihm reichlich genügt hatte. Jetzt hätte er aber die Wurst gern bei der Hand gehabt, um sie dem Heizer zu verehren. Denn solche Leute sind leicht gewonnen, wenn man ihnen irgendeine Kleinigkeit zusteckt, das wußte Karl noch von seinem Vater her, welcher durch Zigarrenverteilung alle die niedrigeren Angestellten gewann, mit denen er geschäftlich zu tun hatte. Jetzt besaß Karl an Verschenkbarem nur noch sein Geld, und das wollte er, wenn er schon vielleicht den Koffer verloren haben sollte, vorläufig nicht anrühren. Wieder kehrten seine Gedanken zum Koffer zurück, und er konnte jetzt wirklich nicht einsehen, warum er den Koffer während der Fahrt so aufmerksam bewacht hatte, daß ihm die Wache fast den Schlaf gekostet hatte, wenn er jetzt diesen gleichen Koffer so leicht sich hatte wegnehmen lassen. Er erinnerte sich an die fünf Nächte, während derer er einen kleinen Slowaken, der zwei Schlafstellen links von ihm gelegen war, unausgesetzt im Verdacht gehabt hatte, daß er es auf seinen Koffer abgesehen habe. Dieser Slowake hatte nur darauf gelauert, daß Karl endlich, von Schwäche befallen, für einen Augenblick einnicke, damit er den Koffer mit einer langen Stange, mit der er immer während des Tages spielte oder übte, zu sich hinüberziehen könne. Bei Tage sah dieser Slowake genug unschuldig aus, aber kaum war die Nacht gekommen, erhob er sich von Zeit zu Zeit von seinem Lager und sah traurig zu Karls Koffer hinüber. Karl konnte dies ganz deutlich erkennen, denn immer hatte hie und da jemand mit der Unruhe des Auswanderers ein Lichtchen angezündet, trotzdem dies nach der Schiffsordnung verboten war, und versuchte, unverständliche Prospekte der Auswanderungsagenturen zu entziffern. War ein solches Licht in der Nähe, dann konnte Karl ein wenig eindämmern, war es aber in der Ferne oder war dunkel, dann mußte er die Augen offenhalten. Diese Anstrengung hatte ihn recht erschöpft, und nun war sie vielleicht ganz nutzlos gewesen. Dieser Butterbaum, wenn er ihn einmal irgendwo treffen sollte!

In diesem Augenblick ertönten draußen in weiter Ferne in die bisherige vollkommene Ruhe hinein kleine kurze Schläge, wie von Kinderfüßen, sie kamen näher mit verstärktem Klang und nun war es ein ruhiger Marsch von Männern. Sie gingen offenbar, wie es in dem schmalen Gang natürlich war, in einer Reihe, man hörte Klirren wie von Waffen. Karl, der schon nahe daran gewesen war, sich im Bett zu einem von allen Sorgen um Koffer und Slowaken befreiten Schlafe auszustrecken, schreckte auf und stieß den Heizer an, um ihn endlich aufmerksam zu machen, denn der Zug schien mit seiner Spitze die Tür gerade erreicht zu haben. »Das ist die Schiffskapelle«, sagte der Heizer, »die haben oben gespielt und gehen jetzt einpacken. Jetzt ist alles fertig und wir können gehen. Kommen Sie!« Er faßte Karl bei der

Hand, nahm noch im letzten Augenblick ein eingerahmtes Muttergottesbild von der Wand über dem Bett, stopfte es in seine Brusttasche, ergriff seinen Koffer und verließ mit Karl eilig die Kabine.

»Jetzt gehe ich ins Bureau und werde den Herren meine Meinung sagen. Es ist kein Passagier mehr da, man muß keine Rücksicht nehmen.« Dieses wiederholte der Heizer verschiedenartig und wollte im Gehen mit Seitwärtsstoßen des Fußes eine den Weg kreuzende Ratte niedertreten, stieß sie aber bloß schneller in das Loch hinein, das sie noch rechtzeitig erreicht hatte. Er war überhaupt langsam in seinen Bewegungen, denn wenn er auch lange Beine hatte, so waren sie doch zu schwer.

Sie kamen durch eine Abteilung der Küche, wo einige Mädchen in schmutzigen Schürzen – sie begossen sie absichtlich – Geschirr in großen Bottichen reinigten. Der Heizer rief eine gewisse Line zu sich, legte den Arm um ihre Hüfte und führte sie, die sich immerzu kokett gegen seinen Arm drückte, ein Stückchen mit. »Es gibt jetzt Auszahlung, willst du mitkommen?« fragte er. »Warum soll ich mich bemühn, bring mir das Geld lieber her«, antwortete sie, schlüpfte unter seinem Arm durch und lief davon. »Wo hast du denn den schönen Knaben aufgegabelt?« rief sie noch, wollte aber keine Antwort mehr. Man hörte das Lachen aller Mädchen, die ihre Arbeit unterbrochen hatten.

Sie aber gingen weiter und kamen an eine Tür, die oben einen kleinen Vorgiebel hatte, der von kleinen, vergoldeten Karyatiden getragen war. Für eine Schiffseinrichtung sah das recht verschwenderisch aus. Karl war, wie er merkte, niemals in diese Gegend gekommen, die wahrscheinlich während der Fahrt den Passagieren der ersten und zweiten Klasse vorbehalten gewesen war, während man jetzt vor der großen Schiffsreinigung die Trennungstüren ausgehoben hatte. Sie waren auch tatsächlich schon einigen Männern begegnet, die Besen an der Schulter trugen und den Heizer gegrüßt hatten. Karl staunte über den großen Betrieb; in seinem Zwischendeck hatte er davon freilich wenig erfahren. Entlang der Gänge zogen sich auch Drähte elektrischer Leitungen, und eine kleine Glocke hörte man immerfort.

Der Heizer klopfte respektvoll an der Türe an und forderte, als man »herein« rief, Karl mit einer Handbewegung auf, ohne Furcht einzutreten. Dieser trat auch ein, aber blieb an der Tür stehen. Vor den drei Fenstern des Zimmers sah er die Wellen des Meeres, und bei Betrachtung ihrer fröhlichen Bewegung schlug ihm das Herz, als hätte er nicht fünf lange Tage das Meer ununterbrochen gesehen. Große Schiffe kreuzten gegenseitig ihre Wege und gaben dem Wellenschlag nur soweit nach, als es ihre Schwere erlaubte. Wenn man die Augen kleinmachte, schienen diese Schiffe vor lauter Schwere zu schwanken. Auf ihren Masten trugen sie schmale, aber lange Flaggen, die zwar durch die Fahrt gestrafft wurden, trotzdem aber noch hin und her zappelten. Wahrscheinlich von Kriegsschiffen her erklangen Salutschüsse, die Kanonenrohre eines solchen nicht allzuweit vorüberfahrenden Schiffes, strahlend mit dem Reflex ihres Stahlmantels, waren wie gehätschelt von der sicheren, glatten und doch nicht wagrechten Fahrt. Die kleinen Schiffchen und Boote konnte man, wenigstens von der Tür aus, nur in der Ferne beobachten, wie sie in Mengen in die Öffnungen zwischen den großen Schiffen einliefen. Hinter alledem aber stand New York und sah Karl mit den hunderttausend Fenstern seiner Wolkenkratzer an. Ja, in diesem Zimmer wußte man, wo man war.

An einem runden Tisch saßen drei Herren, der eine ein Schiffsoffizier in blauer Schiffsuniform, die zwei anderen, Beamte der Hafenbehörde, in schwarzen, amerikanischen

Uniformen. Auf dem Tisch lagen, hochaufgeschichtet, verschiedene Dokumente, welche der Offizier zuerst mit der Feder in der Hand überflog, um sie dann den beiden anderen zu reichen, die bald lasen, bald exzerpierten, bald in ihre Aktentaschen einlegten, wenn nicht gerade der eine, der fast ununterbrochen ein kleines Geräusch mit den Zähnen vollführte, seinem Kollegen etwas in ein Protokoll diktierte.

Am Fenster saß an einem Schreibtisch, den Rücken der Türe zugewendet, ein kleinerer Herr, der mit großen Folianten hantierte, die auf einem starken Bücherbrett in Kopfhöhe vor ihm aneinander gereiht waren. Neben ihm stand eine offene, wenigstens auf den ersten Blick leere Kassa.

Das zweite Fenster war leer und gab den besten Ausblick. In der Nähe des dritten aber standen zwei Herren in halblautem Gespräch. Der eine lehnte neben dem Fenster, trug auch die Schiffsuniform und spielte mit dem Griff des Degens. Derjenige, mit dem er sprach, war dem Fenster zugewendet und enthüllte hie und da durch eine Bewegung einen Teil der Ordensreihe auf der Brust des andern. Er war in Zivil und hatte ein dünnes Bambusstöckchen, das, da er beide Hände an den Hüften festhielt, auch wie ein Degen abstand.

Karl hatte nicht viel Zeit, alles anzusehen, denn bald trat ein Diener auf sie zu und fragte den Heizer mit einem Blick, als gehöre er nicht hierher, was er denn wolle. Der Heizer antwortete, so leise als er gefragt wurde, er wolle mit dem Herrn Oberkassier reden. Der Diener lehnte für seinen Teil mit einer Handbewegung diese Bitte ab, ging aber dennoch auf den Fußspitzen, dem runden Tisch in großem Bogen ausweichend, zu dem Herrn mit den Folianten. Dieser Herr – das sah man deutlich – erstarrte geradezu unter den Worten des Dieners, kehrte sich aber endlich nach dem Manne um, der ihn zu sprechen wünschte, und fuchtelte dann, streng abwehrend, gegen den Heizer und der Sicherheit halber auch gegen den Diener hin. Der Diener kehrte darauf zum Heizer zurück und sagte in einem Tone, als vertraue er ihm etwas an: »Scheren Sie sich sofort aus dem Zimmer!«

Der Heizer sah nach dieser Antwort zu Karl hinunter, als sei dieser sein Herz, dem er stumm seinen Jammer klage. Ohne weitere Besinnung machte sich Karl los, lief quer durchs Zimmer, daß er sogar leicht an den Sessel des Offiziers streifte; der Diener lief gebeugt mit zum Umfangen bereiten Armen, als jage er ein Ungeziefer, aber Karl war der erste beim Tisch des Oberkassiers, wo er sich festhielt, für den Fall, daß der Diener versuchen sollte, ihn fortzuziehen.

Natürlich wurde gleich das ganze Zimmer lebendig. Der Schiffsoffizier am Tisch war aufgesprungen, die Herren von der Hafenbehörde sahen ruhig, aber aufmerksam zu, die beiden Herren am Fenster waren nebeneinander getreten, der Diener, welcher glaubte, er sei dort, wo schon die hohen Herren Interesse zeigten, nicht mehr am Platze, trat zurück. Der Heizer an der Tür wartete angespannt auf den Augenblick, bis seine Hilfe nötig würde. Der Oberkassier endlich machte in seinem Lehnsessel eine große Rechtswendung.

Karl kramte aus seiner Geheimtasche, die er den Blicken dieser Leute zu zeigen keine Bedenken hatte, seinen Reisepaß hervor, den er statt weiterer Vorstellung geöffnet auf den Tisch legte. Der Oberkassier schien diesen Paß für nebensächlich zu halten, denn er schnippte ihn mit zwei Fingern beiseite, worauf Karl, als sei diese Formalität zur Zufriedenheit erledigt, den Paß wieder einsteckte.

»Ich erlaube mir zu sagen«, begann er dann, »daß meiner Meinung nach dem Herrn Heizer Unrecht geschehen ist. Es ist hier ein gewisser Schubal, der ihm aufsitzt. Er selbst hat schon auf vielen Schiffen, die er Ihnen alle nennen kann, zur vollständigen Zufriedenheit gedient, ist fleißig, meint es mit seiner Arbeit gut, und es ist wirklich nicht einzusehen, warum er gerade auf diesem Schiff, wo doch der Dienst nicht so übermäßig schwer ist, wie zum Beispiel auf Handelsseglern, schlecht entsprechen sollte. Es kann daher nur Verleumdung sein, die ihn in seinem Vorwärtskommen hindert und ihn um die Anerkennung bringt, die ihm sonst ganz bestimmt nicht fehlen würde. Ich habe nur das Allgemeine über diese Sache gesagt, seine besonderen Beschwerden wird er Ihnen selbst vorbringen.« Karl hatte sich mit dieser Rede an alle Herren gewendet, weil ja tatsächlich auch alle zuhörten und es viel wahrscheinlicher schien, daß sich unter allen zusammen ein Gerechter vorfand, als daß dieser Gerechte gerade der Oberkassier sein sollte. Aus Schlauheit hatte außerdem Karl verschwiegen, daß er den Heizer erst so kurze Zeit kannte. Im übrigen hätte er noch viel besser gesprochen, wenn er nicht durch das rote Gesicht des Herrn mit dem Bambusstöckchen beirrt worden wäre, das er von seinem jetzigen Standort zum erstenmal sah.

»Es ist alles Wort für Wort richtig«, sagte der Heizer, ehe ihn noch jemand gefragt, ja ehe man noch überhaupt auf ihn hingesehen hatte. Diese Übereiltheit des Heizers wäre ein großer Fehler gewesen, wenn nicht der Herr mit den Orden, der, wie es jetzt Karl aufleuchtete, jedenfalls der Kapitän war, offenbar mit sich bereits übereingekommen wäre, den Heizer anzuhören. Er streckte nämlich die Hand aus und rief dem Heizer zu: »Kommen Sie her!« mit einer Stimme, fest, um mit einem Hammer darauf zu schlagen. Jetzt hing alles vom Benehmen des Heizers ab, denn was die Gerechtigkeit seiner Sache anlangte, an der zweifelte Karl nicht.

Glücklicherweise zeigte sich bei dieser Gelegenheit, daß der Heizer schon viel in der Welt herumgekommen war. Musterhaft ruhig nahm er aus seinem Köfferchen mit dem ersten Griff ein Bündelchen Papiere, sowie ein Notizbuch, ging damit, als verstünde sich das von selbst, unter vollständiger Vernachlässigung des Oberkassiers, zum Kapitän und breitete auf dem Fensterbrett seine Beweismittel aus. Dem Oberkassier blieb nichts übrig, als sich selbst hinzubemühn. »Der Mann ist ein bekannter Querulant«, sagte er zur Erklärung, »er ist mehr in der Kassa, als im Maschinenraum. Er hat Schubal, diesen ruhigen Menschen, ganz zur Verzweiflung gebracht. Hören Sie einmal!« wandte er sich an den Heizer, »Sie treiben Ihre Zudringlichkeit doch schon wirklich zu weit. Wie oft hat man Sie schon aus den Auszahlungsräumen hinausgeworfen, wie Sie es mit Ihren ganz, vollständig und ausnahmslos unberechtigten Forderungen verdienen! Wie oft sind Sie von dort in die Hauptkassa gelaufen gekommen! Wie oft hat man Ihnen im Guten gesagt, daß Schubal Ihr unmittelbarer Vorgesetzter ist, mit dem allein Sie sich als sein Untergebener abzufinden haben! Und jetzt kommen Sie gar noch her, wenn der Herr Kapitän da ist, schämen sich nicht, sogar ihn zu belästigen, sondern entblöden sich nicht einmal, als eingelernten Stimmführer Ihrer abgeschmackten Beschuldigungen diesen Kleinen mitzubringen, den ich überhaupt zum erstenmal auf dem Schiffe sehe!«

Karl hielt sich mit Gewalt zurück, vorzuspringen. Aber schon war auch der Kapitän da, welcher sagte: »Hören wir den Mann doch einmal an. Der Schubal wird mir sowieso mit der Zeit viel zu selbständig, womit ich aber nichts zu Ihren Gunsten gesagt haben will.« Das letztere galt dem Heizer, es war nur natürlich, daß er sich nicht sofort für ihn einsetzen konnte, aber alles schien auf dem richtigen Wege. Der Heizer begann seine Erklärungen und überwand sich gleich am Anfang, indem er den Schubal mit »Herr« titulierte. Wie freute sich Karl am verlassenen Schreibtisch des Oberkassiers, wo er eine Briefwage immer wieder niederdrückte vor lauter Vergnügen. – Herr Schubal ist ungerecht! Herr Schubal bevorzugt die Ausländer! Herr Schubal verwies den Heizer aus dem Maschinenraum und ließ ihn Klosette reinigen, was doch gewiß nicht des Heizers Sache war! – Einmal wurde sogar die Tüchtigkeit des Herrn Schubal angezweifelt, die eher scheinbar als wirklich vorhanden sein sollte. Bei dieser Stelle starrte Karl mit aller Kraft den Kapitän an, zutunlich, als sei er sein Kollege, nur damit er sich durch die etwas ungeschickte Ausdrucksweise des Heizers nicht zu dessen Ungunsten beeinflussen lasse. Immerhin erfuhr man aus den vielen Reden nichts Eigentliches, und wenn auch der Kapitän noch immer vor sich hinsah, in den Augen die Entschlossenheit, den Heizer diesmal bis zu Ende anzuhören, so wurden doch die anderen Herren ungeduldig, und die Stimme des Heizers regierte bald nicht mehr unumschränkt in dem Raume, was manches befürchten ließ. Als erster setzte der Herr in Zivil sein Bambusstöckchen in Tätigkeit und klopfte, wenn auch nur leise, auf das Parkett. Die anderen Herren sahen natürlich hie und da hin, die Herren von der Hafenbehörde, die offenbar pressiert waren, griffen wieder zu den Akten und begannen, wenn auch noch etwas geistesabwesend, sie durchzusehen, der Schiffsoffizier rückte seinem Tisch wieder näher, und der Oberkassier, der gewonnenes Spiel zu haben glaubte, seufzte aus Ironie tief auf. Von der allgemein eintretenden Zerstreuung schien nur der Diener bewahrt, der von den Leiden des unter die Großen gestellten armen Mannes einen Teil mitfühlte und Karl ernst zunickte, als wolle er damit etwas erklären.

Inzwischen ging vor den Fenstern das Hafenleben weiter; ein flaches Lastschiff mit einem Berg von Fässern, die wunderbar verstaut sein mußten, daß sie nicht ins Rollen kamen, zog vorüber und erzeugte in dem Zimmer fast Dunkelheit; kleine Motorboote, die Karl jetzt, wenn er Zeit gehabt hätte, genau hätte ansehen können, rauschten nach den Zuckungen der Hände eines am Steuer aufrecht stehenden Mannes schnurgerade dahin; eigentümliche Schwimmkörper tauchten hie und da selbständig aus dem ruhelosen Wasser, wurden gleich wieder überschwemmt und versanken vor dem erstaunten Blick; Boote der Ozeandampfer wurden von heiß arbeitenden Matrosen vorwärtsgerudert und waren voll von Passagieren, die darin, so wie man sie hineingezwängt hatte, still und erwartungsvoll saßen, wenn es auch manche nicht unterlassen konnten, die Köpfe nach den wechselnden Szenerien zu drehen. Eine Bewegung ohne Ende, eine Unruhe, übertragen von dem unruhigen Element auf die hilflosen Menschen und ihre Werke!

Aber alles mahnte zur Eile, zur Deutlichkeit, zu ganz genauer Darstellung; aber was tat der Heizer? Er redete sich allerdings in Schweiß, die Papiere auf dem Fenster konnte er längst mit seinen zitternden Händen nicht mehr halten; aus allen Himmelsrichtungen strömten ihm Klagen über Schubal zu, von denen seiner Meinung nach jede einzelne genügt hätte, diesen Schubal vollständig zu begraben, aber was er dem Kapitän vorzeigen konnte, war nur ein trauriges Durcheinanderstrudeln aller insgesamt. Längst schon pfiff der Herr mit dem Bambusstöckchen schwach zur Decke hinauf, die Herren von der Hafenbehörde hielten schon den Offizier an ihrem Tisch und machten keine Miene, ihn je wieder loszulassen, der Oberkassier wurde sichtlich nur durch die Ruhe des Kapitäns vor dem Dreinfahren zurückgehalten, der Diener erwartete in Habtachtstellung jeden Augenblick einen auf den Heizer bezüglichen Befehl seines Kapitäns.

Da konnte Karl nicht mehr untätig bleiben. Er ging also langsam zu der Gruppe hin und überlegte im Gehen nur desto schneller, wie er die Sache möglichst geschickt angreifen könnte. Es war wirklich höchste Zeit, noch ein kleines Weilchen nur, und sie konnten ganz gut beide aus dem Bureau fliegen. Der Kapitän mochte ja ein guter Mann sein und

überdies gerade jetzt, wie es Karl schien, irgendeinen besonderen Grund haben, sich als gerechter Vorgesetzter zu zeigen,
aber schließlich war er kein Instrument, das man in Grund und
Boden spielen konnte – und gerade so behandelte ihn der
Heizer, allerdings aus seinem grenzenlos empörten Innern
heraus.

Karl sagte also zum Heizer: »Sie müssen das einfacher
erzählen, klarer, der Herr Kapitän kann es nicht würdigen, so
wie Sie es ihm erzählen. Kennt er denn alle Maschinisten und
Laufburschen beim Namen oder gar beim Taufnamen, daß
er, wenn Sie nur einen solchen Namen aussprechen, gleich
wissen kann, um wen es sich handelt? Ordnen Sie doch Ihre
Beschwerden, sagen Sie die wichtigste zuerst und absteigend
die anderen, vielleicht wird es dann überhaupt nicht mehr
nötig sein, die meisten auch nur zu erwähnen. Mir haben Sie
es doch immer so klar dargestellt!« Wenn man in Amerika
Koffer stehlen kann, kann man auch hie und da lügen, dachte
er zur Entschuldigung.

Wenn es aber nur geholfen hätte! Ob es nicht auch schon zu
spät war? Der Heizer unterbrach sich zwar sofort, als er die
bekannte Stimme hörte, aber mit seinen Augen, die ganz von
Tränen der beleidigten Mannesehre, der schrecklichen Erinnerungen, der äußersten gegenwärtigen Not verdeckt waren,
konnte er Karl schon nicht einmal gut mehr erkennen. Wie
sollte er auch jetzt – Karl sah das schweigend vor dem jetzt
Schweigenden wohl ein – wie sollte er auch jetzt plötzlich seine
Redeweise ändern, da es ihm doch schien, als hätte er alles, was
zu sagen war, ohne die geringste Anerkennung schon vorge-
bracht und als habe er andererseits noch gar nichts gesagt und
könne doch den Herren jetzt nicht zumuten, noch alles anzuhören. Und in einem solchen Zeitpunkt kommt noch Karl,
sein einziger Anhänger, daher, will ihm gute Lehren geben,
zeigt ihm aber statt dessen, daß alles, alles verloren ist.

»Wäre ich früher gekommen, statt aus dem Fenster zu schauen«, sagte sich Karl, senkte vor dem Heizer das Gesicht und schlug die Hände an die Hosennaht, zum Zeichen des Endes jeder Hoffnung.

Aber der Heizer mißverstand das, witterte wohl in Karl irgendwelche geheime Vorwürfe gegen sich, und in der guten Absicht, sie ihm auszureden, fing er zur Krönung seiner Taten mit Karl jetzt zu streiten an. Jetzt, wo doch die Herren am runden Tisch längst empört über den nutzlosen Lärm waren, der ihre wichtigen Arbeiten störte, wo der Hauptkassier allmählich die Geduld des Kapitäns unverständlich fand und zum sofortigen Ausbruch neigte, wo der Diener, ganz wieder in der Sphäre seiner Herren, den Heizer mit wildem Blicke maß, und wo endlich der Herr mit dem Bambusstöckchen, zu welchem sogar der Kapitän hie und da freundschaftlich hinübersah, schon gänzlich abgestumpft gegen den Heizer, ja von ihm angewidert, ein kleines Notizbuch hervorzog und, offenbar mit ganz anderen Angelegenheiten beschäftigt, die Augen zwischen dem Notizbuch und Karl hin und her wandern ließ.

»Ich weiß ja, ich weiß ja«, sagte Karl, der Mühe hatte, den jetzt gegen ihn gekehrten Schwall des Heizers abzuwehren, trotzdem aber quer durch allen Streit noch ein Freundeslächeln für ihn übrighatte, »Sie haben Recht, Recht, ich habe ja nie daran gezweifelt.« Er hätte ihm gern aus Furcht vor Schlägen die herumfahrenden Hände gehalten, noch lieber allerdings ihn in einen Winkel gedrängt, um ihm ein paar leise beruhigende Worte zuzuflüstern, die niemand sonst hätte hören müssen. Aber der Heizer war außer Rand und Band. Karl begann jetzt schon sogar aus dem Gedanken eine Art Trost zu schöpfen, daß der Heizer im Notfall mit der Kraft seiner Verzweiflung alle anwesenden sieben Männer bezwingen könne. Allerdings lag auf dem Schreibtisch, wie ein Blick dorthin lehrte, ein Aufsatz mit viel zu vielen Druckknöpfen der elektrischen Leitung und eine Hand, einfach auf sie niedergedrückt, konnte das ganze Schiff mit allen seinen von feindlichen Menschen gefüllten Gängen rebellisch machen.

Da trat der doch so uninteressierte Herr mit dem Bambusstöckchen auf Karl zu und fragte, nicht überlaut, aber deutlich über allem Geschrei des Heizers: »Wie heißen Sie denn eigentlich?« In diesem Augenblick, als hätte jemand hinter der Tür auf diese Äußerung des Herrn gewartet, klopfte es. Der Diener sah zum Kapitän hinüber, dieser nickte. Daher ging der Diener zur Tür und öffnete sie. Draußen stand in einem alten Kaiserrock ein Mann von mittleren Proportionen, seinem Aussehen nach nicht eigentlich zur Arbeit an den Maschinen geeignet, und war doch – Schubal. Wenn es Karl nicht an aller Augen erkannt hätte, die eine gewisse Befriedigung ausdrückten, von der nicht einmal der Kapitän frei war, er hätte es zu seinem Schrecken am Heizer sehen müssen, der die Fäuste an den gestrafften Armen so ballte, als sei diese Ballung das Wichtigste an ihm, dem er alles, was er an Leben habe, zu opfern bereit sei. Da steckte jetzt alle seine Kraft, auch die, welche ihn überhaupt aufrecht erhielt.

Und da war also der Feind, frei und frisch im Festanzug, unter dem Arm ein Geschäftsbuch, wahrscheinlich die Lohnlisten und Arbeitsausweise des Heizers, und sah mit dem ungescheuten Zugeständnis, daß er die Stimmung jedes Einzelnen vor allem feststellen wolle, in aller Augen der Reihe nach. Die sieben waren auch schon alle seine Freunde, denn wenn auch der Kapitän früher gewisse Einwände gegen ihn gehabt oder vielleicht nur vorgeschützt hatte, nach dem Leid, das ihm der Heizer angetan hatte, schien ihm wahrscheinlich an Schubal auch das Geringste nicht mehr auszusetzen. Gegen einen Mann, wie den Heizer, konnte man nicht streng

genug verfahren, und wenn dem Schubal etwas vorzuwerfen
war, so war es der Umstand, daß er die Widerspenstigkeit
des Heizers im Laufe der Zeit nicht so weit hatte brechen
können, daß es dieser heute noch gewagt hatte, vor dem
Kapitän zu erscheinen.

Nun konnte man ja vielleicht noch annehmen, die Gegenüberstellung des Heizers und Schubals werde die ihr vor einem
höheren Forum zukommende Wirkung auch vor den Menschen nicht verfehlen, denn wenn sich auch Schubal gut
verstellen konnte, er mußte es doch durchaus nicht bis zum
Ende aushalten können. Ein kurzes Aufblitzen seiner Schlech-
tigkeit sollte genügen, um sie den Herren sichtbar zu machen,
dafür wollte Karl schon sorgen. Er kannte doch schon beiläufig den Scharfsinn, die Schwächen, die Launen der einzelnen
Herren, und unter diesem Gesichtspunkt war die bisher hier
verbrachte Zeit nicht verloren. Wenn nur der Heizer besser auf
dem Platz gewesen wäre, aber der schien vollständig kampf-
unfähig. Wenn man ihm den Schubal hingehalten hätte,
hätte er wohl dessen gehaßten Schädel mit den Fäusten auf-
klopfen können. Aber schon die paar Schritte zu ihm hinzuge-
hen, war er wohl kaum imstande. Warum hatte denn Karl das
so leicht Vorauszusehende nicht vorausgesehen, daß Schubal
endlich kommen müsse, wenn nicht aus eigenem Antrieb, so
vom Kapitän gerufen. Warum hatte er auf dem Herweg mit
dem Heizer nicht einen genauen Kriegsplan besprochen, statt,
wie sie es in Wirklichkeit getan hatten, heillos unvorbereitet
einfach dort einzutreten, wo eine Tür war? Konnte der Heizer überhaupt noch reden, ja und nein sagen, wie es bei dem
Kreuzverhör, das allerdings nur im günstigsten Fall bevor-
stand, nötig sein würde? Er stand da, die Beine auseinander
gestellt, die Knie unsicher, den Kopf etwas gehoben, und die
Luft verkehrte durch den offenen Mund, als gäbe es innen
keine Lungen mehr, die sie verarbeiteten.

Karl allerdings fühlte sich so kräftig und bei Verstand, wie er es vielleicht zu Hause niemals gewesen war. Wenn ihn doch seine Eltern sehen könnten, wie er in fremdem Land, vor angesehenen Persönlichkeiten das Gute verfocht und, wenn er es auch noch nicht zum Siege gebracht hatte, so doch zur letzten Eroberung sich vollkommen bereitstellte! Würden sie ihre Meinung über ihn revidieren? Ihn zwischen sich niedersetzen und loben? Ihm einmal, einmal in die ihnen so ergebenen Augen sehn? Unsichere Fragen und ungeeignetester Augenblick, sie zu stellen!

»Ich komme, weil ich glaube, daß mich der Heizer irgendwelcher Unredlichkeiten beschuldigt. Ein Mädchen aus der Küche sagte mir, sie hätte ihn auf dem Wege hierher gesehen. Herr Kapitän und Sie alle meine Herren, ich bin bereit, jede Beschuldigung an der Hand meiner Schriften, nötigenfalls durch Aussagen unvoreingenommener und unbeeinflußter Zeugen, die vor der Türe stehen, zu widerlegen.« So sprach Schubal. Das war allerdings die klare Rede eines Mannes und nach der Veränderung in den Mienen der Zuhörer hätte man glauben können, sie hörten zum erstenmal nach langer Zeit wieder menschliche Laute. Sie bemerkten freilich nicht, daß selbst diese schöne Rede Löcher hatte. Warum war das erste sachliche Wort, das ihm einfiel, »Unredlichkeiten«? Hätte vielleicht die Beschuldigung hier einsetzen müssen, statt bei seinen nationalen Voreingenommenheiten? Ein Mädchen aus der Küche hatte den Heizer auf dem Weg ins Bureau gesehen und Schubal hatte sofort begriffen? War es nicht das Schuldbewußtsein, das ihm den Verstand schärfte? Und Zeugen hatte er gleich mitgebracht und nannte sie noch außerdem unvoreingenommen und unbeeinflußt? Gaunerei, nichts als Gaunerei! Und die Herren duldeten das und anerkannten es noch als richtiges Benehmen? Warum hatte er zweifellos sehr viel Zeit zwischen der Meldung des Küchenmädchens und seiner Ankunft hier verstreichen lassen? Doch zu keinem anderen Zwecke, als damit der Heizer die Herren so ermüde, daß sie allmählich ihre klare Urteilskraft verloren, welche Schubal vor allem zu fürchten hatte. Hatte er, der sicher schon lange hinter der Tür gestanden hatte, nicht erst in dem Augenblick geklopft, als er infolge der nebensächlichen Frage jenes Herrn hoffen durfte, der Heizer sei erledigt?

Alles war klar und wurde ja auch von Schubal wider Willen so dargeboten, aber den Herren mußte man es anders, noch handgreiflicher zeigen. Sie brauchten Aufrüttelung. Also Karl, rasch, nütze jetzt wenigstens die Zeit aus, ehe die Zeugen auftreten und alles überschwemmen!

Eben aber winkte der Kapitän dem Schubal ab, der daraufhin sofort – denn seine Angelegenheit schien für ein Weilchen aufgeschoben zu sein – beiseite trat und mit dem Diener, der sich ihm gleich angeschlossen hatte, eine leise Unterhaltung begann, bei der es an Seitenblicken nach dem Heizer und Karl sowie an den überzeugtesten Handbewegungen nicht fehlte. Schubal schien so seine nächste große Rede einzuüben.

»Wollten Sie nicht den jungen Menschen etwas fragen, Herr Jakob?« sagte der Kapitän unter allgemeiner Stille zu dem Herrn mit dem Bambusstöckchen.

»Allerdings«, sagte dieser, mit einer kleinen Neigung für die Aufmerksamkeit dankend. Und fragte dann Karl nochmals: »Wie heißen Sie eigentlich?«

Karl, welcher glaubte, es sei im Interesse der großen Hauptsache gelegen, wenn dieser Zwischenfall des hartnäckigen Fragers bald erledigt würde, antwortete kurz, ohne, wie es seine Gewohnheit war, durch Vorweisung des Passes sich vorzustellen, den er erst hätte suchen müssen: »Karl Roßmann«.

»Aber«, sagte der mit Jakob Angesprochene und trat zuerst fast ungläubig lächelnd zurück. Auch der Kapitän, der

Oberkassier, der Schiffsoffizier, ja sogar der Diener zeigten deutlich ein übermäßiges Erstaunen wegen Karls Namen. Nur die Herren von der Hafenbehörde und Schubal verhielten sich gleichgültig.

»Aber«, wiederholte Herr Jakob und trat mit etwas steifen Schritten auf Karl zu, »dann bin ich ja dein Onkel Jakob und du bist mein lieber Neffe. Ahnte ich es doch die ganze Zeit über!« sagte er zum Kapitän hin, ehe er Karl umarmte und küßte, der alles stumm geschehen ließ.

»Wie heißen Sie?« fragte Karl, nachdem er sich losgelassen fühlte, zwar sehr höflich, aber gänzlich ungerührt, und strengte sich an, die Folgen abzusehen, welche dieses neue Ereignis für den Heizer haben dürfte. Vorläufig deutete nichts darauf hin, daß Schubal aus dieser Sache Nutzen ziehen könnte.

»Begreifen Sie doch, junger Mann, Ihr Glück«, sagte der Kapitän, der durch Karls Frage die Würde der Person des Herrn Jakob verletzt glaubte, der sich zum Fenster gestellt hatte, offenbar, um sein aufgeregtes Gesicht, das er überdies mit einem Taschentuch betupfte, den andern nicht zeigen zu müssen. »Es ist der Senator Edward Jakob, der sich Ihnen als Ihr Onkel zu erkennen gegeben hat. Es erwartet Sie nunmehr, doch wohl ganz gegen Ihre bisherigen Erwartungen, eine glänzende Laufbahn. Versuchen Sie das einzusehen, so gut es im ersten Augenblick geht, und fassen Sie sich!«

»Ich habe allerdings einen Onkel Jakob in Amerika«, sagte Karl zum Kapitän gewendet, »aber wenn ich recht verstanden habe, ist Jakob bloß der Zuname des Herrn Senators.«

»So ist es«, sagte der Kapitän erwartungsvoll.

»Nun, mein Onkel Jakob, welcher der Bruder meiner Mutter ist, heißt aber mit dem Taufnamen Jakob, während sein Zuname natürlich gleich jenem meiner Mutter lauten müßte, welche eine geborene Bendelmayer ist.«

»Meine Herren!« rief der Senator, der von seinem Erholungsposten beim Fenster munter zurückkehrte, mit Bezug auf Karls Erklärung aus. Alle, mit Ausnahme der Hafenbeamten, brachen in Lachen aus, manche wie in Rührung, manche undurchdringlich.

»So lächerlich war das, was ich gesagt habe, doch keineswegs«, dachte Karl.

»Meine Herren«, wiederholte der Senator, »Sie nehmen gegen meinen und gegen Ihren Willen an einer kleinen Familienszene teil, und ich kann deshalb nicht umhin, Ihnen eine Erläuterung zu geben, da, wie ich glaube, nur der Herr Kapitän« – diese Erwähnung hatte eine gegenseitige Verbeugung zur Folge – »vollständig unterrichtet ist.«

»Jetzt muß ich aber wirklich auf jedes Wort achtgeben«, sagte sich Karl und freute sich, als er bei einem Seitwärtsschauen bemerkte, daß in die Figur des Heizers das Leben zurückzukehren begann.

»Ich lebe seit allen den langen Jahren meines amerikanischen Aufenthaltes – das Wort Aufenthalt paßt hier allerdings schlecht für den amerikanischen Bürger, der ich mit ganzer Seele bin – seit allen den langen Jahren lebe ich also von meinen europäischen Verwandten vollständig getrennt, aus Gründen, die erstens nicht hierher gehören, und die zweitens zu erzählen mich wirklich zu sehr hernehmen würde. Ich fürchte mich sogar vor dem Augenblick, wo ich vielleicht gezwungen sein werde, sie meinem lieben Neffen zu erzählen, wobei sich leider ein offenes Wort über seine Eltern und ihren Anhang nicht vermeiden lassen wird.«

»Es ist mein Onkel, kein Zweifel«, sagte sich Karl und lauschte, »wahrscheinlich hat er seinen Namen ändern lassen.«

»Mein lieber Neffe ist nun von seinen Eltern – sagen wir nur das Wort, das die Sache auch wirklich bezeichnet – einfach beiseitegeschafft worden, wie man eine Katze vor die Tür wirft, wenn sie ärgert. Ich will durchaus nicht beschönigen, was mein Neffe gemacht hat, daß er so gestraft wurde, aber sein Verschulden ist ein solches, daß sein einfaches Nennen schon genug Entschuldigung enthält.«

»Das läßt sich hören«, dachte Karl, »aber ich will nicht, daß er es allen erzählt. Übrigens kann er es ja auch nicht wissen. Woher denn?«

»Er wurde nämlich«, fuhr der Onkel fort und stützte sich mit kleinen Neigungen auf das vor ihm eingestemmte Bambusstöckchen, wodurch es ihm tatsächlich gelang, der Sache die unnötige Feierlichkeit zu nehmen, die sie sonst unbedingt gehabt hätte, »er wurde nämlich von einem Dienstmädchen, Johanna Brummer, einer etwa 35jährigen Person, verführt. Ich will mit dem Worte ›verführt‹ meinen Neffen durchaus nicht kränken, aber es ist doch schwer, ein anderes, gleich passendes Wort zu finden.«

Karl, der schon ziemlich nahe zum Onkel getreten war, drehte sich hier um, um den Eindruck der Erzählung von den Gesichtern der Anwesenden abzulesen. Keiner lachte, alle hörten geduldig und ernsthaft zu. Schließlich lacht man auch nicht über den Neffen eines Senators bei der ersten Gelegenheit, die sich darbietet. Eher hätte man schon sagen können, daß der Heizer, wenn auch nur ganz wenig, Karl anlächelte, was aber erstens als neues Lebenszeichen erfreulich und zweitens entschuldbar war, da ja Karl in der Kabine aus dieser Sache, die jetzt so publik wurde, ein besonderes Geheimnis hatte machen wollen.

»Nun hat diese Brummer«, setzte der Onkel fort, »von meinem Neffen ein Kind bekommen, einen gesunden Jungen, welcher in der Taufe den Namen Jakob erhielt, zweifellos in Gedanken an meine Wenigkeit, welche, selbst in den sicher nur ganz nebensächlichen Erwähnungen meines Nef-

79

fen, auf das Mädchen einen großen Eindruck gemacht haben muß. Glücklicherweise, sage ich. Denn da die Eltern zur Vermeidung der Alimentenzahlung oder sonstigen bis an sie selbst heranreichenden Skandales – ich kenne, wie ich betonen muß, weder die dortigen Gesetze noch die sonstigen Verhältnisse der Eltern – da sie also zur Vermeidung der Alimentenzahlung und des Skandales ihren Sohn, meinen lieben Neffen, nach Amerika haben transportieren lassen, mit unverantwortlich ungenügender Ausrüstung, wie man sieht, so wäre der Junge, ohne die gerade noch in Amerika lebendigen Zeichen und Wunder, auf sich allein angewiesen, wohl schon gleich in einem Gäßchen im Hafen von New York verkommen, wenn nicht jenes Dienstmädchen in einem an mich gerichteten Brief, der nach langen Irrfahrten vorgestern in meinen Besitz kam, mir die ganze Geschichte samt Personenbeschreibung meines Neffen und vernünftigerweise auch Namensnennung des Schiffes mitgeteilt hätte. Wenn ich es darauf angelegt hätte, Sie, meine Herren, zu unterhalten, könnte ich wohl einige Stellen jenes Briefes« – er zog zwei riesige, engbeschriebene Briefbogen aus der Tasche und schwenkte sie – »hier vorlesen. Er würde sicher Wirkung machen, da er mit einer etwas einfachen, wenn auch immer gutgemeinten Schlauheit und mit viel Liebe zu dem Vater des Kindes geschrieben ist. Aber ich will weder Sie mehr unterhalten, als es zur Aufklärung nötig ist, noch vielleicht gar zum Empfang möglicherweise noch bestehende Gefühle meines Neffen verletzen, der den Brief, wenn er mag, in der Stille seines ihn schon erwartenden Zimmers zur Belehrung lesen kann. «

Karl hatte aber keine Gefühle für jenes Mädchen. Im Gedränge einer immer mehr zurücktretenden Vergangenheit saß sie in ihrer Küche neben dem Küchenschrank, auf dessen Platte sie ihren Ellbogen stützte. Sie sah ihn an, wenn er hin und wieder in die Küche kam, um ein Glas zum Wassertrinken für seinen Vater zu holen oder einen Auftrag seiner Mutter auszurichten. Manchmal schrieb sie in der vertrackten Stellung seitlich vom Küchenschrank einen Brief und holte sich die Eingebungen von Karls Gesicht. Manchmal hielt sie die Augen mit der Hand verdeckt, dann drang keine Anrede zu ihr. Manchmal kniete sie in ihrem engen Zimmerchen neben der Küche und betete zu einem hölzernen Kreuz; Karl beobachtete sie dann nur mit Scheu im Vorübergehen durch die Spalte der ein wenig geöffneten Tür. Manchmal jagte sie in der Küche herum und fuhr, wie eine Hexe lachend, zurück, wenn Karl ihr in den Weg kam. Manchmal schloß sie die Küchentüre, wenn Karl eingetreten war und behielt die Klinke so lange in der Hand, bis er wegzugehn verlangte. Manchmal holte sie Sachen, die er gar nicht haben wollte, und drückte sie ihm schweigend in die Hände. Einmal aber sagte sie »Karl« und führte ihn, der noch über die unerwartete Ansprache staunte, unter Grimassen seufzend in ihr Zimmerchen, das sie zusperrte. Würgend umarmte sie seinen Hals und während sie ihn bat, sie zu entkleiden, entkleidete sie in Wirklichkeit ihn und legte ihn in ihr Bett, als wolle sie ihn von jetzt niemandem mehr lassen und ihn streicheln und pflegen bis zum Ende der Welt. »Karl, o du mein Karl!« rief sie, als sähe sie ihn und bestätige sich seinen Besitz, während er nicht das Geringste sah und sich unbehaglich in dem vielen warmen Bettzeug fühlte, das sie eigens für ihn aufgehäuft zu haben schien. Dann legte sie sich auch zu ihm und wollte irgendwelche Geheimnisse von ihm erfahren, aber er konnte ihr keine sagen und sie ärgerte sich im Scherz oder Ernst, schüttelte ihn, horchte sein Herz ab, bot ihre Brust zum gleichen Abhorchen hin, wozu sie Karl aber nicht bringen konnte, drückte ihren nackten Bauch an seinen Leib, suchte mit der Hand, so widerlich, daß Karl Kopf und

Hals aus den Kissen herausschüttelte, zwischen seinen Beinen, stieß dann den Bauch einige Male gegen ihn, – ihm war, als sei sie ein Teil seiner selbst und vielleicht aus diesem Grunde hatte ihn eine entsetzliche Hilfsbedürftigkeit ergriffen. Weinend kam er endlich nach vielen Wiedersehenswünschen ihrerseits in sein Bett. Das war alles gewesen und doch verstand es der Onkel, daraus eine große Geschichte zu machen. Und die Köchin hatte also auch an ihn gedacht und den Onkel von seiner Ankunft verständigt. Das war schön von ihr gehandelt und er würde es ihr wohl noch einmal vergelten.

»Und jetzt«, rief der Senator, »will ich von dir offen hören, ob ich dein Onkel bin oder nicht.«

»Du bist mein Onkel«, sagte Karl und küßte ihm die Hand und wurde dafür auf die Stirne geküßt. »Ich bin sehr froh, daß ich dich getroffen habe, aber du irrst, wenn du glaubst, daß meine Eltern nur Schlechtes von dir reden. Aber auch abgesehen davon sind in deiner Rede einige Fehler enthalten gewesen, das heißt, ich meine, es hat sich in Wirklichkeit nicht alles so zugetragen. Du kannst aber auch wirklich von hier aus die Dinge nicht so gut beurteilen, und ich glaube außerdem, daß es keinen besonderen Schaden bringen wird, wenn die Herren in Einzelheiten einer Sache, an der ihnen doch wirklich nicht viel liegen kann, ein wenig unrichtig informiert worden sind.«

»Wohl gesprochen«, sagte der Senator, führte Karl vor den sichtlich teilnehmenden Kapitän und fragte: »Habe ich nicht einen prächtigen Neffen?«

»Ich bin glücklich«, sagte der Kapitän mit einer Verbeugung, wie sie nur militärisch geschulte Leute zustandebringen, »Ihren Neffen, Herr Senator, kennen gelernt zu haben. Es ist eine besondere Ehre für mein Schiff, daß es den Ort eines solchen Zusammentreffens abgeben konnte. Aber die

Fahrt im Zwischendeck war wohl sehr arg, ja, wer kann denn wissen, wer da mitgeführt wird. Nun, wir tun alles Mögliche, den Leuten im Zwischendeck die Fahrt möglichst zu erleichtern, viel mehr zum Beispiel, als die amerikanischen Linien, aber eine solche Fahrt zu einem Vergnügen zu machen, ist uns allerdings noch immer nicht gelungen.«

»Es hat mir nicht geschadet«, sagte Karl.

»Es hat ihm nicht geschadet!« wiederholte laut lachend der Senator.

»Nur meinen Koffer fürchte ich verloren zu –« und damit erinnerte er sich an alles, was geschehen war und was noch zu tun übrigblieb, sah sich um und erblickte alle Anwesenden stumm vor Achtung und Staunen auf ihren früheren Plätzen, die Augen auf ihn gerichtet. Nur den Hafenbeamten sah man, soweit ihre strengen, selbstzufriedenen Gesichter einen Einblick gestatteten, das Bedauern an, zu so ungelegener Zeit gekommen zu sein und die Taschenuhr, die sie jetzt vor sich liegen hatten, war ihnen wahrscheinlich wichtiger als alles, was im Zimmer vorging und vielleicht noch geschehen konnte.

Der erste, welcher nach dem Kapitän seine Anteilnahme ausdrückte, war merkwürdigerweise der Heizer. »Ich gratuliere Ihnen herzlich«, sagte er und schüttelte Karl die Hand, womit er auch etwas wie Anerkennung ausdrücken wollte. Als er sich dann mit der gleichen Ansprache auch an den Senator wenden wollte, trat dieser zurück, als überschreite der Heizer damit seine Rechte; der Heizer ließ auch sofort ab.

Die Übrigen aber sahen jetzt ein, was zu tun war, und bildeten gleich um Karl und den Senator einen Wirrwarr. So geschah es, daß Karl sogar eine Gratulation Schubals erhielt, annahm und für sie dankte. Als letzte traten in der wieder entstandenen Ruhe die Hafenbeamten hinzu und sagten zwei englische Worte, was einen lächerlichen Eindruck machte.

Der Senator war ganz in der Laune, um das Vergnügen vollständig auszukosten, nebensächlichere Momente sich und den anderen in Erinnerung zu bringen, was natürlich von allen nicht nur geduldet, sondern mit Interesse hingenommen wurde. So machte er darauf aufmerksam, daß er sich die in dem Brief der Köchin erwähnten hervorstechendsten Erkennungszeichen Karls in sein Notizbuch zu möglicherweise notwendigem augenblicklichen Gebrauch eingetragen hatte. Nun hatte er während des unerträglichen Geschwätzes des Heizers zu keinem anderen Zweck, als um sich abzulenken, das Notizbuch herausgezogen und die natürlich nicht gerade detektivisch richtigen Beobachtungen der Köchin mit Karls Aussehen zum Spiel in Verbindung zu bringen gesucht. »Und so findet man seinen Neffen!« schloß er in einem Ton, als wolle er noch einmal Gratulationen bekommen.

»Was wird jetzt dem Heizer geschehen?« fragte Karl, vorbei an der letzten Erzählung des Onkels. Er glaubte in seiner neuen Stellung alles, was er dachte, auch aussprechen zu können.

»Dem Heizer wird geschehen, was er verdient«, sagte der Senator, »und was der Herr Kapitän für gut erachtet. Ich glaube, wir haben von dem Heizer genug und übergenug, wozu mir jeder der anwesenden Herren sicher zustimmen wird.«

»Darauf kommt es doch nicht an, bei einer Sache der Gerechtigkeit«, sagte Karl. Er stand zwischen dem Onkel und dem Kapitän, und glaubte, vielleicht durch diese Stellung beeinflußt, die Entscheidung in der Hand zu haben.

Und trotzdem schien der Heizer nichts mehr für sich zu hoffen. Die Hände hielt er halb in dem Hosengürtel, der durch seine aufgeregten Bewegungen mit dem Streifen eines gemusterten Hemdes zum Vorschein gekommen war. Das kümmerte ihn nicht im geringsten; er hatte sein ganzes Leid geklagt, nun sollte man auch noch die paar Fetzen sehen, die er am Leibe hatte, und dann sollte man ihn forttragen. Er dachte sich aus, der Diener und Schubal, als die zwei hier im Range Tiefsten, sollten ihm diese letzte Güte erweisen. Schubal würde dann Ruhe haben und nicht mehr in Verzweiflung kommen, wie sich der Oberkassier ausgedrückt hatte. Der Kapitän würde lauter Rumänen anstellen können, es würde überall rumänisch gesprochen werden, und vielleicht würde dann wirklich alles besser gehen. Kein Heizer würde mehr in der Hauptkassa schwätzen, nur sein letztes Geschwätz würde man in ziemlich freundlicher Erinnerung behalten, da es, wie der Senator ausdrücklich erklärt hatte, die mittelbare Veranlassung zur Erkennung des Neffen gegeben hatte. Dieser Neffe hatte ihm übrigens vorher öfters zu nützen gesucht und daher für seinen Dienst bei der Wiedererkennung längst vorher einen mehr als genügenden Dank abgestattet; dem Heizer fiel gar nicht ein, jetzt noch etwas von ihm zu verlangen. Im übrigen, mochte er auch der Neffe des Senators sein, ein Kapitän war er noch lange nicht, aber aus dem Munde des Kapitäns würde schließlich das böse Wort fallen. – So wie es seiner Meinung entsprach, versuchte auch der Heizer nicht zu Karl hinzusehen, aber leider blieb in diesem Zimmer der Feinde kein anderer Ruheort für seine Augen.

»Mißverstehe die Sachlage nicht«, sagte der Senator zu Karl, »es handelt sich vielleicht um eine Sache der Gerechtigkeit, aber gleichzeitig um eine Sache der Disziplin. Beides und ganz besonders das letztere unterliegt hier der Beurteilung des Herrn Kapitäns.«

»So ist es«, murmelte der Heizer. Wer es merkte und verstand, lächelte befremdet.

»Wir aber haben überdies den Herrn Kapitän in seinen Amtsgeschäften, die sich sicher gerade bei der Ankunft in

New York unglaublich häufen, so sehr schon behindert, daß es höchste Zeit für uns ist, das Schiff zu verlassen, um nicht zum Überfluß auch noch durch irgendwelche höchst unnötige Einmischung diese geringfügige Zänkerei zweier Maschinisten zu einem Ereignis zu machen. Ich begreife deine Handlungsweise, lieber Neffe, übrigens vollkommen, aber gerade das gibt mir das Recht, dich eilends von hier fortzuführen.«

»Ich werde sofort ein Boot für Sie flottmachen lassen«, sagte der Kapitän, ohne zum Erstaunen Karls auch nur den kleinsten Einwand gegen die Worte des Onkels vorzubringen, die doch zweifellos als eine Selbstdemütigung des Onkels angesehen werden konnten. Der Oberkassier eilte überstürzt zum Schreibtisch und telephonierte den Befehl des Kapitäns an den Bootsmeister.

»Die Zeit drängt schon«, sagte sich Karl, »aber ohne alle zu beleidigen, kann ich nichts tun. Ich kann doch jetzt den Onkel nicht verlassen, nachdem er mich kaum wiedergefunden hat. Der Kapitän ist zwar höflich, aber das ist auch alles. Bei der Disziplin hört seine Höflichkeit auf, und der Onkel hat ihm sicher aus der Seele gesprochen. Mit Schubal will ich nicht reden, es tut mir sogar leid, daß ich ihm die Hand gereicht habe. Und alle anderen Leute hier sind Spreu.«

Und er ging langsam in solchen Gedanken zum Heizer, zog dessen rechte Hand aus dem Gürtel und hielt sie spielend in der seinen. »Warum sagst du denn nichts?« fragte er. »Warum läßt du dir alles gefallen?«

Der Heizer legte nur die Stirn in Falten, als suche er den Ausdruck für das, was er zu sagen habe. Im übrigen sah er auf Karls und seine Hand hinab.

»Dir ist ja unrecht geschehen, wie keinem auf dem Schiff, das weiß ich ganz genau.« Und Karl zog seine Finger hin und her zwischen den Fingern des Heizers, der mit glänzenden

Augen ringsumher schaute, als widerfahre ihm eine Wonne, die ihm aber niemand verübeln möge.

»Du mußt dich aber zur Wehr setzen, ja und nein sagen, sonst haben doch die Leute keine Ahnung von der Wahrheit. Du mußt mir versprechen, daß du mir folgen wirst, denn ich selbst, das fürchte ich mit vielem Grund, werde dir gar nicht mehr helfen können.« Und nun weinte Karl, während er die Hand des Heizers küßte, und nahm die rissige, fast leblose Hand und drückte sie an seine Wangen, wie einen Schatz, auf den man verzichten muß. – Da war aber auch schon der Onkel Senator an seiner Seite und zog ihn, wenn auch nur mit dem leichtesten Zwange, fort.

»Der Heizer scheint dich bezaubert zu haben«, sagte er und sah verständnisinnig über Karls Kopf zum Kapitän hin. »Du hast dich verlassen gefühlt, da hast du den Heizer gefunden und bist ihm jetzt dankbar, das ist ja ganz löblich. Treibe das aber, schon mir zuliebe, nicht zu weit und lerne deine Stellung begreifen.«

Vor der Tür entstand ein Lärmen, man hörte Rufe und es war sogar, als werde jemand brutal gegen die Türe gestoßen. Ein Matrose trat ein, etwas verwildert, und hatte eine Mädchenschürze umgebunden. »Es sind Leute draußen«, rief er und stieß einmal mit dem Ellbogen herum, als sei er noch im Gedränge. Endlich fand er seine Besinnung und wollte vor dem Kapitän salutieren, da bemerkte er die Mädchenschürze, riß sie herunter, warf sie zu Boden und rief: »Das ist ja ekelhaft, da haben sie mir eine Mädchenschürze umgebunden.« Dann aber klappte er die Hacken zusammen und salutierte. Jemand versuchte zu lachen, aber der Kapitän sagte streng: »Das nenne ich eine gute Laune. Wer ist denn draußen?«

»Es sind meine Zeugen«, sagte Schubal vortretend, »ich bitte ergebenst um Entschuldigung für ihr unpassendes

Benehmen. Wenn die Leute die Seefahrt hinter sich haben, sind sie manchmal wie toll.«

»Rufen Sie sie sofort herein!« befahl der Kapitän und gleich sich zum Senator umwendend sagte er verbindlich aber rasch: »Haben Sie jetzt die Güte, verehrter Herr Senator, mit Ihrem Herrn Neffen diesem Matrosen zu folgen, der Sie ins Boot bringen wird. Ich muß wohl nicht erst sagen, welches Vergnügen und welche Ehre mir das persönliche Bekanntwerden mit Ihnen, Herr Senator, bereitet hat. Ich wünsche mir nur, bald Gelegenheit zu haben, mit Ihnen, Herr Senator, unser unterbrochenes Gespräch über die amerikanischen Flottenverhältnisse wieder einmal aufnehmen zu können und dann vielleicht neuerdings auf so angenehme Weise, wie heute, unterbrochen zu werden.«

»Vorläufig genügt mir dieser eine Neffe«, sagte der Onkel lachend. »Und nun nehmen Sie meinen besten Dank für Ihre Liebenswürdigkeit und leben Sie wohl. Es wäre übrigens gar nicht so unmöglich, daß wir« – er drückte Karl herzlich an sich – »bei unserer nächsten Europareise vielleicht für längere Zeit mit Ihnen zusammenkommen könnten.«

»Es würde mich herzlich freuen«, sagte der Kapitän. Die beiden Herren schüttelten einander die Hände, Karl konnte nur noch stumm und flüchtig seine Hand dem Kapitän reichen, denn dieser war bereits von den vielleicht fünfzehn Leuten in Anspruch genommen, welche unter Führung Schubals zwar etwas betroffen, aber doch sehr laut einzogen. Der Matrose bat den Senator, vorausgehen zu dürfen und teilte dann die Menge für ihn und Karl, die leicht zwischen den sich verbeugenden Leuten durchkamen. Es schien, daß diese im übrigen gutmütigen Leute den Streit Schubals mit dem Heizer als einen Spaß auffaßten, dessen Lächerlichkeit nicht einmal vor dem Kapitän aufhöre. Karl bemerkte unter ihnen auch das Küchenmädchen Line, welche, ihm lustig

zuzwinkernd, die vom Matrosen hingeworfene Schürze um-
band, denn es war die ihre.

Weiter dem Matrosen folgend verließen sie das Bureau
und bogen in einen kleinen Gang ein, der sie nach ein paar
Schritten zu einem Türchen brachte, von dem aus eine kurze
Treppe in das Boot hinabführte, welches für sie vorbereitet
war. Die Matrosen im Boot, in das ihr Führer gleich mit
einem einzigen Satz hinuntersprang, erhoben sich und salu-
tierten. Der Senator gab Karl gerade eine Ermahnung zu
vorsichtigem Hinuntersteigen, als Karl noch auf der obersten
Stufe in heftiges Weinen ausbrach. Der Senator legte die
rechte Hand unter Karls Kinn, hielt ihn fest an sich gepreßt
und streichelte ihn mit der linken Hand. So gingen sie langsam Stufe für Stufe hinab und traten engverbunden ins Boot,
wo der Senator für Karl gerade sich gegenüber einen guten
Platz aussuchte. Auf ein Zeichen des Senators stießen die
Matrosen vom Schiffe ab und waren gleich in voller Arbeit.
Kaum waren sie ein paar Meter vom Schiff entfernt, machte
Karl die unerwartete Entdeckung, daß sie sich gerade auf
jener Seite des Schiffes befanden, wohin die Fenster der
Hauptkassa gingen. Alle drei Fenster waren mit Zeugen
Schubals besetzt, welche freundschaftlichst grüßten und
winkten, sogar der Onkel dankte, und ein Matrose machte
das Kunststück, ohne eigentlich das gleichmäßige Rudern zu
unterbrechen, eine Kußhand hinaufzuschicken. Es war wirklich, als gäbe es keinen Heizer mehr. Karl faßte den Onkel,
mit dessen Knien sich die seinen fast berührten, genauer ins
Auge, und es kamen ihm Zweifel, ob dieser Mann ihm
jemals den Heizer werde ersetzen können. Auch wich der
Onkel seinem Blicke aus und sah auf die Wellen hin, von
denen ihr Boot umschwankt wurde.

Die Verwandlung

I.

Als Gregor Samsa eines Morgens aus unruhigen Träumen erwachte, fand er sich in seinem Bett zu einem ungeheueren Ungeziefer verwandelt. Er lag auf seinem panzerartig harten Rücken und sah, wenn er den Kopf ein wenig hob, seinen gewölbten, braunen, von bogenförmigen Versteifungen geteilten Bauch, auf dessen Höhe sich die Bettdecke, zum gänzlichen Niedergleiten bereit, kaum noch erhalten konnte. Seine vielen, im Vergleich zu seinem sonstigen Umfang kläglich dünnen Beine flimmerten ihm hilflos vor den Augen.

»Was ist mit mir geschehen?« dachte er. Es war kein Traum. Sein Zimmer, ein richtiges, nur etwas zu kleines Menschenzimmer, lag ruhig zwischen den vier wohlbekannten Wänden. Über dem Tisch, auf dem eine auseinandergepackte Musterkollektion von Tuchwaren ausgebreitet war – Samsa war Reisender –, hing das Bild, das er vor kurzem aus einer illustrierten Zeitschrift ausgeschnitten und in einem hübschen, vergoldeten Rahmen untergebracht hatte. Es stellte eine Dame dar, die, mit einem Pelzhut und einer Pelzboa versehen, aufrecht dasaß und einen schweren Pelzmuff, in dem ihr ganzer Unterarm verschwunden war, dem Beschauer entgegenhob.

Gregors Blick richtete sich dann zum Fenster, und das trübe Wetter – man hörte Regentropfen auf das Fensterblech aufschlagen – machte ihn ganz melancholisch. »Wie wäre es, wenn ich noch ein wenig weiterschliefe und alle Narrheiten vergäße«, dachte er, aber das war gänzlich undurchführbar, denn er war gewöhnt, auf der rechten Seite zu schlafen, konnte sich aber in seinem gegenwärtigen Zustand nicht in diese Lage bringen. Mit welcher Kraft er sich auch auf die rechte Seite warf, immer wieder schaukelte er in die Rückenlage zurück. Er versuchte es wohl hundertmal, schloß die Augen, um die zappelnden Beine nicht sehen zu müssen, und ließ erst ab, als er in der Seite einen noch nie gefühlten, leichten, dumpfen Schmerz zu fühlen begann.

»Ach Gott«, dachte er, »was für einen anstrengenden Beruf habe ich gewählt! Tag aus, Tag ein auf der Reise. Die geschäftlichen Aufregungen sind viel größer, als im eigentlichen Geschäft zu Hause, und außerdem ist mir noch diese Plage des Reisens auferlegt, die Sorgen um die Zuganschlüsse, das unregelmäßige, schlechte Essen, ein immer wechselnder, nie andauernder, nie herzlich werdender menschlicher Verkehr. Der Teufel soll das alles holen!« Er fühlte ein leichtes Jucken oben auf dem Bauch; schob sich auf dem Rücken langsam näher zum Bettpfosten, um den Kopf besser heben zu können; fand die juckende Stelle, die mit lauter kleinen weißen Pünktchen besetzt war, die er nicht zu beurteilen verstand; und wollte mit einem Bein die Stelle betasten, zog es aber gleich zurück, denn bei der Berührung umwehten ihn Kälteschauer.

Er glitt wieder in seine frühere Lage zurück. »Dies frühzeitige Aufstehen«, dachte er, »macht einen ganz blödsinnig. Der Mensch muß seinen Schlaf haben. Andere Reisende leben wie Haremsfrauen. Wenn ich zum Beispiel im Laufe des Vormittags ins Gasthaus zurückgehe, um die erlangten Aufträge zu überschreiben, sitzen diese Herren erst beim Frühstück. Das sollte ich bei meinem Chef versuchen; ich würde auf der Stelle hinausfliegen. Wer weiß übrigens, ob das nicht sehr gut für mich wäre. Wenn ich mich nicht wegen meiner Eltern zurückhielte, ich hätte längst gekündigt, ich wäre vor den Chef hin getreten und hätte ihm meine Meinung von Grund des Herzens aus gesagt. Vom Pult hätte er fallen müssen! Es ist auch eine sonderbare Art, sich auf das Pult zu setzen und von der Höhe herab mit dem Angestellten zu reden, der überdies wegen der Schwerhörigkeit des Chefs ganz nahe herantreten muß. Nun, die Hoffnung ist noch nicht gänzlich aufgegeben; habe ich einmal das Geld beisammen, um die Schuld der Eltern an ihn abzuzahlen – es dürfte noch fünf bis sechs Jahre dauern –, mache ich die Sache unbedingt. Dann wird der große Schnitt gemacht. Vorläufig allerdings muß ich aufstehen, denn mein Zug fährt um fünf.«

Und er sah zur Weckuhr hinüber, die auf dem Kasten tickte. »Himmlischer Vater!« dachte er. Es war halb sieben Uhr, und die Zeiger gingen ruhig vorwärts, es war sogar halb vorüber, es näherte sich schon dreiviertel. Sollte der Wecker nicht geläutet haben? Man sah vom Bett aus, daß er auf vier Uhr richtig eingestellt war; gewiß hatte er auch geläutet. Ja, aber war es möglich, dieses möbelerschütternde Läuten ruhig zu verschlafen? Nun, ruhig hatte er ja nicht geschlafen, aber wahrscheinlich desto fester. Was aber sollte er jetzt tun? Der nächste Zug ging um sieben Uhr; um den einzuholen, hätte er sich unsinnig beeilen müssen, und die Kollektion war noch nicht eingepackt, und er selbst fühlte sich durchaus nicht besonders frisch und beweglich. Und selbst wenn er den Zug einholte, ein Donnerwetter des Chefs war nicht zu vermeiden, denn der Geschäftsdiener hatte beim Fünfuhrzug gewartet und die Meldung von seiner Versäumnis längst erstattet. Es war eine Kreatur des Chefs, ohne Rückgrat und Verstand. Wie nun, wenn er sich krank meldete? Das wäre aber äußerst peinlich und verdächtig, denn Gregor war während seines fünfjährigen Dienstes noch nicht einmal krank gewesen. Gewiß würde der Chef mit dem Krankenkassenarzt kommen, würde den Eltern wegen des faulen Sohnes Vorwürfe machen und alle Einwände durch den Hinweis auf den Krankenkassenarzt abschneiden, für den es ja überhaupt nur ganz gesunde, aber arbeitsscheue Menschen gibt. Und hätte er übrigens in diesem Falle so ganz unrecht? Gregor fühlte sich tatsächlich, abgesehen von einer nach dem langen Schlaf wirklich überflüssigen Schläfrigkeit, ganz wohl und hatte sogar einen besonders kräftigen Hunger.

Als er dies alles in größter Eile überlegte, ohne sich entschließen zu können, das Bett zu verlassen – gerade schlug der Wecker dreiviertel sieben – klopfte es vorsichtig an die Tür am Kopfende seines Bettes. »Gregor«, rief es – es war die Mutter –, »es ist dreiviertel sieben. Wolltest du nicht wegfahren?« Die sanfte Stimme! Gregor erschrak, als er seine antwortende Stimme hörte, die wohl unverkennbar seine frühere war, in die sich aber, wie von unten her, ein nicht zu unterdrückendes, schmerzliches Piepsen mischte, das die Worte förmlich nur im ersten Augenblick in ihrer Deutlichkeit beließ, um sie im Nachklang derart zu zerstören, daß man nicht wußte, ob man recht gehört hatte. Gregor hatte ausführlich antworten und alles erklären wollen, beschränkte sich aber bei diesen Umständen darauf, zu sagen: »Ja, ja, danke Mutter, ich stehe schon auf.« Infolge der Holztür war die Veränderung in Gregors Stimme draußen wohl nicht zu merken, denn die Mutter beruhigte sich mit dieser Erklärung und schlürfte davon. Aber durch das kleine Gespräch waren die anderen Familienmitglieder darauf aufmerksam geworden, daß Gregor wider Erwarten noch zu Hause war, und schon klopfte an der einen Seitentür der Vater, schwach, aber mit der Faust. »Gregor, Gregor«, rief er, »was ist denn?« Und nach einer kleinen Weile mahnte er nochmals mit tieferer Stimme: »Gregor! Gregor!« An der anderen Seitentür aber klagte leise die Schwester: »Gregor? Ist dir nicht wohl? Brauchst du etwas?« Nach beiden Seiten hin antwortete Gregor: »Bin schon fertig«, und bemühte sich, durch die sorgfältigste Aussprache und durch Einschaltung von langen Pausen zwischen den einzelnen Worten seiner Stimme alles Auffallende zu nehmen. Der Vater kehrte auch zu seinem Frühstück zurück, die Schwester aber flüsterte: »Gregor, mach auf, ich beschwöre dich.« Gregor aber dachte gar nicht daran aufzumachen, sondern lobte die vom Reisen her übernommene Vorsicht, auch zu Hause alle Türen während der Nacht zu versperren.

Zunächst wollte er ruhig und ungestört aufstehen, sich anziehen und vor allem frühstücken, und dann erst das Weitere überlegen, denn, das merkte er wohl, im Bett würde er mit dem Nachdenken zu keinem vernünftigen Ende kommen. Er erinnerte sich, schon öfters im Bett irgendeinen vielleicht durch ungeschicktes Liegen erzeugten, leichten Schmerz empfunden zu haben, der sich dann beim Aufstehen als reine Einbildung herausstellte, und er war gespannt, wie sich seine heutigen Vorstellungen allmählich auflösen würden. Daß die Veränderung der Stimme nichts anderes war, als der Vorbote einer tüchtigen Verkühlung, einer Berufskrankheit der Reisenden, daran zweifelte er nicht im geringsten.

Die Decke abzuwerfen war ganz einfach; er brauchte sich nur ein wenig aufzublasen und sie fiel von selbst. Aber weiterhin wurde es schwierig, besonders weil er so ungemein breit war. Er hätte Arme und Hände gebraucht, um sich aufzurichten; statt dessen aber hatte er nur die vielen Beinchen, die ununterbrochen in der verschiedensten Bewegung waren und die er überdies nicht beherrschen konnte. Wollte er eines einmal einknicken, so war es das erste, daß es sich streckte; und gelang es ihm endlich, mit diesem Bein das auszuführen, was er wollte, so arbeiteten inzwischen alle anderen, wie freigelassen, in höchster, schmerzlicher Aufregung »Nur sich nicht im Bett unnütz aufhalten«, sagte sich Gregor.

Zuerst wollte er mit dem unteren Teil seines Körpers aus dem Bett hinauskommen, aber dieser untere Teil, den er übrigens noch nicht gesehen hatte und von dem er sich auch keine rechte Vorstellung machen konnte, erwies sich als zu schwer beweglich; es ging so langsam; und als er schließlich, fast wild geworden, mit gesammelter Kraft, ohne Rücksicht sich vorwärtsstieß, hatte er die Richtung falsch gewählt, schlug an den unteren Bettpfosten heftig an, und der brennende Schmerz, den er empfand, belehrte ihn, daß gerade der untere Teil seines Körpers augenblicklich vielleicht der empfindlichste war.

Er versuchte es daher, zuerst den Oberkörper aus dem Bett zu bekommen, und drehte vorsichtig den Kopf dem Bettrand zu. Dies gelang auch leicht, und trotz ihrer Breite und Schwere folgte schließlich die Körpermasse langsam der Wendung des Kopfes. Aber als er den Kopf endlich außerhalb des Bettes in der freien Luft hielt, bekam er Angst, weiter auf diese Weise vorzurücken, denn wenn er sich schließlich so fallen ließ, mußte geradezu ein Wunder geschehen, wenn der Kopf nicht verletzt werden sollte. Und die Besinnung durfte er gerade jetzt um keinen Preis verlieren; lieber wollte er im Bett bleiben.

Aber als er wieder nach gleicher Mühe aufseufzend so dalag wie früher, und wieder seine Beinchen womöglich noch ärger gegeneinander kämpfen sah und keine Möglichkeit fand, in diese Willkür Ruhe und Ordnung zu bringen, sagte er sich wieder, daß er unmöglich im Bett bleiben könne und daß es das Vernünftigste sei, alles zu opfern, wenn auch nur die kleinste Hoffnung bestünde, sich dadurch vom Bett zu befreien. Gleichzeitig aber vergaß er nicht, sich zwischendurch daran zu erinnern, daß viel besser als verzweifelte Entschlüsse ruhige und ruhigste Überlegung sei. In solchen Augenblicken richtete er die Augen möglichst scharf auf das

Fenster, aber leider war aus dem Anblick des Morgennebels, der sogar die andere Seite der engen Straße verhüllte, wenig Zuversicht und Munterkeit zu holen. »Schon sieben Uhr«, sagte er sich beim neuerlichen Schlagen des Weckers, »schon sieben Uhr und noch immer ein solcher Nebel.« Und ein Weilchen lang lag er ruhig mit schwachem Atem, als erwarte er vielleicht von der völligen Stille die Wiederkehr der wirklichen und selbstverständlichen Verhältnisse.

Dann aber sagte er sich: »Ehe es einviertel acht schlägt, muß ich unbedingt das Bett vollständig verlassen haben. Im übrigen wird auch bis dahin jemand aus dem Geschäft kommen, um nach mir zu fragen, denn das Geschäft wird vor sieben Uhr geöffnet.« Und er machte sich nun daran, den Körper in seiner ganzen Länge vollständig gleichmäßig aus dem Bett hinauszuschaukeln. Wenn er sich auf diese Weise aus dem Bett fallen ließ, blieb der Kopf, den er beim Fall scharf heben wollte, voraussichtlich unverletzt. Der Rücken schien hart zu sein; dem würde wohl bei dem Fall auf den Teppich nichts geschehen. Das größte Bedenken machte ihm die Rücksicht auf den lauten Krach, den es geben müßte und der wahrscheinlich hinter allen Türen wenn nicht Schrecken, so doch Besorgnisse erregen würde. Das mußte aber gewagt werden.

Als Gregor schon zur Hälfte aus dem Bette ragte – die neue Methode war mehr ein Spiel als eine Anstrengung, er brauchte immer nur ruckweise zu schaukeln –, fiel ihm ein, wie einfach alles wäre, wenn man ihm zu Hilfe käme. Zwei starke Leute – er dachte an seinen Vater und das Dienstmädchen – hätten vollständig genügt; sie hätten ihre Arme nur unter seinen gewölbten Rücken schieben, ihn so aus dem Bett schälen, sich mit der Last niederbeugen und dann bloß vorsichtig dulden müssen, daß er den Überschwung auf dem Fußboden vollzog, wo dann die Beinchen hoffentlich einen

Sinn bekommen würden. Nun, ganz abgesehen davon, daß die Türen versperrt waren, hätte er wirklich um Hilfe rufen sollen? Trotz aller Not konnte er bei diesem Gedanken ein Lächeln nicht unterdrücken.

Schon war er so weit, daß er bei stärkerem Schaukeln kaum das Gleichgewicht noch erhielt, und sehr bald mußte er sich nun endgültig entscheiden, denn es war in fünf Minuten einviertel acht, – als es an der Wohnungstür läutete. »Das ist jemand aus dem Geschäft«, sagte er sich und erstarrte fast, während seine Beinchen nur desto eiliger tanzten. Einen Augenblick blieb alles still. »Sie öffnen nicht«, sagte sich Gregor, befangen in irgendeiner unsinnigen Hoffnung. Aber dann ging natürlich wie immer das Dienstmädchen festen Schrittes zur Tür und öffnete. Gregor brauchte nur das erste Grußwort des Besuchers zu hören und wußte schon, wer es war – der Prokurist selbst. Warum war nur Gregor dazu verurteilt, bei einer Firma zu dienen, wo man bei der kleinsten Versäumnis gleich den größten Verdacht faßte? Waren denn alle Angestellten samt und sonders Lumpen, gab es denn unter ihnen keinen treuen ergebenen Menschen, der, wenn er auch nur ein paar Morgenstunden für das Geschäft nicht ausgenützt hatte, vor Gewissensbissen närrisch wurde und geradezu nicht imstande war, das Bett zu verlassen? Genügte es wirklich nicht, einen Lehrjungen nachfragen zu lassen – wenn überhaupt diese Fragerei nötig war –, mußte da der Prokurist selbst kommen, und mußte dadurch der ganzen unschuldigen Familie gezeigt werden, daß die Untersuchung dieser verdächtigen Angelegenheit nur dem Verstand des Prokuristen anvertraut werden konnte? Und mehr infolge der Erregung, in welche Gregor durch diese Überlegungen versetzt wurde, als infolge eines richtigen Entschlusses, schwang er sich mit aller Macht aus dem Bett. Es gab einen lauten Schlag, aber ein eigentlicher Krach war es nicht.

Ein wenig wurde der Fall durch den Teppich abgeschwächt, auch war der Rücken elastischer, als Gregor gedacht hatte, daher kam der nicht gar so auffallende dumpfe Klang. Nur den Kopf hatte er nicht vorsichtig genug gehalten und ihn angeschlagen; er drehte ihn und rieb ihn an dem Teppich vor Ärger und Schmerz.

»Da drin ist etwas gefallen«, sagte der Prokurist im Nebenzimmer links. Gregor suchte sich vorzustellen, ob nicht auch einmal dem Prokuristen etwas Ähnliches passieren könnte, wie heute ihm; die Möglichkeit dessen mußte man doch eigentlich zugeben. Aber wie zur rohen Antwort auf diese Frage machte jetzt der Prokurist im Nebenzimmer ein paar bestimmte Schritte und ließ seine Lackstiefel knarren. Aus dem Nebenzimmer rechts flüsterte die Schwester, um Gregor zu verständigen: »Gregor, der Prokurist ist da.« »Ich weiß«, sagte Gregor vor sich hin; aber so laut, daß es die Schwester hätte hören können, wagte er die Stimme nicht zu erheben.

»Gregor«, sagte nun der Vater aus dem Nebenzimmer links, »der Herr Prokurist ist gekommen und erkundigt sich, warum du nicht mit dem Frühzug weggefahren bist. Wir wissen nicht, was wir ihm sagen sollen. Übrigens will er auch mit dir persönlich sprechen. Also bitte mach die Tür auf. Er wird die Unordnung im Zimmer zu entschuldigen schon die Güte haben.« »Guten Morgen, Herr Samsa«, rief der Prokurist freundlich dazwischen. »Ihm ist nicht wohl«, sagte die Mutter zum Prokuristen, während der Vater noch an der Tür redete, »ihm ist nicht wohl, glauben Sie mir, Herr Prokurist. Wie würde denn Gregor sonst einen Zug versäumen! Der Junge hat ja nichts im Kopf als das Geschäft. Ich ärgere mich schon fast, daß er abends niemals ausgeht; jetzt war er doch acht Tage in der Stadt, aber jeden Abend war er zu Hause. Da sitzt er bei uns am Tisch und liest still die

Zeitung oder studiert Fahrpläne. Es ist schon eine Zerstreuung für ihn, wenn er sich mit Laubsägearbeiten beschäftigt. Da hat er zum Beispiel im Laufe von zwei, drei Abenden einen kleinen Rahmen geschnitzt; Sie werden staunen, wie hübsch er ist; er hängt drin im Zimmer; Sie werden ihn gleich sehen, bis Gregor aufmacht. Ich bin übrigens glücklich, daß Sie da sind, Herr Prokurist; wir allein hätten Gregor nicht dazu gebracht, die Tür zu öffnen; er ist so hartnäckig; und bestimmt ist ihm nicht wohl, trotzdem er es am Morgen geleugnet hat.« »Ich komme gleich«, sagte Gregor langsam und bedächtig und rührte sich nicht, um kein Wort der Gespräche zu verlieren. »Anders, gnädige Frau, kann ich es mir auch nicht erklären«, sagte der Prokurist, »hoffentlich ist es nichts Ernstes. Wenn ich auch andererseits sagen muß, daß wir Geschäftsleute – wie man will, leider oder glücklicherweise – ein leichtes Unwohlsein sehr oft aus geschäftlichen Rücksichten einfach überwinden müssen.« »Also kann der Herr Prokurist schon zu dir hinein?« fragte der ungeduldige Vater und klopfte wiederum an die Tür. »Nein«, sagte Gregor. Im Nebenzimmer links trat eine peinliche Stille ein, im Nebenzimmer rechts begann die Schwester zu schluchzen.

Warum ging denn die Schwester nicht zu den anderen? Sie war wohl erst jetzt aus dem Bett aufgestanden und hatte noch gar nicht angefangen sich anzuziehen. Und warum weinte sie denn? Weil er nicht aufstand und den Prokuristen nicht hereinließ, weil er in Gefahr war, den Posten zu verlieren und weil dann der Chef die Eltern mit den alten Forderungen wieder verfolgen würde? Das waren doch vorläufig wohl unnötige Sorgen. Noch war Gregor hier und dachte nicht im geringsten daran, seine Familie zu verlassen. Augenblicklich lag er wohl da auf dem Teppich, und niemand, der seinen Zustand gekannt hätte, hätte im Ernst von ihm verlangt, daß er den Prokuristen hereinlasse. Aber wegen dieser kleinen

Unhöflichkeit, für die sich ja später leicht eine passende Ausrede finden würde, konnte Gregor doch nicht gut sofort weggeschickt werden. Und Gregor schien es, daß es viel vernünftiger wäre, ihn jetzt in Ruhe zu lassen, statt ihn mit Weinen und Zureden zu stören. Aber es war eben die Ungewißheit, welche die anderen bedrängte und ihr Benehmen entschuldigte.

»Herr Samsa«, rief nun der Prokurist mit erhobener Stimme, »was ist denn los? Sie verbarrikadieren sich da in Ihrem Zimmer, antworten bloß mit ja und nein, machen Ihren Eltern schwere, unnötige Sorgen und versäumen – dies nur nebenbei erwähnt – Ihre geschäftlichen Pflichten in einer eigentlich unerhörten Weise. Ich spreche hier im Namen Ihrer Eltern und Ihres Chefs und bitte Sie ganz ernsthaft um eine augenblickliche, deutliche Erklärung. Ich staune, ich staune. Ich glaubte Sie als einen ruhigen, vernünftigen Menschen zu kennen, und nun scheinen Sie plötzlich anfangen zu wollen, mit sonderbaren Launen zu paradieren. Der Chef deutete mir zwar heute früh eine mögliche Erklärung für Ihre Versäumnis an – sie betraf das Ihnen seit kurzem anvertraute Inkasso –, aber ich legte wahrhaftig fast mein Ehrenwort dafür ein, daß diese Erklärung nicht zutreffen könne. Nun aber sehe ich hier Ihren unbegreiflichen Starrsinn und verliere ganz und gar jede Lust, mich auch nur im geringsten für Sie einzusetzen. Und Ihre Stellung ist durchaus nicht die festeste. Ich hatte ursprünglich die Absicht, Ihnen das alles unter vier Augen zu sagen, aber da Sie mich hier nutzlos meine Zeit versäumen lassen, weiß ich nicht, warum es nicht auch Ihre Herren Eltern erfahren sollen. Ihre Leistungen in der letzten Zeit waren also sehr unbefriedigend; es ist zwar nicht die Jahreszeit, um besondere Geschäfte zu machen, das erkennen wir an; aber eine Jahreszeit, um keine Geschäfte zu machen, gibt es überhaupt nicht, Herr Samsa, darf es nicht geben. «

»Aber Herr Prokurist«, rief Gregor außer sich und vergaß in der Aufregung alles andere, »ich mache ja sofort, augenblicklich auf. Ein leichtes Unwohlsein, ein Schwindelanfall, haben mich verhindert aufzustehen. Ich liege noch jetzt im Bett. Jetzt bin ich aber schon wieder ganz frisch. Eben steige ich aus dem Bett. Nur einen kleinen Augenblick Geduld! Es geht noch nicht so gut, wie ich dachte. Es ist mir aber schon wohl. Wie das nur einen Menschen so überfallen kann! Noch gestern abend war mir ganz gut, meine Eltern wissen es ja, oder besser, schon gestern Abend hatte ich eine kleine Vorahnung. Man hätte es mir ansehen müssen. Warum habe ich es nur im Geschäfte nicht gemeldet! Aber man denkt eben immer, daß man die Krankheit ohne Zuhausebleiben überstehen wird. Herr Prokurist! Schonen Sie meine Eltern! Für alle die Vorwürfe, die Sie mir jetzt machen, ist ja kein Grund; man hat mir ja davon auch kein Wort gesagt. Sie haben vielleicht die letzten Aufträge, die ich geschickt habe, nicht gelesen. Übrigens, noch mit dem Achtuhrzug fahre ich auf die Reise, die paar Stunden Ruhe haben mich gekräftigt. Halten Sie sich nur nicht auf, Herr Prokurist; ich bin gleich selbst im Geschäft, und haben Sie die Güte, das zu sagen und mich dem Herrn Chef zu empfehlen!«

Und während Gregor dies alles hastig ausstieß und kaum wußte, was er sprach, hatte er sich leicht, wohl infolge der im Bett bereits erlangten Übung, dem Kasten genähert und versuchte nun, an ihm sich aufzurichten. Er wollte tatsächlich die Tür aufmachen, tatsächlich sich sehen lassen und mit dem Prokuristen sprechen; er war begierig zu erfahren, was die anderen, die jetzt so nach ihm verlangten, bei seinem Anblick sagen würden. Würden sie erschrecken, dann hatte Gregor keine Verantwortung mehr und konnte ruhig sein. Würden sie aber alles ruhig hinnehmen, dann hatte auch er keinen Grund sich aufzuregen, und konnte, wenn er sich beeilte, um acht Uhr tatsächlich auf dem Bahnhof sein. Zuerst glitt er nun einigemale von dem glatten Kasten ab, aber endlich gab er sich einen letzten Schwung und stand aufrecht da; auf die Schmerzen im Unterleib achtete er gar nicht mehr, so sehr sie auch brannten. Nun ließ er sich gegen die Rückenlehne eines nahen Stuhles fallen, an deren Rändern er sich mit seinen Beinchen festhielt. Damit hatte er aber auch die Herrschaft über sich erlangt und verstummte, denn nun konnte er den Prokuristen anhören.

»Haben Sie auch nur ein Wort verstanden?« fragte der Prokurist die Eltern, »er macht sich doch wohl nicht einen Narren aus uns?« »Um Gottes willen«, rief die Mutter schon unter Weinen, »er ist vielleicht schwer krank, und wir quälen ihn. Grete! Grete!« schrie sie dann. »Mutter?« rief die Schwester von der anderen Seite. Sie verständigten sich durch Gregors Zimmer. »Du mußt augenblicklich zum Arzt. Gregor ist krank. Rasch um den Arzt. Hast du Gregor jetzt reden hören?« »Das war eine Tierstimme«, sagte der Prokurist, auffallend leise gegenüber dem Schreien der Mutter. »Anna! Anna!« rief der Vater durch das Vorzimmer in die Küche und klatschte in die Hände, »sofort einen Schlosser holen!« Und schon liefen die zwei Mädchen mit rauschenden Röcken durch das Vorzimmer – wie hatte sich die Schwester denn so schnell angezogen? – und rissen die Wohnungstüre auf. Man hörte gar nicht die Türe zuschlagen; sie hatten sie wohl offen gelassen, wie es in Wohnungen zu sein pflegt, in denen ein großes Unglück geschehen ist.

Gregor war aber viel ruhiger geworden. Man verstand zwar also seine Worte nicht mehr, trotzdem sie ihm genug klar, klarer als früher, vorgekommen waren, vielleicht infolge der Gewöhnung des Ohres. Aber immerhin glaubte man nun schon daran, daß es mit ihm nicht ganz in Ordnung war, und war bereit, ihm zu helfen. Die Zuversicht und

Sicherheit, mit welchen die ersten Anordnungen getroffen worden waren, taten ihm wohl. Er fühlte sich wieder einbezogen in den menschlichen Kreis und erhoffte von beiden, vom Arzt und vom Schlosser, ohne sie eigentlich genau zu scheiden, großartige und überraschende Leistungen. Um für die sich nähernden entscheidenden Besprechungen eine möglichst klare Stimme zu bekommen, hustete er ein wenig ab, allerdings bemüht, dies ganz gedämpft zu tun, da möglicherweise auch schon dieses Geräusch anders als menschlicher Husten klang, was er selbst zu entscheiden sich nicht mehr getraute. Im Nebenzimmer war es inzwischen ganz still geworden. Vielleicht saßen die Eltern mit dem Prokuristen beim Tisch und tuschelten, vielleicht lehnten alle an der Türe und horchten.

Gregor schob sich langsam mit dem Sessel zur Tür hin, ließ ihn dort los, warf sich gegen die Tür, hielt sich an ihr aufrecht – die Ballen seiner Beinchen hatten ein wenig Klebstoff – und ruhte sich dort einen Augenblick lang von der Anstrengung aus. Dann aber machte er sich daran, mit dem Mund den Schlüssel im Schloß umzudrehen. Es schien leider, daß er keine eigentlichen Zähne hatte, – womit sollte er gleich den Schlüssel fassen? – aber dafür waren die Kiefer freilich sehr stark; mit ihrer Hilfe brachte er auch wirklich den Schlüssel in Bewegung und achtete nicht darauf, daß er sich zweifellos irgendeinen Schaden zufügte, denn eine braune Flüssigkeit kam ihm aus dem Mund, floß über den Schlüssel und tropfte auf den Boden. »Hören Sie nur«, sagte der Prokurist im Nebenzimmer, »er dreht den Schlüssel um.« Das war für Gregor eine große Aufmunterung; aber alle hätten ihm zurufen sollen, auch der Vater und die Mutter: »Frisch, Gregor«, hätten sie rufen sollen, »immer nur heran, fest an das Schloß heran!« Und in der Vorstellung, daß alle seine Bemühungen mit Spannung verfolgten, verbiß er sich mit allem, was er an Kraft aufbringen konnte, besinnungslos in den Schlüssel. Je nach dem Fortschreiten der Drehung des Schlüssels umtanzte er das Schloß; hielt sich jetzt nur noch mit dem Munde aufrecht, und je nach Bedarf hing er sich an den Schlüssel oder drückte ihn dann wieder nieder mit der ganzen Last seines Körpers. Der hellere Klang des endlich zurückschnappenden Schlosses erweckte Gregor förmlich. Aufatmend sagte er sich: »Ich habe also den Schlosser nicht gebraucht«, und legte den Kopf auf die Klinke, um die Türe gänzlich zu öffnen.

Da er die Türe auf diese Weise öffnen mußte, war sie eigentlich schon recht weit geöffnet, und er selbst noch nicht zu sehen. Er mußte sich erst langsam um den einen Türflügel herumdrehen, und zwar sehr vorsichtig, wenn er nicht gerade vor dem Eintritt ins Zimmer plump auf den Rücken fallen wollte. Er war noch mit jener schwierigen Bewegung beschäftigt und hatte nicht Zeit, auf anderes zu achten, da hörte er schon den Prokuristen ein lautes »Oh!« ausstoßen – es klang, wie wenn der Wind saust – und nun sah er ihn auch, wie er, der der Nächste an der Türe war, die Hand gegen den offenen Mund drückte und langsam zurückwich, als vertreibe ihn eine unsichtbare, gleichmäßig fortwirkende Kraft. Die Mutter – sie stand hier trotz der Anwesenheit des Prokuristen mit von der Nacht her noch aufgelösten, hoch sich sträubenden Haaren – sah zuerst mit gefalteten Händen den Vater an, ging dann zwei Schritte zu Gregor hin und fiel inmitten ihrer rings um sie herum sich ausbreitenden Röcke nieder, das Gesicht ganz unauffindbar zu ihrer Brust gesenkt. Der Vater ballte mit feindseligem Ausdruck die Faust, als wolle er Gregor in sein Zimmer zurückstoßen, sah sich dann unsicher im Wohnzimmer um, beschattete dann mit den Händen die Augen und weinte, daß sich seine mächtige Brust schüttelte.

Gregor trat nun gar nicht in das Zimmer, sondern lehnte sich von innen an den festgeriegelten Türflügel, so daß sein Leib nur zur Hälfte und darüber der seitlich geneigte Kopf zu sehen war, mit dem er zu den anderen hinüberlugte. Es war inzwischen viel heller geworden; klar stand auf der anderen Straßenseite ein Ausschnitt des gegenüberliegenden, endlosen, grauschwarzen Hauses – es war ein Krankenhaus – mit seinen hart die Front durchbrechenden regelmäßigen Fenstern; der Regen fiel noch nieder, aber nur mit großen, einzeln sichtbaren und förmlich auch einzelnweise auf die Erde hinuntergeworfenen Tropfen. Das Frühstücksgeschirr stand in überreicher Zahl auf dem Tisch, denn für den Vater war das Frühstück die wichtigste Mahlzeit des Tages, die er bei der Lektüre verschiedener Zeitungen stundenlang hinzog. Gerade an der gegenüber liegenden Wand hing eine Photographie Gregors aus seiner Militärzeit, die ihn als Leutnant darstellte, wie er, die Hand am Degen, sorglos lächelnd, Respekt für seine Haltung und Uniform verlangte. Die Tür zum Vorzimmer war geöffnet, und man sah, da auch die Wohnungstür offen war, auf den Vorplatz der Wohnung hinaus und auf den Beginn der abwärts führenden Treppe.

»Nun«, sagte Gregor und war sich dessen wohl bewußt, daß er der einzige war, der die Ruhe bewahrt hatte, »ich werde mich gleich anziehen, die Kollektion zusammenpakken und wegfahren. Wollt Ihr, wollt Ihr mich wegfahren lassen? Nun, Herr Prokurist, Sie sehen, ich bin nicht starrköpfig und ich arbeite gern; das Reisen ist beschwerlich, aber ich könnte ohne das Reisen nicht leben. Wohin gehen Sie denn, Herr Prokurist? Ins Geschäft? Ja? Werden Sie alles wahrheitsgetreu berichten? Man kann im Augenblick unfähig sein zu arbeiten, aber dann ist gerade der richtige Zeitpunkt, sich an die früheren Leistungen zu erinnern und zu bedenken, daß man später, nach Beseitigung des Hindernisses, gewiß desto fleißiger und gesammelter arbeiten wird. Ich bin ja dem Herrn Chef so sehr verpflichtet, das wissen Sie doch recht gut. Andererseits habe ich die Sorge um meine Eltern und die Schwester. Ich bin in der Klemme, ich werde mich aber auch wieder herausarbeiten. Machen Sie es mir aber nicht schwieriger, als es schon ist. Halten Sie im Geschäft meine Partei! Man liebt den Reisenden nicht, ich weiß. Man denkt, er verdient ein Heidengeld und führt dabei ein schönes Leben. Man hat eben keine besondere Veranlassung, dieses Vorurteil besser zu durchdenken. Sie aber, Herr Prokurist, Sie haben einen besseren Überblick über die Verhältnisse, als das sonstige Personal, ja sogar, ganz im Vertrauen gesagt, einen besseren Überblick, als der Herr Chef selbst, der in seiner Eigenschaft als Unternehmer sich in seinem Urteil leicht zu Ungunsten eines Angestellten beirren läßt. Sie wissen auch sehr wohl, daß der Reisende, der fast das ganze Jahr außerhalb des Geschäftes ist, so leicht ein Opfer von Klatschereien, Zufälligkeiten und grundlosen Beschwerden werden kann, gegen die sich zu wehren ihm ganz unmöglich ist, da er von ihnen meistens gar nichts erfährt und nur dann, wenn er erschöpft eine Reise beendet hat, zu Hause die schlimmen, auf ihre Ursachen hin nicht mehr zu durchschauenden Folgen am eigenen Leibe zu spüren bekommt. Herr Prokurist, gehen Sie nicht weg, ohne mir ein Wort gesagt zu haben, das mir zeigt, daß Sie mir wenigstens zu einem kleinen Teil recht geben!«

Aber der Prokurist hatte sich schon bei den ersten Worten Gregors abgewendet, und nur über die zuckende Schulter hinweg sah er mit aufgeworfenen Lippen nach Gregor zurück. Und während Gregors Rede stand er keinen Augenblick still, sondern verzog sich, ohne Gregor aus den Augen zu lassen, gegen die Tür, aber ganz allmählich, als bestehe ein geheimes Verbot, das Zimmer zu verlassen. Schon war er im

Vorzimmer, und nach der plötzlichen Bewegung, mit der er zum letztenmal den Fuß aus dem Wohnzimmer zog, hätte man glauben können, er habe sich soeben die Sohle verbrannt. Im Vorzimmer aber streckte er die rechte Hand weit von sich zur Treppe hin, als warte dort auf ihn eine geradezu überirdische Erlösung.

Gregor sah ein, daß er den Prokuristen in dieser Stimmung auf keinen Fall weggehen lassen dürfe, wenn dadurch seine Stellung im Geschäft nicht aufs äußerste gefährdet werden sollte. Die Eltern verstanden das alles nicht so gut; sie hatten sich in den langen Jahren die Überzeugung gebildet, daß Gregor in diesem Geschäft für sein Leben versorgt war, und hatten außerdem jetzt mit den augenblicklichen Sorgen so viel zu tun, daß ihnen jede Voraussicht abhanden gekommen war. Aber Gregor hatte diese Voraussicht. Der Prokurist mußte gehalten, beruhigt, überzeugt und schließlich gewonnen werden; die Zukunft Gregors und seiner Familie hing doch davon ab! Wäre doch die Schwester hier gewesen! Sie war klug; sie hatte schon geweint, als Gregor noch ruhig auf dem Rücken lag. Und gewiß hätte der Prokurist, dieser Damenfreund, sich von ihr lenken lassen; sie hätte die Wohnungstür zugemacht und ihm im Vorzimmer den Schrecken ausgeredet. Aber die Schwester war eben nicht da, Gregor selbst mußte handeln. Und ohne daran zu denken, daß er seine gegenwärtigen Fähigkeiten, sich zu bewegen, noch gar nicht kannte, ohne auch daran zu denken, daß seine Rede möglicher- ja wahrscheinlicherweise wieder nicht verstanden worden war, verließ er den Türflügel; schob sich durch die Öffnung; wollte zum Prokuristen hingehen, der sich schon am Geländer des Vorplatzes lächerlicherweise mit beiden Händen festhielt; fiel aber sofort, nach einem Halt suchend, mit einem kleinen Schrei auf seine vielen Beinchen nieder. Kaum war das geschehen, fühlte er zum erstenmal an diesem Morgen ein körperliches Wohlbehagen; die Beinchen hatten festen Boden unter sich; sie gehorchten vollkommen, wie er zu seiner Freude merkte; strebten sogar darnach, ihn fortzutragen, wohin er wollte; und schon glaubte er, die endgültige Besserung alles Leidens stehe unmittelbar bevor. Aber im gleichen Augenblick, als er da schaukelnd vor verhaltener Bewegung, gar nicht weit von seiner Mutter entfernt, ihr gerade gegenüber auf dem Boden lag, sprang diese, die doch so ganz in sich versunken schien, mit einemmale in die Höhe, die Arme weit ausgestreckt, die Finger gespreizt, rief: »Hilfe, um Gottes willen Hilfe!«, hielt den Kopf geneigt, als wolle sie Gregor besser sehen, lief aber, im Widerspruch dazu, sinnlos zurück; hatte vergessen, daß hinter ihr der gedeckte Tisch stand; setzte sich, als sie bei ihm angekommen war, wie in Zerstreutheit, eilig auf ihn; und schien gar nicht zu merken, daß neben ihr aus der umgeworfenen großen Kanne der Kaffee in vollem Strome auf den Teppich sich ergoß.

»Mutter, Mutter«, sagte Gregor leise, und sah zu ihr hinauf. Der Prokurist war ihm für einen Augenblick ganz aus dem Sinn gekommen; dagegen konnte er sich nicht versagen, im Anblick des fließenden Kaffees mehrmals mit den Kiefern ins Leere zu schnappen. Darüber schrie die Mutter neuerdings auf, flüchtete vom Tisch und fiel dem ihr entgegeneilenden Vater in die Arme. Aber Gregor hatte jetzt keine Zeit für seine Eltern; der Prokurist war schon auf der Treppe; das Kinn auf dem Geländer, sah er noch zum letzten Male zurück. Gregor nahm einen Anlauf, um ihn möglichst sicher einzuholen; der Prokurist mußte etwas ahnen, denn er machte einen Sprung über mehrere Stufen und verschwand; »Huh!« aber schrie er noch, es klang durchs ganze Treppenhaus. Leider schien nun auch diese Flucht des Prokuristen den Vater, der bisher verhältnismäßig gefaßt gewesen war, völlig zu verwirren, denn statt selbst dem Prokuristen nachzulaufen oder wenigstens Gregor in der Verfolgung nicht zu hindern, packte er mit der Rechten den Stock des Prokuristen, den dieser mit Hut und Überzieher auf einem Sessel zurückgelassen hatte, holte mit der Linken eine große Zeitung vom Tisch und machte sich unter Füßestampfen daran, Gregor durch Schwenken des Stockes und der Zeitung in sein Zimmer zurückzutreiben. Kein Bitten Gregors half, kein Bitten wurde auch verstanden, er mochte den Kopf noch so demütig drehen, der Vater stampfte nur stärker mit den Füßen. Drüben hatte die Mutter trotz des kühlen Wetters ein Fenster aufgerissen, und hinausgelehnt drückte sie ihr Gesicht weit außerhalb des Fensters in ihre Hände. Zwischen Gasse und Treppenhaus entstand eine starke Zugluft, die Fenstervorhänge flogen auf, die Zeitungen auf dem Tische rauschten, einzelne Blätter wehten über den Boden hin. Unerbittlich drängte der Vater und stieß Zischlaute aus, wie ein Wilder. Nun hatte aber Gregor noch gar keine Übung im Rückwärtsgehen, es ging wirklich sehr langsam. Wenn sich Gregor nur hätte umdrehen dürfen, er wäre gleich in seinem Zimmer gewesen, aber er fürchtete sich, den Vater durch die zeitraubende Umdrehung ungeduldig zu machen, und jeden Augenblick drohte ihm doch von dem Stock in des Vaters Hand der tödliche Schlag auf den Rücken oder auf den Kopf. Endlich aber blieb Gregor doch nichts anderes übrig, denn er merkte mit Entsetzen, daß er im Rückwärtsgehen nicht einmal die Richtung einzuhalten verstand; und so begann er, unter unaufhörlichen ängstlichen Seitenblicken nach dem Vater, sich nach Möglichkeit rasch, in Wirklichkeit aber doch nur sehr langsam umzudrehen. Vielleicht merkte der Vater seinen guten Willen, denn er störte ihn hierbei nicht, sondern dirigierte sogar hie und da die Drehbewegung von der Ferne mit der Spitze seines Stockes. Wenn nur nicht dieses unerträgliche Zischen des Vaters gewesen wäre! Gregor verlor darüber ganz den Kopf. Er war schon fast ganz umgedreht, als er sich, immer auf dieses Zischen horchend, sogar irrte und sich wieder ein Stück zurückdrehte. Als er aber endlich glücklich mit dem Kopf vor der Türöffnung war, zeigte es sich, daß sein Körper zu breit war, um ohne weiteres durchzukommen. Dem Vater fiel es natürlich in seiner gegenwärtigen Verfassung auch nicht entfernt ein, etwa den anderen Türflügel zu öffnen, um für Gregor einen genügenden Durchgang zu schaffen. Seine fixe Idee war bloß, daß Gregor so rasch als möglich in sein Zimmer müsse. Niemals hätte er auch die umständlichen Vorbereitungen gestattet, die Gregor brauchte, um sich aufzurichten und vielleicht auf diese Weise durch die Tür zu kommen. Vielmehr trieb er, als gäbe es kein Hindernis, Gregor jetzt unter besonderem Lärm vorwärts; es klang schon hinter Gregor gar nicht mehr wie die Stimme bloß eines einzigen Vaters; nun gab es wirklich keinen Spaß mehr, und Gregor drängte sich – geschehe was wolle – in die Tür. Die eine Seite seines Körpers hob sich, er lag schief in der Türöffnung, seine eine Flanke war ganz wundgerieben, an der weißen Tür blieben häßliche Flecken, bald steckte er fest und hätte sich allein nicht mehr rühren können, die Beinchen auf der einen Seite hingen zitternd oben in der Luft, die auf der anderen waren schmerzhaft zu Boden gedrückt – da gab ihm der Vater von hinten einen jetzt wahrhaftig erlösenden starken Stoß, und er flog, heftig blutend, weit in sein Zimmer hinein. Die Tür wurde noch mit dem Stock zugeschlagen, dann war es endlich still.

II.

Erst in der Abenddämmerung erwachte Gregor aus seinem
schweren ohnmachtsähnlichen Schlaf. Er wäre gewiß nicht
viel später auch ohne Störung erwacht, denn er fühlte sich
genügend ausgeruht und ausgeschlafen, doch schien es ihm,
als hätte ihn ein flüchtiger Schritt und ein vorsichtiges Schließen der zum Vorzimmer führenden Tür geweckt. Der Schein
der elektrischen Straßenlampen lag bleich hier und da auf der
Zimmerdecke und auf den höheren Teilen der Möbel, aber
unten bei Gregor war es finster. Langsam schob er sich, noch
ungeschickt mit seinen Fühlern tastend, die er erst jetzt schätzen lernte, zur Türe hin, um nachzusehen, was dort geschehen war. Seine linke Seite schien eine einzige lange, unangenehm spannende Narbe und er mußte auf seinen zwei
Beinreihen regelrecht hinken. Ein Beinchen war übrigens im
Laufe der vormittägigen Vorfälle schwer verletzt worden – es
war fast ein Wunder, daß nur eines verletzt worden war – und
schleppte leblos nach.

Erst bei der Tür merkte er, was ihn dorthin eigentlich
gelockt hatte; es war der Geruch von etwas Eßbarem gewesen. Denn dort stand ein Napf mit süßer Milch gefüllt, in der
kleine Schnitten von Weißbrot schwammen. Fast hätte er vor
Freude gelacht, denn er hatte noch größeren Hunger, als am
Morgen, und gleich tauchte er seinen Kopf fast bis über die Augen in die Milch hinein. Aber bald zog er ihn enttäuscht wieder zurück; nicht nur, daß ihm das Essen wegen seiner heiklen
linken Seite Schwierigkeiten machte – und er konnte nur
essen, wenn der ganze Körper schnaufend mitarbeitete –, so
schmeckte ihm überdies die Milch, die sonst sein Lieblings-
getränk war, und die ihm gewiß die Schwester deshalb herein-
gestellt hatte, gar nicht, ja er wandte sich fast mit Widerwillen von dem Napf ab und kroch in die Zimmermitte zurück.

Im Wohnzimmer war, wie Gregor durch die Türspalte sah, das Gas angezündet, aber während sonst zu dieser Tageszeit der Vater seine nachmittags erscheinende Zeitung der Mutter und manchmal auch der Schwester mit erhobener Stimme vorzulesen pflegte, hörte man jetzt keinen Laut. Nun vielleicht war dieses Vorlesen, von dem ihm die Schwester immer erzählte und schrieb, in der letzten Zeit überhaupt aus der Übung gekommen. Aber auch ringsherum war es so still, trotzdem doch gewiß die Wohnung nicht leer war. »Was für ein stilles Leben die Familie doch führte«, sagte sich Gregor und fühlte, während er starr vor sich ins Dunkle sah, einen großen Stolz darüber, daß er seinen Eltern und seiner Schwester ein solches Leben in einer so schönen Wohnung hatte verschaffen können. Wie aber, wenn jetzt alle Ruhe, aller Wohlstand, alle Zufriedenheit ein Ende mit Schrecken nehmen sollte? Um sich nicht in solche Gedanken zu verlieren, setzte sich Gregor lieber in Bewegung und kroch im Zimmer auf und ab.

Einmal während des langen Abends wurde die eine Seitentüre und einmal die andere bis zu einer kleinen Spalte geöffnet und rasch wieder geschlossen; jemand hatte wohl das Bedürfnis hereinzukommen, aber auch wieder zuviele Bedenken. Gregor machte nun unmittelbar bei der Wohnzimmertür halt, entschlossen, den zögernden Besucher doch irgendwie hereinzubringen oder doch wenigstens zu erfahren, wer es sei; aber nun wurde die Tür nicht mehr geöffnet und Gregor wartete vergebens. Früh, als die Türen versperrt waren, hatten alle zu ihm hereinkommen wollen, jetzt, da er die eine Tür geöffnet hatte und die anderen offenbar während des Tages geöffnet worden waren, kam keiner mehr, und die Schlüssel steckten nun auch von außen.

Spät erst in der Nacht wurde das Licht im Wohnzimmer ausgelöscht, und nun war leicht festzustellen, daß die Eltern und die Schwester so lange wachgeblieben waren, denn wie man genau hören konnte, entfernten sich jetzt alle drei auf den Fußspitzen. Nun kam gewiß bis zum Morgen niemand mehr zu Gregor herein; er hatte also eine lange Zeit, um ungestört zu überlegen, wie er sein Leben jetzt neu ordnen sollte. Aber das hohe freie Zimmer, in dem er gezwungen war, flach auf dem Boden zu liegen, ängstigte ihn, ohne daß er die Ursache herausfinden konnte, denn es war ja sein seit fünf Jahren von ihm bewohntes Zimmer – und mit einer halb unbewußten Wendung und nicht ohne eine leichte Scham eilte er unter das Kanapee, wo er sich, trotzdem sein Rücken ein wenig gedrückt wurde und trotzdem er den Kopf nicht mehr erheben konnte, gleich sehr behaglich fühlte und nur bedauerte, daß sein Körper zu breit war, um vollständig unter dem Kanapee untergebracht zu werden.

Dort blieb er die ganze Nacht, die er zum Teil im Halbschlaf, aus dem ihn der Hunger immer wieder aufschreckte, verbrachte, zum Teil aber in Sorgen und undeutlichen Hoffnungen, die aber alle zu dem Schlusse führten, daß er sich vorläufig ruhig verhalten und durch Geduld und größte Rücksichtnahme der Familie die Unannehmlichkeiten erträglich machen müsse, die er ihr in seinem gegenwärtigen Zustand nun einmal zu verursachen gezwungen war.

Schon am frühen Morgen, es war fast noch Nacht, hatte Gregor Gelegenheit, die Kraft seiner eben gefaßten Entschlüsse zu prüfen, denn vom Vorzimmer her öffnete die Schwester, fast völlig angezogen, die Tür und sah mit Spannung herein. Sie fand ihn nicht gleich, aber als sie ihn unter dem Kanapee bemerkte – Gott, er mußte doch irgendwo sein, er hatte doch nicht wegfliegen können – erschrak sie so sehr, daß sie, ohne sich beherrschen zu können, die Tür von außen wieder zuschlug. Aber als bereue sie ihr Benehmen, öffnete sie die Tür sofort wieder und trat, als sei sie bei einem

Schwerkranken oder gar bei einem Fremden, auf den Fußspitzen herein. Gregor hatte den Kopf bis knapp zum Rande
des Kanapees vorgeschoben und beobachtete sie. Ob sie
wohl bemerken würde, daß er die Milch stehen gelassen
hatte, und zwar keineswegs aus Mangel an Hunger, und ob
sie eine andere Speise hereinbringen würde, die ihm besser
entsprach? Täte sie es nicht von selbst, er wollte lieber ver-
hungern, als sie darauf aufmerksam machen, trotzdem es ihn
eigentlich ungeheuer drängte, unterm Kanapee vorzuschie-
ßen, sich der Schwester zu Füßen zu werfen und sie um
irgendetwas Gutes zum Essen zu bitten. Aber die Schwester
bemerkte sofort mit Verwunderung den noch vollen Napf,
aus dem nur ein wenig Milch ringsherum verschüttet war, sie
hob ihn gleich auf, zwar nicht mit den bloßen Händen,
sondern mit einem Fetzen, und trug ihn hinaus. Gregor war
äußerst neugierig, was sie zum Ersatze bringen würde, und
er machte sich die verschiedensten Gedanken darüber. Niemals aber hätte er erraten können, was die Schwester in ihrer
Güte wirklich tat. Sie brachte ihm, um seinen Geschmack zu
prüfen, eine ganze Auswahl, alles auf einer alten Zeitung
ausgebreitet. Da war altes halbverfaultes Gemüse; Knochen
vom Nachtmahl her, die von festgewordener weißer Sauce
umgeben waren; ein paar Rosinen und Mandeln; ein Käse,
den Gregor vor zwei Tagen für ungenießbar erklärt hatte; ein
trockenes Brot, ein mit Butter beschmiertes Brot und ein mit
Butter beschmiertes und gesalzenes Brot. Außerdem stellte
sie zu dem allen noch den wahrscheinlich ein für allemal für
Gregor bestimmten Napf, in den sie Wasser gegossen hatte.
Und aus Zartgefühl, da sie wußte, daß Gregor vor ihr nicht
essen würde, entfernte sie sich eiligst und drehte sogar den
Schlüssel um, damit nur Gregor merken könne, daß er es sich
so behaglich machen dürfe, wie er wolle. Gregors Beinchen
schwirrten, als es jetzt zum Essen ging. Seine Wunden muß-

ten übrigens auch schon vollständig geheilt sein, er fühlte keine Behinderung mehr, er staunte darüber und dachte daran, wie er vor mehr als einem Monat sich mit dem Messer ganz wenig in den Finger geschnitten, und wie ihm diese Wunde noch vorgestern genug wehgetan hatte. »Sollte ich jetzt weniger Feingefühl haben?« dachte er und saugte schon gierig an dem Käse, zu dem es ihn vor allen anderen Speisen sofort und nachdrücklich gezogen hatte. Rasch hintereinander und mit vor Befriedigung tränenden Augen verzehrte er den Käse, das Gemüse und die Sauce; die frischen Speisen dagegen schmeckten ihm nicht, er konnte nicht einmal ihren Geruch vertragen und schleppte sogar die Sachen, die er essen wollte, ein Stückchen weiter weg. Er war schon längst mit allem fertig und lag nur noch faul auf der gleichen Stelle, als die Schwester zum Zeichen, daß er sich zurückziehen solle, langsam den Schlüssel umdrehte. Das schreckte ihn sofort auf, trotzdem er schon fast schlummerte, und er eilte wieder unter das Kanapee. Aber es kostete ihn große Selbstüberwindung, auch nur die kurze Zeit, während welcher die Schwester im Zimmer war, unter dem Kanapee zu bleiben, denn von dem reichlichen Essen hatte sich sein Leib ein wenig gerundet und er konnte dort in der Enge kaum atmen. Unter kleinen Erstickungsanfällen sah er mit etwas hervorgequollenen Augen zu, wie die nichtsahnende Schwester mit einem Besen nicht nur die Überbleibsel zusammenkehrte, sondern selbst die von Gregor gar nicht berührten Speisen, als seien also auch diese nicht mehr zu gebrauchen, und wie sie alles hastig in einen Kübel schüttete, den sie mit einem Holzdeckel schloß, worauf sie alles hinaustrug. Kaum hatte sie sich umgedreht, zog sich schon Gregor unter dem Kanapee hervor und streckte und blähte sich.

Auf diese Weise bekam nun Gregor täglich sein Essen, einmal am Morgen, wenn die Eltern und das Dienstmädchen

noch schliefen, das zweitemal nach dem allgemeinen Mittagessen, denn dann schliefen die Eltern gleichfalls noch ein
Weilchen, und das Dienstmädchen wurde von der Schwester
mit irgendeiner Besorgung weggeschickt. Gewiß wollten
auch sie nicht, daß Gregor verhungere, aber vielleicht hätten
sie es nicht ertragen können, von seinem Essen mehr als
durch Hörensagen zu erfahren, vielleicht wollte die Schwester ihnen auch eine möglicherweise nur kleine Trauer ersparen, denn tatsächlich litten sie ja gerade genug.

 Mit welchen Ausreden man an jenem ersten Vormittag
den Arzt und den Schlosser wieder aus der Wohnung geschafft hatte, konnte Gregor gar nicht erfahren, denn da er
nicht verstanden wurde, dachte niemand daran, auch die
Schwester nicht, daß er die Anderen verstehen könne, und so
mußte er sich, wenn die Schwester in seinem Zimmer war,
damit begnügen, nur hier und da ihre Seufzer und Anrufe der
Heiligen zu hören. Erst später, als sie sich ein wenig an alles
gewöhnt hatte – von vollständiger Gewöhnung konnte natürlich niemals die Rede sein –, erhaschte Gregor manchmal
eine Bemerkung, die freundlich gemeint war oder so gedeutet werden konnte. »Heute hat es ihm aber geschmeckt«,
sagte sie, wenn Gregor unter dem Essen tüchtig aufgeräumt
hatte, während sie im gegenteiligen Fall, der sich allmählich
immer häufiger wiederholte, fast traurig zu sagen pflegte:
»Nun ist wieder alles stehengeblieben.«

 Während aber Gregor unmittelbar keine Neuigkeit erfahren konnte, erhorchte er manches aus den Nebenzimmern,
und wo er nur einmal Stimmen hörte, lief er gleich zu der
betreffenden Tür und drückte sich mit ganzem Leib an sie.
Besonders in der ersten Zeit gab es kein Gespräch, das nicht
irgendwie, wenn auch nur im geheimen, von ihm handelte.
Zwei Tage lang waren bei allen Mahlzeiten Beratungen darüber zu hören, wie man sich jetzt verhalten solle; aber auch

zwischen den Mahlzeiten sprach man über das gleiche Thema, denn immer waren zumindest zwei Familienmitglieder zu Hause, da wohl niemand allein zu Hause bleiben wollte und man die Wohnung doch auf keinen Fall gänzlich verlassen konnte. Auch hatte das Dienstmädchen gleich am ersten Tag – es war nicht ganz klar, was und wieviel sie von dem Vorgefallenen wußte – kniefällig die Mutter gebeten, sie sofort zu entlassen, und als sie sich eine Viertelstunde danach verabschiedete, dankte sie für die Entlassung unter Tränen, wie für die größte Wohltat, die man ihr hier erwiesen hatte, und gab, ohne daß man es von ihr verlangte, einen fürchterlichen Schwur ab, niemandem auch nur das Geringste zu verraten.

Nun mußte die Schwester im Verein mit der Mutter auch kochen; allerdings machte das nicht viel Mühe, denn man aß fast nichts. Immer wieder hörte Gregor, wie der eine den anderen vergebens zum Essen aufforderte und keine andere Antwort bekam, als: »Danke, ich habe genug« oder etwas Ähnliches. Getrunken wurde vielleicht auch nichts. Öfters fragte die Schwester den Vater, ob er Bier haben wolle, und herzlich erbot sie sich, es selbst zu holen, und als der Vater schwieg, sagte sie, um ihm jedes Bedenken zu nehmen, sie könne auch die Hausmeisterin darum schicken, aber dann sagte der Vater schließlich ein großes »Nein«, und es wurde nicht mehr davon gesprochen.

Schon im Laufe des ersten Tages legte der Vater die ganzen Vermögensverhältnisse und Aussichten sowohl der Mutter, als auch der Schwester dar. Hie und da stand er vom Tische auf und holte aus seiner kleinen Wertheimkassa, die er aus dem vor fünf Jahren erfolgten Zusammenbruch seines Geschäftes gerettet hatte, irgendeinen Beleg oder irgendein Vormerkbuch. Man hörte, wie er das komplizierte Schloß aufsperrte und nach Entnahme des Gesuchten wieder verschloß. Diese Erklärungen des Vaters waren zum Teil das erste Erfreuliche, was Gregor seit seiner Gefangenschaft zu hören bekam. Er war der Meinung gewesen, daß dem Vater von jenem Geschäft her nicht das Geringste übriggeblieben war, zumindest hatte ihm der Vater nichts Gegenteiliges gesagt, und Gregor allerdings hatte ihn auch nicht darum gefragt. Gregors Sorge war damals nur gewesen, alles daranzusetzen, um die Familie das geschäftliche Unglück, das alle in eine vollständige Hoffnungslosigkeit gebracht hatte, möglichst rasch vergessen zu lassen. Und so hatte er damals mit ganz besonderem Feuer zu arbeiten angefangen und war fast über Nacht aus einem kleinen Kommis ein Reisender geworden, der natürlich ganz andere Möglichkeiten des Geldverdienens hatte, und dessen Arbeitserfolge sich sofort in Form der Provision zu Bargeld verwandelten, das der erstaunten und beglückten Familie zu Hause auf den Tisch gelegt werden konnte. Es waren schöne Zeiten gewesen, und niemals nachher hatten sie sich, wenigstens in diesem Glanze, wiederholt, trotzdem Gregor später so viel Geld verdiente, daß er den Aufwand der ganzen Familie zu tragen imstande war und auch trug. Man hatte sich eben daran gewöhnt, sowohl die Familie, als auch Gregor, man nahm das Geld dankbar an, er lieferte es gern ab, aber eine besondere Wärme wollte sich nicht mehr ergeben. Nur die Schwester war Gregor doch noch nahe geblieben, und es war sein geheimer Plan, sie, die zum Unterschied von Gregor Musik sehr liebte und rührend Violine zu spielen verstand, nächstes Jahr, ohne Rücksicht auf die großen Kosten, die das verursachen mußte, und die man schon auf andere Weise hereinbringen würde, auf das Konservatorium zu schicken. Öfters während der kurzen Aufenthalte Gregors in der Stadt wurde in den Gesprächen mit der Schwester das Konservatorium erwähnt, aber immer nur als schöner Traum, an dessen Verwirklichung nicht zu denken war, und die Eltern hörten nicht einmal diese unschuldigen Erwähnungen gern; aber Gregor dachte sehr bestimmt daran und beabsichtigte, es am Weihnachtsabend feierlich zu erklären.

Solche in seinem gegenwärtigen Zustand ganz nutzlose Gedanken gingen ihm durch den Kopf, während er dort aufrecht an der Türe klebte und horchte. Manchmal konnte er vor allgemeiner Müdigkeit gar nicht mehr zuhören und ließ den Kopf nachlässig gegen die Tür schlagen, hielt ihn aber sofort wieder fest, denn selbst das kleine Geräusch, das er damit verursacht hatte, war nebenan gehört worden und hatte alle verstummen lassen. »Was er nur wieder treibt«, sagte der Vater nach einer Weile, offenbar zur Türe hingewendet, und dann erst wurde das unterbrochene Gespräch allmählich wieder aufgenommen.

Gregor erfuhr nun zur Genüge – denn der Vater pflegte sich in seinen Erklärungen öfters zu wiederholen, teils, weil er selbst sich mit diesen Dingen schon lange nicht beschäftigt hatte, teils auch, weil die Mutter nicht alles gleich beim ersten Mal verstand –, daß trotz allen Unglücks ein allerdings ganz kleines Vermögen aus der alten Zeit noch vorhanden war, das die nicht angerührten Zinsen in der Zwischenzeit ein wenig hatten anwachsen lassen. Außerdem aber war das Geld, das Gregor allmonatlich nach Hause gebracht hatte – er selbst hatte nur ein paar Gulden für sich behalten –, nicht vollständig aufgebraucht worden und hatte sich zu einem kleinen Kapital angesammelt. Gregor, hinter seiner Türe, nickte eifrig, erfreut über diese unerwartete Vorsicht und Sparsamkeit. Eigentlich hätte er ja mit diesen überschüssigen Geldern die Schuld des Vaters gegenüber dem Chef weiter abgetragen haben können, und jener Tag, an dem er diesen Posten hätte loswerden können, wäre weit näher gewesen, aber jetzt war es zweifellos besser so, wie es der Vater eingerichtet hatte.

Nun genügte dieses Geld aber ganz und gar nicht, um die Familie etwa von den Zinsen leben zu lassen; es genügte vielleicht, um die Familie ein, höchstens zwei Jahre zu erhalten, mehr war es nicht. Es war also bloß eine Summe, die man eigentlich nicht angreifen durfte, und die für den Notfall zurückgelegt werden mußte; das Geld zum Leben aber mußte man verdienen. Nun war aber der Vater ein zwar gesunder, aber alter Mann, der schon fünf Jahre nichts gearbeitet hatte und sich jedenfalls nicht viel zutrauen durfte; er hatte in diesen fünf Jahren, welche die ersten Ferien seines mühevollen und doch erfolglosen Lebens waren, viel Fett angesetzt und war dadurch recht schwerfällig geworden. Und die alte Mutter sollte nun vielleicht Geld verdienen, die an Asthma litt, der eine Wanderung durch die Wohnung schon Anstrengung verursachte, und die jeden zweiten Tag in Atembeschwerden auf dem Sopha beim offenen Fenster verbrachte? Und die Schwester sollte Geld verdienen, die noch ein Kind war mit ihren siebzehn Jahren, und der ihre bisherige Lebensweise so sehr zu gönnen war, die daraus bestanden hatte, sich nett zu kleiden, lange zu schlafen, in der Wirtschaft mitzuhelfen, an ein paar bescheidenen Vergnügungen sich zu beteiligen und vor allem Violine zu spielen? Wenn die Rede auf diese Notwendigkeit des Geldverdienens kam, ließ zuerst immer Gregor die Türe los und warf sich auf das neben der Tür befindliche kühle Ledersopha, denn ihm war ganz heiß vor Beschämung und Trauer.

Oft lag er dort die ganzen langen Nächte über, schlief keinen Augenblick und scharrte nur stundenlang auf dem Leder. Oder er scheute nicht die große Mühe, einen Sessel zum Fenster zu schieben, dann die Fensterbrüstung hinaufzukriechen und, in den Sessel gestemmt, sich ans Fenster zu lehnen, offenbar nur in irgendeiner Erinnerung an das Befreiende, das früher für ihn darin gelegen war, aus dem

Fenster zu schauen. Denn tatsächlich sah er von Tag zu Tag die auch nur ein wenig entfernten Dinge immer undeutlicher; das gegenüberliegende Krankenhaus, dessen nur allzu häufigen Anblick er früher verflucht hatte, bekam er überhaupt nicht mehr zu Gesicht, und wenn er nicht genau gewußt hätte, daß er in der stillen, aber völlig städtischen Charlottenstraße wohnte, hätte er glauben können, von seinem Fenster aus in eine Einöde zu schauen, in welcher der graue Himmel und die graue Erde ununterscheidbar sich vereinigten. Nur zweimal hatte die aufmerksame Schwester sehen müssen, daß der Sessel beim Fenster stand, als sie schon jedesmal, nachdem sie das Zimmer aufgeräumt hatte, den Sessel wieder genau zum Fenster hinschob, ja sogar von nun ab den inneren Fensterflügel offen ließ.

Hätte Gregor nur mit der Schwester sprechen und ihr für alles danken können, was sie für ihn machen mußte, er hätte ihre Dienste leichter ertragen; so aber litt er darunter. Die Schwester suchte freilich die Peinlichkeit des Ganzen möglichst zu verwischen, und je längere Zeit verging, desto besser gelang es ihr natürlich auch, aber auch Gregor durchschaute mit der Zeit alles viel genauer. Schon ihr Eintritt war für ihn schrecklich. Kaum war sie eingetreten, lief sie, ohne sich Zeit zu nehmen, die Türe zu schließen, so sehr sie sonst darauf achtete, jedem den Anblick von Gregors Zimmer zu ersparen, geradewegs zum Fenster und riß es, als ersticke sie fast, mit hastigen Händen auf, blieb auch, selbst wenn es noch so kalt war, ein Weilchen beim Fenster und atmete tief. Mit diesem Laufen und Lärmen erschreckte sie Gregor täglich zweimal; die ganze Zeit über zitterte er unter dem Kanapee und wußte doch sehr gut, daß sie ihn gewiß gerne damit verschont hätte, wenn es ihr nur möglich gewesen wäre, sich in einem Zimmer, in dem sich Gregor befand, bei geschlossenem Fenster aufzuhalten.

Einmal, es war wohl schon ein Monat seit Gregors Verwandlung vergangen, und es war doch schon für die Schwester kein besonderer Grund mehr, über Gregors Aussehen in Erstaunen zu geraten, kam sie ein wenig früher als sonst und traf Gregor noch an, wie er, unbeweglich und so recht zum Erschrecken aufgestellt, aus dem Fenster schaute. Es wäre für Gregor nicht unerwartet gewesen, wenn sie nicht eingetreten wäre, da er sie durch seine Stellung verhinderte, sofort das Fenster zu öffnen, aber sie trat nicht nur nicht ein, sie fuhr sogar zurück und schloß die Tür; ein Fremder hätte geradezu denken können, Gregor habe ihr aufgelauert und habe sie beißen wollen. Gregor versteckte sich natürlich sofort unter dem Kanapee, aber er mußte bis zum Mittag warten, ehe die Schwester wiederkam, und sie schien viel unruhiger als sonst. Er erkannte daraus, daß ihr sein Anblick noch immer unerträglich war und ihr auch weiterhin unerträglich bleiben müsse, und daß sie sich wohl sehr überwinden mußte, vor dem Anblick auch nur der kleinen Partie seines Körpers nicht davonzulaufen, mit der er unter dem Kanapee hervorragte. Um ihr auch diesen Anblick zu ersparen, trug er eines Tages auf seinem Rücken – er brauchte zu dieser Arbeit vier Stunden – das Leintuch auf das Kanapee und ordnete es in einer solchen Weise an, daß er nun gänzlich verdeckt war, und daß die Schwester, selbst wenn sie sich bückte, ihn nicht sehen konnte. Wäre dieses Leintuch ihrer Meinung nach nicht nötig gewesen, dann hätte sie es ja entfernen können, denn daß es nicht zum Vergnügen Gregors gehören konnte, sich so ganz und gar abzusperren, war doch klar genug, aber sie ließ das Leintuch, so wie es war, und Gregor glaubte sogar einen dankbaren Blick erhascht zu haben, als er einmal mit dem Kopf vorsichtig das Leintuch ein wenig lüftete, um nachzusehen, wie die Schwester die neue Einrichtung aufnahm.

In den ersten vierzehn Tagen konnten es die Eltern nicht

über sich bringen, zu ihm hereinzukommen, und er hörte oft, wie sie die jetzige Arbeit der Schwester völlig anerkannten, während sie sich bisher häufig über die Schwester geärgert hatten, weil sie ihnen als ein etwas nutzloses Mädchen erschienen war. Nun aber warteten oft beide, der Vater und die Mutter, vor Gregors Zimmer, während die Schwester dort aufräumte, und kaum war sie herausgekommen, mußte sie ganz genau erzählen, wie es in dem Zimmer aussah, was Gregor gegessen hatte, wie er sich diesmal benommen hatte, und ob vielleicht eine kleine Besserung zu bemerken war. Die Mutter übrigens wollte verhältnismäßig bald Gregor besuchen, aber der Vater und die Schwester hielten sie zuerst mit Vernunftgründen zurück, denen Gregor sehr aufmerksam zuhörte, und die er vollständig billigte. Später aber mußte man sie mit Gewalt zurückhalten, und wenn sie dann rief: »Laßt mich doch zu Gregor, er ist ja mein unglücklicher Sohn! Begreift ihr es denn nicht, daß ich zu ihm muß?«, dann dachte Gregor, daß es vielleicht doch gut wäre, wenn die Mutter hereinkäme, nicht jeden Tag natürlich, aber vielleicht einmal in der Woche; sie verstand doch alles viel besser als die Schwester, die trotz all ihrem Mute doch nur ein Kind war und im letzten Grunde vielleicht nur aus kindlichem Leichtsinn eine so schwere Aufgabe übernommen hatte.

Der Wunsch Gregors, die Mutter zu sehen, ging bald in Erfüllung. Während des Tages wollte Gregor schon aus Rücksicht auf seine Eltern sich nicht beim Fenster zeigen, kriechen konnte er aber auf den paar Quadratmetern des Fußbodens auch nicht viel, das ruhige Liegen ertrug er schon während der Nacht schwer, das Essen machte ihm bald nicht mehr das geringste Vergnügen, und so nahm er zur Zerstreuung die Gewohnheit an, kreuz und quer über Wände und Plafond zu kriechen. Besonders oben auf der Decke hing er gern; es war ganz anders, als das Liegen auf dem Fußboden;

man atmete freier; ein leichtes Schwingen ging durch den Körper; und in der fast glücklichen Zerstreutheit, in der sich Gregor dort oben befand, konnte es geschehen, daß er zu seiner eigenen Überraschung sich losließ und auf den Boden klatschte. Aber nun hatte er natürlich seinen Körper ganz anders in der Gewalt als früher und beschädigte sich selbst bei einem so großen Falle nicht. Die Schwester nun bemerkte sofort die neue Unterhaltung, die Gregor für sich gefunden hatte – er hinterließ ja auch beim Kriechen hie und da Spuren seines Klebstoffes –, und da setzte sie es sich in den Kopf, Gregor das Kriechen in größtem Ausmaße zu ermöglichen und die Möbel, die es verhinderten, also vor allem den Kasten und den Schreibtisch, wegzuschaffen. Nun war sie aber nicht imstande, dies allein zu tun; den Vater wagte sie nicht um Hilfe zu bitten; das Dienstmädchen hätte ihr ganz gewiß nicht geholfen, denn dieses etwa sechzehnjährige Mädchen harrte zwar tapfer seit Entlassung der früheren Köchin aus, hatte aber um die Vergünstigung gebeten, die Küche unaufhörlich versperrt halten zu dürfen und nur auf besonderen Anruf öffnen zu müssen; so blieb der Schwester also nichts übrig, als einmal in Abwesenheit des Vaters die Mutter zu holen. Mit Ausrufen erregter Freude kam die Mutter auch heran, verstummte aber an der Tür vor Gregors Zimmer. Zuerst sah natürlich die Schwester nach, ob alles im Zimmer in Ordnung war; dann erst ließ sie die Mutter eintreten. Gregor hatte in größter Eile das Leintuch noch tiefer und mehr in Falten gezogen, das Ganze sah wirklich nur wie ein zufällig über das Kanapee geworfenes Leintuch aus. Gregor unterließ auch diesmal, unter dem Leintuch zu spionieren; er verzichtete darauf, die Mutter schon diesmal zu sehen, und war nur froh, daß sie nun doch gekommen war. »Komm nur, man sieht ihn nicht«, sagte die Schwester, und offenbar führte sie die Mutter an der Hand. Gregor hörte nun, wie die zwei schwachen Frauen den immerhin schweren alten Kasten von seinem Platze rückten, und wie die Schwester immerfort den größten Teil der Arbeit für sich beanspruchte, ohne auf die Warnungen der Mutter zu hören, welche fürchtete, daß sie sich überanstrengen werde. Es dauerte sehr lange. Wohl nach schon viertelstündiger Arbeit sagte die Mutter, man solle den Kasten doch lieber hier lassen, denn erstens sei er zu schwer, sie würden vor Ankunft des Vaters nicht fertig werden und mit dem Kasten in der Mitte des Zimmers Gregor jeden Weg verrammeln, zweitens aber sei es doch gar nicht sicher, daß Gregor mit der Entfernung der Möbel ein Gefallen geschehe. Ihr scheine das Gegenteil der Fall zu sein; ihr bedrücke der Anblick der leeren Wand geradezu das Herz; und warum solle nicht auch Gregor diese Empfindung haben, da er doch an die Zimmermöbel längst gewöhnt sei und sich deshalb im leeren Zimmer verlassen fühlen werde. »Und ist es dann nicht so«, schloß die Mutter ganz leise, wie sie überhaupt fast flüsterte, als wolle sie vermeiden, daß Gregor, dessen genauen Aufenthalt sie ja nicht kannte, auch nur den Klang der Stimme höre, denn daß er die Worte nicht verstand, davon war sie überzeugt, »und ist es nicht so, als ob wir durch die Entfernung der Möbel zeigten, daß wir jede Hoffnung auf Besserung aufgeben und ihn rücksichtslos sich selbst überlassen? Ich glaube, es wäre das beste, wir suchen das Zimmer genau in dem Zustand zu erhalten, in dem es früher war, damit Gregor, wenn er wieder zu uns zurückkommt, alles unverändert findet und umso leichter die Zwischenzeit vergessen kann. «

Beim Anhören dieser Worte der Mutter erkannte Gregor, daß der Mangel jeder unmittelbaren menschlichen Ansprache, verbunden mit dem einförmigen Leben inmitten der Familie, im Laufe dieser zwei Monate seinen Verstand hatte verwirren müssen, denn anders konnte er es sich nicht erklären, daß er ernsthaft darnach hatte verlangen können, daß sein Zimmer ausgeleert würde. Hatte er wirklich Lust, das warme, mit ererbten Möbeln gemütlich ausgestattete Zimmer in eine Höhle verwandeln zu lassen, in der er dann freilich nach allen Richtungen ungestört würde kriechen können, jedoch auch unter gleichzeitigem, schnellen, gänzlichen Vergessen seiner menschlichen Vergangenheit? War er doch jetzt schon nahe daran, zu vergessen, und nur die seit langem nicht gehörte Stimme der Mutter hatte ihn aufgerüttelt. Nichts sollte entfernt werden; alles mußte bleiben; die guten Einwirkungen der Möbel auf seinen Zustand konnte er nicht entbehren; und wenn die Möbel ihn hinderten, das sinnlose Herumkriechen zu betreiben, so war es kein Schaden, sondern ein großer Vorteil.

Aber die Schwester war leider anderer Meinung; sie hatte sich, allerdings nicht ganz unberechtigt, angewöhnt, bei Besprechung der Angelegenheiten Gregors als besonders Sachverständige gegenüber den Eltern aufzutreten, und so war auch jetzt der Rat der Mutter für die Schwester Grund genug, auf der Entfernung nicht nur des Kastens und des Schreibtisches, an die sie zuerst allein gedacht hatte, sondern auf der Entfernung sämtlicher Möbel, mit Ausnahme des unentbehrlichen Kanapees, zu bestehen. Es war natürlich nicht nur kindlicher Trotz und das in der letzten Zeit so unerwartet und schwer erworbene Selbstvertrauen, das sie zu dieser Forderung bestimmte; sie hatte doch auch tatsächlich beobachtet, daß Gregor viel Raum zum Kriechen brauchte, dagegen die Möbel, soweit man sehen konnte, nicht im geringsten benützte. Vielleicht aber spielte auch der schwärmerische Sinn der Mädchen ihres Alters mit, der bei jeder Gelegenheit seine Befriedigung sucht, und durch den Grete jetzt sich dazu verlocken ließ, die Lage Gregors noch schreckenerregender machen zu wollen, um dann noch mehr als bis jetzt für ihn leisten zu können. Denn in einen Raum, in dem Gregor ganz allein die leeren Wände beherrschte, würde wohl kein Mensch außer Grete jemals einzutreten sich getrauen.

Und so ließ sie sich von ihrem Entschlusse durch die Mutter nicht abbringen, die auch in diesem Zimmer vor lauter Unruhe unsicher schien, bald verstummte und der Schwester nach Kräften beim Hinausschaffen des Kastens half. Nun, den Kasten konnte Gregor im Notfall noch entbehren, aber schon der Schreibtisch mußte bleiben. Und kaum hatten die Frauen mit dem Kasten, an den sie sich ächzend drückten, das Zimmer verlassen, als Gregor den Kopf unter dem Kanapee hervorstieß, um zu sehen, wie er vorsichtig und möglichst rücksichtsvoll eingreifen könnte. Aber zum Unglück war es gerade die Mutter, welche zuerst zurückkehrte, während Grete im Nebenzimmer den Kasten umfangen hielt und ihn allein hin und her schwang, ohne ihn natürlich von der Stelle zu bringen. Die Mutter aber war Gregors Anblick nicht gewöhnt, er hätte sie krank machen können, und so eilte Gregor erschrocken im Rückwärtslauf bis an das andere Ende des Kanapees, konnte es aber nicht mehr verhindern, daß das Leintuch vorne ein wenig sich bewegte. Das genügte, um die Mutter aufmerksam zu machen. Sie stockte, stand einen Augenblick still und ging dann zu Grete zurück.

Trotzdem sich Gregor immer wieder sagte, daß ja nichts Außergewöhnliches geschehe, sondern nur ein paar Möbel umgestellt würden, wirkte doch, wie er sich bald eingestehen mußte, dieses Hin- und Hergehen der Frauen, ihre kleinen Zurufe, das Kratzen der Möbel auf dem Boden, wie ein großer, von allen Seiten genährter Trubel auf ihn, und er mußte sich, so fest er Kopf und Beine an sich zog und den Leib bis an den Boden drückte, unweigerlich sagen, daß er das Ganze nicht lange aushalten werde. Sie räumten ihm sein

Zimmer aus; nahmen ihm alles, was ihm lieb war; den Kasten, in dem die Laubsäge und andere Werkzeuge lagen, hatten sie schon hinausgetragen; lockerten jetzt den schon im Boden fest eingegrabenen Schreibtisch, an dem er als Handelsakademiker, als Bürgerschüler, ja sogar schon als Volksschüler seine Aufgaben geschrieben hatte, – da hatte er wirklich keine Zeit mehr, die guten Absichten zu prüfen, welche die zwei Frauen hatten, deren Existenz er übrigens fast vergessen hatte, denn vor Erschöpfung arbeiteten sie schon stumm, und man hörte nur das schwere Tappen ihrer Füße.

Und so brach er denn hervor – die Frauen stützten sich gerade im Nebenzimmer an den Schreibtisch, um ein wenig zu verschnaufen –, wechselte viermal die Richtung des Laufes, er wußte wirklich nicht, was er zuerst retten sollte, da sah er an der im übrigen schon leeren Wand auffallend das Bild der in lauter Pelzwerk gekleideten Dame hängen, kroch eilends hinauf und preßte sich an das Glas, das ihn festhielt und seinem heißen Bauch wohltat. Dieses Bild wenigstens, das Gregor jetzt ganz verdeckte, würde nun gewiß niemand wegnehmen. Er verdrehte den Kopf nach der Tür des Wohnzimmers, um die Frauen bei ihrer Rückkehr zu beobachten.

Sie hatten sich nicht viel Ruhe gegönnt und kamen schon wieder; Grete hatte den Arm um die Mutter gelegt und trug sie fast. »Also was nehmen wir jetzt?« sagte Grete und sah sich um. Da kreuzten sich ihre Blicke mit denen Gregors an der Wand. Wohl nur infolge der Gegenwart der Mutter behielt sie ihre Fassung, beugte ihr Gesicht zur Mutter, um diese vom Herumschauen abzuhalten, und sagte, allerdings zitternd und unüberlegt: »Komm, wollen wir nicht lieber auf einen Augenblick noch ins Wohnzimmer zurückgehen?« Die Absicht Gretes war für Gregor klar, sie wollte die Mutter in Sicherheit bringen und dann ihn von der Wand hinunter-

jagen. Nun, sie konnte es ja immerhin versuchen! Er saß auf
seinem Bild und gab es nicht her. Lieber würde er Grete ins
Gesicht springen.

Aber Gretes Worte hatten die Mutter erst recht beunruhigt, sie trat zur Seite, erblickte den riesigen braunen Fleck
auf der geblümten Tapete, rief, ehe ihr eigentlich zum Bewußtsein kam, daß das Gregor war, was sie sah, mit schrei-
ender, rauher Stimme: »Ach Gott, ach Gott!« und fiel mit
ausgebreiteten Armen, als gebe sie alles auf, über das Kanapee hin und rührte sich nicht. »Du, Gregor!« rief die Schwester mit erhobener Faust und eindringlichen Blicken. Es
waren seit der Verwandlung die ersten Worte, die sie unmittelbar an ihn gerichtet hatte. Sie lief ins Nebenzimmer, um
irgendeine Essenz zu holen, mit der sie die Mutter aus ihrer
Ohnmacht wecken könnte; Gregor wollte auch helfen – zur
Rettung des Bildes war noch Zeit –; er klebte aber fest an dem
Glas und mußte sich mit Gewalt losreißen; er lief dann auch
ins Nebenzimmer, als könne er der Schwester irgendeinen
Rat geben, wie in früherer Zeit; mußte dann aber untätig
hinter ihr stehen, während sie in verschiedenen Fläschchen
kramte; erschreckte sie noch, als sie sich umdrehte; eine
Flasche fiel auf den Boden und zerbrach; ein Splitter verletzte
Gregor im Gesicht, irgendeine ätzende Medizin umfloß ihn;
Grete nahm nun, ohne sich länger aufzuhalten, soviel Fläschchen, als sie nur halten konnte, und rannte mit ihnen zur
Mutter hinein; die Tür schlug sie mit dem Fuße zu. Gregor
war nun von der Mutter abgeschlossen, die durch seine
Schuld vielleicht dem Tode nahe war; die Tür durfte er nicht
öffnen, wollte er die Schwester, die bei der Mutter bleiben
mußte, nicht verjagen; er hatte jetzt nichts zu tun, als zu
warten; und von Selbstvorwürfen und Besorgnis bedrängt,
begann er zu kriechen, überkroch alles, Wände, Möbel und
Zimmerdecke und fiel endlich in seiner Verzweiflung, als

sich das ganze Zimmer schon um ihn zu drehen anfing, mitten auf den großen Tisch.

Es verging eine kleine Weile, Gregor lag matt da, ringsherum war es still, vielleicht war das ein gutes Zeichen. Da läutete es. Das Mädchen war natürlich in ihrer Küche eingesperrt und Grete mußte daher öffnen gehen. Der Vater war gekommen. »Was ist geschehen?« waren seine ersten Worte; Gretes Aussehen hatte ihm wohl alles verraten. Grete antwortete mit dumpfer Stimme, offenbar drückte sie ihr Gesicht an des Vaters Brust: »Die Mutter war ohnmächtig, aber es geht ihr schon besser. Gregor ist ausgebrochen.« »Ich habe es ja erwartet«, sagte der Vater, »ich habe es euch ja immer gesagt, aber ihr Frauen wollt nicht hören.« Gregor war es klar, daß der Vater Gretes allzukurze Mitteilung schlecht gedeutet hatte und annahm, daß Gregor sich irgendeine Gewalttat habe zuschulden kommen lassen. Deshalb mußte Gregor den Vater jetzt zu besänftigen suchen, denn ihn aufzuklären hatte er weder Zeit noch Möglichkeit. Und so flüchtete er sich zur Tür seines Zimmers und drückte sich an sie, damit der Vater beim Eintritt vom Vorzimmer her gleich sehen könne, daß Gregor die beste Absicht habe, sofort in sein Zimmer zurückzukehren, und daß es nicht nötig sei, ihn zurückzutreiben, sondern daß man nur die Tür zu öffnen brauche, und gleich werde er verschwinden.

Aber der Vater war nicht in der Stimmung, solche Feinheiten zu bemerken; »Ah!« rief er gleich beim Eintritt in einem Tone, als sei er gleichzeitig wütend und froh. Gregor zog den Kopf von der Tür zurück und hob ihn gegen den Vater. So hatte er sich den Vater wirklich nicht vorgestellt, wie er jetzt dastand; allerdings hatte er in der letzten Zeit über dem neuartigen Herumkriechen versäumt, sich so wie früher um die Vorgänge in der übrigen Wohnung zu kümmern, und hätte eigentlich darauf gefaßt sein müssen, veränderte Verhältnisse anzutreffen. Trotzdem, trotzdem, war das noch der Vater? Der gleiche Mann, der müde im Bett vergraben lag, wenn früher Gregor zu einer Geschäftsreise ausgerückt war; der ihn an Abenden der Heimkehr im Schlafrock im Lehnstuhl empfangen hatte; gar nicht recht imstande war, aufzustehen, sondern zum Zeichen der Freude nur die Arme gehoben hatte, und der bei den seltenen gemeinsamen Spaziergängen an ein paar Sonntagen im Jahr und an den höchsten Feiertagen zwischen Gregor und der Mutter, die schon an und für sich langsam gingen, immer noch ein wenig langsamer, in seinen alten Mantel eingepackt, mit stets vorsichtig aufgesetztem Krückstock sich vorwärts arbeitete und, wenn er etwas sagen wollte, fast immer stillstand und seine Begleitung um sich versammelte? Nun aber war er recht gut aufgerichtet; in eine straffe blaue Uniform mit Goldknöpfen gekleidet, wie sie Diener der Bankinstitute tragen; über dem hohen steifen Kragen des Rockes entwickelte sich sein starkes Doppelkinn; unter den buschigen Augenbrauen drang der Blick der schwarzen Augen frisch und aufmerksam hervor; das sonst zerzauste weiße Haar war zu einer peinlich genauen, leuchtenden Scheitelfrisur niedergekämmt. Er warf seine Mütze, auf der ein Goldmonogramm, wahrscheinlich das einer Bank, angebracht war, über das ganze Zimmer im Bogen auf das Kanapee hin und ging, die Enden seines langen Uniformrockes zurückgeschlagen, die Hände in den Hosentaschen, mit verbissenem Gesicht auf Gregor zu. Er wußte wohl selbst nicht, was er vor hatte; immerhin hob er die Füße ungewöhnlich hoch, und Gregor staunte über die Riesengröße seiner Stiefelsohlen. Doch hielt er sich dabei nicht auf, er wußte ja noch vom ersten Tage seines neuen Lebens her, daß der Vater ihm gegenüber nur die größte Strenge für angebracht ansah. Und so lief er vor dem Vater her, stockte, wenn der Vater stehen blieb, und eilte schon wieder vor-

wärts, wenn sich der Vater nur rührte. So machten sie mehrmals die Runde um das Zimmer, ohne daß sich etwas Ent-
scheidendes ereignete, ja ohne daß das Ganze infolge seines
langsamen Tempos den Anschein einer Verfolgung gehabt
hätte. Deshalb blieb auch Gregor vorläufig auf dem Fußboden, zumal er fürchtete, der Vater könnte eine Flucht auf die
Wände oder den Plafond für besondere Bosheit halten. Allerdings mußte sich Gregor sagen, daß er sogar dieses Laufen
nicht lange aushalten würde, denn während der Vater einen
Schritt machte, mußte er eine Unzahl von Bewegungen ausführen. Atemnot begann sich schon bemerkbar zu machen,
wie er ja auch in seiner früheren Zeit keine ganz vertrauens-
würdige Lunge besessen hatte. Als er nun so dahintorkelte,
um alle Kräfte für den Lauf zu sammeln, kaum die Augen
offenhielt; in seiner Stumpfheit an eine andere Rettung als
durch Laufen gar nicht dachte; und fast schon vergessen
hatte, daß ihm die Wände freistanden, die hier allerdings mit
sorgfältig geschnitzten Möbeln voll Zacken und Spitzen ver-
stellt waren – da flog knapp neben ihm, leicht geschleudert,
irgendetwas nieder und rollte vor ihm her. Es war ein Apfel;
gleich flog ihm ein zweiter nach; Gregor blieb vor Schrecken
stehen; ein Weiterlaufen war nutzlos, denn der Vater hatte
sich entschlossen, ihn zu bombardieren. Aus der Obstschale
auf der Kredenz hatte er sich die Taschen gefüllt und warf
nun, ohne vorläufig scharf zu zielen, Apfel für Apfel. Diese
kleinen roten Äpfel rollten wie elektrisiert auf dem Boden
herum und stießen aneinander. Ein schwach geworfener
Apfel streifte Gregors Rücken, glitt aber unschädlich ab.
Ein ihm sofort nachfliegender drang dagegen förmlich in
Gregors Rücken ein; Gregor wollte sich weiterschleppen,
als könne der überraschende unglaubliche Schmerz mit
dem Ortswechsel vergehen; doch fühlte er sich wie festge-
nagelt und streckte sich in vollständiger Verwirrung aller

Sinne. Nur mit dem letzten Blick sah er noch, wie die Tür seines Zimmers aufgerissen wurde, und vor der schreienden Schwester die Mutter hervoreilte, im Hemd, denn die Schwester hatte sie entkleidet, um ihr in der Ohnmacht Atemfreiheit zu verschaffen, wie dann die Mutter auf den Vater zulief und ihr auf dem Weg die aufgebundenen Röcke einer nach dem anderen zu Boden glitten, und wie sie stolpernd über die Röcke auf den Vater eindrang und ihn umarmend, in gänzlicher Vereinigung mit ihm – nun versagte aber Gregors Sehkraft schon – die Hände an des Vaters Hinterkopf um Schonung von Gregors Leben bat.

III.

Die schwere Verwundung Gregors, an der er über einen Monat litt – der Apfel blieb, da ihn niemand zu entfernen wagte, als sichtbares Andenken im Fleische sitzen –, schien selbst den Vater daran erinnert zu haben, daß Gregor trotz seiner gegenwärtigen traurigen und ekelhaften Gestalt ein Familienmitglied war, das man nicht wie einen Feind behandeln durfte, sondern dem gegenüber es das Gebot der Familienpflicht war, den Widerwillen hinunterzuschlucken und zu dulden, nichts als zu dulden.

Und wenn nun auch Gregor durch seine Wunde an Beweglichkeit wahrscheinlich für immer verloren hatte und vorläufig zur Durchquerung seines Zimmers wie ein alter Invalide lange, lange Minuten brauchte – an das Kriechen in der Höhe war nicht zu denken –, so bekam er für diese Verschlimmerung seines Zustandes einen seiner Meinung nach vollständig genügenden Ersatz dadurch, daß immer gegen Abend die Wohnzimmertür, die er schon ein bis zwei Stunden vorher scharf zu beobachten pflegte, geöffnet wurde, so daß er, im Dunkel seines Zimmers liegend, vom Wohnzimmer aus unsichtbar, die ganze Familie beim beleuchteten Tische sehen und ihre Reden, gewissermaßen mit allgemeiner Erlaubnis, also ganz anders als früher, anhören durfte.

Freilich waren es nicht mehr die lebhaften Unterhaltungen der früheren Zeiten, an die Gregor in den kleinen Hotelzimmern stets mit einigem Verlangen gedacht hatte, wenn er sich müde in das feuchte Bettzeug hatte werfen müssen. Es ging jetzt meist nur sehr still zu. Der Vater schlief bald nach dem Nachtessen in seinem Sessel ein; die Mutter und Schwester ermahnten einander zur Stille; die Mutter nähte, weit unter das Licht vorgebeugt, feine Wäsche für ein Modengeschäft; die Schwester, die eine Stellung als Verkäuferin angenommen hatte, lernte am Abend Stenographie und Französisch, um vielleicht später einmal einen besseren Posten zu erreichen. Manchmal wachte der Vater auf, und als wisse er gar nicht, daß er geschlafen habe, sagte er zur Mutter: »Wie lange du heute schon wieder nähst!« und schlief sofort wieder ein, während Mutter und Schwester einander müde zulächelten.

Mit einer Art Eigensinn weigerte sich der Vater auch, zu Hause seine Dieneruniform abzulegen; und während der Schlafrock nutzlos am Kleiderhaken hing, schlummerte der Vater vollständig angezogen auf seinem Platz, als sei er immer zu seinem Dienste bereit und warte auch hier auf die Stimme des Vorgesetzten. Infolgedessen verlor die gleich anfangs nicht neue Uniform trotz aller Sorgfalt von Mutter und Schwester an Reinlichkeit, und Gregor sah oft ganze Abende lang auf dieses über und über fleckige, mit seinen stets geputzten Goldknöpfen leuchtende Kleid, in dem der alte Mann höchst unbequem und doch ruhig schlief.

Sobald die Uhr zehn schlug, suchte die Mutter durch leise Zusprache den Vater zu wecken und dann zu überreden, ins

Bett zu gehen, denn hier war es doch kein richtiger Schlaf und diesen hatte der Vater, der um sechs Uhr seinen Dienst antreten mußte, äußerst nötig. Aber in dem Eigensinn, der ihn, seitdem er Diener war, ergriffen hatte, bestand er immer darauf, noch länger bei Tisch zu bleiben, trotzdem er regelmäßig einschlief, und war dann überdies nur mit der größten Mühe zu bewegen, den Sessel mit dem Bett zu vertauschen. Da mochten Mutter und Schwester mit kleinen Ermahnungen noch so sehr auf ihn eindringen, viertelstundenlang schüttelte er langsam den Kopf, hielt die Augen geschlossen und stand nicht auf. Die Mutter zupfte ihn am Ärmel, sagte ihm Schmeichelworte ins Ohr, die Schwester verließ ihre Aufgabe, um der Mutter zu helfen, aber beim Vater verfing das nicht. Er versank nur noch tiefer in seinen Sessel. Erst bis ihn die Frauen unter den Achseln faßten, schlug er die Augen auf, sah abwechselnd die Mutter und die Schwester an und pflegte zu sagen: »Das ist ein Leben. Das ist die Ruhe meiner alten Tage.« Und auf die beiden Frauen gestützt, erhob er sich, umständlich, als sei er für sich selbst die größte Last, ließ sich von den Frauen bis zur Türe führen, winkte ihnen dort ab und ging nun selbständig weiter, während die Mutter ihr Nähzeug, die Schwester ihre Feder eiligst hinwarfen, um hinter dem Vater zu laufen und ihm weiter behilflich zu sein.

Wer hatte in dieser abgearbeiteten und übermüdeten Familie Zeit, sich um Gregor mehr zu kümmern, als unbedingt nötig war? Der Haushalt wurde immer mehr eingeschränkt; das Dienstmädchen wurde nun doch entlassen; eine riesige knochige Bedienerin mit weißem, den Kopf umflatterndem Haar kam des Morgens und des Abends, um die schwerste Arbeit zu leisten; alles andere besorgte die Mutter neben ihrer vielen Näharbeit. Es geschah sogar, daß verschiedene Familienschmuckstücke, welche früher die Mutter und die Schwester überglücklich bei Unterhaltungen und Feierlichkeiten getragen hatten, verkauft wurden, wie Gregor am Abend aus der allgemeinen Besprechung der erzielten Preise erfuhr. Die größte Klage war aber stets, daß man diese für die gegenwärtigen Verhältnisse allzugroße Wohnung nicht verlassen konnte, da es nicht auszudenken war, wie man Gregor übersiedeln sollte. Aber Gregor sah wohl ein, daß es nicht nur die Rücksicht auf ihn war, welche eine Übersiedlung verhinderte, denn ihn hätte man doch in einer passenden Kiste mit ein paar Luftlöchern leicht transportieren können; was die Familie hauptsächlich vom Wohnungswechsel abhielt, war vielmehr die völlige Hoffnungslosigkeit und der Gedanke daran, daß sie mit einem Unglück geschlagen war, wie niemand sonst im ganzen Verwandten- und Bekanntenkreis. Was die Welt von armen Leuten verlangt, erfüllten sie bis zum äußersten, der Vater holte den kleinen Bankbeamten das Frühstück, die Mutter opferte sich für die Wäsche fremder Leute, die Schwester lief nach dem Befehl der Kunden hinter dem Pulte hin und her, aber weiter reichten die Kräfte der Familie schon nicht. Und die Wunde im Rücken fing Gregor wie neu zu schmerzen an, wenn Mutter und Schwester, nachdem sie den Vater zu Bett gebracht hatten, nun zurückkehrten, die Arbeit liegen ließen, nahe zusammenrückten, schon Wange an Wange saßen; wenn jetzt die Mutter, auf Gregors Zimmer zeigend, sagte: »Mach' dort die Tür zu, Grete,« und wenn nun Gregor wieder im Dunkel war, während nebenan die Frauen ihre Tränen vermischten oder gar tränenlos den Tisch anstarrten.

Die Nächte und Tage verbrachte Gregor fast ganz ohne Schlaf. Manchmal dachte er daran, beim nächsten Öffnen der Tür die Angelegenheiten der Familie ganz so wie früher wieder in die Hand zu nehmen; in seinen Gedanken erschienen wieder nach langer Zeit der Chef und der Prokurist, die Kommis und die Lehrjungen, der so begriffsstützige Hausknecht, zwei drei Freunde aus anderen Geschäften, ein Stubenmädchen aus einem Hotel in der Provinz, eine liebe, flüchtige Erinnerung, eine Kassiererin aus einem Hutgeschäft, um die er sich ernsthaft, aber zu langsam beworben hatte – sie alle erschienen untermischt mit Fremden oder schon Vergessenen, aber statt ihm und seiner Familie zu helfen, waren sie sämtlich unzugänglich, und er war froh, wenn sie verschwanden. Dann aber war er wieder gar nicht in der Laune, sich um seine Familie zu sorgen, bloß Wut über die schlechte Wartung erfüllte ihn, und trotzdem er sich nichts vorstellen konnte, worauf er Appetit gehabt hätte, machte er doch Pläne, wie er in die Speisekammer gelangen könnte, um dort zu nehmen, was ihm, auch wenn er keinen Hunger hatte, immerhin gebührte. Ohne jetzt mehr nachzudenken, womit man Gregor einen besonderen Gefallen machen könnte, schob die Schwester eiligst, ehe sie morgens und mittags ins Geschäft lief, mit dem Fuß irgendeine beliebige Speise in Gregors Zimmer hinein, um sie am Abend, gleichgültig dagegen, ob die Speise vielleicht nur verkostet oder – der häufigste Fall – gänzlich unberührt war, mit einem Schwenken des Besens hinauszukehren. Das Aufräumen des Zimmers, das sie nun immer abends besorgte, konnte gar nicht mehr schneller getan sein. Schmutzstreifen zogen sich die Wände entlang, hie und da lagen Knäuel von Staub und Unrat. In der ersten Zeit stellte sich Gregor bei der Ankunft der Schwester in derartige besonders bezeichnende Winkel, um ihr durch diese Stellung gewissermaßen einen Vorwurf zu machen. Aber er hätte wohl wochenlang dort bleiben können, ohne daß sich die Schwester gebessert hätte; sie sah ja den Schmutz genau so wie er, aber sie hatte sich eben entschlossen, ihn zu lassen. Dabei wachte sie mit einer an ihr ganz neuen Empfindlichkeit, die überhaupt die ganze Familie ergriffen hatte, darüber, daß das Aufräumen von Gregors

Zimmer ihr vorbehalten blieb. Einmal hatte die Mutter Gregors Zimmer einer großen Reinigung unterzogen, die ihr nur nach Verbrauch einiger Kübel Wasser gelungen war – die viele Feuchtigkeit kränkte allerdings Gregor auch und er lag breit, verbittert und unbeweglich auf dem Kanapee –, aber die Strafe blieb für die Mutter nicht aus. Denn kaum hatte am Abend die Schwester die Veränderung in Gregors Zimmer bemerkt, als sie, aufs höchste beleidigt, ins Wohnzimmer lief und, trotz der beschwörend erhobenen Hände der Mutter, in einen Weinkrampf ausbrach, dem die Eltern – der Vater war natürlich aus seinem Sessel aufgeschreckt worden – zuerst erstaunt und hilflos zusahen, bis auch sie sich zu rühren anfingen; der Vater rechts der Mutter Vorwürfe machte, daß sie Gregors Zimmer nicht der Schwester zur Reinigung überließ; links dagegen die Schwester anschrie, sie werde niemals mehr Gregors Zimmer reinigen dürfen; während die Mutter den Vater, der sich vor Erregung nicht mehr kannte, ins Schlafzimmer zu schleppen suchte; die Schwester, von Schluchzen geschüttelt, mit ihren kleinen Fäusten den Tisch bearbeitete; und Gregor laut vor Wut darüber zischte, daß es keinem einfiel, die Tür zu schließen und ihm diesen Anblick und Lärm zu ersparen.

Aber selbst wenn die Schwester, erschöpft von ihrer Berufsarbeit, dessen überdrüssig geworden war, für Gregor, wie früher, zu sorgen, so hätte noch keineswegs die Mutter für sie eintreten müssen und Gregor hätte doch nicht vernachlässigt werden brauchen. Denn nun war die Bedienerin da. Diese alte Witwe, die in ihrem langen Leben mit Hilfe ihres starken Knochenbaues das Ärgste überstanden haben mochte, hatte keinen eigentlichen Abscheu vor Gregor. Ohne irgendwie neugierig zu sein, hatte sie zufällig einmal die Tür von Gregors Zimmer aufgemacht und war im Anblick Gregors, der, gänzlich überrascht, trotzdem ihn niemand jagte, hin und herzulaufen begann, die Hände im Schoß gefaltet staunend stehen geblieben. Seitdem versäumte sie nicht, stets flüchtig morgens und abends die Tür ein wenig zu öffnen und zu Gregor hineinzuschauen. Anfangs rief sie ihn auch zu sich herbei, mit Worten, die sie wahrscheinlich für freundlich hielt, wie »Komm mal herüber, alter Mistkäfer!« oder »Seht mal den alten Mistkäfer!« Auf solche Ansprachen antwortete Gregor mit nichts, sondern blieb unbeweglich auf seinem Platz, als sei die Tür gar nicht geöffnet worden. Hätte man doch dieser Bedienerin, statt sie nach ihrer Laune ihn nutzlos stören zu lassen, lieber den Befehl gegeben, sein Zimmer täglich zu reinigen! Einmal am frühen Morgen – ein heftiger Regen, vielleicht schon ein Zeichen des kommenden Frühjahrs, schlug an die Scheiben – war Gregor, als die Bedienerin mit ihren Redensarten wieder begann, derartig erbittert, daß er, wie zum Angriff, allerdings langsam und hinfällig, sich gegen sie wendete. Die Bedienerin aber, statt sich zu fürchten, hob bloß einen in der Nähe der Tür befindlichen Stuhl hoch empor, und wie sie mit groß geöffnetem Munde dastand, war ihre Absicht klar, den Mund erst zu schließen, wenn der Sessel in ihrer Hand auf Gregors Rücken niederschlagen würde. »Also weiter geht es nicht?« fragte sie, als Gregor sich wieder umdrehte, und stellte den Sessel ruhig in die Ecke zurück.

Gregor aß nun fast gar nichts mehr. Nur wenn er zufällig an der vorbereiteten Speise vorüberkam, nahm er zum Spiel einen Bissen in den Mund, hielt ihn dort stundenlang und spie ihn dann meist wieder aus. Zuerst dachte er, es sei die Trauer über den Zustand seines Zimmers, die ihn vom Essen abhalte, aber gerade mit den Veränderungen des Zimmers söhnte er sich sehr bald aus. Man hatte sich angewöhnt, Dinge, die man anderswo nicht unterbringen konnte, in dieses Zimmer hineinzustellen, und solcher Dinge gab es nun viele, da man ein Zimmer der Wohnung an drei Zimmerherren vermietet hatte. Diese ernsten Herren – alle drei hatten Vollbärte, wie Gregor einmal durch eine Türspalte feststellte – waren peinlich auf Ordnung, nicht nur in ihrem Zimmer, sondern, da sie sich nun einmal hier eingemietet hatten, in der ganzen Wirtschaft, also insbesondere in der Küche, bedacht. Unnützen oder gar schmutzigen Kram ertrugen sie nicht. Überdies hatten sie zum größten Teil ihre eigenen Einrichtungsstücke mitgebracht. Aus diesem Grunde waren viele Dinge überflüssig geworden, die zwar nicht verkäuflich waren, die man aber auch nicht wegwerfen wollte. Alle diese wanderten in Gregors Zimmer. Ebenso auch die Aschenkiste und die Abfallkiste aus der Küche. Was nur im Augenblick unbrauchbar war, schleuderte die Bedienerin, die es immer sehr eilig hatte, einfach in Gregors Zimmer; Gregor sah glücklicherweise meist nur den betreffenden Gegenstand und die Hand, die ihn hielt. Die Bedienerin hatte vielleicht die Absicht, bei Zeit und Gelegenheit die Dinge wieder zu holen oder alle insgesamt mit einemmal hinauszuwerfen, tatsächlich aber blieben sie dort liegen, wohin sie durch den ersten Wurf gekommen waren, wenn nicht Gregor sich durch das Rumpelzeug wand und es in Bewegung brachte, zuerst gezwungen, weil kein sonstiger Platz zum Kriechen frei war, später aber mit wachsendem Vergnügen, obwohl er nach solchen Wanderungen, zum Sterben müde und traurig, wieder stundenlang sich nicht rührte.

Da die Zimmerherren manchmal auch ihr Abendessen zu Hause im gemeinsamen Wohnzimmer einnahmen, blieb die Wohnzimmertür an manchen Abenden geschlossen, aber Gregor verzichtete ganz leicht auf das Öffnen der Tür, hatte er doch schon manche Abende, an denen sie geöffnet war, nicht ausgenützt, sondern war, ohne daß es die Familie merkte, im dunkelsten Winkel seines Zimmers gelegen. Einmal aber hatte die Bedienerin die Tür zum Wohnzimmer ein wenig offen gelassen, und sie blieb so offen, auch als die Zimmerherren am Abend eintraten und Licht gemacht wurde. Sie setzten sich oben an den Tisch, wo in früheren Zeiten der Vater, die Mutter und Gregor gegessen hatten, entfalteten die Servietten und nahmen Messer und Gabel in die Hand. Sofort erschien in der Tür die Mutter mit einer Schüssel Fleisch und knapp hinter ihr die Schwester mit einer Schüssel hochgeschichteter Kartoffeln. Das Essen dampfte mit starkem Rauch. Die Zimmerherren beugten sich über die vor sie hingestellten Schüsseln, als wollten sie sie vor dem Essen prüfen, und tatsächlich zerschnitt der, welcher in der Mitte saß und den anderen zwei als Autorität zu gelten schien, ein Stück Fleisch noch auf der Schüssel, offenbar um festzustellen, ob es mürbe genug sei und ob es nicht etwa in die Küche zurückgeschickt werden solle. Er war befriedigt, und Mutter und Schwester, die gespannt zugesehen hatten, begannen aufatmend zu lächeln.

Die Familie selbst aß in der Küche. Trotzdem kam der Vater, ehe er in die Küche ging, in dieses Zimmer herein und machte mit einer einzigen Verbeugung, die Kappe in der Hand, einen Rundgang um den Tisch. Die Zimmerherren erhoben sich sämtlich und murmelten etwas in ihre Bärte. Als sie dann allein waren, aßen sie fast unter vollkommenem Stillschweigen. Sonderbar schien es Gregor, daß man aus allen mannigfachen Geräuschen des Essens immer wieder ihre kauenden Zähne heraushörte, als ob damit Gregor gezeigt werden sollte, daß man Zähne brauche, um zu essen, und daß man auch mit den schönsten zahnlosen Kiefern nichts ausrichten könne. »Ich habe ja Appetit«, sagte sich Gregor sorgenvoll, »aber nicht auf diese Dinge. Wie sich diese Zimmerherren nähren, und ich komme um!«

Gerade an diesem Abend – Gregor erinnerte sich nicht,

während der ganzen Zeit die Violine gehört zu haben –
ertönte sie von der Küche her. Die Zimmerherren hatten
schon ihr Nachtmahl beendet, der mittlere hatte eine Zeitung
hervorgezogen, den zwei anderen je ein Blatt gegeben, und
nun lasen sie zurückgelehnt und rauchten. Als die Violine zu
spielen begann, wurden sie aufmerksam, erhoben sich und
gingen auf den Fußspitzen zur Vorzimmertür, in der sie
aneinandergedrängt stehen blieben. Man mußte sie von der
Küche aus gehört haben, denn der Vater rief: »Ist den Herren
das Spiel vielleicht unangenehm? Es kann sofort eingestellt
werden.« »Im Gegenteil«, sagte der mittlere der Herren,
»möchte das Fräulein nicht zu uns hereinkommen und hier
im Zimmer spielen, wo es doch viel bequemer und gemüt-
licher ist?« »O bitte«, rief der Vater, als sei er der Violinspie-
ler. Die Herren traten ins Zimmer zurück und warteten. Bald
kam der Vater mit dem Notenpult, die Mutter mit den Noten
und die Schwester mit der Violine. Die Schwester bereitete
alles ruhig zum Spiele vor; die Eltern, die niemals früher
Zimmer vermietet hatten und deshalb die Höflichkeit gegen
die Zimmerherren übertrieben, wagten gar nicht, sich auf
ihre eigenen Sessel zu setzen; der Vater lehnte an der Tür, die
rechte Hand zwischen zwei Knöpfe des geschlossenen
Livreerockes gesteckt; die Mutter aber erhielt von einem
Herrn einen Sessel angeboten und saß, da sie den Sessel dort
ließ, wohin ihn der Herr zufällig gestellt hatte, abseits in
einem Winkel.

Die Schwester begann zu spielen; Vater und Mutter verfolgten, jeder von seiner Seite, aufmerksam die Bewegungen
ihrer Hände. Gregor hatte, von dem Spiele angezogen, sich
ein wenig weiter vorgewagt und war schon mit dem Kopf im
Wohnzimmer. Er wunderte sich kaum darüber, daß er in
letzter Zeit so wenig Rücksicht auf die andern nahm; früher
war diese Rücksichtnahme sein Stolz gewesen. Und dabei

hätte er gerade jetzt mehr Grund gehabt, sich zu verstecken, denn infolge des Staubes, der in seinem Zimmer überall lag und bei der kleinsten Bewegung umherflog, war auch er ganz staubbedeckt; Fäden, Haare, Speiseüberreste schleppte er auf seinem Rücken und an den Seiten mit sich herum; seine Gleichgültigkeit gegen alles war viel zu groß, als daß er sich, wie früher mehrmals während des Tages, auf den Rücken gelegt und am Teppich gescheuert hätte. Und trotz dieses Zustandes hatte er keine Scheu, ein Stück auf dem makellosen Fußboden des Wohnzimmers vorzurücken.

Allerdings achtete auch niemand auf ihn. Die Familie war gänzlich vom Violinspiel in Anspruch genommen; die Zimmerherren dagegen, die zunächst, die Hände in den Hosentaschen, viel zu nahe hinter dem Notenpult der Schwester sich aufgestellt hatten, so daß sie alle in die Noten hätten sehen können, was sicher die Schwester stören mußte, zogen sich bald unter halblauten Gesprächen mit gesenkten Köpfen zum Fenster zurück, wo sie, vom Vater besorgt beobachtet, auch blieben. Es hatte nun wirklich den überdeutlichen Anschein, als wären sie in ihrer Annahme, ein schönes oder unterhaltendes Violinspiel zu hören, enttäuscht, hätten die ganze Vorführung satt und ließen sich nur aus Höflichkeit noch in ihrer Ruhe stören. Besonders die Art, wie sie alle aus Nase und Mund den Rauch ihrer Zigarren in die Höhe bliesen, ließ auf große Nervosität schließen. Und doch spielte die Schwester so schön. Ihr Gesicht war zur Seite geneigt, prüfend und traurig folgten ihre Blicke den Notenzeilen. Gregor kroch noch ein Stück vorwärts und hielt den Kopf eng an den Boden, um möglicherweise ihren Blicken begegnen zu können. War er ein Tier, da ihn Musik so ergriff? Ihm war, als zeige sich ihm der Weg zu der ersehnten unbekannten Nahrung. Er war entschlossen, bis zur Schwester vorzudringen, sie am Rock zu zupfen und ihr dadurch anzudeuten, sie möge doch mit ihrer Violine in sein Zimmer kommen, denn niemand lohnte hier das Spiel so, wie er es lohnen wollte. Er wollte sie nicht mehr aus seinem Zimmer lassen, wenigstens nicht, solange er lebte; seine Schreckgestalt sollte ihm zum erstenmal nützlich werden; an allen Türen seines Zimmers wollte er gleichzeitig sein und den Angreifern entgegenfauchen; die Schwester aber sollte nicht gezwungen, sondern freiwillig bei ihm bleiben; sie sollte neben ihm auf dem Kanapee sitzen, das Ohr zu ihm herunterneigen, und er wollte ihr dann anvertrauen, daß er die feste Absicht gehabt habe, sie auf das Konservatorium zu schicken, und daß er dies, wenn nicht das Unglück dazwischen gekommen wäre, vergangene Weihnachten – Weihnachten war doch wohl schon vorüber? – allen gesagt hätte, ohne sich um irgendwelche Widerreden zu kümmern. Nach dieser Erklärung würde die Schwester in Tränen der Rührung ausbrechen, und Gregor würde sich bis zu ihrer Achsel erheben und ihren Hals küssen, den sie, seitdem sie ins Geschäft ging, frei ohne Band oder Kragen trug.

»Herr Samsa!« rief der mittlere Herr dem Vater zu und zeigte, ohne ein weiteres Wort zu verlieren, mit dem Zeigefinger auf den langsam sich vorwärtsbewegenden Gregor. Die Violine verstummte, der mittlere Zimmerherr lächelte erst einmal kopfschüttelnd seinen Freunden zu und sah dann wieder auf Gregor hin. Der Vater schien es für nötiger zu halten, statt Gregor zu vertreiben, vorerst die Zimmerherren zu beruhigen, trotzdem diese gar nicht aufgeregt waren und Gregor sie mehr als das Violinspiel zu unterhalten schien. Er eilte zu ihnen und suchte sie mit ausgebreiteten Armen in ihr Zimmer zu drängen und gleichzeitig mit seinem Körper ihnen den Ausblick auf Gregor zu nehmen. Sie wurden nun tatsächlich ein wenig böse, man wußte nicht mehr, ob über das Benehmen des Vaters oder über die ihnen jetzt aufge-

hende Erkenntnis, ohne es zu wissen, einen solchen Zimmer-
nachbar wie Gregor besessen zu haben. Sie verlangten vom
Vater Erklärungen, hoben ihrerseits die Arme, zupften unruhig an ihren Bärten und wichen nur langsam gegen ihr
Zimmer zurück. Inzwischen hatte die Schwester die Verlo-
renheit, in die sie nach dem plötzlich abgebrochenen Spiel
verfallen war, überwunden, hatte sich, nachdem sie eine Zeit
lang in den lässig hängenden Händen Violine und Bogen
gehalten und weiter, als spiele sie noch, in die Noten gesehen
hatte, mit einem Male aufgerafft, hatte das Instrument auf
den Schoß der Mutter gelegt, die in Atembeschwerden mit
heftig arbeitenden Lungen noch auf ihrem Sessel saß, und
war in das Nebenzimmer gelaufen, dem sich die Zimmerherren unter dem Drängen des Vaters schon schneller näherten.
Man sah, wie unter den geübten Händen der Schwester die
Decken und Polster in den Betten in die Höhe flogen und sich
ordneten. Noch ehe die Herren das Zimmer erreicht hatten,
war sie mit dem Aufbetten fertig und schlüpfte heraus. Der
Vater schien wieder von seinem Eigensinn derartig ergriffen,
daß er jeden Respekt vergaß, den er seinen Mietern immerhin
schuldete. Er drängte nur und drängte, bis schon in der Tür
des Zimmers der mittlere der Herren donnernd mit dem Fuß
aufstampfte und dadurch den Vater zum Stehen brachte. »Ich
erkläre hiermit«, sagte er, hob die Hand und suchte mit den
Blicken auch die Mutter und die Schwester, »daß ich mit
Rücksicht auf die in dieser Wohnung und Familie herrschen-
den widerlichen Verhältnisse« – hiebei spie er kurz entschlossen auf den Boden – »mein Zimmer augenblicklich kündige.
Ich werde natürlich auch für die Tage, die ich hier gewohnt
habe, nicht das Geringste bezahlen, dagegen werde ich es mir
noch überlegen, ob ich nicht mit irgendwelchen – glauben
Sie mir – sehr leicht zu begründenden Forderungen gegen Sie
auftreten werde. « Er schwieg und sah gerade vor sich hin, als

erwarte er etwas. Tatsächlich fielen sofort seine zwei Freunde mit den Worten ein: »Auch wir kündigen augenblicklich.« Darauf faßte er die Türklinke und schloß mit einem Krach die Tür.

Der Vater wankte mit tastenden Händen zu seinem Sessel und ließ sich in ihn fallen; es sah aus, als strecke er sich zu seinem gewöhnlichen Abendschläfchen, aber das starke Nikken seines wie haltlosen Kopfes zeigte, daß er ganz und gar nicht schlief. Gregor war die ganze Zeit still auf dem Platz gelegen, auf dem ihn die Zimmerherren ertappt hatten. Die Enttäuschung über das Mißlingen seines Planes, vielleicht aber auch die durch das viele Hungern verursachte Schwäche machten es ihm unmöglich, sich zu bewegen. Er fürchtete mit einer gewissen Bestimmtheit schon für den nächsten Augenblick einen allgemeinen über ihn sich entladenden Zusammensturz und wartete. Nicht einmal die Violine schreckte ihn auf, die, unter den zitternden Fingern der Mutter hervor, ihr vom Schoße fiel und einen hallenden Ton von sich gab.

»Liebe Eltern«, sagte die Schwester und schlug zur Einleitung mit der Hand auf den Tisch, »so geht es nicht weiter. Wenn ihr das vielleicht nicht einsehet, ich sehe es ein. Ich will vor diesem Untier nicht den Namen meines Bruders aussprechen, und sage daher bloß: wir müssen versuchen, es loszuwerden. Wir haben das Menschenmögliche versucht, es zu pflegen und zu dulden, ich glaube, es kann uns niemand den geringsten Vorwurf machen.«

»Sie hat tausendmal Recht«, sagte der Vater für sich. Die Mutter, die noch immer nicht genug Atem finden konnte, fing in die vorgehaltene Hand mit einem irrsinnigen Ausdruck der Augen dumpf zu husten an.

Die Schwester eilte zur Mutter und hielt ihr die Stirn. Der Vater schien durch die Worte der Schwester auf bestimmtere

Gedanken gebracht zu sein, hatte sich aufrecht gesetzt, spielte mit seiner Dienermütze zwischen den Tellern, die noch vom Nachtmahl der Zimmerherren her auf dem Tische lagen, und sah bisweilen auf den stillen Gregor hin.

»Wir müssen es loszuwerden suchen«, sagte die Schwester nun ausschließlich zum Vater, denn die Mutter hörte in ihrem Husten nichts, »es bringt euch noch beide um, ich sehe es kommen. Wenn man schon so schwer arbeiten muß, wie wir alle, kann man nicht noch zu Hause diese ewige Quälerei ertragen. Ich kann es auch nicht mehr.« Und sie brach so heftig in Weinen aus, daß ihre Tränen auf das Gesicht der Mutter niederflossen, von dem sie sie mit mechanischen Handbewegungen wischte.

»Kind«, sagte der Vater mitleidig und mit auffallendem Verständnis, »was sollen wir aber tun?«

Die Schwester zuckte nur die Achseln zum Zeichen der Ratlosigkeit, die sie nun während des Weinens im Gegensatz zu ihrer früheren Sicherheit ergriffen hatte.

»Wenn er uns verstünde«, sagte der Vater halb fragend; die Schwester schüttelte aus dem Weinen heraus heftig die Hand zum Zeichen, daß daran nicht zu denken sei.

»Wenn er uns verstünde«, wiederholte der Vater und nahm durch Schließen der Augen die Überzeugung der Schwester von der Unmöglichkeit dessen in sich auf, »dann wäre vielleicht ein Übereinkommen mit ihm möglich. Aber so –«

»Weg muß es«, rief die Schwester, »das ist das einzige Mittel, Vater. Du mußt bloß den Gedanken loszuwerden suchen, daß es Gregor ist. Daß wir es solange geglaubt haben, das ist ja unser eigentliches Unglück. Aber wie kann es denn Gregor sein? Wenn es Gregor wäre, er hätte längst eingesehen, daß ein Zusammenleben von Menschen mit einem solchen Tier nicht möglich ist, und wäre freiwillig fortgegangen. Wir hätten dann keinen Bruder, aber könnten weiter leben und sein Andenken in Ehren halten. So aber verfolgt uns dieses Tier, vertreibt die Zimmerherren, will offenbar die ganze Wohnung einnehmen und uns auf der Gasse übernachten lassen. Sieh nur, Vater«, schrie sie plötzlich auf, »er fängt schon wieder an!« Und in einem für Gregor gänzlich unverständlichen Schrecken verließ die Schwester sogar die Mutter, stieß sich förmlich von ihrem Sessel ab, als wollte sie lieber die Mutter opfern, als in Gregors Nähe bleiben, und eilte hinter den Vater, der, lediglich durch ihr Benehmen erregt, auch aufstand und die Arme wie zum Schutze der Schwester vor ihr halb erhob.

Aber Gregor fiel es doch gar nicht ein, irgend jemandem und gar seiner Schwester Angst machen zu wollen. Er hatte bloß angefangen sich umzudrehen, um in sein Zimmer zurückzuwandern, und das nahm sich allerdings auffallend aus, da er infolge seines leidenden Zustandes bei den schwierigen Umdrehungen mit seinem Kopfe nachhelfen mußte, den er hierbei viele Male hob und gegen den Boden schlug. Er hielt inne und sah sich um. Seine gute Absicht schien erkannt worden zu sein; es war nur ein augenblicklicher Schrecken gewesen. Nun sahen ihn alle schweigend und traurig an. Die Mutter lag, die Beine ausgestreckt und aneinandergedrückt, in ihrem Sessel, die Augen fielen ihr vor Ermattung fast zu; der Vater und die Schwester saßen nebeneinander, die Schwester hatte ihre Hand um des Vaters Hals gelegt.

»Nun darf ich mich schon vielleicht umdrehen«, dachte Gregor und begann seine Arbeit wieder. Er konnte das Schnaufen der Anstrengung nicht unterdrücken und mußte auch hie und da ausruhen. Im übrigen drängte ihn auch niemand, es war alles ihm selbst überlassen. Als er die Umdrehung vollendet hatte, fing er sofort an, geradeaus zurückzuwandern. Er staunte über die große Entfernung, die ihn von seinem Zimmer trennte, und begriff gar nicht, wie er bei seiner Schwäche vor kurzer Zeit den gleichen Weg, fast ohne es zu merken, zurückgelegt hatte. Immerfort nur auf rasches Kriechen bedacht, achtete er kaum darauf, daß kein Wort, kein Ausruf seiner Familie ihn störte. Erst als er schon in der Tür war, wendete er den Kopf, nicht vollständig, denn er fühlte den Hals steif werden, immerhin sah er noch, daß sich hinter ihm nichts verändert hatte, nur die Schwester war aufgestanden. Sein letzter Blick streifte die Mutter, die nun völlig eingeschlafen war.

Kaum war er innerhalb seines Zimmers, wurde die Tür eiligst zugedrückt, festgeriegelt und versperrt. Über den plötzlichen Lärm hinter sich erschrak Gregor so, daß ihm die Beinchen einknickten. Es war die Schwester, die sich so beeilt hatte. Aufrecht war sie schon da gestanden und hatte gewartet, leichtfüßig war sie dann vorwärtsgesprungen, Gregor hatte sie gar nicht kommen hören, und ein »Endlich!« rief sie den Eltern zu, während sie den Schlüssel im Schloß umdrehte.

»Und jetzt?« fragte sich Gregor und sah sich im Dunkeln um. Er machte bald die Entdeckung, daß er sich nun überhaupt nicht mehr rühren konnte. Er wunderte sich darüber nicht, eher kam es ihm unnatürlich vor, daß er sich bis jetzt tatsächlich mit diesen dünnen Beinchen hatte fortbewegen können. Im übrigen fühlte er sich verhältnismäßig behaglich. Er hatte zwar Schmerzen im ganzen Leib, aber ihm war, als würden sie allmählich schwächer und schwächer und würden schließlich ganz vergehen. Den verfaulten Apfel in seinem Rücken und die entzündete Umgebung, die ganz von weichem Staub bedeckt waren, spürte er schon kaum. An seine Familie dachte er mit Rührung und Liebe zurück. Seine Meinung darüber, daß er verschwinden müsse, war womöglich noch entschiedener, als die seiner Schwester. In diesem Zustand leeren und friedlichen Nachdenkens blieb er, bis die

Turmuhr die dritte Morgenstunde schlug. Den Anfang des allgemeinen Hellerwerdens draußen vor dem Fenster erlebte er noch. Dann sank sein Kopf ohne seinen Willen gänzlich nieder, und aus seinen Nüstern strömte sein letzter Atem schwach hervor.

Als am frühen Morgen die Bedienerin kam – vor lauter Kraft und Eile schlug sie, wie oft man sie auch schon gebeten hatte, das zu vermeiden, alle Türen derartig zu, daß in der ganzen Wohnung von ihrem Kommen an kein ruhiger Schlaf mehr möglich war –, fand sie bei ihrem gewöhnlichen kurzen Besuch an Gregor zuerst nichts Besonderes. Sie dachte, er liege absichtlich so unbeweglich da und spiele den Beleidigten; sie traute ihm allen möglichen Verstand zu. Weil sie zufällig den langen Besen in der Hand hielt, suchte sie mit ihm Gregor von der Tür aus zu kitzeln. Als sich auch da kein Erfolg zeigte, wurde sie ärgerlich und stieß ein wenig in Gregor hinein, und erst als sie ihn ohne jeden Widerstand von seinem Platze geschoben hatte, wurde sie aufmerksam. Als sie bald den wahren Sachverhalt erkannte, machte sie große Augen, pfiff vor sich hin, hielt sich aber nicht lange auf, sondern riß die Tür des Schlafzimmers auf und rief mit lauter Stimme in das Dunkel hinein: »Sehen Sie nur mal an, es ist krepiert; da liegt es, ganz und gar krepiert!«

Das Ehepaar Samsa saß im Ehebett aufrecht da und hatte zu tun, den Schrecken über die Bedienerin zu verwinden, ehe es dazu kam, ihre Meldung aufzufassen. Dann aber stiegen Herr und Frau Samsa, jeder auf seiner Seite, eiligst aus dem Bett, Herr Samsa warf die Decke über seine Schultern, Frau Samsa kam nur im Nachthemd hervor; so traten sie in Gregors Zimmer. Inzwischen hatte sich auch die Tür des Wohnzimmers geöffnet, in dem Grete seit dem Einzug der Zimmerherren schlief; sie war völlig angezogen, als hätte sie gar nicht geschlafen, auch ihr bleiches Gesicht schien das zu beweisen. »Tot?« sagte Frau Samsa und sah fragend zur Bedienerin auf, trotzdem sie doch alles selbst prüfen und sogar ohne Prüfung erkennen konnte. »Das will ich meinen«, sagte die Bedienerin und stieß zum Beweis Gregors Leiche mit dem Besen noch ein großes Stück seitwärts. Frau Samsa machte eine Bewegung, als wolle sie den Besen zurückhalten, tat es aber nicht. »Nun«, sagte Herr Samsa, »jetzt können wir Gott danken.« Er bekreuzte sich, und die drei Frauen folgten seinem Beispiel. Grete, die kein Auge von der Leiche wendete, sagte: »Seht nur, wie mager er war. Er hat ja auch schon so lange Zeit nichts gegessen. So wie die Speisen hereinkamen, sind sie wieder hinausgekommen.« Tatsächlich war Gregors Körper vollständig flach und trocken, man erkannte das eigentlich erst jetzt, da er nicht mehr von den Beinchen gehoben war und auch sonst nichts den Blick ablenkte.

»Komm, Grete, auf ein Weilchen zu uns herein«, sagte Frau Samsa mit einem wehmütigen Lächeln, und Grete ging, nicht ohne nach der Leiche zurückzusehen, hinter den Eltern in das Schlafzimmer. Die Bedienerin schloß die Tür und öffnete gänzlich das Fenster. Trotz des frühen Morgens war der frischen Luft schon etwas Lauigkeit beigemischt. Es war eben schon Ende März.

Aus ihrem Zimmer traten die drei Zimmerherren und sahen sich erstaunt nach ihrem Frühstück um; man hatte sie vergessen. »Wo ist das Frühstück?« fragte der mittlere der Herren mürrisch die Bedienerin. Diese aber legte den Finger an den Mund und winkte dann hastig und schweigend den Herren zu, sie möchten in Gregors Zimmer kommen. Sie kamen auch und standen dann, die Hände in den Taschen ihrer etwas abgenützten Röckchen, in dem nun schon ganz hellen Zimmer um Gregors Leiche herum.

Da öffnete sich die Tür des Schlafzimmers, und Herr

Samsa erschien in seiner Livree an einem Arm seine Frau, am anderen seine Tochter. Alle waren ein wenig verweint; Grete drückte bisweilen ihr Gesicht an den Arm des Vaters.

»Verlassen Sie sofort meine Wohnung!« sagte Herr Samsa und zeigte auf die Tür, ohne die Frauen von sich zu lassen. »Wie meinen Sie das?« sagte der mittlere der Herren etwas bestürzt und lächelte süßlich. Die zwei anderen hielten die Hände auf dem Rücken und rieben sie ununterbrochen aneinander, wie in freudiger Erwartung eines großen Streites, der aber für sie günstig ausfallen mußte. »Ich meine es genau so, wie ich es sage«, antwortete Herr Samsa und ging in einer Linie mit seinen zwei Begleiterinnen auf den Zimmerherrn zu. Dieser stand zuerst still da und sah zu Boden, als ob sich die Dinge in seinem Kopf zu einer neuen Ordnung zusammenstellten. »Dann gehen wir also«, sagte er dann und sah zu Herrn Samsa auf, als verlange er in einer plötzlich ihn überkommenden Demut sogar für diesen Entschluß eine neue Genehmigung. Herr Samsa nickte ihm bloß mehrmals kurz mit großen Augen zu. Daraufhin ging der Herr tatsächlich sofort mit langen Schritten ins Vorzimmer; seine beiden Freunde hatten schon ein Weilchen lang mit ganz ruhigen Händen aufgehorcht und hüpften ihm jetzt geradezu nach, wie in Angst, Herr Samsa könnte vor ihnen ins Vorzimmer eintreten und die Verbindung mit ihrem Führer stören. Im Vorzimmer nahmen alle drei die Hüte vom Kleiderrechen, zogen ihre Stöcke aus dem Stockbehälter, verbeugten sich stumm und verließen die Wohnung. In einem, wie sich zeigte, gänzlich unbegründeten Mißtrauen trat Herr Samsa mit den zwei Frauen auf den Vorplatz hinaus; an das Geländer gelehnt, sahen sie zu, wie die drei Herren zwar langsam, aber ständig die lange Treppe hinunterstiegen, in jedem Stockwerk in einer bestimmten Biegung des Treppenhauses verschwanden und nach ein paar Augenblicken wieder hervorkamen; je tiefer sie gelangten, desto mehr verlor sich das Interesse der Familie Samsa für sie, und als ihnen entgegen und dann hoch über sie hinweg ein Fleischergeselle mit der Trage auf dem Kopf in stolzer Haltung heraufstieg, verließ bald Herr Samsa mit den Frauen das Geländer, und alle kehrten, wie erleichtert, in ihre Wohnung zurück.

Sie beschlossen, den heutigen Tag zum Ausruhen und Spazierengehen zu verwenden; sie hatten diese Arbeitsunterbrechung nicht nur verdient, sie brauchten sie sogar unbedingt. Und so setzten sie sich zum Tisch und schrieben drei Entschuldigungsbriefe, Herr Samsa an seine Direktion, Frau Samsa an ihren Auftraggeber, und Grete an ihren Prinzipal. Während des Schreibens kam die Bedienerin herein, um zu sagen, daß sie fortgehe, denn ihre Morgenarbeit war beendet. Die drei Schreibenden nickten zuerst bloß, ohne aufzuschauen, erst als die Bedienerin sich immer noch nicht entfernen wollte, sah man ärgerlich auf. »Nun?« fragte Herr Samsa. Die Bedienerin stand lächelnd in der Tür, als habe sie der Familie ein großes Glück zu melden, werde es aber nur dann tun, wenn sie gründlich ausgefragt werde. Die fast aufrechte kleine Straußfeder auf ihrem Hut, über die sich Herr Samsa schon während ihrer ganzen Dienstzeit ärgerte, schwankte leicht nach allen Richtungen. »Also was wollen Sie eigentlich?« fragte Frau Samsa, vor welcher die Bedienerin noch am meisten Respekt hatte. »Ja«, antwortete die Bedienerin und konnte vor freundlichem Lachen nicht gleich weiter reden, »also darüber, wie das Zeug von nebenan weggeschafft werden soll, müssen Sie sich keine Sorge machen. Es ist schon in Ordnung.« Frau Samsa und Grete beugten sich zu ihren Briefen nieder, als wollten sie weiterschreiben; Herr Samsa, welcher merkte, daß die Bedienerin nun alles ausführlich zu beschreiben anfangen wollte, wehrte dies mit ausgestreckter Hand entschieden ab. Da sie aber nicht erzählen durfte, erinnerte sie sich an die große Eile, die sie hatte, rief offenbar beleidigt: »Adjes allseits«, drehte sich wild um und verließ unter fürchterlichem Türezuschlagen die Wohnung.

»Abends wird sie entlassen«, sagte Herr Samsa, bekam aber weder von seiner Frau, noch von seiner Tochter eine Antwort, denn die Bedienerin schien ihre kaum gewonnene Ruhe wieder gestört zu haben. Sie erhoben sich, gingen zum Fenster und blieben dort, sich umschlungen haltend. Herr Samsa drehte sich in seinem Sessel nach ihnen um und beobachtete sie still ein Weilchen. Dann rief er: »Also kommt doch her. Laßt schon endlich die alten Sachen. Und nehmt auch ein wenig Rücksicht auf mich.« Gleich folgten ihm die Frauen, eilten zu ihm, liebkosten ihn und beendeten rasch ihre Briefe.

Dann verließen alle drei gemeinschaftlich die Wohnung, was sie schon seit Monaten nicht getan hatten, und fuhren mit der Elektrischen ins Freie vor die Stadt. Der Wagen, in dem sie allein saßen, war ganz von warmer Sonne durchschienen. Sie besprachen, bequem auf ihren Sitzen zurückgelehnt, die Aussichten für die Zukunft, und es fand sich, daß diese bei näherer Betrachtung durchaus nicht schlecht waren, denn aller drei Anstellungen waren, worüber sie einander eigentlich noch gar nicht ausgefragt hatten, überaus günstig und besonders für später vielversprechend. Die größte augenblickliche Besserung der Lage mußte sich natürlich leicht durch einen Wohnungswechsel ergeben; sie wollten nun eine kleinere und billigere, aber besser gelegene und überhaupt praktischere Wohnung nehmen, als es die jetzige, noch von Gregor ausgesuchte war. Während sie sich so unterhielten, fiel es Herrn und Frau Samsa im Anblick ihrer immer lebhafter werdenden Tochter fast gleichzeitig ein, wie sie in der letzten Zeit trotz aller Plage, die ihre Wangen bleich gemacht hatte, zu einem schönen und üppigen Mädchen aufgeblüht war. Stiller werdend und fast unbewußt durch Blicke sich verständigend, dachten sie daran, daß es nun Zeit sein werde, auch einen braven Mann für sie zu suchen. Und es war ihnen wie eine Bestätigung ihrer neuen Träume und guten Absichten, als am Ziele ihrer Fahrt die Tochter als erste sich erhob und ihren jungen Körper dehnte.

In der Strafkolonie

Ornament + Verbrechen
Hesse + die Folgen   ?

»Es ist ein eigentümlicher Apparat«, sagte der Offizier zu dem Forschungsreisenden und überblickte mit einem gewissermaßen bewundernden Blick den ihm doch wohlbekannten Apparat. Der Reisende schien nur aus Höflichkeit der Einladung des Kommandanten gefolgt zu sein, der ihn aufgefordert hatte, der Exekution eines Soldaten beizuwohnen, der wegen Ungehorsam und Beleidigung des Vorgesetzten verurteilt worden war. Das Interesse für diese Exekution war wohl auch in der Strafkolonie nicht sehr groß. Wenigstens war hier in dem tiefen, sandigen, von kahlen Abhängen ringsum abgeschlossenen kleinen Tal außer dem Offizier und dem Reisenden nur der Verurteilte, ein stumpfsinniger, breitmäuliger Mensch mit verwahrlostem Haar und Gesicht und ein Soldat zugegen, der die schwere Kette hielt, in welche die kleinen Ketten ausliefen, mit denen der Verurteilte an den Fuß- und Handknöcheln sowie am Hals gefesselt war und die auch untereinander durch Verbindungsketten zusammenhingen. Übrigens sah der Verurteilte so hündisch ergeben aus, daß es den Anschein hatte, als könnte man ihn frei auf den Abhängen herumlaufen lassen und müsse bei Beginn der Exekution nur pfeifen, damit er käme.

Der Reisende hatte wenig Sinn für den Apparat und ging hinter dem Verurteilten fast sichtbar unbeteiligt auf und ab, während der Offizier die letzten Vorbereitungen besorgte, bald unter den tief in die Erde eingebauten Apparat kroch, bald auf eine Leiter stieg, um die oberen Teile zu untersuchen. Das waren Arbeiten, die man eigentlich einem Maschinisten hätte überlassen können, aber der Offizier führte sie mit einem großen Eifer aus, sei es, daß er ein besonderer Anhänger dieses Apparates war, sei es, daß man aus anderen Gründen die Arbeit sonst niemandem anvertrauen konnte. »Jetzt ist alles fertig!« rief er endlich und stieg von der Leiter hinunter. Er war ungemein ermattet, atmete mit weit offenem Mund und hatte zwei zarte Damentaschentücher hinter den Uniformkragen gezwängt. »Diese Uniformen sind doch für die Tropen zu schwer«, sagte der Reisende, statt sich, wie es der Offizier erwartet hatte, nach dem Apparat zu erkundigen. »Gewiß«, sagte der Offizier und wusch sich die von Öl und Fett beschmutzten Hände in einem bereitstehenden Wasserkübel, »aber sie bedeuten die Heimat; wir wollen nicht die Heimat verlieren. – Nun sehen Sie aber diesen Apparat«, fügte er gleich hinzu, trocknete die Hände mit einem Tuch und zeigte gleichzeitig auf den Apparat. »Bis jetzt war noch Händearbeit nötig, von jetzt aber arbeitet der Apparat ganz allein.« Der Reisende nickte und folgte dem Offizier. Dieser suchte sich für alle Zwischenfälle zu sichern und sagte dann: »Es kommen natürlich Störungen vor; ich hoffe zwar, es wird heute keine eintreten, immerhin muß man mit ihnen rechnen. Der Apparat soll ja zwölf Stunden ununterbrochen im Gang sein. Wenn aber auch Störungen vorkommen, so sind es doch nur ganz kleine und sie werden sofort behoben sein.«

»Wollen Sie sich nicht setzen?« fragte er schließlich, zog aus einem Haufen von Rohrstühlen einen hervor und bot ihn dem Reisenden an; dieser konnte nicht ablehnen. Er saß nun am Rande einer Grube, in die er einen flüchtigen Blick warf. Sie war nicht sehr tief. Zur einen Seite der Grube war die ausgegrabene Erde zu einem Wall aufgehäuft, zur anderen Seite stand der Apparat. »Ich weiß nicht«, sagte der Offizier, »ob Ihnen der Kommandant den Apparat schon erklärt hat.« Der Reisende machte eine ungewisse Handbewegung; der

Offizier verlangte nichts Besseres, denn nun konnte er selbst den Apparat erklären. »Dieser Apparat«, sagte er und faßte eine Kurbelstange, auf die er sich stützte, »ist eine Erfindung unseres früheren Kommandanten. Ich habe gleich bei den allerersten Versuchen mitgearbeitet und war auch bei allen Arbeiten bis zur Vollendung beteiligt. Das Verdienst der Erfindung allerdings gebührt ihm ganz allein. Haben Sie von unserem früheren Kommandanten gehört? Nicht? Nun, ich behaupte nicht zu viel, wenn ich sage, daß die Einrichtung der ganzen Strafkolonie sein Werk ist. Wir, seine Freunde, wußten schon bei seinem Tod, daß die Einrichtung der Kolonie so in sich geschlossen ist, daß sein Nachfolger, und habe er tausend neue Pläne im Kopf, wenigstens während vieler Jahre nichts von dem Alten wird ändern können. Unsere Voraussage ist auch eingetroffen; der neue Kommandant hat es erkennen müssen. Schade, daß Sie den früheren Kommandanten nicht gekannt haben! – Aber«, unterbrach sich der Offizier, »ich schwätze, und sein Apparat steht hier vor uns. Er besteht, wie Sie sehen, aus drei Teilen. Es haben sich im Laufe der Zeit für jeden dieser Teile gewissermaßen volkstümliche Bezeichnungen ausgebildet. Der untere heißt das Bett, der obere heißt der Zeichner, und hier der mittlere, schwebende Teil heißt die Egge.« »Die Egge?« fragte der Reisende. Er hatte nicht ganz aufmerksam zugehört, die Sonne verfing sich allzustark in dem schattenlosen Tal, man konnte schwer seine Gedanken sammeln. Um so bewundernswerter erschien ihm der Offizier, der im engen, parademäßigen, mit Epauletten beschwerten, mit Schnüren behängten Waffenrock so eifrig seine Sache erklärte und außerdem, während er sprach, mit einem Schraubendreher noch hier und da an einer Schraube sich zu schaffen machte. In ähnlicher Verfassung wie der Reisende schien der Soldat zu sein. Er hatte um beide Handgelenke die Kette des Verurteilten gewickelt, stützte sich mit einer Hand auf sein Gewehr, ließ den Kopf im Genick hinunterhängen und kümmerte sich um nichts. Der Reisende wunderte sich nicht darüber, denn der Offizier sprach französisch und französisch verstand gewiß weder der Soldat noch der Verurteilte. Um so auffallender war es allerdings, daß der Verurteilte sich dennoch bemühte, den Erklärungen des Offiziers zu folgen. Mit einer Art schläfriger Beharrlichkeit richtete er die Blicke immer dorthin, wohin der Offizier gerade zeigte, und als dieser jetzt vom Reisenden mit einer Frage unterbrochen wurde, sah auch er, ebenso wie der Offizier, den Reisenden an.

»Ja, die Egge«, sagte der Offizier, »der Name paßt. Die Nadeln sind eggenartig angeordnet, auch wird das Ganze wie eine Egge geführt, wenn auch bloß auf einem Platz und viel kunstgemäßer. Sie werden es übrigens gleich verstehen. Hier auf das Bett wird der Verurteilte gelegt. – Ich will nämlich den Apparat zuerst beschreiben und dann erst die Prozedur selbst ausführen lassen. Sie werden ihr dann besser folgen können. Auch ist ein Zahnrad im Zeichner zu stark abgeschliffen; es kreischt sehr, wenn es im Gang ist; man kann sich dann kaum verständigen; Ersatzteile sind hier leider nur schwer zu beschaffen. – Also hier ist das Bett, wie ich sagte. Es ist ganz und gar mit einer Watteschicht bedeckt; den Zweck dessen werden Sie noch erfahren. Auf diese Watte wird der Verurteilte bäuchlings gelegt, natürlich nackt; hier sind für die Hände, hier für die Füße, hier für den Hals Riemen, um ihn festzuschnallen. Hier am Kopfende des Bettes, wo der Mann, wie ich gesagt habe, zuerst mit dem Gesicht aufliegt, ist dieser kleine Filzstumpf, der leicht so reguliert werden kann, daß er dem Mann gerade in den Mund dringt. Er hat den Zweck, am Schreien und am Zerbeißen der Zunge zu hindern. Natürlich muß der Mann den Filz aufnehmen, da ihm sonst durch den Halsriemen das

Genick gebrochen wird.« »Das ist Watte?« fragte der Reisende und beugte sich vor. »Ja gewiß«, sagte der Offizier lächelnd, »befühlen Sie es selbst.« Er faßte die Hand des Reisenden und führte sie über das Bett hin. »Es ist eine besonders präparierte Watte, darum sieht sie so unkenntlich aus; ich werde auf ihren Zweck noch zu sprechen kommen.« Der Reisende war schon ein wenig für den Apparat gewonnen; die Hand zum Schutz gegen die Sonne über den Augen, sah er an dem Apparat in die Höhe. Es war ein großer Aufbau. Das Bett und der Zeichner hatten gleichen Umfang und sahen wie zwei dunkle Truhen aus. Der Zeichner war etwa zwei Meter über dem Bett angebracht; beide waren in den Ecken durch vier Messingstangen verbunden, die in der Sonne fast Strahlen warfen. Zwischen den Truhen schwebte an einem Stahlband die Egge.

Der Offizier hatte die frühere Gleichgültigkeit des Reisenden kaum bemerkt, wohl aber hatte er für sein jetzt beginnendes Interesse Sinn; er setzte deshalb in seinen Erklärungen aus, um dem Reisenden zur ungestörten Betrachtung Zeit zu lassen. Der Verurteilte ahmte den Reisenden nach; da er die Hand nicht über die Augen legen konnte, blinzelte er mit freien Augen zur Höhe.

»Nun liegt also der Mann«, sagte der Reisende, lehnte sich im Sessel zurück und kreuzte die Beine.

»Ja«, sagte der Offizier, schob ein wenig die Mütze zurück und fuhr sich mit der Hand über das heiße Gesicht, »nun hören Sie! Sowohl das Bett, als auch der Zeichner haben ihre eigene elektrische Batterie; das Bett braucht sie für sich selbst, der Zeichner für die Egge. Sobald der Mann festgeschnallt ist, wird das Bett in Bewegung gesetzt. Es zittert in winzigen, sehr schnellen Zuckungen gleichzeitig seitlich, wie auch auf und ab. Sie werden ähnliche Apparate in Heilanstalten gesehen haben; nur sind bei unserem Bett alle Be-

wegungen genau berechnet; sie müssen nämlich peinlich auf
die Bewegungen der Egge abgestimmt sein. Dieser Egge
aber ist die eigentliche Ausführung des Urteils überlassen.«

»Wie lautet denn das Urteil?« fragte der Reisende. »Sie
wissen auch das nicht?« sagte der Offizier erstaunt und biß
sich auf die Lippen: »Verzeihen Sie, wenn vielleicht meine
Erklärungen ungeordnet sind; ich bitte Sie sehr um Entschuldigung. Die Erklärungen pflegte früher nämlich der Kommandant zu geben; der neue Kommandant aber hat sich
dieser Ehrenpflicht entzogen; daß er jedoch einen so hohen
Besuch« – der Reisende suchte die Ehrung mit beiden Händen abzuwehren, aber der Offizier bestand auf dem Ausdruck – »einen so hohen Besuch nicht einmal von der Form
unseres Urteils in Kenntnis setzt, ist wieder eine Neuerung,
die –«, er hatte einen Fluch auf den Lippen, faßte sich aber
und sagte nur: »Ich wurde nicht davon verständigt, mich
trifft nicht die Schuld. Übrigens bin ich allerdings am besten
befähigt, unsere Urteilsarten zu erklären, denn ich trage hier«
– er schlug auf seine Brusttasche – »die betreffenden Handzeichnungen des früheren Kommandanten.«

»Handzeichnungen des Kommandanten selbst?« fragte
der Reisende: »Hat er denn alles in sich vereinigt? War er
Soldat, Richter, Konstrukteur, Chemiker, Zeichner?«

»Jawohl«, sagte der Offizier kopfnickend, mit starrem,
nachdenklichem Blick. Dann sah er prüfend seine Hände an;
sie schienen ihm nicht rein genug, um die Zeichnungen
anzufassen; er ging daher zum Kübel und wusch sie nochmals. Dann zog er eine kleine Ledermappe hervor und sagte:
»Unser Urteil klingt nicht streng. Dem Verurteilten wird das
Gebot, das er übertreten hat, mit der Egge auf den Leib
geschrieben. Diesem Verurteilten zum Beispiel« – der Offizier zeigte auf den Mann – »wird auf den Leib geschrieben
werden: Ehre deinen Vorgesetzten!«

Der Reisende sah flüchtig auf den Mann hin; er hielt, als der Offizier auf ihn gezeigt hatte, den Kopf gesenkt und schien alle Kraft des Gehörs anzuspannen, um etwas zu erfahren. Aber die Bewegungen seiner wulstig aneinander gedrückten Lippen zeigten offenbar, daß er nichts verstehen konnte. Der Reisende hatte Verschiedenes fragen wollen, fragte aber im Anblick des Mannes nur: »Kennt er sein Urteil?« »Nein«, sagte der Offizier und wollte gleich in seinen Erklärungen fortfahren, aber der Reisende unterbrach ihn: »Er kennt sein eigenes Urteil nicht?« »Nein«, sagte der Offizier wieder, stockte dann einen Augenblick, als verlange er vom Reisenden eine nähere Begründung seiner Frage, und sagte dann: »Es wäre nutzlos, es ihm zu verkünden. Er erfährt es ja auf seinem Leib.« Der Reisende wollte schon verstummen, da fühlte er, wie der Verurteilte seinen Blick auf ihn richtete; er schien zu fragen, ob er den geschilderten Vorgang billigen könne. Darum beugte sich der Reisende, der sich bereits zurückgelehnt hatte, wieder vor und fragte noch: »Aber daß er überhaupt verurteilt wurde, das weiß er doch?« »Auch nicht«, sagte der Offizier und lächelte den Reisenden an, als erwarte er nun von ihm noch einige sonderbare Eröffnungen. »Nein«, sagte der Reisende und strich sich über die Stirn hin, »dann weiß also der Mann auch jetzt noch nicht, wie seine Verteidigung aufgenommen wurde?« »Er hat keine Gelegenheit gehabt, sich zu verteidigen«, sagte der Offizier und sah abseits, als rede er zu sich selbst und wolle den Reisenden durch Erzählung dieser ihm selbstverständlichen Dinge nicht beschämen. »Er muß doch Gelegenheit gehabt haben, sich zu verteidigen«, sagte der Reisende und stand vom Sessel auf.

Der Offizier erkannte, daß er in Gefahr war, in der Erklärung des Apparates für lange Zeit aufgehalten zu werden; er ging daher zum Reisenden, hing sich in seinen Arm, zeigte mit der Hand auf den Verurteilten, der sich jetzt, da die Aufmerksamkeit so offenbar auf ihn gerichtet war, stramm aufstellte – auch zog der Soldat die Kette an –, und sagte: »Die Sache verhält sich folgendermaßen. Ich bin hier in der Strafkolonie zum Richter bestellt. Trotz meiner Jugend. Denn ich stand auch dem früheren Kommandanten in allen Strafsachen zur Seite und kenne auch den Apparat am besten. Der Grundsatz, nach dem ich entscheide, ist: Die Schuld ist immer zweifellos. Andere Gerichte können diesen Grundsatz nicht befolgen, denn sie sind vielköpfig und haben auch noch höhere Gerichte über sich. Das ist hier nicht der Fall, oder war es wenigstens nicht beim früheren Kommandanten. Der neue hat allerdings schon Lust gezeigt, in mein Gericht sich einzumischen, es ist mir aber bisher gelungen, ihn abzuwehren, und wird mir auch weiter gelingen. – Sie wollten diesen Fall erklärt haben; er ist so einfach, wie alle. Ein Hauptmann hat heute morgens die Anzeige erstattet, daß dieser Mann, der ihm als Diener zugeteilt ist und vor seiner Türe schläft, den Dienst verschlafen hat. Er hat nämlich die Pflicht, bei jedem Stundenschlag aufzustehen und vor der Tür des Hauptmanns zu salutieren. Gewiß keine schwere Pflicht und eine notwendige, denn er soll sowohl zur Bewachung als auch zur Bedienung frisch bleiben. Der Hauptmann wollte in der gestrigen Nacht nachsehen, ob der Diener seine Pflicht erfülle. Er öffnete Schlag zwei Uhr die Tür und fand ihn zusammengekrümmt schlafen. Er holte die Reitpeitsche und schlug ihm über das Gesicht. Statt nun aufzustehen und um Verzeihung zu bitten, faßte der Mann seinen Herrn bei den Beinen, schüttelte ihn und rief: ›Wirf die Peitsche weg, oder ich fresse dich.‹ – Das ist der Sachverhalt. Der Hauptmann kam vor einer Stunde zu mir, ich schrieb seine Angaben auf und anschließend gleich das Urteil. Dann ließ ich dem Mann die Ketten anlegen. Das alles war sehr einfach. Hätte ich den

Mann zuerst vorgerufen und ausgefragt, so wäre nur Verwirrung entstanden. Er hätte gelogen, hätte, wenn es mir gelungen wäre, die Lügen zu widerlegen, diese durch neue Lügen ersetzt und so fort. Jetzt aber halte ich ihn und lasse ihn nicht mehr. – Ist nun alles erklärt? Aber die Zeit vergeht, die Exekution sollte schon beginnen, und ich bin mit der Erklärung des Apparates noch nicht fertig.« Er nötigte den Reisenden auf den Sessel nieder, trat wieder zu dem Apparat und begann: »Wie Sie sehen, entspricht die Egge der Form des Menschen; hier ist die Egge für den Oberkörper, hier sind die Eggen für die Beine. Für den Kopf ist nur dieser kleine Stichel bestimmt. Ist Ihnen das klar?« Er beugte sich freundlich zu dem Reisenden vor, bereit zu den umfassendsten Erklärungen.

Der Reisende sah mit gerunzelter Stirn die Egge an. Die Mitteilungen über das Gerichtsverfahren hatten ihn nicht befriedigt. Immerhin mußte er sich sagen, daß es sich hier um eine Strafkolonie handelte, daß hier besondere Maßregeln notwendig waren und daß man bis zum letzten militärisch vorgehen mußte. Außerdem aber setzte er einige Hoffnung auf den neuen Kommandanten, der offenbar, allerdings langsam, ein neues Verfahren einzuführen beabsichtigte, das dem beschränkten Kopf dieses Offiziers nicht eingehen konnte. Aus diesem Gedankengang heraus fragte der Reisende: »Wird der Kommandant der Exekution beiwohnen?« »Es ist nicht gewiß«, sagte der Offizier, durch die unvermittelte Frage peinlich berührt, und seine freundliche Miene verzerrte sich: »Gerade deshalb müssen wir uns beeilen. Ich werde sogar, so leid es mir tut, meine Erklärungen abkürzen müssen. Aber ich könnte ja morgen, wenn der Apparat wieder gereinigt ist – daß er so sehr beschmutzt wird, ist sein einziger Fehler – die näheren Erklärungen nachtragen. Jetzt also nur das Notwendigste. – Wenn der Mann auf dem Bett liegt und dieses ins Zittern gebracht ist, wird die Egge auf den Körper gesenkt. Sie stellt sich von selbst so ein, daß sie nur knapp mit den Spitzen den Körper berührt; ist die Einstellung vollzogen, strafft sich sofort dieses Stahlseil zu einer Stange. Und nun beginnt das Spiel. Ein Nichteingeweihter merkt äußerlich keinen Unterschied in den Strafen. Die Egge scheint gleichförmig zu arbeiten. Zitternd sticht sie ihre Spitzen in den Körper ein, der überdies vom Bett aus zittert. Um es nun jedem zu ermöglichen, die Ausführung des Urteils zu überprüfen, wurde die Egge aus Glas gemacht. Es hat einige technische Schwierigkeiten verursacht, die Nadeln darin zu befestigen, es ist aber nach vielen Versuchen gelungen. Wir haben eben keine Mühe gescheut. Und nun kann jeder durch das Glas sehen, wie sich die Inschrift im Körper vollzieht. Wollen Sie nicht näher kommen und sich die Nadeln ansehen?«

Der Reisende erhob sich langsam, ging hin und beugte sich über die Egge. »Sie sehen«, sagte der Offizier, »zweierlei Nadeln in vielfacher Anordnung. Jede lange hat eine kurze neben sich. Die lange schreibt nämlich, und die kurze spritzt Wasser aus, um das Blut abzuwaschen und die Schrift immer klar zu erhalten. Das Blutwasser wird dann hier in kleine Rinnen geleitet und fließt endlich in diese Hauptrinne, deren Abflußrohr in die Grube führt.« Der Offizier zeigte mit dem Finger genau den Weg, den das Blutwasser nehmen mußte. Als er es, um es möglichst anschaulich zu machen, an der Mündung des Abflußrohres mit beiden Händen förmlich auffing, erhob der Reisende den Kopf und wollte, mit der Hand rückwärts tastend, zu seinem Sessel zurückgehen. Da sah er zu seinem Schrecken, daß auch der Verurteilte gleich ihm der Einladung des Offiziers, sich die Einrichtung der Egge aus der Nähe anzusehen, gefolgt war. Er hatte den verschlafenen Soldaten an der Kette ein wenig vorgezerrt und sich auch über das Glas gebeugt. Man sah, wie er mit unsicheren Augen auch das suchte, was die zwei Herren eben beobachtet hatten, wie es ihm aber, da ihm die Erklärung fehlte, nicht gelingen wollte. Er beugte sich hierhin und dorthin. Immer wieder lief er mit den Augen das Glas ab. Der Reisende wollte ihn zurücktreiben, denn, was er tat, war wahrscheinlich strafbar. Aber der Offizier hielt den Reisenden mit einer Hand fest, nahm mit der anderen eine Erdscholle vom Wall und warf sie nach dem Soldaten. Dieser hob mit einem Ruck die Augen, sah, was der Verurteilte gewagt hatte, ließ das Gewehr fallen, stemmte die Füße mit den Absätzen in den Boden, riß den Verurteilten zurück, daß er gleich niederfiel, und sah dann auf ihn hinunter, wie er sich wand und mit seinen Ketten klirrte. »Stell ihn auf!« schrie der Offizier, denn er merkte, daß der Reisende durch den Verurteilten allzusehr abgelenkt wurde. Der Reisende beugte sich sogar über die Egge hinweg, ohne sich um sie zu kümmern, und wollte nur feststellen, was mit dem Verurteilten geschehe. »Behandle ihn sorgfältig!« schrie der Offizier wieder. Er umlief den Apparat, faßte selbst den Verurteilten unter den Achseln und stellte ihn, der öfters mit den Füßen ausglitt, mit Hilfe des Soldaten auf.

»Nun weiß ich schon alles«, sagte der Reisende, als der Offizier wieder zu ihm zurückkehrte. »Bis auf das Wichtigste«, sagte dieser, ergriff den Reisenden am Arm und zeigte in die Höhe: »Dort im Zeichner ist das Räderwerk, welches die Bewegung der Egge bestimmt, und dieses Räderwerk wird nach der Zeichnung, auf welche das Urteil lautet, angeordnet. Ich verwende noch die Zeichnungen des früheren Kommandanten. Hier sind sie,« – er zog einige Blätter aus der Ledermappe – »ich kann sie Ihnen aber leider nicht in die Hand geben, sie sind das Teuerste, was ich habe. Setzen Sie sich, ich zeige sie Ihnen aus dieser Entfernung, dann werden

Sie alles gut sehen können.« Er zeigte das erste Blatt. Der Reisende hätte gerne etwas Anerkennendes gesagt, aber er sah nur labyrinthartige, einander vielfach kreuzende Linien, die so dicht das Papier bedeckten, daß man nur mit Mühe die weißen Zwischenräume erkannte. »Lesen Sie«, sagte der Offizier. »Ich kann nicht«, sagte der Reisende. »Es ist doch deutlich«, sagte der Offizier. »Es ist sehr kunstvoll«, sagte der Reisende ausweichend, »aber ich kann es nicht entziffern.« »Ja«, sagte der Offizier, lachte und steckte die Mappe wieder ein, »es ist keine Schönschrift für Schulkinder. Man muß lange darin lesen. Auch Sie würden es schließlich gewiß erkennen. Es darf natürlich keine einfache Schrift sein; sie soll ja nicht sofort töten, sondern durchschnittlich erst in einem Zeitraum von zwölf Stunden; für die sechste Stunde ist der Wendepunkt berechnet. Es müssen also viele, viele Zieraten die eigentliche Schrift umgeben; die wirkliche Schrift umzieht den Leib nur in einem schmalen Gürtel; der übrige Körper ist für Verzierungen bestimmt. Können Sie jetzt die Arbeit der Egge und des ganzen Apparates würdigen? – Sehen Sie doch!« Er sprang auf die Leiter, drehte ein Rad, rief hinunter: »Achtung, treten Sie zur Seite«, und alles kam in Gang. Hätte das Rad nicht gekreischt, es wäre herrlich gewesen. Als sei der Offizier von diesem störenden Rad überrascht, drohte er ihm mit der Faust, breitete dann, sich entschuldigend, zum Reisenden hin die Arme aus und kletterte eilig hinunter, um den Gang des Apparates von unten zu beobachten. Noch war etwas nicht in Ordnung, das nur er merkte; er kletterte wieder hinauf, griff mit beiden Händen in das Innere des Zeichners, glitt dann, um rascher hinunterzukommen, statt die Leiter zu benutzen, an der einen Stange hinunter und schrie nun, um sich im Lärm verständlich zu machen, mit äußerster Anspannung dem Reisenden ins Ohr: »Begreifen Sie den Vorgang? Die Egge fängt zu schreiben an;

ist sie mit der ersten Anlage der Schrift auf dem Rücken des Mannes fertig, rollt die Watteschicht und wälzt den Körper langsam auf die Seite, um der Egge neuen Raum zu bieten. Inzwischen legen sich die wundbeschriebenen Stellen auf die Watte, welche infolge der besonderen Präparierung sofort die Blutung stillt und zu neuer Vertiefung der Schrift vorbereitet. Hier die Zacken am Rande der Egge reißen dann beim weiteren Umwälzen des Körpers die Watte von den Wunden, schleudern sie in die Grube, und die Egge hat wieder Arbeit. So schreibt sie immer tiefer die zwölf Stunden lang. Die ersten sechs Stunden lebt der Verurteilte fast wie früher, er leidet nur Schmerzen. Nach zwei Stunden wird der Filz entfernt, denn der Mann hat keine Kraft zum Schreien mehr. Hier in diesen elektrisch geheizten Napf am Kopfende wird warmer Reisbrei gelegt, aus dem der Mann, wenn er Lust hat, nehmen kann, was er mit der Zunge erhascht. Keiner versäumt die Gelegenheit. Ich weiß keinen, und meine Erfahrung ist groß. Erst um die sechste Stunde verliert er das Vergnügen am Essen. Ich knie dann gewöhnlich hier nieder und beobachte diese Erscheinung. Der Mann schluckt den letzten Bissen selten, er dreht ihn nur im Mund und speit ihn in die Grube. Ich muß mich dann bücken, sonst fährt es mir ins Gesicht. Wie still wird dann aber der Mann um die sechste Stunde! Verstand geht dem Blödesten auf. Um die Augen beginnt es. Von hier aus verbreitet es sich. Ein Anblick, der einen verführen könnte, sich mit unter die Egge zu legen. Es geschieht ja nichts weiter, der Mann fängt bloß an, die Schrift zu entziffern, er spitzt den Mund, als horche er. Sie haben gesehen, es ist nicht leicht, die Schrift mit den Augen zu entziffern; unser Mann entziffert sie aber mit seinen Wunden. Es ist allerdings viel Arbeit; er braucht sechs Stunden zu ihrer Vollendung. Dann aber spießt ihn die Egge vollständig auf und wirft ihn in die Grube, wo er auf das Blutwasser und die

Watte niederklatscht. Dann ist das Gericht zu Ende, und wir, ich und der Soldat, scharren ihn ein.«

Der Reisende hatte das Ohr zum Offizier geneigt und sah, die Hände in den Rocktaschen, der Arbeit der Maschine zu. Auch der Verurteilte sah ihr zu, aber ohne Verständnis. Er bückte sich ein wenig und verfolgte die schwankenden Nadeln, als ihm der Soldat, auf ein Zeichen des Offiziers, mit einem Messer hinten Hemd und Hose durchschnitt, so daß sie von dem Verurteilten abfielen; er wollte nach dem fallenden Zeug greifen, um seine Blöße zu bedecken, aber der Soldat hob ihn in die Höhe und schüttelte die letzten Fetzen *rags* von ihm ab. Der Offizier stellte die Maschine ein, und in der jetzt eintretenden Stille wurde der Verurteilte unter die Egge gelegt. Die Ketten wurden gelöst, und statt dessen die Riemen befestigt; es schien für den Verurteilten im ersten Augenblick fast eine Erleichterung zu bedeuten. Und nun senkte sich die Egge noch ein Stück tiefer, denn es war ein magerer Mann. Als ihn die Spitzen berührten, ging ein *shudder* Schauer über seine Haut; er streckte, während der Soldat mit seiner rechten Hand beschäftigt war, die linke aus, ohne zu wissen wohin; es war aber die Richtung, wo der Reisende stand. Der Offizier sah ununterbrochen den Reisenden von der Seite an, als suche er von seinem Gesicht den Eindruck abzulesen, den die Exekution, die er ihm nun wenigstens oberflächlich erklärt hatte, auf ihn mache.

Der Riemen, der für das Handgelenk bestimmt war, riß; wahrscheinlich hatte ihn der Soldat zu stark angezogen. Der Offizier sollte helfen, der Soldat zeigte ihm das abgerissene Riemenstück. Der Offizier ging auch zu ihm hinüber und sagte, das Gesicht dem Reisenden zugewendet: »Die Maschine ist sehr zusammengesetzt, es muß hie und da etwas reißen oder brechen; dadurch darf man sich aber im Gesamturteil nicht beirren lassen. Für den Riemen ist übrigens sofort *replacement*

Ersatz geschafft; ich werde eine Kette verwenden; die Zartheit der Schwingung wird dadurch für den rechten Arm allerdings beeinträchtigt. *impaired* « Und während er die Ketten anlegte, sagte er noch: »Die Mittel zur Erhaltung der Maschine sind jetzt sehr eingeschränkt. Unter dem früheren Kommandanten war eine mir frei zugängliche Kassa nur für diesen Zweck bestimmt. Es gab hier ein Magazin, in dem alle möglichen Ersatzstücke aufbewahrt wurden. Ich gestehe, ich *confess* trieb damit fast Verschwendung, ich meine früher, nicht *extravagance* jetzt, wie der neue Kommandant behauptet, dem alles nur zum Vorwand dient, alte Einrichtungen zu bekämpfen. Jetzt *pretence* hat er die Maschinenkassa in eigener Verwaltung, und schicke ich um einen neuen Riemen, wird der zerrissene als Beweisstück verlangt, der neue kommt erst in zehn Tagen, ist dann aber von schlechterer Sorte und taugt nicht viel. Wie ich aber in der Zwischenzeit ohne Riemen die Maschine betreiben soll, darum kümmert sich niemand. «

Der Reisende überlegte: Es ist immer bedenklich, in fremde Verhältnisse entscheidend einzugreifen. Er war weder Bürger der Strafkolonie, noch Bürger des Staates, dem sie angehörte. Wenn er diese Exekution verurteilen oder gar hintertreiben wollte, konnte man ihm sagen: Du bist ein Fremder, sei still. Darauf hätte er nichts erwidern, sondern *add* nur hinzufügen können, daß er sich in diesem Falle selbst nicht begreife, denn er reise nur mit der Absicht zu sehen und keineswegs etwa, um fremde Gerichtsverfassungen zu ändern. Nun lagen aber hier die Dinge allerdings sehr verführerisch. Die Ungerechtigkeit des Verfahrens und die Unmenschlichkeit der Exekution war zweifellos. Niemand konnte irgendeine Eigennützigkeit des Reisenden annehmen, denn der Verurteilte war ihm fremd, kein Landsmann und ein zum Mitleid gar nicht auffordernder Mensch. Der Reisende selbst hatte Empfehlungen hoher Ämter, war hier mit großer Höflichkeit empfangen worden, und daß er zu dieser Exekution eingeladen worden war, schien sogar darauf hinzudeuten, daß man sein Urteil über dieses Gericht verlangte. Dies war aber um so wahrscheinlicher, als der Kommandant, wie er jetzt überdeutlich gehört hatte, kein Anhänger dieses Verfahrens war und sich gegenüber dem Offizier fast feindselig verhielt.

Da hörte der Reisende einen Wutschrei des Offiziers. Er hatte gerade, nicht ohne Mühe, dem Verurteilten den Filzstumpf in den Mund geschoben, als der Verurteilte in einem unwiderstehlichen Brechreiz die Augen schloß und sich erbrach. Eilig riß ihn der Offizier vom Stumpf in die Höhe und wollte den Kopf zur Grube hindrehen; aber es war zu spät, der Unrat floß schon an der Maschine hinab. »Alles Schuld des Kommandanten!« schrie der Offizier und rüttelte besinnungslos vorn an den Messingstangen, »die Maschine wird mir verunreinigt wie ein Stall.« Er zeigte mit zitternden Händen dem Reisenden, was geschehen war. »Habe ich nicht stundenlang dem Kommandanten begreiflich zu machen gesucht, daß einen Tag vor der Exekution kein Essen mehr verabfolgt werden soll. Aber die neue milde Richtung ist anderer Meinung. Die Damen des Kommandanten stopfen dem Mann, ehe er abgeführt wird, den Hals mit Zuckersachen voll. Sein ganzes Leben hat er sich von stinkenden Fischen genährt und muß jetzt Zuckersachen essen! Aber es wäre ja möglich, ich würde nichts einwenden, aber warum schafft man nicht einen neuen Filz an, wie ich ihn seit einem Vierteljahr erbitte. Wie kann man ohne Ekel diesen Filz in den Mund nehmen, an dem mehr als hundert Männer im Sterben gesaugt und gebissen haben?«

Der Verurteilte hatte den Kopf niedergelegt und sah friedlich aus, der Soldat war damit beschäftigt, mit dem Hemd des Verurteilten die Maschine zu putzen. Der Offizier ging zum Reisenden, der in irgendeiner Ahnung einen Schritt zurücktrat, aber der Offizier faßte ihn bei der Hand und zog ihn zur Seite. »Ich will einige Worte im Vertrauen mit Ihnen sprechen«, sagte er, »ich darf das doch?« »Gewiß«, sagte der Reisende und hörte mit gesenkten Augen zu.

»Dieses Verfahren und diese Hinrichtung, die Sie jetzt zu bewundern Gelegenheit haben, hat gegenwärtig in unserer Kolonie keinen offenen Anhänger mehr. Ich bin ihr einziger Vertreter, gleichzeitig der einzige Vertreter des Erbes des alten Kommandanten. An einen weiteren Ausbau des Verfahrens kann ich nicht mehr denken, ich verbrauche alle meine Kräfte, um zu erhalten, was vorhanden ist. Als der alte Kommandant lebte, war die Kolonie von seinen Anhängern voll; die Überzeugungskraft des alten Kommandanten habe ich zum Teil, aber seine Macht fehlt mir ganz; infolgedessen haben sich die Anhänger verkrochen, es gibt noch viele, aber keiner gesteht es ein. Wenn Sie heute, also an einem Hinrichtungstag, ins Teehaus gehen und herumhorchen, werden Sie vielleicht nur zweideutige Äußerungen hören. Das sind lauter Anhänger, aber unter dem gegenwärtigen Kommandanten und bei seinen gegenwärtigen Anschauungen für mich ganz unbrauchbar. Und nun frage ich Sie: Soll wegen dieses Kommandanten und seiner Frauen, die ihn beeinflussen, ein solches Lebenswerk« – er zeigte auf die Maschine – »zugrunde gehen? Darf man das zulassen? Selbst wenn man nur als Fremder ein paar Tage auf unserer Insel ist? Es ist aber keine Zeit zu verlieren, man bereitet etwas gegen meine Gerichtsbarkeit vor; es finden schon Beratungen in der Kommandatur statt, zu denen ich nicht zugezogen werde; sogar Ihr heutiger Besuch scheint mir für die ganze Lage bezeichnend; man ist feig und schickt Sie, einen Fremden, vor. – Wie war die Exekution anders in früherer Zeit! Schon einen Tag vor der Hinrichtung war das ganze Tal von Menschen überfüllt; alle kamen nur um zu sehen; früh am Morgen erschien der Kommandant mit seinen Damen; Fanfaren weckten den ganzen Lagerplatz; ich erstattete die Meldung, daß alles vorbereitet sei; die Gesellschaft – kein hoher Beamte durfte fehlen – ordnete sich um die Maschine; dieser Haufen Rohrsessel ist ein armseliges Überbleibsel aus jener Zeit. Die Maschine glänzte frisch geputzt, fast zu jeder Exekution nahm ich neue Ersatzstücke. Vor hunderten Augen – alle Zuschauer standen auf den Fußspitzen bis dort zu den Anhöhen – wurde der Verurteilte vom Kommandanten selbst unter die Egge gelegt. Was heute ein gemeiner Soldat tun darf, war damals meine, des Gerichtspräsidenten, Arbeit und ehrte mich. Und nun begann die Exekution! Kein Mißton störte die Arbeit der Maschine. Manche sahen nun gar nicht mehr zu, sondern lagen mit geschlossenen Augen im Sand; alle wußten: Jetzt geschieht Gerechtigkeit. In der Stille hörte man nur das Seufzen des Verurteilten, gedämpft durch den Filz. Heute gelingt es der Maschine nicht mehr, dem Verurteilten ein stärkeres Seufzen auszupressen, als der Filz noch ersticken kann; damals aber tropften die schreibenden Nadeln eine beizende Flüssigkeit aus, die heute nicht mehr verwendet werden darf. Nun, und dann kam die sechste Stunde! Es war unmöglich, allen die Bitte, aus der Nähe zuschauen zu dürfen, zu gewähren. Der Kommandant in seiner Einsicht ordnete an, daß vor allem die Kinder berücksichtigt werden sollten; ich allerdings durfte kraft meines Berufes immer dabeistehen; oft hockte ich dort, zwei kleine Kinder rechts und links in meinen Armen. Wie nahmen wir alle den Ausdruck der Verklärung von dem gemarterten Gesicht, wie hielten wir unsere Wangen in den Schein dieser endlich erreichten und schon vergehenden Gerechtigkeit! Was für Zeiten, mein Kamerad!« Der Offizier hatte offenbar vergessen, wer vor ihm stand; er hatte den Reisenden umarmt und den

Kopf auf seine Schulter gelegt. Der Reisende war in großer Verlegenheit, ungeduldig sah er über den Offizier hinweg. Der Soldat hatte die Reinigungsarbeit beendet und jetzt noch aus einer Büchse Reisbrei in den Napf geschüttet. Kaum merkte dies der Verurteilte, der sich schon vollständig erholt zu haben schien, als er mit der Zunge nach dem Brei zu schnappen begann. Der Soldat stieß ihn immer wieder weg, denn der Brei war wohl für eine spätere Zeit bestimmt, aber ungehörig war es jedenfalls auch, daß der Soldat mit seinen schmutzigen Händen hineingriff und vor dem gierigen Verurteilten davon aß.

Der Offizier faßte sich schnell. »Ich wollte Sie nicht etwa rühren«, sagte er, »ich weiß, es ist unmöglich, jene Zeiten heute begreiflich zu machen. Im übrigen arbeitet die Maschine noch und wirkt für sich. Sie wirkt für sich, auch wenn sie allein in diesem Tale steht. Und die Leiche fällt zum Schluß noch immer in dem unbegreiflich sanften Flug in die Grube, auch wenn nicht, wie damals, Hunderte wie Fliegen um die Grube sich versammeln. Damals mußten wir ein starkes Geländer um die Grube anbringen, es ist längst weggerissen.«

Der Reisende wollte sein Gesicht dem Offizier entziehen und blickte ziellos herum. Der Offizier glaubte, er betrachte die Öde des Tales; er ergriff deshalb seine Hände, drehte sich um ihn, um seine Blicke zu fassen, und fragte: »Merken Sie die Schande?«

Aber der Reisende schwieg. Der Offizier ließ für ein Weilchen von ihm ab; mit auseinandergestellten Beinen, die Hände in den Hüften, stand er still und blickte zu Boden. Dann lächelte er dem Reisenden aufmunternd zu und sagte: »Ich war gestern in Ihrer Nähe, als der Kommandant Sie einlud. Ich hörte die Einladung. Ich kenne den Kommandanten. Ich verstand sofort, was er mit der Einladung bezweckte. Trotzdem seine Macht groß genug wäre, um gegen mich einzuschreiten, wagt er es noch nicht, wohl aber will er mich Ihrem, dem Urteil eines angesehenen Fremden aussetzen. Seine Berechnung ist sorgfältig; Sie sind den zweiten Tag auf der Insel, Sie kannten den alten Kommandanten und seinen Gedankenkreis nicht, Sie sind in europäischen Anschauungen befangen, vielleicht sind Sie ein grundsätzlicher Gegner der Todesstrafe im allgemeinen und einer derartigen maschinellen Hinrichtungsart im besonderen, Sie sehen überdies, wie die Hinrichtung ohne öffentliche Anteilnahme, traurig, auf einer bereits etwas beschädigten Maschine vor sich geht – wäre es nun, alles dieses zusammengenommen (so denkt der Kommandant), nicht sehr leicht möglich, daß Sie mein Verfahren nicht für richtig halten? Und wenn Sie es nicht für richtig halten, werden Sie dies (ich rede noch immer im Sinne des Kommandanten) nicht verschweigen, denn Sie vertrauen doch gewiß Ihren vielerprobten Überzeugungen. Sie haben allerdings viele Eigentümlichkeiten vieler Völker gesehen und achten gelernt, Sie werden daher wahrscheinlich sich nicht mit ganzer Kraft, wie Sie es vielleicht in Ihrer Heimat tun würden, gegen das Verfahren aussprechen. Aber dessen bedarf der Kommandant gar nicht. Ein flüchtiges, ein bloß unvorsichtiges Wort genügt. Es muß gar nicht Ihrer Überzeugung entsprechen, wenn es nur scheinbar seinem Wunsche entgegenkommt. Daß er Sie mit aller Schlauheit ausfragen wird, dessen bin ich gewiß. Und seine Damen werden im Kreis herumsitzen und die Ohren spitzen; Sie werden etwa sagen: ›Bei uns ist das Gerichtsverfahren ein anderes‹, oder ›Bei uns wird der Angeklagte vor dem Urteil verhört‹, oder ›Bei uns erfährt der Verurteilte das Urteil‹, oder ›Bei uns gibt es auch andere Strafen als Todesstrafen‹, oder ›Bei uns gab es Folterungen nur im Mittelalter‹. Das alles sind Bemerkungen, die ebenso richtig sind, als sie Ihnen selbstverständlich erscheinen, unschuldige Bemerkungen, die mein Verfahren nicht antasten. Aber wie wird sie der Kommandant aufnehmen? Ich sehe ihn, den guten Kommandanten, wie er sofort den Stuhl beiseite schiebt und auf den Balkon eilt, ich sehe seine Damen, wie sie ihm nachströmen, ich höre seine Stimme – die Damen nennen sie eine Donnerstimme –, nun, und er spricht: ›Ein großer Forscher des Abendlandes, dazu bestimmt, das Gerichtsverfahren in allen Ländern zu überprüfen, hat eben gesagt, daß unser Verfahren nach altem Brauch ein unmenschliches ist. Nach diesem Urteil einer solchen Persönlichkeit ist es mir natürlich nicht mehr möglich, dieses Verfahren zu dulden. Mit dem heutigen Tage also ordne ich an – usw.‹ Sie wollen eingreifen, Sie haben nicht das gesagt, was er verkündet, Sie haben mein Verfahren nicht unmenschlich genannt, im Gegenteil, Ihrer tiefen Einsicht entsprechend halten Sie es für das menschlichste und menschenwürdigste, Sie bewundern auch diese Maschinerie – aber es ist zu spät; Sie kommen gar nicht auf den Balkon, der schon voll Damen ist; Sie wollen sich bemerkbar machen; Sie wollen schreien; aber eine Damenhand hält Ihnen den Mund zu – und ich und das Werk des alten Kommandanten sind verloren.«

Der Reisende mußte ein Lächeln unterdrücken; so leicht war also die Aufgabe, die er für so schwer gehalten hatte. Er sagte ausweichend: »Sie überschätzen meinen Einfluß; der Kommandant hat mein Empfehlungsschreiben gelesen, er weiß, daß ich kein Kenner der gerichtlichen Verfahren bin. Wenn ich eine Meinung aussprechen würde, so wäre es die Meinung eines Privatmannes, um nichts bedeutender als die Meinung eines beliebigen anderen, und jedenfalls viel bedeutungsloser als die Meinung des Kommandanten, der in dieser Strafkolonie, wie ich zu wissen glaube, sehr ausgedehnte Rechte hat. Ist seine Meinung über dieses Verfahren eine so bestimmte, wie Sie glauben, dann, fürchte ich, ist allerdings das Ende dieses Verfahrens gekommen, ohne daß es meiner bescheidenen Mithilfe bedürfte.«

Begriff es schon der Offizier? Nein, er begriff noch nicht. Er schüttelte lebhaft den Kopf, sah kurz nach dem Verurteilten und dem Soldaten zurück, die zusammenzuckten und vom Reis abließen, ging ganz nahe an den Reisenden heran, blickte ihm nicht ins Gesicht, sondern irgendwohin auf seinen Rock und sagte leiser als früher: »Sie kennen den Kommandanten nicht; Sie stehen ihm und uns allen – verzeihen Sie den Ausdruck – gewissermaßen harmlos gegenüber; Ihr Einfluß, glauben Sie mir, kann nicht hoch genug eingeschätzt werden. Ich war ja glückselig, als ich hörte, daß Sie allein der Exekution beiwohnen sollten. Diese Anordnung des Kommandanten sollte mich treffen, nun aber wende ich sie zu meinen Gunsten. Unabgelenkt von falschen Einflüsterungen und verächtlichen Blicken – wie sie bei größerer Teilnahme an der Exekution nicht hätten vermieden werden können – haben Sie meine Erklärungen angehört, die Maschine gesehen und sind nun im Begriffe, die Exekution zu besichtigen. Ihr Urteil steht gewiß schon fest; sollten noch kleine Unsicherheiten bestehen, so wird sie der Anblick der Exekution beseitigen. Und nun stelle ich an Sie die Bitte: helfen Sie mir gegenüber dem Kommandanten!«

Der Reisende ließ ihn nicht weiter reden. »Wie könnte ich denn das«, rief er aus, »das ist ganz unmöglich. Ich kann Ihnen ebensowenig nützen als ich Ihnen schaden kann.«

»Sie können es«, sagte der Offizier. Mit einiger Befürchtung sah der Reisende, daß der Offizier die Fäuste ballte. »Sie können es«, wiederholte der Offizier noch dringender. »Ich habe einen Plan, der gelingen muß. Sie glauben, Ihr Einfluß genüge nicht. Ich weiß, daß er genügt. Aber zugestanden, daß Sie recht haben, ist es denn nicht notwendig, zur Erhal-

182

tung dieses Verfahrens alles, selbst das möglicherweise Unzureichende zu versuchen? Hören Sie also meinen Plan. Zu seiner Ausführung ist es vor allem nötig, daß Sie heute in der Kolonie mit Ihrem Urteil über das Verfahren möglichst zurückhalten. Wenn man Sie nicht geradezu fragt, dürfen Sie sich keinesfalls äußern; Ihre Äußerungen aber müssen kurz und unbestimmt sein; man soll merken, daß es Ihnen schwer wird, darüber zu sprechen, daß Sie verbittert sind, daß Sie, falls Sie offen reden sollten, geradezu in Verwünschungen ausbrechen müßten. Ich verlange nicht, daß Sie lügen sollen; keineswegs; Sie sollen nur kurz antworten, etwa: ›Ja, ich habe die Exekution gesehen‹, oder ›Ja, ich habe alle Erklärungen gehört‹. Nur das, nichts weiter. Für die Verbitterung, die man Ihnen anmerken soll, ist ja genügend Anlaß, wenn auch nicht im Sinne des Kommandanten. Er natürlich wird es vollständig mißverstehen und in seinem Sinne deuten. Darauf gründet sich mein Plan. Morgen findet in der Kommandatur unter dem Vorsitz des Kommandanten eine große Sitzung aller höheren Verwaltungsbeamten statt. Der Kommandant hat es natürlich verstanden, aus solchen Sitzungen eine Schaustellung zu machen. Es wurde eine Galerie gebaut, die mit Zuschauern immer besetzt ist. Ich bin gezwungen an den Beratungen teilzunehmen, aber der Widerwille schüttelt mich. Nun werden Sie gewiß auf jeden Fall zu der Sitzung eingeladen werden; wenn Sie sich heute meinem Plane gemäß verhalten, wird die Einladung zu einer dringenden Bitte werden. Sollten Sie aber aus irgendeinem unerfindlichen Grunde doch nicht eingeladen werden, so müßten Sie allerdings die Einladung verlangen; daß Sie sie dann erhalten, ist zweifellos. Nun sitzen Sie also morgen mit den Damen in der Loge des Kommandanten. Er versichert sich öfters durch Blicke nach oben, daß Sie da sind. Nach verschiedenen gleichgültigen, lächerlichen, nur für die Zuhörer berechneten Verhandlungsgegenständen – meistens sind es Hafenbauten, immer wieder Hafenbauten! – kommt auch das Gerichtsverfahren zur Sprache. Sollte es von seiten des Kommandanten nicht oder nicht bald genug geschehen, so werde ich dafür sorgen, daß es geschieht. Ich werde aufstehen und die Meldung von der heutigen Exekution erstatten. Ganz kurz, nur diese Meldung. Eine solche Meldung ist zwar dort nicht üblich, aber ich tue es doch. Der Kommandant dankt mir, wie immer, mit freundlichem Lächeln und nun, er kann sich nicht zurückhalten, erfaßt er die gute Gelegenheit. ›Es wurde eben‹, so oder ähnlich wird er sprechen, ›die Meldung von der Exekution erstattet. Ich möchte dieser Meldung nur hinzufügen, daß gerade dieser Exekution der große Forscher beigewohnt hat, von dessen unsere Kolonie so außerordentlich ehrendem Besuch Sie alle wissen. Auch unsere heutige Sitzung ist durch seine Anwesenheit in ihrer Bedeutung erhöht. Wollen wir nun nicht an diesen großen Forscher die Frage richten, wie er die Exekution nach altem Brauch und das Verfahren, das ihr vorhergeht, beurteilt?‹ Natürlich überall Beifallklatschen, allgemeine Zustimmung, ich bin der lauteste. Der Kommandant verbeugt sich vor Ihnen und sagt: ›Dann stelle ich im Namen aller die Frage.‹ Und nun treten Sie an die Brüstung. Legen Sie die Hände für alle sichtbar hin, sonst fassen sie die Damen und spielen mit den Fingern. – Und jetzt kommt endlich Ihr Wort. Ich weiß nicht, wie ich die Spannung der Stunden bis dahin ertragen werde. In Ihrer Rede müssen Sie sich keine Schranken setzen, machen Sie mit der Wahrheit Lärm, beugen Sie sich über die Brüstung, brüllen Sie, aber ja, brüllen Sie dem Kommandanten Ihre Meinung, Ihre unerschütterliche Meinung zu. Aber vielleicht wollen Sie das nicht, es entspricht nicht Ihrem Charakter, in Ihrer Heimat verhält man sich vielleicht in solchen Lagen anders, auch das ist richtig, auch das genügt vollkommen, stehen Sie gar nicht auf, sagen Sie nur ein paar Worte, flüstern Sie sie, daß sie gerade noch die Beamten unter Ihnen hören, es genügt, Sie müssen gar nicht selbst von der mangelnden Teilnahme an der Exekution, von dem kreischenden Rad, dem zerrissenen Riemen, dem widerlichen Filz reden, nein, alles weitere übernehme ich, und glauben Sie, wenn meine Rede ihn nicht aus dem Saale jagt, so wird sie ihn auf die Knie zwingen, daß er bekennen muß: Alter Kommandant, vor dir beuge ich mich. – Das ist mein Plan; wollen Sie mir zu seiner Ausführung helfen? Aber natürlich wollen Sie, mehr als das, Sie müssen.« Und der Offizier faßte den Reisenden an beiden Armen und sah ihm schweratmend ins Gesicht. Die letzten Sätze hatte er so geschrien, daß selbst der Soldat und der Verurteilte aufmerksam geworden waren; trotzdem sie nichts verstehen konnten, hielten sie doch im Essen inne und sahen kauend zum Reisenden hinüber.

Die Antwort, die er zu geben hatte, war für den Reisenden von allem Anfang an zweifellos; er hatte in seinem Leben zu viel erfahren, als daß er hier hätte schwanken können; er war im Grunde ehrlich und hatte keine Furcht. Trotzdem zögerte er jetzt im Anblick des Soldaten und des Verurteilten einen Atemzug lang. Schließlich aber sagte er, wie er mußte: »Nein.« Der Offizier blinzelte mehrmals mit den Augen, ließ aber keinen Blick von ihm. »Wollen Sie eine Erklärung?« fragte der Reisende. Der Offizier nickte stumm. »Ich bin ein Gegner dieses Verfahrens«, sagte nun der Reisende, »noch ehe Sie mich ins Vertrauen zogen – dieses Vertrauen werde ich natürlich unter keinen Umständen mißbrauchen – habe ich schon überlegt, ob ich berechtigt wäre, gegen dieses Verfahren einzuschreiten und ob mein Einschreiten auch nur eine kleine Aussicht auf Erfolg haben könnte. An wen ich mich dabei zuerst wenden müßte, war mir klar: an den Kommandanten natürlich. Sie haben es mir noch klarer gemacht, ohne aber etwa meinen Entschluß erst befestigt zu haben, im Gegenteil, Ihre ehrliche Überzeugung geht mir nahe, wenn sie mich auch nicht beirren kann.«

Der Offizier blieb stumm, wendete sich der Maschine zu, faßte eine der Messingstangen und sah dann, ein wenig zurückgebeugt, zum Zeichner hinauf, als prüfe er, ob alles in Ordnung sei. Der Soldat und der Verurteilte schienen sich miteinander befreundet zu haben; der Verurteilte machte, so schwierig dies bei der festen Einschnallung durchzuführen war, dem Soldaten Zeichen; der Soldat beugte sich zu ihm; der Verurteilte flüsterte ihm etwas zu, und der Soldat nickte.

Der Reisende ging dem Offizier nach und sagte: »Sie wissen noch nicht, was ich tun will. Ich werde meine Ansicht über das Verfahren dem Kommandanten zwar sagen, aber nicht in einer Sitzung, sondern unter vier Augen; ich werde auch nicht so lange hier bleiben, daß ich irgendeiner Sitzung beigezogen werden könnte; ich fahre schon morgen früh weg oder schiffe mich wenigstens ein.«

Es sah nicht aus, als ob der Offizier zugehört hätte. »Das Verfahren hat Sie also nicht überzeugt«, sagte er für sich und lächelte, wie ein Alter über den Unsinn eines Kindes lächelt und hinter dem Lächeln sein eigenes wirkliches Nachdenken behält.

»Dann ist es also Zeit«, sagte er schließlich und blickte plötzlich mit hellen Augen, die irgendeine Aufforderung, irgendeinen Aufruf zur Beteiligung enthielten, den Reisenden an.

»Wozu ist es Zeit?« fragte der Reisende unruhig, bekam aber keine Antwort.

»Du bist frei«, sagte der Offizier zum Verurteilten in dessen Sprache. Dieser glaubte es zuerst nicht. »Nun, frei bist du«, sagte der Offizier. Zum erstenmal bekam das Gesicht des Verurteilten wirkliches Leben. War es Wahrheit? War es nur eine Laune des Offiziers, die vorübergehen konnte? Hatte der fremde Reisende ihm Gnade erwirkt? Was war es? So schien sein Gesicht zu fragen. Aber nicht lange. Was immer es sein mochte, er wollte, wenn er durfte, wirklich frei sein und er begann sich zu rütteln, soweit es die Egge erlaubte.

»Du zerreißt mir die Riemen«, schrie der Offizier, »sei ruhig! Wir öffnen sie schon.« Und er machte sich mit dem Soldaten, dem er ein Zeichen gab, an die Arbeit. Der Verurteilte lachte ohne Worte leise vor sich hin, bald wendete er das Gesicht links zum Offizier, bald rechts zum Soldaten, auch den Reisenden vergaß er nicht.

»Zieh ihn heraus«, befahl der Offizier dem Soldaten. Es mußte hiebei wegen der Egge einige Vorsicht angewendet werden. Der Verurteilte hatte schon infolge seiner Ungeduld einige kleine Rißwunden auf dem Rücken.

Von jetzt ab kümmerte sich aber der Offizier kaum mehr um ihn. Er ging auf den Reisenden zu, zog wieder die kleine Ledermappe hervor, blätterte in ihr, fand schließlich das Blatt, das er suchte, und zeigte es dem Reisenden. »Lesen Sie«, sagte er. »Ich kann nicht«, sagte der Reisende, »ich sagte schon, ich kann diese Blätter nicht lesen.« »Sehen Sie das Blatt doch genau an«, sagte der Offizier und trat neben den Reisenden, um mit ihm zu lesen. Als auch das nichts half, fuhr er mit dem kleinen Finger in großer Höhe, als dürfe das Blatt auf keinen Fall berührt werden, über das Papier hin, um auf diese Weise dem Reisenden das Lesen zu erleichtern. Der Reisende gab sich auch Mühe, um wenigstens darin dem Offizier gefällig sein zu können, aber es war ihm unmöglich. Nun begann der Offizier die Aufschrift zu buchstabieren und dann las er sie noch einmal im Zusammenhang. »›Sei gerecht!‹ – heißt es«, sagte er, »jetzt können Sie es doch lesen.« Der Reisende beugte sich so tief über das Papier, daß der

Offizier aus Angst vor einer Berührung es weiter entfernte; nun sagte der Reisende zwar nichts mehr, aber es war klar, daß er es noch immer nicht hatte lesen können. »›Sei gerecht!‹ – heißt es«, sagte der Offizier nochmals. »Mag sein«, sagte der Reisende, »ich glaube es, daß es dort steht.« »Nun gut«, sagte der Offizier, wenigstens teilweise befriedigt, und stieg mit dem Blatt auf die Leiter; er bettete das Blatt mit großer Vorsicht im Zeichner und ordnete das Räderwerk scheinbar gänzlich um; es war eine sehr mühselige Arbeit, es mußte sich auch um ganz kleine Räder handeln, manchmal verschwand der Kopf des Offiziers völlig im Zeichner, so genau mußte er das Räderwerk untersuchen.

Der Reisende verfolgte von unten diese Arbeit ununterbrochen, der Hals wurde ihm steif, und die Augen schmerzten ihn von dem mit Sonnenlicht überschütteten Himmel. Der Soldat und der Verurteilte waren nur miteinander beschäftigt. Das Hemd und die Hose des Verurteilten, die schon in der Grube lagen, wurden vom Soldaten mit der Bajonettspitze herausgezogen. Das Hemd war entsetzlich schmutzig, und der Verurteilte wusch es in dem Wasserkübel. Als er dann Hemd und Hose anzog, mußte der Soldat wie der Verurteilte laut lachen, denn die Kleidungsstücke waren doch hinten entzweigeschnitten. Vielleicht glaubte der Verurteilte verpflichtet zu sein, den Soldaten zu unterhalten, er drehte sich in der zerschnittenen Kleidung im Kreise vor dem Soldaten, der auf dem Boden hockte und lachend auf seine Knie schlug. Immerhin bezwangen sie sich noch mit Rücksicht auf die Anwesenheit der Herren.

Als der Offizier oben endlich fertiggeworden war, überblickte er noch einmal lächelnd das Ganze in allen seinen Teilen, schlug diesmal den Deckel des Zeichners zu, der bisher offen gewesen war, stieg hinunter, sah in die Grube und dann auf den Verurteilten, merkte befriedigt, daß dieser seine Kleidung herausgenommen hatte, ging dann zu dem Wasserkübel, um die Hände zu waschen, erkannte zu spät den widerlichen Schmutz, war traurig darüber, daß er nun die Hände nicht waschen konnte, tauchte sie schließlich – dieser Ersatz genügte ihm nicht, aber er mußte sich fügen – in den Sand, stand dann auf und begann seinen Uniformrock aufzuknöpfen. Hiebei fielen ihm zunächst die zwei Damentaschentücher, die er hinter den Kragen gezwängt hatte, in die Hände. »Hier hast du deine Taschentücher«, sagte er und warf sie dem Verurteilten zu. Und zum Reisenden sagte er erklärend: »Geschenke der Damen.«

Trotz der offenbaren Eile, mit der er den Uniformrock auszog und sich dann vollständig entkleidete, behandelte er doch jedes Kleidungsstück sehr sorgfältig, über die Silberschnüre an seinem Waffenrock strich er sogar eigens mit den Fingern hin und schüttelte eine Troddel zurecht. Wenig paßte es allerdings zu dieser Sorgfalt, daß er, sobald er mit der Behandlung eines Stückes fertig war, es dann sofort mit einem unwilligen Ruck in die Grube warf. Das letzte, was ihm übrig blieb, war sein kurzer Degen mit dem Tragriemen. Er zog den Degen aus der Scheide, zerbrach ihn, faßte dann alles zusammen, die Degenstücke, die Scheide und den Riemen und warf es so heftig weg, daß es unten in der Grube aneinander klang.

Nun stand er nackt da. Der Reisende biß sich auf die Lippen und sagte nichts. Er wußte zwar, was geschehen würde, aber er hatte kein Recht, den Offizier an irgend etwas zu hindern. War das Gerichtsverfahren, an dem der Offizier hing, wirklich so nahe daran behoben zu werden – möglicherweise infolge des Einschreitens des Reisenden, zu dem sich dieser seinerseits verpflichtet fühlte – dann handelte jetzt der Offizier vollständig richtig; der Reisende hätte an seiner Stelle nicht anders gehandelt.

Der Soldat und der Verurteilte verstanden zuerst nichts, sie sahen anfangs nicht einmal zu. Der Verurteilte war sehr erfreut darüber, die Taschentücher zurückerhalten zu haben, aber er durfte sich nicht lange an ihnen freuen, denn der Soldat nahm sie ihm mit einem raschen, nicht vorherzusehenden Griff. Nun versuchte wieder der Verurteilte dem Soldaten die Tücher hinter dem Gürtel, hinter dem er sie verwahrt hatte, hervorzuziehen, aber der Soldat war wachsam. So stritten sie in halbem Scherz. Erst als der Offizier vollständig nackt war, wurden sie aufmerksam. Besonders der Verurteilte schien von der Ahnung irgendeines großen Umschwungs getroffen zu sein. Was ihm geschehen war, geschah nun dem Offizier. Vielleicht würde es so bis zum Äußersten gehen. Wahrscheinlich hatte der fremde Reisende den Befehl dazu gegeben. Das war also Rache. Ohne selbst bis zum Ende gelitten zu haben, wurde er doch bis zum Ende gerächt. Ein breites, lautloses Lachen erschien nun auf seinem Gesicht und verschwand nicht mehr.

Der Offizier aber hatte sich der Maschine zugewendet. Wenn es schon früher deutlich gewesen war, daß er die Maschine gut verstand, so konnte es jetzt einen fast bestürzt machen, wie er mit ihr umging und wie sie gehorchte. Er hatte die Hand der Egge nur genähert, und sie hob und senkte sich mehrmals, bis sie die richtige Lage erreicht hatte um ihn zu empfangen; er faßte das Bett nur am Rande, und es fing schon zu zittern an; der Filzstumpf kam seinem Mund entgegen, man sah, wie der Offizier ihn eigentlich nicht haben wollte, aber das Zögern dauerte nur einen Augenblick, gleich fügte er sich und nahm ihn auf. Alles war bereit, nur die Riemen hingen noch an den Seiten hinunter, aber sie waren offenbar unnötig, der Offizier mußte nicht angeschnallt sein. Da bemerkte der Verurteilte die losen Riemen, seiner Meinung nach war die Exekution nicht vollkommen, wenn die

Riemen nicht festgeschnallt waren, er winkte eifrig dem Soldaten, und sie liefen hin, den Offizier anzuschnallen. Dieser hatte schon den einen Fuß ausgestreckt, um in die Kurbel *crank* zu stoßen, die den Zeichner in Gang bringen sollte; da sah er, daß die zwei gekommen waren; er zog daher den Fuß zurück und ließ sich anschnallen. Nun konnte er allerdings die Kurbel nicht mehr erreichen; weder der Soldat noch der Verurteilte würden sie auffinden, und der Reisende war entschlossen, sich nicht zu rühren. Es war nicht nötig; kaum waren die Riemen angebracht, fing auch schon die Maschine zu arbeiten an; das Bett zitterte, die Nadeln tanzten auf der Haut, die Egge schwebte auf und ab. Der Reisende hatte schon eine Weile hingestarrt, ehe er sich erinnerte, daß ein Rad im Zeichner hätte kreischen sollen; aber alles war still, nicht das geringste Surren war zu hören.

Durch diese stille Arbeit entschwand die Maschine förmlich der Aufmerksamkeit. Der Reisende sah zu dem Soldaten und dem Verurteilten hinüber. Der Verurteilte war der lebhaftere, alles an der Maschine interessierte ihn, bald beugte er sich nieder, bald streckte er sich, immerfort hatte er den Zeigefinger ausgestreckt, um dem Soldaten etwas zu zeigen. Dem Reisenden war es peinlich. Er war entschlossen, hier bis zum Ende zu bleiben, aber den Anblick der zwei hätte er nicht lange ertragen. »Geht nach Hause«, sagte er. Der Soldat wäre dazu vielleicht bereit gewesen, aber der Verurteilte empfand den Befehl geradezu als Strafe. Er bat flehentlich mit gefalteten Händen ihn hier zu lassen, und als der Reisende kopfschüttelnd nicht nachgeben wollte, kniete er sogar nieder. Der Reisende sah, daß Befehle hier nichts halfen, er wollte hinüber und die zwei vertreiben. Da hörte er oben im Zeichner ein Geräusch. Er sah hinauf. Störte also das eine Zahnrad doch? Aber es war etwas anderes. Langsam hob sich der Deckel des Zeichners und klappte dann vollständig auf.

Die Zacken eines Zahnrades zeigten und hoben sich, bald erschien das ganze Rad, es war, als presse irgendeine große Macht den Zeichner zusammen, so daß für dieses Rad kein Platz mehr übrig blieb, das Rad drehte sich bis zum Rand des Zeichners, fiel hinunter, kollerte aufrecht ein Stück im Sand und blieb dann liegen. Aber schon stieg oben ein anderes auf, ihm folgten viele, große, kleine und kaum zu unterscheidende, mit allen geschah dasselbe, immer glaubte man, nun müsse der Zeichner jedenfalls schon entleert sein, da erschien eine neue, besonders zahlreiche Gruppe, stieg auf, fiel hinunter, kollerte im Sand und legte sich. Über diesem Vorgang vergaß der Verurteilte ganz den Befehl des Reisenden, die Zahnräder entzückten ihn völlig, er wollte immer eines fassen, trieb gleichzeitig den Soldaten an, ihm zu helfen, zog aber erschreckt die Hand zurück, denn es folgte gleich ein anderes Rad, das ihn, wenigstens im ersten Anrollen, erschreckte.

Der Reisende dagegen war sehr beunruhigt; die Maschine ging offenbar in Trümmer; ihr ruhiger Gang war eine Täuschung; er hatte das Gefühl, als müsse er sich jetzt des Offiziers annehmen, da dieser nicht mehr für sich selbst sorgen konnte. Aber während der Fall der Zahnräder seine ganze Aufmerksamkeit beanspruchte, hatte er versäumt, die übrige Maschine zu beaufsichtigen; als er jedoch jetzt, nachdem das letzte Zahnrad den Zeichner verlassen hatte, sich über die Egge beugte, hatte er eine neue, noch ärgere Überraschung. Die Egge schrieb nicht, sie stach nur, und das Bett wälzte den Körper nicht, sondern hob ihn nur zitternd in die Nadeln hinein. Der Reisende wollte eingreifen, möglicherweise das Ganze zum Stehen bringen, das war ja keine Folter, wie sie der Offizier erreichen wollte, das war unmittelbarer Mord. Er streckte die Hände aus. Da hob sich aber schon die Egge mit dem aufgespießten Körper zur Seite, wie sie es sonst erst in der zwölften Stunde tat. Das Blut floß in hundert Strömen, nicht mit Wasser vermischt, auch die Wasserröhrchen hatten diesmal versagt. Und nun versagte noch das letzte, der Körper löste sich von den langen Nadeln nicht, strömte sein Blut aus, hing aber über der Grube ohne zu fallen. Die Egge wollte schon in ihre alte Lage zurückkehren, aber als merke sie selbst, daß sie von ihrer Last noch nicht befreit sei, blieb sie doch über der Grube. »Helft doch!« schrie der Reisende zum Soldaten und zum Verurteilten hinüber und faßte selbst die Füße des Offiziers. Er wollte sich hier gegen die Füße drükken, die zwei sollten auf der anderen Seite den Kopf des Offiziers fassen, und so sollte er langsam von den Nadeln gehoben werden. Aber nun konnten sich die zwei nicht entschließen zu kommen; der Verurteilte drehte sich geradezu um; der Reisende mußte zu ihnen hinübergehen und sie mit Gewalt zu dem Kopf des Offiziers drängen. Hiebei sah er fast gegen Willen das Gesicht der Leiche. Es war, wie es im Leben gewesen war; kein Zeichen der versprochenen Erlösung war zu entdecken; was alle anderen in der Maschine gefunden hatten, der Offizier fand es nicht; die Lippen waren fest zusammengedrückt, die Augen waren offen, hatten den Ausdruck des Lebens, der Blick war ruhig und überzeugt, durch die Stirn ging die Spitze des großen eisernen Stachels.

*   *   *

Als der Reisende, mit dem Soldaten und dem Verurteilten hinter sich, zu den ersten Häusern der Kolonie kam, zeigte der Soldat auf eines und sagte: »Hier ist das Teehaus.«

Im Erdgeschoß eines Hauses war ein tiefer, niedriger, höhlenartiger, an den Wänden und an der Decke verräucherter Raum. Gegen die Straße zu war er in seiner ganzen Breite offen. Trotzdem sich das Teehaus von den übrigen Häusern der Kolonie, die bis auf die Palastbauten der Kommandatur alle sehr verkommen waren, wenig unterschied, übte es auf den Reisenden doch den Eindruck einer historischen Erinnerung aus und er fühlte die Macht der früheren Zeiten. Er trat näher heran, ging, gefolgt von seinen Begleitern, zwischen den unbesetzten Tischen hindurch, die vor dem Teehaus auf der Straße standen, und atmete die kühle, dumpfige Luft ein, die aus dem Innern kam. »Der Alte ist hier begraben«, sagte der Soldat, »ein Platz auf dem Friedhof ist ihm vom Geistlichen verweigert worden. Man war eine Zeitlang unentschlossen, wo man ihn begraben sollte, schließlich hat man ihn hier begraben. Davon hat Ihnen der Offizier gewiß nichts erzählt, denn dessen hat er sich natürlich am meisten geschämt. Er hat sogar einigemal in der Nacht versucht, den Alten auszugraben, er ist aber immer verjagt worden.« »Wo ist das Grab?« fragte der Reisende, der dem Soldaten nicht glauben konnte. Gleich liefen beide, der Soldat wie der Verurteilte, vor ihm her und zeigten mit ausgestreckten Händen dorthin, wo sich das Grab befinden sollte. Sie führten den Reisenden bis zur Rückwand, wo an einigen Tischen Gäste saßen. Es waren wahrscheinlich Hafenarbeiter, starke Männer mit kurzen, glänzend schwarzen Vollbärten. Alle waren ohne Rock, ihre Hemden waren zerrissen, es war armes, gedemütigtes Volk. Als sich der Reisende näherte, erhoben sich einige, drückten sich an die Wand und sahen ihm entgegen. »Es ist ein Fremder«, flüsterte es um den Reisenden herum, »er will das Grab ansehen.« Sie schoben einen der Tische beiseite, unter dem sich wirklich ein Grabstein befand. Es war ein einfacher Stein, niedrig genug, um unter einem Tisch verborgen werden zu können. Er trug eine Aufschrift mit sehr kleinen Buchstaben, der Reisende mußte, um sie zu lesen, niederknien. Sie lautete: »Hier ruht der alte Kommandant. Seine Anhänger, die jetzt keinen Namen tragen dürfen, haben ihm das Grab gegraben und den Stein gesetzt. Es besteht eine Prophezeiung, daß der Kommandant nach einer bestimmten Anzahl von Jahren auferstehen und aus diesem Hause seine Anhänger zur Wiedereroberung der Kolonie führen wird. Glaubet und wartet!« Als der Reisende das gelesen hatte und sich erhob, sah er rings um sich die Männer stehen und lächeln, als hätten sie mit ihm die Aufschrift gelesen, sie lächerlich gefunden und forderten ihn auf, sich ihrer Meinung anzuschließen. Der Reisende tat, als merke er das nicht, verteilte einige Münzen unter sie, wartete noch, bis der Tisch über das Grab geschoben war, verließ das Teehaus und ging zum Hafen.

Der Soldat und der Verurteilte hatten im Teehaus Bekannte gefunden, die sie zurückhielten. Sie mußten sich aber bald von ihnen losgerissen haben, denn der Reisende befand sich erst in der Mitte der langen Treppe, die zu den Booten führte, als sie ihm schon nachliefen. Sie wollten wahrscheinlich den Reisenden im letzten Augenblick zwingen, sie mitzunehmen. Während der Reisende unten mit einem Schiffer wegen der Überfahrt zum Dampfer unterhandelte, rasten die zwei die Treppe hinab, schweigend, denn zu schreien wagten sie nicht. Aber als sie unten ankamen, war der Reisende schon im Boot, und der Schiffer löste es gerade vom Ufer. Sie hätten noch ins Boot springen können, aber der Reisende hob ein schweres geknotetes Tau vom Boden, drohte ihnen damit und hielt sie dadurch von dem Sprunge ab.

Ein Landarzt

Kleine Erzählungen

Meinem Vater

Der neue Advokat

Wir haben einen neuen Advokaten, den Dr. Bucephalus. In seinem Äußern erinnert wenig an die Zeit, da er noch Streit-roß Alexanders von Macedonien war. Wer allerdings mit den Umständen vertraut ist, bemerkt einiges. Doch sah ich letzt-hin auf der Freitreppe selbst einen ganz einfältigen Gerichts-diener mit dem Fachblick des kleinen Stammgastes der Wettrennen den Advokaten bestaunen, als dieser, hoch die Schenkel hebend, mit auf dem Marmor aufklingendem Schritt von Stufe zu Stufe stieg.

Im allgemeinen billigt das Barreau die Aufnahme des Bucephalus. Mit erstaunlicher Einsicht sagt man sich, daß Bucephalus bei der heutigen Gesellschaftsordnung in einer schwierigen Lage ist und daß er deshalb, sowie auch wegen seiner weltgeschichtlichen Bedeutung, jedenfalls Entgegen-kommen verdient. Heute – das kann niemand leugnen – gibt es keinen großen Alexander. Zu morden verstehen zwar manche; auch an der Geschicklichkeit, mit der Lanze über den Bankettisch hinweg den Freund zu treffen, fehlt es nicht; und vielen ist Macedonien zu eng, so daß sie Philipp, den Vater, verfluchen – aber niemand, niemand kann nach In-dien führen. Schon damals waren Indiens Tore unerreichbar, aber ihre Richtung war durch das Königsschwert bezeich-net. Heute sind die Tore ganz anderswohin und weiter und höher vertragen; niemand zeigt die Richtung; viele halten Schwerter, aber nur, um mit ihnen zu fuchteln; und der Blick, der ihnen folgen will, verwirrt sich.

Vielleicht ist es deshalb wirklich das Beste, sich, wie es Bucephalus getan hat, in die Gesetzbücher zu versenken.

Frei, unbedrückt die Seiten von den Lenden des Reiters, bei stiller Lampe, fern dem Getöse der Alexanderschlacht, liest und wendet er die Blätter unserer alten Bücher.

Ein Landarzt

Ich war in großer Verlegenheit: eine dringende Reise stand mir bevor; ein Schwerkranker wartete auf mich in einem zehn Meilen entfernten Dorfe; starkes Schneegestöber füllte den weiten Raum zwischen mir und ihm; einen Wagen hatte ich, leicht, großräderig, ganz wie er für unsere Landstraßen taugt; in den Pelz gepackt, die Instrumententasche in der Hand, stand ich reisefertig schon auf dem Hofe; aber das Pferd fehlte, das Pferd. Mein eigenes Pferd war in der letzten Nacht, infolge der Überanstrengung in diesem eisigen Winter, verendet; mein Dienstmädchen lief jetzt im Dorf umher, um ein Pferd geliehen zu bekommen; aber es war aussichtslos, ich wußte es, und immer mehr vom Schnee überhäuft, immer unbeweglicher werdend, stand ich zwecklos da. Am Tor erschien das Mädchen, allein, schwenkte die Laterne; natürlich, wer leiht jetzt sein Pferd her zu solcher Fahrt? Ich durchmaß noch einmal den Hof; ich fand keine Möglichkeit; zerstreut, gequält stieß ich mit dem Fuß an die brüchige Tür des schon seit Jahren unbenützten Schweinestalles. Sie öffnete sich und klappte in den Angeln auf und zu. Wärme und Geruch wie von Pferden kam hervor. Eine trübe Stallaterne schwankte drin an einem Seil. Ein Mann, zusammengekauert in dem niedrigen Verschlag, zeigte sein offenes blauäugiges Gesicht. »Soll ich anspannen?« fragte er, auf allen Vieren hervorkriechend. Ich wußte nichts zu sagen und beugte mich nur, um zu sehen, was es noch in dem Stalle gab. Das Dienstmädchen stand neben mir. »Man weiß nicht, was für

Dinge man im eigenen Hause vorrätig hat«, sagte es, und wir beide lachten. »Hollah, Bruder, hollah, Schwester!« rief der Pferdeknecht, und zwei Pferde, mächtige flankenstarke Tiere schoben sich hintereinander, die Beine eng am Leib, die wohlgeformten Köpfe wie Kamele senkend, nur durch die Kraft der Wendungen ihres Rumpfes aus dem Türloch, das sie restlos ausfüllten. Aber gleich standen sie aufrecht, hochbeinig, mit dicht ausdampfendem Körper. »Hilf ihm«, sagte ich, und das willige Mädchen eilte, dem Knecht das Geschirr des Wagens zu reichen. Doch kaum war es bei ihm, umfaßt es der Knecht und schlägt sein Gesicht an ihres. Es schreit auf und flüchtet sich zu mir; rot eingedrückt sind zwei Zahnreihen in des Mädchens Wange. »Du Vieh«, schreie ich wütend, »willst du die Peitsche?«, besinne mich aber gleich, daß es ein Fremder ist; daß ich nicht weiß, woher er kommt, und daß er mir freiwillig aushilft, wo alle andern versagen. Als wisse er von meinen Gedanken, nimmt er meine Drohung nicht übel, sondern wendet sich nur einmal, immer mit den Pferden beschäftigt, nach mir um. »Steigt ein«, sagt er dann, und tatsächlich: alles ist bereit. Mit so schönem Gespann, das merke ich, bin ich noch nie gefahren und ich steige fröhlich ein. »Kutschieren werde aber ich, du kennst nicht den Weg«, sage ich. »Gewiß«, sagt er, »ich fahre gar nicht mit, ich bleibe bei Rosa.« »Nein«, schreit Rosa und läuft im richtigen Vorgefühl der Unabwendbarkeit ihres Schicksals ins Haus; ich höre die Türkette klirren, die sie vorlegt; ich höre das Schloß einspringen; ich sehe, wie sie überdies im Flur und weiterjagend durch die Zimmer alle Lichter verlöscht, um sich unauffindbar zu machen. »Du fährst mit«, sage ich zu dem Knecht, »oder ich verzichte auf die Fahrt, so dringend sie auch ist. Es fällt mir nicht ein, dir für die Fahrt das Mädchen als Kaufpreis hinzugeben.« »Munter!« sagt er; klatscht in die Hände; der Wagen wird fortgerissen, wie Holz in die Strömung; noch höre ich, wie die Tür meines Hauses unter dem Ansturm des Knechtes birst und splittert, dann sind mir Augen und Ohren von einem zu allen Sinnen gleichmäßig dringenden Sausen erfüllt. Aber auch das nur einen Augenblick, denn, als öffne sich unmittelbar vor meinem Hoftor der Hof meines Kranken, bin ich schon dort; ruhig stehen die Pferde; der Schneefall hat aufgehört; Mondlicht ringsum; die Eltern des Kranken eilen aus dem Haus; seine Schwester hinter ihnen; man hebt mich fast aus dem Wagen; den verwirrten Reden entnehme ich nichts; im Krankenzimmer ist die Luft kaum atembar; der vernachlässigte Herdofen raucht; ich werde das Fenster aufstoßen; zuerst aber will ich den Kranken sehen. Mager, ohne Fieber, nicht kalt, nicht warm, mit leeren Augen, ohne Hemd hebt sich der Junge unter dem Federbett, hängt sich an meinen Hals, flüstert mir ins Ohr: »Doktor, laß mich sterben.« Ich sehe mich um; niemand hat es gehört; die Eltern stehen stumm vorgebeugt und erwarten mein Urteil; die Schwester hat einen Stuhl für meine Handtasche gebracht. Ich öffne die Tasche und suche unter meinen Instrumenten; der Junge tastet immerfort aus dem Bett nach mir hin, um mich an seine Bitte zu erinnern; ich fasse eine Pinzette, prüfe sie im Kerzenlicht und lege sie wieder hin. »Ja«, denke ich lästernd, »in solchen Fällen helfen die Götter, schicken das fehlende Pferd, fügen der Eile wegen noch ein zweites hinzu, spenden zum Übermaß noch den Pferdeknecht –« Jetzt erst fällt mir wieder Rosa ein; was tue ich, wie rette ich sie, wie ziehe ich sie unter diesem Pferdeknecht hervor, zehn Meilen von ihr entfernt, unbeherrschbare Pferde vor meinem Wagen? Diese Pferde, die jetzt die Riemen irgendwie gelockert haben; die Fenster, ich weiß nicht wie, von außen aufstoßen; jedes durch ein Fenster den Kopf stecken und, unbeirrt durch den Aufschrei der Familie, den Kranken betrachten. »Ich fahre gleich wieder zurück«, denke ich, als forderten mich die Pferde zur Reise auf, aber ich dulde es, daß die Schwester, die mich durch die Hitze betäubt glaubt, den Pelz mir abnimmt. Ein Glas Rum wird mir bereitgestellt, der Alte klopft mir auf die Schulter, die Hingabe seines Schatzes rechtfertigt diese Vertraulichkeit. Ich schüttle den Kopf; in dem engen Denkkreis des Alten würde mir übel; nur aus diesem Grunde lehne ich es ab zu trinken. Die Mutter steht am Bett und lockt mich hin; ich folge und lege, während ein Pferd laut zur Zimmerdecke wiehert, den Kopf an die Brust des Jungen, der unter meinem nassen Bart erschauert. Es bestätigt sich, was ich weiß: der Junge ist gesund, ein wenig schlecht durchblutet, von der sorgenden Mutter mit Kaffee durchtränkt, aber gesund und am besten mit einem Stoß aus dem Bett zu treiben. Ich bin kein Weltverbesserer und lasse ihn liegen. Ich bin vom Bezirk angestellt und tue meine Pflicht bis zum Rand, bis dorthin, wo es fast zu viel wird. Schlecht bezahlt, bin ich doch freigebig und hilfsbereit gegenüber den Armen. Noch für Rosa muß ich sorgen, dann mag der Junge recht haben und auch ich will sterben. Was tue ich hier in diesem endlosen Winter! Mein Pferd ist verendet, und da ist niemand im Dorf, der mir seines leiht. Aus dem Schweinestall muß ich mein Gespann ziehen; wären es nicht zufällig Pferde, müßte ich mit Säuen fahren. So ist es. Und ich nicke der Familie zu. Sie wissen nichts davon, und wenn sie es wüßten, würden sie es nicht glauben. Rezepte schreiben ist leicht, aber im übrigen sich mit den Leuten verständigen, ist schwer. Nun, hier wäre also mein Besuch zu Ende, man hat mich wieder einmal unnötig bemüht, daran bin ich gewöhnt, mit Hilfe meiner Nachtglocke martert mich der ganze Bezirk, aber daß ich diesmal auch noch Rosa hingeben mußte, dieses schöne Mädchen, das jahrelang, von mir kaum beachtet, in meinem Hause lebte – dieses Opfer ist zu groß, und ich muß es mir mit Spitzfindigkeiten aushilfsweise in meinem Kopf irgendwie zurechtlegen, um nicht auf diese Familie loszufahren, die mir ja beim besten Willen Rosa nicht zurückgeben kann. Als ich aber meine Handtasche schließe und nach meinem Pelz winke, die Familie beisammensteht, der Vater schnuppernd über dem Rumglas in seiner Hand, die Mutter, von mir wahrscheinlich enttäuscht – ja, was erwartet denn das Volk? – tränenvoll in die Lippen beißend und die Schwester ein schwer blutiges Handtuch schwenkend, bin ich irgendwie bereit, unter Umständen zuzugeben, daß der Junge doch vielleicht krank ist. Ich gehe zu ihm, er lächelt mir entgegen, als brächte ich ihm etwa die allerstärkste Suppe – ach, jetzt wiehern beide Pferde; der Lärm soll wohl, höhern Orts angeordnet, die Untersuchung erleichtern – und nun finde ich: ja, der Junge ist krank. In seiner rechten Seite, in der Hüftengegend hat sich eine handtellergroße Wunde aufgetan. Rosa, in vielen Schattierungen, dunkel in der Tiefe, hellwerdend zu den Rändern, zartkörnig, mit ungleichmäßig sich aufsammelndem Blut, offen wie ein Bergwerk obertags. So aus der Entfernung. In der Nähe zeigt sich noch eine Erschwerung. Wer kann das ansehen ohne leise zu pfeifen? Würmer, an Stärke und Länge meinem kleinen Finger gleich, rosig aus eigenem und außerdem blutbespritzt, winden sich, im Innern der Wunde festgehalten, mit weißen Köpfchen, mit vielen Beinchen ans Licht. Armer Junge, dir ist nicht zu helfen. Ich habe deine große Wunde aufgefunden; an dieser Blume in deiner Seite gehst du zugrunde. Die Familie ist glücklich, sie sieht mich in Tätigkeit; die Schwester sagt's der Mutter, die Mutter dem Vater, der Vater einigen Gästen, die auf den Fußspitzen, mit ausgestreckten Armen balancierend, durch den Mondschein der offenen Tür hereinkommen. »Wirst du mich retten?« flüstert schluchzend der Junge, ganz geblendet durch das Leben in seiner Wunde. So sind die Leute in meiner Gegend. Immer das Unmögliche vom Arzt verlangen. Den alten Glauben haben sie verloren; der Pfarrer sitzt zu Hause und zerzupft die Meßgewänder, eines nach dem andern; aber der Arzt soll alles leisten mit seiner zarten chirurgischen Hand. Nun, wie es beliebt: ich habe mich nicht angeboten; verbraucht ihr mich zu heiligen Zwecken, lasse ich auch das mit mir geschehen; was will ich Besseres, alter Landarzt, meines Dienstmädchens beraubt! Und sie kommen, die Familie und die Dorfältesten, und entkleiden mich; ein Schulchor mit dem Lehrer an der Spitze steht vor dem Haus und singt eine äußerst einfache Melodie auf den Text:

»Entkleidet ihn, dann wird er heilen,
Und heilt er nicht, so tötet ihn!
'Sist nur ein Arzt, 'sist nur ein Arzt.«

Dann bin ich entkleidet und sehe, die Finger im Barte, mit geneigtem Kopf die Leute ruhig an. Ich bin durchaus gefaßt und allen überlegen und bleibe es auch, trotzdem es mir nichts hilft, denn jetzt nehmen sie mich beim Kopf und bei den Füßen und tragen mich ins Bett. Zur Mauer, an die Seite der Wunde legen sie mich. Dann gehen alle aus der Stube; die Tür wird zugemacht; der Gesang verstummt; Wolken treten vor den Mond; warm liegt das Bettzeug um mich; schattenhaft schwanken die Pferdeköpfe in den Fensterlöchern. »Weißt du«, höre ich, mir ins Ohr gesagt, »mein Vertrauen zu dir ist sehr gering. Du bist ja auch nur irgendwo abgeschüttelt, kommst nicht auf eigenen Füßen. Statt zu helfen, engst du mir mein Sterbebett ein. Am liebsten kratzte ich dir die Augen aus.« »Richtig«, sage ich, »es ist eine Schmach. Nun bin ich aber Arzt. Was soll ich tun? Glaube mir, es wird auch mir nicht leicht.« »Mit dieser Entschuldigung soll ich mich begnügen? Ach, ich muß wohl. Immer muß ich mich begnügen. Mit einer schönen Wunde kam ich auf die Welt; das war meine ganze Ausstattung.« »Junger Freund«, sage ich, »dein Fehler ist: du hast keinen Überblick. Ich, der ich schon in allen Krankenstuben, weit und breit, gewesen bin, sage dir: deine Wunde ist so übel nicht. Im spitzen Winkel mit zwei Hieben der Hacke geschaffen. Viele bieten ihre Seite an und hören kaum die Hacke im Forst, geschweige denn, daß sie ihnen näher kommt.« »Ist es wirklich so oder täuschest du mich im Fieber?« »Es ist wirklich so, nimm das Ehrenwort eines Amtsarztes mit hinüber.« Und er nahm's und wurde still. Aber jetzt war es Zeit, an meine Rettung zu denken. Noch standen treu die Pferde an ihren Plätzen. Kleider, Pelz und Tasche waren schnell zusammengerafft; mit dem Ankleiden wollte ich mich nicht aufhalten; beeilten sich die Pferde wie auf der Herfahrt, sprang ich ja gewissermaßen aus diesem Bett in meines. Gehorsam zog sich ein Pferd vom Fenster zurück; ich warf den Ballen in den Wagen; der Pelz flog zu weit, nur mit einem Ärmel hielt er sich an einem Haken fest. Gut genug. Ich schwang mich aufs Pferd. Die Riemen lose schleifend, ein Pferd kaum mit dem andern verbunden, der Wagen irrend hinterher, der Pelz als letzter im Schnee. »Munter!« sagte ich, aber munter ging's nicht; langsam wie alte Männer zogen wir durch die Schneewüste; lange klang hinter uns der neue, aber irrtümliche Gesang der Kinder:

»Freuet Euch, Ihr Patienten,
Der Arzt ist Euch ins Bett gelegt!«

Niemals komme ich so nach Hause; meine blühende Praxis ist verloren; ein Nachfolger bestiehlt mich, aber ohne Nutzen, denn er kann mich nicht ersetzen; in meinem Hause wütet der ekle Pferdeknecht; Rosa ist sein Opfer; ich will es nicht ausdenken. Nackt, dem Froste dieses unglückseligsten Zeitalters ausgesetzt, mit irdischem Wagen, unirdischen Pferden, treibe ich mich alter Mann umher. Mein Pelz hängt hinten am Wagen, ich kann ihn aber nicht erreichen, und keiner aus dem beweglichen Gesindel der Patienten rührt den Finger. Betrogen! Betrogen! Einmal dem Fehlläuten der Nachtglocke gefolgt – es ist niemals gutzumachen.

Auf der Galerie

Wenn irgendeine hinfällige, lungensüchtige Kunstreiterin in der Manege auf schwankendem Pferd vor einem unermüdlichen Publikum vom peitschenschwingenden erbarmungslosen Chef monatelang ohne Unterbrechung im Kreise rundum getrieben würde, auf dem Pferde schwirrend, Küsse werfend, in der Taille sich wiegend, und wenn dieses Spiel unter dem nichtaussetzenden Brausen des Orchesters und der Ventilatoren in die immerfort weiter sich öffnende graue Zukunft sich fortsetzte, begleitet vom vergehenden und neu anschwellenden Beifallsklatschen der Hände, die eigentlich Dampfhämmer sind – vielleicht eilte dann ein junger Galeriebesucher die lange Treppe durch alle Ränge hinab, stürzte in die Manege, riefe das: Halt! durch die Fanfaren des immer sich anpassenden Orchesters.

Da es aber nicht so ist; eine schöne Dame, weiß und rot, hereinfliegt, zwischen den Vorhängen, welche die stolzen Livrierten vor ihr öffnen; der Direktor, hingebungsvoll ihre Augen suchend, in Tierhaltung ihr entgegenatmet; vorsorglich sie auf den Apfelschimmel hebt, als wäre sie seine über alles geliebte Enkelin, die sich auf gefährliche Fahrt begibt; sich nicht entschließen kann, das Peitschenzeichen zu geben; schließlich in Selbstüberwindung es knallend gibt; neben dem Pferde mit offenem Munde einherläuft; die Sprünge der Reiterin scharfen Blickes verfolgt; ihre Kunstfertigkeit kaum begreifen kann; mit englischen Ausrufen zu warnen versucht; die reifenhaltenden Reitknechte wütend zu peinlichster Achtsamkeit ermahnt; vor dem großen Saltomortale das Orchester mit aufgehobenen Händen beschwört, es möge schweigen; schließlich die Kleine vom zitternden Pferde hebt, auf beide Backen küßt und keine Huldigung des Publikums für genügend erachtet; während sie selbst, von ihm gestützt, hoch auf den Fußspitzen, vom Staub umweht, mit ausgebreiteten Armen, zurückgelehntem Köpfchen ihr Glück mit dem ganzen Zirkus teilen will – da dies so ist, legt der Galeriebesucher das Gesicht auf die Brüstung und, im Schlußmarsch wie in einem schweren Traum versinkend, weint er, ohne es zu wissen.

Ein altes Blatt

Es ist, als wäre viel vernachlässigt worden in der Verteidigung unseres Vaterlandes. Wir haben uns bisher nicht darum gekümmert und sind unserer Arbeit nachgegangen; die Ereignisse der letzten Zeit machen uns aber Sorgen.

Ich habe eine Schusterwerkstatt auf dem Platz vor dem kaiserlichen Palast. Kaum öffne ich in der Morgendämmerung meinen Laden, sehe ich schon die Eingänge aller hier einlaufenden Gassen von Bewaffneten besetzt. Es sind aber nicht unsere Soldaten, sondern offenbar Nomaden aus dem Norden. Auf eine mir unbegreifliche Weise sind sie bis in die Hauptstadt gedrungen, die doch sehr weit von der Grenze entfernt ist. Jedenfalls sind sie also da; es scheint, daß jeden Morgen mehr werden.

Ihrer Natur entsprechend lagern sie unter freiem Himmel, denn Wohnhäuser verabscheuen sie. Sie beschäftigen sich mit dem Schärfen der Schwerter, dem Zuspitzen der Pfeile, mit Übungen zu Pferde. Aus diesem stillen, immer ängstlich rein gehaltenen Platz haben sie einen wahren Stall gemacht.

Wir versuchen zwar manchmal aus unseren Geschäften her-
vorzulaufen und wenigstens den ärgsten Unrat wegzuschaffen, aber es geschieht immer seltener, denn die Anstrengung
ist nutzlos und bringt uns überdies in die Gefahr, unter die
wilden Pferde zu kommen oder von den Peitschen verletzt zu
werden.

Sprechen kann man mit den Nomaden nicht. Unsere
Sprache kennen sie nicht, ja sie haben kaum eine eigene.
Unter einander verständigen sie sich ähnlich wie Dohlen.
Immer wieder hört man diesen Schrei der Dohlen. Unsere
Lebensweise, unsere Einrichtungen sind ihnen ebenso unbegreiflich wie gleichgültig. Infolgedessen zeigen sie sich
auch gegen jede Zeichensprache ablehnend. Du magst dir
die Kiefer verrenken und die Hände aus den Gelenken
winden, sie haben dich doch nicht verstanden und werden
dich nie verstehen. Oft machen sie Grimassen; dann dreht
sich das Weiß ihrer Augen und Schaum schwillt aus ihrem
Munde, doch wollen sie damit weder etwas sagen noch auch
erschrecken; sie tun es, weil es so ihre Art ist. Was sie brauchen, nehmen sie. Man kann nicht sagen, daß sie Gewalt
anwenden. Vor ihrem Zugriff tritt man beiseite und überläßt
ihnen alles.

Auch von meinen Vorräten haben sie manches gute Stück
genommen. Ich kann aber darüber nicht klagen, wenn ich
zum Beispiel zusehe, wie es dem Fleischer gegenüber geht.
Kaum bringt er seine Waren ein, ist ihm schon alles entrissen
und wird von den Nomaden verschlungen. Auch ihre Pferde
fressen Fleisch; oft liegt ein Reiter neben seinem Pferd und
beide nähren sich vom gleichen Fleischstück, jeder an einem
Ende. Der Fleischhauer ist ängstlich und wagt es nicht, mit
den Fleischlieferungen aufzuhören. Wir verstehen das aber,
schießen Geld zusammen und unterstützen ihn. Bekämen die
Nomaden kein Fleisch, wer weiß, was ihnen zu tun einfiele;

wer weiß allerdings, was ihnen einfallen wird, selbst wenn sie täglich Fleisch bekommen.

Letzthin dachte der Fleischer, er könne sich wenigstens die Mühe des Schlachtens sparen, und brachte am Morgen einen lebendigen Ochsen. Das darf er nicht mehr wiederholen. Ich lag wohl eine Stunde ganz hinten in meiner Werkstatt platt auf dem Boden und alle meine Kleider, Decken und Polster hatte ich über mir aufgehäuft, nur um das Gebrüll des Ochsen nicht zu hören, den von allen Seiten die Nomaden ansprangen, um mit den Zähnen Stücke aus seinem warmen Fleisch zu reißen. Schon lange war es still, ehe ich mich auszugehen getraute; wie Trinker um ein Weinfaß lagen sie müde um die Reste des Ochsen.

Gerade damals glaubte ich den Kaiser selbst in einem Fenster des Palastes gesehen zu haben; niemals sonst kommt er in diese äußeren Gemächer, immer nur lebt er in dem innersten Garten; diesmal aber stand er, so schien es mir wenigstens, an einem der Fenster und blickte mit gesenktem Kopf auf das Treiben vor seinem Schloß.

»Wie wird es werden?« fragen wir uns alle. »Wie lange werden wir diese Last und Qual ertragen? Der kaiserliche Palast hat die Nomaden angelockt, versteht es aber nicht, sie wieder zu vertreiben. Das Tor bleibt verschlossen; die Wache, früher immer festlich ein- und ausmarschierend, hält sich hinter vergitterten Fenstern. Uns Handwerkern und Geschäftsleuten ist die Rettung des Vaterlandes anvertraut; wir sind aber einer solchen Aufgabe nicht gewachsen; haben uns doch auch nie gerühmt, dessen fähig zu sein. Ein Mißverständnis ist es, und wir gehen daran zugrunde.«

Vor dem Gesetz

Vor dem Gesetz steht ein Türhüter. Zu diesem Türhüter kommt ein Mann vom Lande und bittet um Eintritt in das Gesetz. Aber der Türhüter sagt, daß er ihm jetzt den Eintritt nicht gewähren könne. Der Mann überlegt und fragt dann, ob er also später werde eintreten dürfen. »Es ist möglich«, sagt der Türhüter, »jetzt aber nicht.« Da das Tor zum Gesetz offensteht wie immer und der Türhüter beiseite tritt, bückt sich der Mann, um durch das Tor in das Innere zu sehn. Als der Türhüter das merkt, lacht er und sagt: »Wenn es dich so lockt, versuche es doch, trotz meines Verbotes hineinzugehn. Merke aber: Ich bin mächtig. Und ich bin nur der unterste Türhüter. Von Saal zu Saal stehn aber Türhüter, einer mächtiger als der andere. Schon den Anblick des dritten kann nicht einmal ich mehr ertragen.« Solche Schwierigkeiten hat der Mann vom Lande nicht erwartet; das Gesetz soll doch jedem und immer zugänglich sein, denkt er, aber als er jetzt den Türhüter in seinem Pelzmantel genauer ansieht, seine große Spitznase, den langen, dünnen, schwarzen tatarischen Bart, entschließt er sich, doch lieber zu warten, bis er die Erlaubnis zum Eintritt bekommt. Der Türhüter gibt ihm einen Schemel und läßt ihn seitwärts von der Tür sich niedersetzen. Dort sitzt er Tage und Jahre. Er macht viele Versuche, eingelassen zu werden, und ermüdet den Türhüter durch seine Bitten. Der Türhüter stellt öfters kleine Verhöre mit ihm an, fragt ihn über seine Heimat aus und nach vielem andern, es sind aber teilnahmslose Fragen, wie sie große Herren stellen, und zum Schlusse sagt er ihm immer wieder, daß er ihn noch nicht einlassen könne. Der Mann, der sich für seine Reise mit vielem ausgerüstet hat, verwendet alles, und sei es noch so wertvoll, um den Türhüter zu bestechen. Dieser nimmt zwar alles an, aber sagt dabei: »Ich nehme es nur an, damit du nicht glaubst, etwas versäumt zu haben.« Während der vielen Jahre beobachtet der Mann den Türhüter fast ununterbrochen. Er vergißt die andern Türhüter und dieser erste scheint ihm das einzige Hindernis für den Eintritt in das Gesetz. Er verflucht den unglücklichen Zufall, in den ersten Jahren rücksichtslos und laut, später, als er alt wird, brummt er nur noch vor sich hin. Er wird kindisch, und, da er in dem jahrelangen Studium des Türhüters auch die Flöhe in seinem Pelzkragen erkannt hat, bittet er auch die Flöhe, ihm zu helfen und den Türhüter umzustimmen. Schließlich wird sein Augenlicht schwach, und er weiß nicht, ob es um ihn wirklich dunkler wird, oder ob ihn nur seine Augen täuschen. Wohl aber erkennt er jetzt im Dunkel einen Glanz, der unverlöschlich aus der Türe des Gesetzes bricht. Nun lebt er nicht mehr lange. Vor seinem Tode sammeln sich in seinem Kopfe alle Erfahrungen der ganzen Zeit zu einer Frage, die er bisher an den Türhüter noch nicht gestellt hat. Er winkt ihm zu, da er seinen erstarrenden Körper nicht mehr aufrichten kann. Der Türhüter muß sich tief zu ihm hinunterneigen, denn der Größenunterschied hat sich sehr zu ungunsten des Mannes verändert. »Was willst du denn jetzt noch wissen?« fragt der Türhüter, »du bist unersättlich.« »Alle streben doch nach dem Gesetz«, sagt der Mann, »wieso kommt es, daß in den vielen Jahren niemand außer mir Einlaß verlangt hat?« Der Türhüter erkennt, daß der Mann schon an seinem Ende ist, und, um sein vergehendes Gehör noch zu erreichen, brüllt er ihn an: »Hier konnte niemand sonst Einlaß erhalten, denn dieser Eingang war nur für dich bestimmt. Ich gehe jetzt und schließe ihn.«

Wir lagerten in der Oase. Die Gefährten schliefen. Ein Araber, hoch und weiß, kam an mir vorüber; er hatte die Kamele versorgt und ging zum Schlafplatz.

Ich warf mich rücklings ins Gras; ich wollte schlafen; ich konnte nicht; das Klagegeheul eines Schakals in der Ferne; ich saß wieder aufrecht. Und was so weit gewesen war, war plötzlich nah. Ein Gewimmel von Schakalen um mich her; in mattem Gold erglänzende, verlöschende Augen; schlanke Leiber, wie unter einer Peitsche gesetzmäßig und flink bewegt.

Einer kam von rückwärts, drängte sich, unter meinem Arm durch, eng an mich, als brauche er meine Wärme, trat dann vor mich und sprach, fast Aug in Aug mit mir:

»Ich bin der älteste Schakal, weit und breit. Ich bin glücklich, dich noch hier begrüßen zu können. Ich hatte schon die Hoffnung fast aufgegeben, denn wir warten unendlich lange auf dich; meine Mutter hat gewartet und ihre Mutter und weiter alle ihre Mütter bis hinauf zur Mutter aller Schakale. Glaube es!«

»Das wundert mich«, sagte ich und vergaß, den Holzstoß anzuzünden, der bereit lag, um mit seinem Rauch die Schakale abzuhalten, »das wundert mich sehr zu hören. Nur zufällig komme ich aus dem hohen Norden und bin auf einer kurzen Reise begriffen. Was wollt Ihr denn, Schakale?«

Und wie ermutigt durch diesen vielleicht allzu freundlichen Zuspruch zogen sie ihren Kreis enger um mich; alle atmeten kurz und fauchend.

»Wir wissen«, begann der Älteste, »daß du vom Norden kommst, darauf eben baut sich unsere Hoffnung. Dort ist der Verstand, der hier unter den Arabern nicht zu finden ist. Aus diesem kalten Hochmut, weißt du, ist kein Funken Verstand zu schlagen. Sie töten Tiere, um sie zu fressen, und Aas mißachten sie.«

»Rede nicht so laut«, sagte ich, »es schlafen Araber in der Nähe.«

»Du bist wirklich ein Fremder«, sagte der Schakal, »sonst wüßtest du, daß noch niemals in der Weltgeschichte ein Schakal einen Araber gefürchtet hat. Fürchten sollten wir sie? Ist es nicht Unglück genug, daß wir unter solches Volk verstoßen sind?«

»Mag sein, mag sein«, sagte ich, »ich maße mir kein Urteil an in Dingen, die mir so fern liegen; es scheint ein sehr alter Streit; liegt also wohl im Blut; wird also vielleicht erst mit dem Blute enden.«

»Du bist sehr klug«, sagte der alte Schakal; und alle atmeten noch schneller; mit gehetzten Lungen, trotzdem sie doch stillestanden; ein bitterer, zeitweilig nur mit zusammengeklemmten Zähnen erträglicher Geruch entströmte den offenen Mäulern, »du bist sehr klug; das, was du sagst, entspricht unserer alten Lehre. Wir nehmen ihnen also ihr Blut und der Streit ist zu Ende.«

»Oh!« sagte ich wilder, als ich wollte, »sie werden sich wehren; sie werden mit ihren Flinten euch rudelweise niederschießen.«

»Du mißverstehst uns«, sagte er, »nach Menschenart, die sich also auch im hohen Norden nicht verliert. Wir werden sie doch nicht töten. Soviel Wasser hätte der Nil nicht, um uns rein zu waschen. Wir laufen doch schon vor dem bloßen Anblick ihres lebenden Leibes weg, in reinere Luft, in die Wüste, die deshalb unsere Heimat ist.«

Und alle Schakale ringsum, zu denen inzwischen noch viele von fernher gekommen waren, senkten die Köpfe zwischen die Vorderbeine und putzten sie mit den Pfoten; es war, als wollten sie einen Widerwillen verbergen, der so schrecklich war, daß ich am liebsten mit einem hohen Sprung aus ihrem Kreis entflohen wäre.

»Was beabsichtigt Ihr also zu tun«, fragte ich und wollte aufstehn; aber ich konnte nicht; zwei junge Tiere hatten sich mir hinten in Rock und Hemd festgebissen; ich mußte sitzen bleiben. »Sie halten deine Schleppe«, sagte der alte Schakal erklärend und ernsthaft, »eine Ehrbezeugung.« »Sie sollen mich loslassen!« rief ich, bald zum Alten, bald zu den Jungen gewendet. »Sie werden es natürlich«, sagte der Alte, »wenn du es verlangst. Es dauert aber ein Weilchen, denn sie haben nach der Sitte tief sich eingebissen und müssen erst langsam die Gebisse voneinander lösen. Inzwischen höre unsere Bitte.« »Euer Verhalten hat mich dafür nicht sehr empfänglich gemacht«, sagte ich. »Laß uns unser Ungeschick nicht entgelten«, sagte er und nahm jetzt zum erstenmal den Klageton seiner natürlichen Stimme zu Hilfe, »wir sind arme Tiere, wir haben nur das Gebiß; für alles, was wir tun wollen, das Gute und das Schlechte, bleibt uns einzig das Gebiß.« »Was willst du also?« fragte ich, nur wenig besänftigt.

»Herr«, rief er, und alle Schakale heulten auf; in fernster Ferne schien es mir eine Melodie zu sein. »Herr, du sollst den Streit beenden, der die Welt entzweit. So wie du bist, haben unsere Alten den beschrieben, der es tun wird. Frieden müssen wir haben von den Arabern; atembare Luft; gereinigt von ihnen den Ausblick rund am Horizont; kein Klagegeschrei eines Hammels, den der Araber absticht; ruhig soll alles Getier krepieren; ungestört soll es von uns leergetrunken und bis auf die Knochen gereinigt werden. Reinheit, nichts als Reinheit wollen wir, « – und nun weinten, schluchzten alle – »wie erträgst nur du es in dieser Welt, du edles Herz und süßes Eingeweide? Schmutz ist ihr Weiß; Schmutz ist ihr Schwarz; ein Grauen ist ihr Bart; speien muß man beim Anblick ihrer Augenwinkel; und heben sie den Arm, tut sich in der Achselhöhle die Hölle auf. Darum, o Herr, darum o teurer Herr, mit Hilfe deiner alles vermögenden Hände, mit Hilfe deiner alles vermögenden Hände schneide ihnen mit dieser Schere die Hälse durch!« Und einem Ruck seines Kopfes folgend kam ein Schakal herbei, der an einem Eckzahn eine kleine, mit altem Rost bedeckte Nähschere trug.

»Also endlich die Schere und damit Schluß!« rief der Araberführer unserer Karawane, der sich gegen den Wind an uns herangeschlichen hatte und nun seine riesige Peitsche schwang.

Alles verlief sich eiligst, aber in einiger Entfernung blieben sie doch, eng zusammengekauert, die vielen Tiere so eng und starr, daß es aussah wie eine schmale Hürde, von Irrlichtern umflogen.

»So hast du, Herr, auch dieses Schauspiel gesehen und gehört«, sagte der Araber und lachte so fröhlich, als es die Zurückhaltung seines Stammes erlaubte. »Du weißt also, was die Tiere wollen?« fragte ich. »Natürlich, Herr«, sagte er, »das ist doch allbekannt; solange es Araber gibt, wandert diese Schere durch die Wüste und wird mit uns wandern bis ans Ende der Tage. Jedem Europäer wird sie angeboten zu dem großen Werk; jeder Europäer ist gerade derjenige, welcher ihnen berufen scheint. Eine unsinnige Hoffnung haben diese Tiere; Narren, wahre Narren sind sie. Wir lieben sie deshalb; es sind unsere Hunde; schöner als die Eurigen. Sieh nur, ein Kamel ist in der Nacht verendet, ich habe es herschaffen lassen.«

Vier Träger kamen und warfen den schweren Kadaver vor uns hin. Kaum lag er da, erhoben die Schakale ihre Stimmen. Wie von Stricken unwiderstehlich jeder einzelne gezogen, kamen sie, stockend, mit dem Leib den Boden streifend, heran. Sie hatten die Araber vergessen, den Haß vergessen, die alles auslöschende Gegenwart des stark ausdunstenden

Leichnams bezauberte sie. Schon hing einer am Hals und fand mit dem ersten Biß die Schlagader. Wie eine kleine rasende Pumpe, die ebenso unbedingt wie aussichtslos einen übermächtigen Brand löschen will, zerrte und zuckte jede Muskel seines Körpers an ihrem Platz. Und schon lagen in gleicher Arbeit alle auf dem Leichnam hoch zu Berg.

Da strich der Führer kräftig mit der scharfen Peitsche kreuz und quer über sie. Sie hoben die Köpfe; halb in Rausch und Ohnmacht; sahen die Araber vor sich stehen; bekamen jetzt die Peitsche mit den Schnauzen zu fühlen; zogen sich im Sprung zurück und liefen eine Strecke rückwärts. Aber das Blut des Kamels lag schon in Lachen da, rauchte empor, der Körper war an mehreren Stellen weit aufgerissen. Sie konnten nicht widerstehen; wieder waren sie da; wieder hob der Führer die Peitsche; ich faßte seinen Arm.

»Du hast Recht, Herr«, sagte er, »wir lassen sie bei ihrem Beruf; auch ist es Zeit aufzubrechen. Gesehen hast du sie. Wunderbare Tiere, nicht wahr? Und wie sie uns hassen!«

Ein Besuch im Bergwerk

Heute waren die obersten Ingenieure bei uns unten. Es ist irgendein Auftrag der Direktion ergangen, neue Stollen zu legen, und da kamen die Ingenieure, um die allerersten Ausmessungen vorzunehmen. Wie jung diese Leute sind und dabei schon so verschiedenartig! Sie haben sich alle frei entwickelt, und ungebunden zeigt sich ihr klar bestimmtes Wesen schon in jungen Jahren.

Einer, schwarzhaarig, lebhaft, läßt seine Augen überallhin laufen.

Ein Zweiter mit einem Notizblock, macht im Gehen Aufzeichnungen, sieht umher, vergleicht, notiert.

Ein Dritter, die Hände in den Rocktaschen, so daß sich alles an ihm spannt, geht aufrecht; wahrt die Würde; nur im fortwährenden Beißen seiner Lippen zeigt sich die ungeduldige, nicht zu unterdrückende Jugend.

Ein Vierter gibt dem Dritten Erklärungen, die dieser nicht verlangt; kleiner als er, wie ein Versucher neben ihm herlaufend, scheint er, den Zeigefinger immer in der Luft, eine Litanei über alles, was hier zu sehen ist, ihm vorzutragen.

Ein Fünfter, vielleicht der oberste im Rang, duldet keine Begleitung; ist bald vorn, bald hinten; die Gesellschaft richtet ihren Schritt nach ihm; er ist bleich und schwach; die Verantwortung hat seine Augen ausgehöhlt; oft drückt er im Nachdenken die Hand an die Stirn.

Der Sechste und Siebente gehen ein wenig gebückt, Kopf nah an Kopf, Arm in Arm, in vertrautem Gespräch; wäre hier nicht offenbar unser Kohlenbergwerk und unser Arbeitsplatz im tiefsten Stollen, könnte man glauben, diese knochigen, bartlosen, knollennasigen Herren seien junge Geistliche. Der eine lacht meistens mit katzenartigem Schnurren in sich hinein; der andere, gleichfalls lächelnd, führt das Wort und gibt mit der freien Hand irgendeinen Takt dazu. Wie sicher müssen diese zwei Herren ihrer Stellung sein, ja welche Verdienste müssen sie sich trotz ihrer Jugend um unser Bergwerk schon erworben haben, daß sie hier, bei einer so wichtigen Begehung, unter den Augen ihres Chefs, nur mit eigenen oder wenigstens mit solchen Angelegenheiten, die nicht mit der augenblicklichen Aufgabe zusammenhängen, so unbeirrbar sich beschäftigen dürfen. Oder sollte es möglich sein, daß sie, trotz alles Lachens und aller Unaufmerksamkeit, das, was nötig ist, sehr wohl bemerken? Man wagt über solche Herren kaum ein bestimmtes Urteil abzugeben.

Andererseits ist es aber doch wieder zweifellos, daß zum Beispiel der Achte unvergleichlich mehr als diese, ja mehr als alle anderen Herren bei der Sache ist. Er muß alles anfassen und mit einem kleinen Hammer, den er immer wieder aus der Tasche zieht und immer wieder dort verwahrt, beklopfen. Manchmal kniet er trotz seiner eleganten Kleidung in den Schmutz nieder und beklopft den Boden, dann wieder nur im Gehen die Wände oder die Decke über seinem Kopf. Einmal hat er sich lang hingelegt und lag dort still; wir dachten schon, es sei ein Unglück geschehen; aber dann sprang er mit einem kleinen Zusammenzucken seines schlanken Körpers auf. Er hatte also wieder nur eine Untersuchung gemacht. Wir glauben unser Bergwerk und seine Steine zu kennen, aber was dieser Ingenieur auf diese Weise hier immerfort untersucht, ist uns unverständlich.

Ein Neunter schiebt vor sich eine Art Kinderwagen, in welchem die Meßapparate liegen. Äußerst kostbare Apparate, tief in zarteste Watte eingelegt. Diesen Wagen sollte ja eigentlich der Diener schieben, aber es wird ihm nicht anvertraut; ein Ingenieur mußte heran und er tut es gern, wie man sieht. Er ist wohl der Jüngste, vielleicht versteht er noch gar nicht alle Apparate, aber sein Blick ruht immerfort auf ihnen, fast kommt er dadurch manchmal in Gefahr, mit dem Wagen an eine Wand zu stoßen.

Aber da ist ein anderer Ingenieur, der neben dem Wagen hergeht und es verhindert. Dieser versteht offenbar die Apparate von Grund aus und scheint ihr eigentlicher Verwahrer zu sein. Von Zeit zu Zeit nimmt er, ohne den Wagen anzuhalten, einen Bestandteil der Apparate heraus, blickt hindurch, schraubt auf oder zu, schüttelt und beklopft, hält ans Ohr und horcht; und legt schließlich, während der Wagenführer meist stillsteht, das kleine, von der Ferne kaum sichtbare Ding mit aller Vorsicht wieder in den Wagen. Ein wenig herrschsüchtig ist dieser Ingenieur, aber doch nur im Namen der Apparate. Zehn Schritte vor dem Wagen sollen wir schon, auf ein wortloses Fingerzeichen hin, zur Seite weichen, selbst dort, wo kein Platz zum Ausweichen ist.

Hinter diesen zwei Herren geht der unbeschäftigte Diener. Die Herren haben, wie es bei ihrem großen Wissen selbstverständlich ist, längst jeden Hochmut abgelegt, der Diener dagegen scheint ihn in sich aufgesammelt zu haben. Die eine Hand im Rücken, mit der anderen vorn über seine vergoldeten Knöpfe oder das feine Tuch seines Livreerockes streichend, nickt er öfters nach rechts und links, so als ob wir gegrüßt hätten und er antwortete, oder so, als nehme er an, daß wir gegrüßt hätten, könne es aber von seiner Höhe aus nicht nachprüfen. Natürlich grüßen wir ihn nicht, aber doch möchte man bei seinem Anblick fast glauben, es sei etwas Ungeheures, Kanzleidiener der Bergdirektion zu sein. Hinter ihm lachen wir allerdings, aber da auch ein Donnerschlag ihn nicht veranlassen könnte, sich umzudrehen, bleibt er doch als etwas Unverständliches in unserer Achtung.

Heute wird wenig mehr gearbeitet; die Unterbrechung war zu ausgiebig; ein solcher Besuch nimmt alle Gedanken an Arbeit mit sich fort. Allzu verlockend ist es, den Herren in das Dunkel des Probestollens nachzublicken, in dem sie alle verschwunden sind. Auch geht unsere Arbeitsschicht bald zu Ende; wir werden die Rückkehr der Herren nicht mehr mit ansehen.

Das nächste Dorf

Mein Großvater pflegte zu sagen: »Das Leben ist erstaunlich kurz. Jetzt in der Erinnerung drängt es sich mir so zusammen, daß ich zum Beispiel kaum begreife, wie ein junger Mensch sich entschließen kann ins nächste Dorf zu reiten, ohne zu fürchten, daß – von unglücklichen Zufällen ganz abgesehen – schon die Zeit des gewöhnlichen, glücklich ablaufenden Lebens für einen solchen Ritt bei weitem nicht hinreicht. «

Eine kaiserliche Botschaft

Der Kaiser – so heißt es – hat Dir, dem Einzelnen, dem jämmerlichen Untertanen, dem winzig vor der kaiserlichen Sonne in die fernste Ferne geflüchteten Schatten, gerade Dir hat der Kaiser von seinem Sterbebett aus eine Botschaft gesendet. Den Boten hat er beim Bett niederknieen lassen und ihm die Botschaft ins Ohr zugeflüstert; so sehr war ihm an ihr gelegen, daß er sich sie noch ins Ohr wiedersagen ließ. Durch Kopfnicken hat er die Richtigkeit des Gesagten bestätigt. Und vor der ganzen Zuschauerschaft seines Todes – alle hindernden Wände werden niedergebrochen und auf den weit und hoch sich schwingenden Freitreppen stehen im Ring die Großen des Reichs – vor allen diesen hat er den Boten abgefertigt. Der Bote hat sich gleich auf den Weg gemacht; ein kräftiger, ein unermüdlicher Mann; einmal diesen, einmal den andern Arm vorstreckend schafft er sich Bahn durch die Menge; findet er Widerstand, zeigt er auf die Brust, wo das Zeichen der Sonne ist; er kommt auch leicht vorwärts, wie kein anderer. Aber die Menge ist so groß; ihre Wohnstätten nehmen kein Ende. Öffnete sich freies Feld, wie würde er fliegen und bald wohl hörtest Du das herrliche Schlagen seiner Fäuste an Deiner Tür. Aber statt dessen, wie nutzlos müht er sich ab; immer noch zwängt er sich durch die Gemächer des innersten Palastes; niemals wird er sie überwinden; und gelänge ihm dies, nichts wäre gewonnen; die Treppen hinab müßte er sich kämpfen; und gelänge ihm dies, nichts wäre gewonnen; die Höfe wären zu durchmessen; und nach den Höfen der zweite umschließende Palast; und wieder Treppen und Höfe; und wieder ein Palast; und so weiter durch Jahrtausende; und stürzte er endlich aus dem äußersten Tor – aber niemals, niemals kann es geschehen – liegt erst die Residenzstadt vor ihm, die Mitte der Welt, hochgeschüttet voll ihres Bodensatzes. Niemand dringt hier durch und gar mit der Botschaft eines Toten. – Du aber sitzt an Deinem Fenster und erträumst sie Dir, wenn der Abend kommt.

Die Sorge des Hausvaters

Die einen sagen, das Wort Odradek stamme aus dem Slawischen und sie suchen auf Grund dessen die Bildung des Wortes nachzuweisen. Andere wieder meinen, es stamme aus dem Deutschen, vom Slawischen sei es nur beeinflußt. Die Unsicherheit beider Deutungen aber läßt wohl mit Recht darauf schließen, daß keine zutrifft, zumal man auch mit keiner von ihnen einen Sinn des Wortes finden kann.

Natürlich würde sich niemand mit solchen Studien beschäftigen, wenn es nicht wirklich ein Wesen gäbe, das Odradek heißt. Es sieht zunächst aus wie eine flache sternartige Zwirnspule, und tatsächlich scheint es auch mit Zwirn bezogen; allerdings dürften es nur abgerissene, alte, aneinander geknotete, aber auch ineinander verfitzte Zwirnstücke von verschiedenster Art und Farbe sein. Es ist aber nicht nur eine Spule, sondern aus der Mitte des Sternes kommt ein kleines Querstäbchen hervor und an dieses Stäbchen fügt sich dann im rechten Winkel noch eines. Mit Hilfe dieses letzteren Stäbchens auf der einen Seite, und einer der Ausstrahlungen des Sternes auf der anderen Seite, kann das Ganze wie auf zwei Beinen aufrecht stehen.

Man wäre versucht zu glauben, dieses Gebilde hätte früher

irgendeine zweckmäßige Form gehabt und jetzt sei es nur zerbrochen. Dies scheint aber nicht der Fall zu sein; wenigstens findet sich kein Anzeichen dafür; nirgends sind Ansätze oder Bruchstellen zu sehen, die auf etwas Derartiges hinweisen würden; das Ganze erscheint zwar sinnlos, aber in seiner Art abgeschlossen. Näheres läßt sich übrigens nicht darüber sagen, da Odradek außerordentlich beweglich und nicht zu fangen ist.

Er hält sich abwechselnd auf dem Dachboden, im Treppenhaus, auf den Gängen, im Flur auf. Manchmal ist er monatelang nicht zu sehen; da ist er wohl in andere Häuser übersiedelt; doch kehrt er dann unweigerlich wieder in unser Haus zurück. Manchmal, wenn man aus der Tür tritt und er lehnt gerade unten am Treppengeländer, hat man Lust, ihn anzusprechen. Natürlich stellt man an ihn keine schwierigen Fragen, sondern behandelt ihn – schon seine Winzigkeit verführt dazu – wie ein Kind. »Wie heißt du denn?« fragt man ihn. »Odradek«, sagt er. »Und wo wohnst du?« »Unbestimmter Wohnsitz«, sagt er und lacht; es ist aber nur ein Lachen, wie man es ohne Lungen hervorbringen kann. Es klingt etwa so, wie das Rascheln in gefallenen Blättern. Damit ist die Unterhaltung meist zu Ende. Übrigens sind selbst diese Antworten nicht immer zu erhalten; oft ist er lange stumm, wie das Holz, das er zu sein scheint.

Vergeblich frage ich mich, was mit ihm geschehen wird. Kann er denn sterben? Alles, was stirbt, hat vorher eine Art Ziel, eine Art Tätigkeit gehabt und daran hat es sich zerrieben; das trifft bei Odradek nicht zu. Sollte er also einstmals etwa noch vor den Füßen meiner Kinder und Kindeskinder mit nachschleifendem Zwirnsfaden die Treppe hinunterkollern? Er schadet ja offenbar niemandem; aber die Vorstellung, daß er mich auch noch überleben sollte, ist mir eine fast schmerzliche.

Elf Söhne

Ich habe elf Söhne.

Der Erste ist äußerlich sehr unansehnlich, aber ernsthaft und klug; trotzdem schätze ich ihn, wiewohl ich ihn als Kind wie alle andern liebe, nicht sehr hoch ein. Sein Denken scheint mir zu einfach. Er sieht nicht rechts noch links und nicht in die Weite; in seinem kleinen Gedankenkreis läuft er immerfort rundum oder dreht sich vielmehr.

Der Zweite ist schön, schlank, wohlgebaut; es entzückt, ihn in Fechterstellung zu sehen. Auch er ist klug, aber überdies welterfahren; er hat viel gesehen, und deshalb scheint selbst die heimische Natur vertrauter mit ihm zu sprechen, als mit den Daheimgebliebenen. Doch ist gewiß dieser Vorzug nicht nur und nicht einmal wesentlich dem Reisen zu verdanken, er gehört vielmehr zu dem Unnachahmlichen dieses Kindes, das zum Beispiel von jedem anerkannt wird, der etwa seinen vielfach sich überschlagenden und doch geradezu wild beherrschten Kunstsprung ins Wasser ihm nachmachen will. Bis zum Ende des Sprungbrettes reicht der Mut und die Lust, dort aber statt zu springen, setzt sich plötzlich der Nachahmer und hebt entschuldigend die Arme. – Und trotz dem allen (ich sollte doch eigentlich glückselig sein über ein solches Kind) ist mein Verhältnis zu ihm nicht ungetrübt. Sein linkes Auge ist ein wenig kleiner als das rechte und zwinkert viel; ein kleiner Fehler nur, gewiß, der sein Gesicht sogar noch verwegener macht als es sonst gewesen wäre, und niemand wird gegenüber der unnahbaren Abgeschlossenheit seines Wesens dieses kleinere zwinkernde Auge tadelnd bemerken. Ich, der Vater, tue es. Es ist natürlich nicht dieser körperliche Fehler, der mir weh tut, sondern eine ihm irgendwie entsprechende kleine Unregelmäßigkeit seines Geistes, irgendein in seinem Blut irrendes Gift, irgendeine

Unfähigkeit, die mir allein sichtbare Anlage seines Lebens rund zu vollenden. Gerade dies macht ihn allerdings andererseits wieder zu meinem wahren Sohn, denn dieser sein Fehler ist gleichzeitig der Fehler unserer ganzen Familie und an diesem Sohn nur überdeutlich.

Der dritte Sohn ist gleichfalls schön, aber es ist nicht die Schönheit, die mir gefällt. Es ist die Schönheit des Sängers: der geschwungene Mund; das träumerische Auge; der Kopf, der eine Draperie hinter sich benötigt, um zu wirken; die unmäßig sich wölbende Brust; die leicht auffahrenden und viel zu leicht sinkenden Hände; die Beine, die sich zieren, weil sie nicht tragen können. Und überdies: der Ton seiner Stimme ist nicht voll; trügt einen Augenblick; läßt den Kenner aufhorchen; veratmet aber kurz darauf. – Trotzdem im allgemeinen alles verlockt, diesen Sohn zur Schau zu stellen, halte ich ihn doch am liebsten im Verborgenen; er selbst drängt sich nicht auf, aber nicht etwa deshalb, weil er seine Mängel kennt, sondern aus Unschuld. Auch fühlt er sich fremd in unserer Zeit; als gehöre er zwar zu meiner Familie, aber überdies noch zu einer andern, ihm für immer verlorenen, ist er oft unlustig und nichts kann ihn aufheitern.

Mein vierter Sohn ist vielleicht der umgänglichste von allen. Ein wahres Kind seiner Zeit, ist er jedermann verständlich, er steht auf dem allen gemeinsamen Boden und jeder ist versucht, ihm zuzunicken. Vielleicht durch diese allgemeine Anerkennung gewinnt sein Wesen etwas Leichtes, seine Bewegungen etwas Freies, seine Urteile etwas Unbekümmertes. Manche seiner Aussprüche möchte man oft wiederholen, allerdings nur manche, denn in seiner Gesamtheit krankt er doch wieder an allzu großer Leichtigkeit. Er ist wie einer, der bewundernswert abspringt, schwalbengleich die Luft teilt, dann aber doch trostlos im öden Staube endet, ein Nichts. Solche Gedanken vergällen mir den Anblick dieses Kindes.

Der fünfte Sohn ist lieb und gut; versprach viel weniger als er hielt; war so unbedeutend, daß man sich förmlich in seiner Gegenwart allein fühlte; hat es aber doch zu einigem Ansehen gebracht. Fragte man mich, wie das geschehen ist, so könnte ich kaum antworten. Unschuld dringt vielleicht doch noch am leichtesten durch das Toben der Elemente in dieser Welt, und unschuldig ist er. Vielleicht allzu unschuldig. Freundlich zu jedermann. Vielleicht allzu freundlich. Ich gestehe: mir wird nicht wohl, wenn man ihn mir gegenüber lobt. Es heißt doch, sich das Loben etwas zu leicht zu machen, wenn man einen so offensichtlich Lobenswürdigen lobt, wie es mein Sohn ist.

Mein sechster Sohn scheint, wenigstens auf den ersten Blick, der tiefsinnigste von allen. Ein Kopfhänger und doch ein Schwätzer. Deshalb kommt man ihm nicht leicht bei. Ist er am Unterliegen, so verfällt er in unbesiegbare Traurigkeit; erlangt er das Übergewicht, so wahrt er es durch Schwätzen. Doch spreche ich ihm eine gewisse selbstvergessene Leidenschaft nicht ab; bei hellem Tag kämpft er sich oft durch das Denken wie im Traum. Ohne krank zu sein – vielmehr hat er eine sehr gute Gesundheit – taumelt er manchmal, besonders in der Dämmerung, braucht aber keine Hilfe, fällt nicht. Vielleicht hat an dieser Erscheinung seine körperliche Entwicklung schuld, er ist viel zu groß für sein Alter. Das macht ihn unschön im Ganzen, trotz auffallend schöner Einzelheiten, zum Beispiel der Hände und Füße. Unschön ist übrigens auch seine Stirn; sowohl in der Haut, als in der Knochenbildung irgendwie verschrumpft.

Der siebente Sohn gehört mir vielleicht mehr als alle andern. Die Welt versteht ihn nicht zu würdigen; seine besondere Art von Witz versteht sie nicht. Ich überschätze ihn nicht; ich weiß, er ist geringfügig genug; hätte die Welt keinen andern Fehler als den, daß sie ihn nicht zu würdigen weiß, sie wäre noch immer makellos. Aber innerhalb der Familie wollte ich diesen Sohn nicht missen. Sowohl Unruhe bringt er, als auch Ehrfurcht vor der Überlieferung, und beides fügt er, wenigstens für mein Gefühl, zu einem unanfechtbaren Ganzen. Mit diesem Ganzen weiß er allerdings selbst am wenigstens etwas anzufangen; das Rad der Zukunft wird er nicht ins Rollen bringen; aber diese seine Anlage ist so aufmunternd, so hoffnungsreich; ich wollte, er hätte Kinder und diese wieder Kinder. Leider scheint sich dieser Wunsch nicht erfüllen zu wollen. In einer mir zwar begreiflichen, aber ebenso unerwünschten Selbstzufriedenheit, die allerdings in großartigem Gegensatz zum Urteil seiner Umgebung steht, treibt er sich allein umher, kümmert sich nicht um Mädchen und wird trotzdem niemals seine gute Laune verlieren.

Mein achter Sohn ist mein Schmerzenskind, und ich weiß eigentlich keinen Grund dafür. Er sieht mich fremd an, und ich fühle mich doch väterlich eng mit ihm verbunden. Die Zeit hat vieles gut gemacht; früher aber befiel mich manchmal ein Zittern, wenn ich nur an ihn dachte. Er geht seinen eigenen Weg; hat alle Verbindungen mit mir abgebrochen; und wird gewiß mit seinem harten Schädel, seinem kleinen athletischen Körper – nur die Beine hatte er als Junge recht schwach, aber das mag sich inzwischen schon ausgeglichen haben – überall durchkommen, wo es ihm beliebt. Öfters hatte ich Lust, ihn zurückzurufen, ihn zu fragen, wie es eigentlich um ihn steht, warum er sich vom Vater so abschließt und was er im Grunde beabsichtigt, aber nun ist er so weit und so viel Zeit ist schon vergangen, nun mag es so bleiben wie es ist. Ich höre, daß er als der einzige meiner Söhne einen Vollbart trägt; schön ist das bei einem so kleinen Mann natürlich nicht.

Mein neunter Sohn ist sehr elegant und hat den für Frauen bestimmten süßen Blick. So süß, daß er bei Gelegenheit sogar mich verführen kann, der ich doch weiß, daß förmlich ein nasser Schwamm genügt, um allen diesen überirdischen Glanz wegzuwischen. Das Besondere an diesem Jungen aber ist, daß er gar nicht auf Verführung ausgeht; ihm würde es genügen, sein Leben lang auf dem Kanapee zu liegen und seinen Blick an die Zimmerdecke zu verschwenden oder noch viel lieber ihn unter den Augenlidern ruhen zu lassen. Ist er in dieser von ihm bevorzugten Lage, dann spricht er gern und nicht übel; gedrängt und anschaulich; aber doch nur in engen Grenzen; geht er über sie hinaus, was sich bei ihrer Enge nicht vermeiden läßt, wird sein Reden ganz leer. Man würde ihm abwinken, wenn man Hoffnung hätte, daß dieser mit Schlaf gefüllte Blick es bemerken könnte.

Mein zehnter Sohn gilt als unaufrichtiger Charakter. Ich will diesen Fehler nicht ganz in Abrede stellen, nicht ganz bestätigen. Sicher ist, daß, wer ihn in der weit über sein Alter hinausgehenden Feierlichkeit herankommen sieht, im immer festgeschlossenen Gehrock, im alten, aber übersorgfältig geputzten schwarzen Hut, mit dem unbewegten Gesicht, dem etwas vorragenden Kinn, den schwer über die Augen sich wölbenden Lidern, den manchmal an den Mund geführten zwei Fingern – wer ihn so sieht, denkt: das ist ein grenzenloser Heuchler. Aber, nun höre man ihn reden! Verständig; mit Bedacht; kurz angebunden; mit boshafter Lebendigkeit Fragen durchkreuzend; in erstaunlicher, selbstverständlicher und froher Übereinstimmung mit dem Weltganzen; eine Übereinstimmung, die notwendigerweise den Hals strafft und den Kopf erheben läßt. Viele, die sich sehr klug dünken und die sich, aus diesem Grunde wie sie meinten, von seinem Äußern abgestoßen fühlten, hat er durch sein Wort stark angezogen. Nun gibt es aber wieder Leute, die sein Äußeres gleichgültig läßt, denen aber sein Wort heuchlerisch erscheint. Ich, als Vater, will hier nicht entscheiden, doch muß ich eingestehen, daß die letzteren Beurteiler jedenfalls beachtenswerter sind als die ersteren.

Mein elfter Sohn ist zart, wohl der schwächste unter meinen Söhnen; aber täuschend in seiner Schwäche; er kann nämlich zu Zeiten kräftig und bestimmt sein, doch ist allerdings selbst dann die Schwäche irgendwie grundlegend. Es ist aber keine beschämende Schwäche, sondern etwas, das nur auf diesem unsern Erdboden als Schwäche erscheint. Ist nicht zum Beispiel auch Flugbereitschaft Schwäche, da sie doch Schwanken und Unbestimmtheit und Flattern ist? Etwas Derartiges zeigt mein Sohn. Den Vater freuen natürlich solche Eigenschaften nicht; sie gehen ja offenbar auf Zerstörung der Familie aus. Manchmal blickt er mich an, als wollte er mir sagen: »Ich werde dich mitnehmen, Vater.« Dann denke ich: »Du wärst der Letzte, dem ich mich vertraue.« Und sein Blick scheint wieder zu sagen: »Mag ich also wenigstens der Letzte sein.«

Das sind die elf Söhne.

Ein Brudermord

Es ist erwiesen, daß der Mord auf folgende Weise erfolgte:

Schmar, der Mörder, stellte sich gegen neun Uhr abends in der mondklaren Nacht an jener Straßenecke auf, wo Wese, das Opfer, aus der Gasse, in welcher sein Bureau lag, in jene Gasse einbiegen mußte, in der er wohnte.

Kalte, jeden durchschauernde Nachtluft. Aber Schmar hatte nur ein dünnes blaues Kleid angezogen; das Röckchen war überdies aufgeknöpft. Er fühlte keine Kälte; auch war er immerfort in Bewegung. Seine Mordwaffe, halb Bajonett, halb Küchenmesser, hielt er ganz bloßgelegt immer fest im Griff. Betrachtete das Messer gegen das Mondlicht; die

Schneide blitzte auf; nicht genug für Schmar; er hieb mit ihr gegen die Backsteine des Pflasters, daß es Funken gab; bereute es vielleicht; und um den Schaden gut zu machen, strich er mit ihr violinbogenartig über seine Stiefelsohle, während er, auf einem Bein stehend, vorgebeugt, gleichzeitig dem Klang des Messers an seinem Stiefel, gleichzeitig in die schicksalsvolle Seitengasse lauschte.

Warum duldete das alles der Private Pallas, der in der Nähe aus seinem Fenster im zweiten Stockwerk alles beobachtete? Ergründe die Menschennatur! Mit hochgeschlagenem Kragen, den Schlafrock um den weiten Leib gegürtet, kopfschüttelnd, blickte er hinab.

Und fünf Häuser weiter, ihm schräg gegenüber, sah Frau Wese, den Fuchspelz über ihrem Nachthemd, nach ihrem Manne aus, der heute ungewöhnlich lange zögerte.

Endlich ertönt die Türglocke vor Weses Bureau, zu laut für eine Türglocke, über die Stadt hin, zum Himmel auf, und Wese, der fleißige Nachtarbeiter, tritt dort, in dieser Gasse noch unsichtbar, nur durch das Glockenzeichen angekündigt, aus dem Haus; gleich zählt das Pflaster seine ruhigen Schritte.

Pallas beugt sich weit hervor; er darf nichts versäumen. Frau Wese schließt, beruhigt durch die Glocke, klirrend ihr Fenster. Schmar aber kniet nieder; da er augenblicklich keine anderen Blößen hat, drückt er nur Gesicht und Hände gegen die Steine; wo alles friert, glüht Schmar.

Gerade an der Grenze, welche die Gassen scheidet, bleibt Wese stehen, nur mit dem Stock stützt er sich in die jenseitige Gasse. Eine Laune. Der Nachthimmel hat ihn angelockt, das Dunkelblaue und das Goldene. Unwissend blickt er es an, unwissend streicht er das Haar unter dem gelüpften Hut; nichts rückt dort oben zusammen, um ihm die allernächste Zukunft anzuzeigen; alles bleibt an seinem unsinnigen, unerforschlichen Platz. An und für sich sehr vernünftig, daß Wese weitergeht, aber er geht ins Messer des Schmar.

»Wese!« schreit Schmar, auf den Fußspitzen stehend, den Arm aufgereckt, das Messer scharf gesenkt, »Wese! Vergebens wartet Julia!« Und rechts in den Hals und links in den Hals und drittens tief in den Bauch sticht Schmar. Wasserratten, aufgeschlitzt, geben einen ähnlichen Laut von sich wie Wese.

»Getan«, sagt Schmar und wirft das Messer, den überflüssigen blutigen Ballast, gegen die nächste Hausfront. »Seligkeit des Mordes! Erleichterung, Beflügelung durch das Fließen des fremden Blutes! Wese, alter Nachtschatten, Freund, Bierbankgenosse, versickerst im dunklen Straßengrund. Warum bist du nicht einfach eine mit Blut gefüllte Blase, daß ich mich auf dich setzte und du verschwändest ganz und gar. Nicht alles wird erfüllt, nicht alle Blütenträume reiften, dein schwerer Rest liegt hier, schon unzugänglich jedem Tritt. Was soll die stumme Frage, die du damit stellst?«

Pallas, alles Gift durcheinander würgend in seinem Leib, steht in seiner zweiflügelig aufspringenden Haustür. »Schmar! Schmar! Alles bemerkt, nichts übersehen.« Pallas und Schmar prüfen einander. Pallas befriedigt's, Schmar kommt zu keinem Ende.

Frau Wese mit einer Volksmenge zu ihren beiden Seiten eilt mit vor Schrecken ganz gealtertem Gesicht herbei. Der Pelz öffnet sich, sie stürzt über Wese, der nachthemdbekleidete Körper gehört ihm, der über dem Ehepaar sich wie der Rasen eines Grabes schließende Pelz gehört der Menge.

Schmar, mit Mühe die letzte Übelkeit verbeißend, den Mund an die Schulter des Schutzmannes gedrückt, der leichtfüßig ihn davonführt.

Ein Traum

Josef K. träumte:

Es war ein schöner Tag und K. wollte spazieren gehen. Kaum aber hatte er zwei Schritte gemacht, war er schon auf dem Friedhof. Es waren dort sehr künstliche, unpraktisch gewundene Wege, aber er glitt über einen solchen Weg wie auf einem reißenden Wasser in unerschütterlich schwebender Haltung. Schon von der Ferne faßte er einen frisch aufgeworfenen Grabhügel ins Auge, bei dem er Halt machen wollte. Dieser Grabhügel übte fast eine Verlockung auf ihn aus und er glaubte, gar nicht eilig genug hinkommen zu können. Manchmal aber sah er den Grabhügel kaum, er wurde ihm verdeckt durch Fahnen, deren Tücher sich wanden und mit großer Kraft aneinanderschlugen; man sah die Fahnenträger nicht, aber es war, als herrsche dort viel Jubel.

Während er den Blick noch in die Ferne gerichtet hatte, sah er plötzlich den gleichen Grabhügel neben sich am Weg, ja fast schon hinter sich. Er sprang eilig ins Gras. Da der Weg unter seinem abspringenden Fuß weiter raste, schwankte er und fiel gerade vor dem Grabhügel ins Knie. Zwei Männer standen hinter dem Grab und hielten zwischen sich einen Grabstein in der Luft; kaum war K. erschienen, stießen sie den Stein in die Erde und er stand wie festgemauert. Sofort trat aus einem Gebüsch ein dritter Mann hervor, den K. gleich als einen Künstler erkannte. Er war nur mit Hosen und einem schlecht zugeknöpften Hemd bekleidet; auf dem Kopf hatte er eine Samtkappe; in der Hand hielt er einen gewöhnlichen Bleistift, mit dem er schon beim Näherkommen Figuren in der Luft beschrieb.

Mit diesem Bleistift setzte er nun oben auf dem Stein an; der Stein war sehr hoch, er mußte sich gar nicht bücken, wohl aber mußte er sich vorbeugen, denn der Grabhügel, auf den er nicht treten wollte, trennte ihn von dem Stein. Er stand also auf den Fußspitzen und stützte sich mit der linken Hand auf die Fläche des Steines. Durch eine besonders geschickte Hantierung gelang es ihm, mit dem gewöhnlichen Bleistift Goldbuchstaben zu erzielen; er schrieb: »Hier ruht –« Jeder Buchstabe erschien rein und schön, tief geritzt und in vollkommenem Gold. Als er die zwei Worte geschrieben hatte, sah er nach K. zurück; K., der sehr begierig auf das Fortschreiten der Inschrift war, kümmerte sich kaum um den Mann, sondern blickte nur auf den Stein. Tatsächlich setzte der Mann wieder zum Weiterschreiben an, aber er konnte nicht, es bestand irgendein Hindernis, er ließ den Bleistift sinken und drehte sich wieder nach K. um. Nun sah auch K. den Künstler an und merkte, daß dieser in großer Verlegenheit war, aber die Ursache dessen nicht sagen konnte. Alle seine frühere Lebhaftigkeit war verschwunden. Auch K. geriet dadurch in Verlegenheit; sie wechselten hilflose Blicke; es lag ein häßliches Mißverständnis vor, das keiner auflösen konnte. Zur Unzeit begann nun auch eine kleine Glocke von der Grabkapelle zu läuten, aber der Künstler fuchtelte mit der erhobenen Hand und sie hörte auf. Nach einem Weilchen begann sie wieder; diesmal ganz leise und, ohne besondere Aufforderung, gleich abbrechend; es war, als wolle sie nur ihren Klang prüfen. K. war untröstlich über die Lage des Künstlers, er begann zu weinen und schluchzte lange in die vorgehaltenen Hände. Der Künstler wartete, bis K. sich beruhigt hatte, und entschloß sich dann, da er keinen andern Ausweg fand, dennoch zum Weiterschreiben. Der erste kleine Strich, den er machte, war für K. eine Erlösung, der Künstler brachte ihn aber offenbar nur mit dem äußersten Widerstreben zustande; die Schrift war auch nicht mehr so schön, vor allem schien es an Gold zu fehlen, blaß und unsicher zog sich der Strich hin, nur sehr groß wurde der

Buchstabe. Es war ein J, fast war es schon beendet, da stampfte der Künstler wütend mit einem Fuß in den Grabhügel hinein, daß die Erde ringsum in die Höhe flog. Endlich verstand ihn K.; ihn abzubitten war keine Zeit mehr; mit allen Fingern grub er in die Erde, die fast keinen Widerstand leistete; alles schien vorbereitet; nur zum Schein war eine dünne Erdkruste aufgerichtet; gleich hinter ihr öffnete sich mit abschüssigen Wänden ein großes Loch, in das K., von einer sanften Strömung auf den Rücken gedreht, versank. Während er aber unten, den Kopf im Genick noch aufgerichtet, schon von der undurchdringlichen Tiefe aufgenommen wurde, jagte oben sein Name mit mächtigen Zieraten über den Stein.

Entzückt von diesem Anblick erwachte er.

Ein Bericht für eine Akademie

Hohe Herren von der Akademie!

Sie erweisen mir die Ehre, mich aufzufordern, der Akademie einen Bericht über mein äffisches Vorleben einzureichen.

In diesem Sinne kann ich leider der Aufforderung nicht nachkommen. Nahezu fünf Jahre trennen mich vom Affentum, eine Zeit, kurz vielleicht am Kalender gemessen, unendlich lang aber durchzugaloppieren, so wie ich es getan habe, streckenweise begleitet von vortrefflichen Menschen, Ratschlägen, Beifall und Orchestralmusik, aber im Grunde allein, denn alle Begleitung hielt sich, um im Bilde zu bleiben, weit vor der Barriere. Diese Leistung wäre unmöglich gewesen, wenn ich eigensinnig hätte an meinem Ursprung, an den Erinnerungen der Jugend festhalten wollen. Gerade Verzicht auf jeden Eigensinn war das oberste Gebot, das ich mir auferlegt hatte; ich, freier Affe, fügte mich diesem Joch.

234

Dadurch verschlossen sich mir aber ihrerseits die Erinnerungen immer mehr. War mir zuerst die Rückkehr, wenn die Menschen gewollt hätten, freigestellt durch das ganze Tor, das der Himmel über der Erde bildet, wurde es gleichzeitig mit meiner vorwärts gepeitschten Entwicklung immer niedriger und enger; wohler und eingeschlossener fühlte ich mich in der Menschenwelt; der Sturm, der mir aus meiner Vergangenheit nachblies, sänftigte sich; heute ist es nur ein Luftzug, der mir die Fersen kühlt; und das Loch in der Ferne, durch das er kommt und durch das ich einstmals kam, ist so klein geworden, daß ich, wenn überhaupt die Kräfte und der Wille hinreichen würden, um bis dorthin zurückzulaufen, das Fell vom Leib mir schinden müßte, um durchzukommen. Offen gesprochen, so gerne ich auch Bilder wähle für diese Dinge, offen gesprochen: Ihr Affentum, meine Herren, soferne Sie etwas Derartiges hinter sich haben, kann Ihnen nicht ferner sein als mir das meine. An der Ferse aber kitzelt es jeden, der hier auf Erden geht: den kleinen Schimpansen wie den großen Achilles.

In eingeschränktestem Sinn aber kann ich doch vielleicht Ihre Anfrage beantworten und ich tue es sogar mit großer Freude. Das erste, was ich lernte, war: den Handschlag geben; Handschlag bezeugt Offenheit; mag nun heute, wo ich auf dem Höhepunkte meiner Laufbahn stehe, zu jenem ersten Handschlag auch das offene Wort hinzukommen. Es wird für die Akademie nichts wesentlich Neues beibringen und weit hinter dem zurückbleiben, was man von mir verlangt hat und was ich beim besten Willen nicht sagen kann – immerhin, es soll die Richtlinie zeigen, auf welcher ein gewesener Affe in die Menschenwelt eingedrungen ist und sich dort festgesetzt hat. Doch dürfte ich selbst das Geringfügige, was folgt, gewiß nicht sagen, wenn ich meiner nicht völlig sicher wäre und meine Stellung auf allen großen

Varietébühnen der zivilisierten Welt sich nicht bis zur Un-
erschütterlichkeit gefestigt hätte:

Ich stamme von der Goldküste. Darüber, wie ich eingefangen wurde, bin ich auf fremde Berichte angewiesen. Eine
Jagdexpedition der Firma Hagenbeck – mit dem Führer habe
ich übrigens seither schon manche gute Flasche Rotwein
geleert – lag im Ufergebüsch auf dem Anstand, als ich am
Abend inmitten eines Rudels zur Tränke lief. Man schoß; ich
war der einzige, der getroffen wurde; ich bekam zwei
Schüsse.

Einen in die Wange; der war leicht; hinterließ aber eine
große ausrasierte rote Narbe, die mir den widerlichen, ganz
und gar unzutreffenden, förmlich von einem Affen erfunde-
nen Namen Rotpeter eingetragen hat, so als unterschiede
ich mich von dem unlängst krepierten, hie und da bekannten, dressierten Affentier Peter nur durch den roten Fleck auf
der Wange. Dies nebenbei.

Der zweite Schuß traf mich unterhalb der Hüfte. Er war
schwer, er hat es verschuldet, daß ich noch heute ein wenig
hinke. Letzthin las ich in einem Aufsatz irgendeines der zehn-
tausend Windhunde, die sich in den Zeitungen über mich
auslassen: meine Affennatur sei noch nicht ganz unterdrückt;
Beweis dessen sei, daß ich, wenn Besucher kommen, mit
Vorliebe die Hosen ausziehe, um die Einlaufstelle jenes
Schusses zu zeigen. Dem Kerl sollte jedes Fingerchen seiner
schreibenden Hand einzeln weggeknallt werden. Ich, ich darf
meine Hosen ausziehen, vor wem es mir beliebt; man wird
dort nichts finden als einen wohlgepflegten Pelz und die
Narbe nach einem – wählen wir hier zu einem bestimmten
Zwecke ein bestimmtes Wort, das aber nicht mißverstanden
werden wolle – die Narbe nach einem frevelhaften Schuß.
Alles liegt offen zutage; nichts ist zu verbergen; kommt es
auf Wahrheit an, wirft jeder Großgesinnte die allerfeinsten

Manieren ab. Würde dagegen jener Schreiber die Hosen ausziehen, wenn Besuch kommt, so hätte dies allerdings ein anderes Ansehen und ich will es als Zeichen der Vernunft gelten lassen, daß er es nicht tut. Aber dann mag er mir auch mit seinem Zartsinn vom Halse bleiben!

Nach jenen Schüssen erwachte ich – und hier beginnt allmählich meine eigene Erinnerung – in einem Käfig im Zwischendeck des Hagenbeckschen Dampfers. Es war kein vierwandiger Gitterkäfig; vielmehr waren nur drei Wände an einer Kiste festgemacht; die Kiste also bildete die vierte Wand. Das Ganze war zu niedrig zum Aufrechtstehen und zu schmal zum Niedersitzen. Ich hockte deshalb mit eingebogenen, ewig zitternden Knien, und zwar, da ich zunächst wahrscheinlich niemanden sehen und immer nur im Dunkel sein wollte, zur Kiste gewendet, während sich mir hinten die Gitterstäbe ins Fleisch einschnitten. Man hält eine solche Verwahrung wilder Tiere in der allerersten Zeit für vorteilhaft, und ich kann heute nach meiner Erfahrung nicht leugnen, daß dies im menschlichen Sinn tatsächlich der Fall ist.

Daran dachte ich aber damals nicht. Ich war zum erstenmal in meinem Leben ohne Ausweg; zumindest geradeaus ging es nicht; geradeaus vor mir war die Kiste, Brett fest an Brett gefügt. Zwar war zwischen den Brettern eine durchlaufende Lücke, die ich, als ich sie zuerst entdeckte, mit dem glückseligen Heulen des Unverstandes begrüßte, aber diese Lücke reichte bei weitem nicht einmal zum Durchstecken des Schwanzes aus und war mit aller Affenkraft nicht zu verbreitern.

Ich soll, wie man mir später sagte, ungewöhnlich wenig Lärm gemacht haben, woraus man schloß, daß ich entweder bald eingehen müsse oder daß ich, falls es mir gelingt, die erste kritische Zeit zu überleben, sehr dressurfähig sein werde. Ich überlebte diese Zeit. Dumpfes Schluchzen, schmerzhaftes Flöhesuchen, müdes Lecken einer Kokosnuß, Beklopfen der Kistenwand mit dem Schädel, Zungen-Blekken, wenn mir jemand nahekam, – das waren die ersten Beschäftigungen in dem neuen Leben. In alledem aber doch nur das eine Gefühl: kein Ausweg. Ich kann natürlich das damals affenmäßig Gefühlte heute nur mit Menschenworten nachzeichnen und verzeichne es infolgedessen, aber wenn ich auch die alte Affenwahrheit nicht mehr erreichen kann, wenigstens in der Richtung meiner Schilderung liegt sie, daran ist kein Zweifel.

Ich hatte doch so viele Auswege bisher gehabt und nun keinen mehr. Ich war festgerannt. Hätte man mich angenagelt, meine Freizügigkeit wäre dadurch nicht kleiner geworden. Warum das? Kratz dir das Fleisch zwischen den Fußzehen auf, du wirst den Grund nicht finden. Drück dich hinten gegen die Gitterstange, bis sie dich fast zweiteilt, du wirst den Grund nicht finden. Ich hatte keinen Ausweg, mußte mir ihn aber verschaffen, denn ohne ihn konnte ich nicht leben. Immer an dieser Kistenwand – ich wäre unweigerlich verreckt. Aber Affen gehören bei Hagenbeck an die Kistenwand – nun, so hörte ich auf, Affe zu sein. Ein klarer, schöner Gedankengang, den ich irgendwie mit dem Bauch ausgeheckt haben muß, denn Affen denken mit dem Bauch.

Ich habe Angst, daß man nicht genau versteht, was ich unter Ausweg verstehe. Ich gebrauche das Wort in seinem gewöhnlichsten und vollsten Sinn. Ich sage absichtlich nicht Freiheit. Ich meine nicht dieses große Gefühl der Freiheit nach allen Seiten. Als Affe kannte ich es vielleicht und ich habe Menschen kennen gelernt, die sich danach sehnen. Was mich aber anlangt, verlangte ich Freiheit weder damals noch heute. Nebenbei: mit Freiheit betrügt man sich unter Menschen allzuoft. Und so wie die Freiheit zu den erhabensten Gefühlen zählt, so auch die entsprechende Täuschung zu den

238

erhabensten. Oft habe ich in den Varietés vor meinem Auftreten irgendein Künstlerpaar oben an der Decke an Trapezen hantieren sehen. Sie schwangen sich, sie schaukelten, sie sprangen, sie schwebten einander in die Arme, einer trug den anderen an den Haaren mit dem Gebiß. »Auch das ist Menschenfreiheit«, dachte ich, »selbstherrliche Bewegung.« Du Verspottung der heiligen Natur! Kein Bau würde standhalten vor dem Gelächter des Affentums bei diesem Anblick.

Nein, Freiheit wollte ich nicht. Nur einen Ausweg; rechts, links, wohin immer; ich stellte keine anderen Forderungen; sollte der Ausweg auch nur eine Täuschung sein; die Forderung war klein, die Täuschung würde nicht größer sein. Weiterkommen, weiterkommen! Nur nicht mit aufgehobenen Armen stillestehn, angedrückt an eine Kistenwand.

Heute sehe ich klar: ohne größte innere Ruhe hätte ich nie entkommen können. Und tatsächlich verdanke ich vielleicht alles, was ich geworden bin, der Ruhe, die mich nach den ersten Tagen dort im Schiff überkam. Die Ruhe wiederum aber verdankte ich wohl den Leuten vom Schiff.

Es sind gute Menschen, trotz allem. Gerne erinnere ich mich noch heute an den Klang ihrer schweren Schritte, der damals in meinem Halbschlaf widerhallte. Sie hatten die Gewohnheit, alles äußerst langsam in Angriff zu nehmen. Wollte sich einer die Augen reiben, so hob er die Hand wie ein Hängegewicht. Ihre Scherze waren grob, aber herzlich. Ihr Lachen war immer mit einem gefährlich klingenden aber nichts bedeutenden Husten gemischt. Immer hatten sie im Mund etwas zum Ausspeien und wohin sie ausspieen war ihnen gleichgültig. Immer klagten sie, daß meine Flöhe auf sie überspringen; aber doch waren sie mir deshalb niemals ernstlich böse; sie wußten eben, daß in meinem Fell Flöhe gedeihen und daß Flöhe Springer sind; damit fanden sie sich ab. Wenn sie dienstfrei waren, setzten sich manchmal einige im Halbkreis um mich nieder; sprachen kaum, sondern gurrten einander nur zu; rauchten, auf Kisten ausgestreckt, die Pfeife; schlugen sich aufs Knie, sobald ich die geringste Bewegung machte; und hie und da nahm einer einen Stecken und kitzelte mich dort, wo es mir angenehm war. Sollte ich heute eingeladen werden, eine Fahrt auf diesem Schiffe mitzumachen, ich würde die Einladung gewiß ablehnen, aber ebenso gewiß ist, daß es nicht nur häßliche Erinnerungen sind, denen ich dort im Zwischendeck nachhängen könnte.

Die Ruhe, die ich mir im Kreise dieser Leute erwarb, hielt mich vor allem von jedem Fluchtversuch ab. Von heute aus gesehen scheint es mir, als hätte ich zumindest geahnt, daß ich einen Ausweg finden müsse, wenn ich leben wolle, daß dieser Ausweg aber nicht durch Flucht zu erreichen sei. Ich weiß nicht mehr, ob Flucht möglich war, aber ich glaube es; einem Affen sollte Flucht immer möglich sein. Mit meinen heutigen Zähnen muß ich schon beim gewöhnlichen Nüsseknacken vorsichtig sein, damals aber hätte es mir wohl im Lauf der Zeit gelingen müssen, das Türschloß durchzubeißen. Ich tat es nicht. Was wäre damit auch gewonnen gewesen? Man hätte mich, kaum war der Kopf hinausgesteckt, wieder eingefangen und in einen noch schlimmeren Käfig gesperrt; oder ich hätte mich unbemerkt zu anderen Tieren, etwa zu den Riesenschlangen mir gegenüber flüchten können und mich in ihren Umarmungen ausgehaucht; oder es wäre mir gar gelungen, mich bis aufs Deck zu stehlen und über Bord zu springen, dann hätte ich ein Weilchen auf dem Weltmeer geschaukelt und wäre ersoffen. Verzweiflungstaten. Ich rechnete nicht so menschlich, aber unter dem Einfluß meiner Umgebung verhielt ich mich so, wie wenn ich gerechnet hätte.

Ich rechnete nicht, wohl aber beobachtete ich in aller Ruhe. Ich sah diese Menschen auf und ab gehen, immer die gleichen Gesichter, die gleichen Bewegungen, oft schien es mir, als wäre es nur einer. Dieser Mensch oder diese Menschen gingen also unbehelligt. Ein hohes Ziel dämmerte mir auf. Niemand versprach mir, daß, wenn ich so wie sie werden würde, das Gitter aufgezogen werde. Solche Versprechungen für scheinbar unmögliche Erfüllungen werden nicht gegeben. Löst man aber die Erfüllungen ein, erscheinen nachträglich auch die Versprechungen genau dort, wo man sie früher vergeblich gesucht hat. Nun war an diesen Menschen an sich nichts, was mich sehr verlockte. Wäre ich ein Anhänger jener erwähnten Freiheit, ich hätte gewiß das Weltmeer dem Ausweg vorgezogen, der sich mir im trüben Blick dieser Menschen zeigte. Jedenfalls aber beobachtete ich sie schon lange vorher, ehe ich an solche Dinge dachte, ja die angehäuften Beobachtungen drängten mich erst in die bestimmte Richtung.

Es war so leicht, die Leute nachzuahmen. Spucken konnte ich schon in den ersten Tagen. Wir spuckten einander dann gegenseitig ins Gesicht; der Unterschied war nur, daß ich mein Gesicht nachher reinleckte, sie ihres nicht. Die Pfeife rauchte ich bald wie ein Alter; drückte ich dann auch noch den Daumen in den Pfeifenkopf, jauchzte das ganze Zwischendeck; nur den Unterschied zwischen der leeren und der gestopften Pfeife verstand ich lange nicht.

Die meiste Mühe machte mir die Schnapsflasche. Der Geruch peinigte mich; ich zwang mich mit allen Kräften; aber es vergingen Wochen, ehe ich mich überwand. Diese inneren Kämpfe nahmen die Leute merkwürdigerweise ernster als irgend etwas sonst an mir. Ich unterscheide die Leute auch in meiner Erinnerung nicht, aber da war einer, der kam immer wieder, allein oder mit Kameraden, bei Tag, bei Nacht, zu den verschiedensten Stunden; stellte sich mit der Flasche vor mich hin und gab mir Unterricht. Er begriff mich nicht, er wollte das Rätsel meines Seins lösen. Er entkorkte langsam die Flasche und blickte mich dann an, um zu prüfen, ob ich verstanden habe; ich gestehe, ich sah ihm immer mit wilder, mit überstürzter Aufmerksamkeit zu; einen solchen Menschenschüler findet kein Menschenlehrer auf dem ganzen Erdenrund; nachdem die Flasche entkorkt war, hob er sie zum Mund; ich mit meinen Blicken ihm nach bis in die Gurgel; er nickt, zufrieden mit mir, und setzt die Flasche an die Lippen; ich, entzückt von allmählicher Erkenntnis, kratze mich quietschend der Länge und Breite nach, wo es sich trifft; er freut sich, setzt die Flasche an und macht einen Schluck; ich, ungeduldig und verzweifelt, ihm nachzueifern, verunreinige mich in meinem Käfig, was wieder ihm große Genugtuung macht; und nun weit die Flasche von sich strekkend und im Schwung sie wieder hinaufführend, trinkt er sie, übertrieben lehrhaft zurückgebeugt, mit einem Zuge leer. Ich, ermattet von allzugroßem Verlangen, kann nicht mehr folgen und hänge schwach am Gitter, während er den theoretischen Unterricht damit beendet, daß er sich den Bauch streicht und grinst.

Nun erst beginnt die praktische Übung. Bin ich nicht schon allzu erschöpft durch das Theoretische? Wohl, allzu erschöpft. Das gehört zu meinem Schicksal. Trotzdem greife ich, so gut ich kann, nach der hingereichten Flasche; entkorke sie zitternd; mit dem Gelingen stellen sich allmählich neue Kräfte ein; ich hebe die Flasche, vom Original schon kaum zu unterscheiden; setze sie an und – und werfe sie mit Abscheu, mit Abscheu, trotzdem sie leer ist und nur noch der Geruch sie füllt, werfe sie mit Abscheu auf den Boden. Zur Trauer meines Lehrers, zur größeren Trauer meiner selbst; weder ihn, noch mich versöhne ich dadurch, daß ich auch nach dem Wegwerfen der Flasche nicht vergesse, ausgezeichnet meinen Bauch zu streichen und dabei zu grinsen.

Allzuoft nur verlief so der Unterricht. Und zur Ehre meines Lehrers: er war mir nicht böse; wohl hielt er mir manchmal die brennende Pfeife ans Fell, bis es irgendwo, wo ich nur schwer hinreichte, zu glimmen anfing, aber dann löschte er es selbst wieder mit seiner riesigen guten Hand; er war mir nicht böse, er sah ein, daß wir auf der gleichen Seite gegen die Affennatur kämpften und daß ich den schwereren Teil hatte.

Was für ein Sieg dann allerdings für ihn wie für mich, als ich eines Abends vor großem Zuschauerkreis – vielleicht war ein Fest, ein Grammophon spielte, ein Offizier erging sich zwischen den Leuten – als ich an diesem Abend, gerade unbeachtet, eine vor meinem Käfig versehentlich stehen gelassene Schnapsflasche ergriff, unter steigender Aufmerksamkeit der Gesellschaft sie schulgerecht entkorkte, an den Mund setzte und ohne Zögern, ohne Mundverziehen, als Trinker von Fach, mit rund gewälzten Augen, schwappender Kehle, wirklich und wahrhaftig leer trank; nicht mehr als Verzweifelter, sondern als Künstler die Flasche hinwarf; zwar vergaß den Bauch zu streichen; dafür aber, weil ich nicht anders konnte, weil es mich drängte, weil mir die Sinne rauschten, kurz und gut »Hallo!« ausrief, in Menschenlaut ausbrach, mit diesem Ruf in die Menschengemeinschaft sprang und ihr Echo: »Hört nur, er spricht!« wie einen Kuß auf meinem ganzen schweißtriefenden Körper fühlte.

Ich wiederhole: es verlockte mich nicht, die Menschen nachzuahmen; ich ahmte nach, weil ich einen Ausweg suchte, aus keinem anderen Grund. Auch war mit jenem Sieg noch wenig getan. Die Stimme versagte mir sofort wieder; stellte sich erst nach Monaten ein; der Widerwille gegen die Schnapsflasche kam sogar noch verstärkter. Aber meine Richtung allerdings war mir ein für allemal gegeben.

Als ich in Hamburg dem ersten Dresseur übergeben

wurde, erkannte ich bald die zwei Möglichkeiten, die mir offen standen: Zoologischer Garten oder Varieté. Ich zögerte nicht. Ich sagte mir: setze alle Kraft an, um ins Varieté zu kommen; das ist der Ausweg; Zoologischer Garten ist nur ein neuer Gitterkäfig; kommst du in ihn, bist du verloren.

Und ich lernte, meine Herren. Ach, man lernt, wenn man muß; man lernt, wenn man einen Ausweg will; man lernt rücksichtslos. Man beaufsichtigt sich selbst mit der Peitsche; man zerfleischt sich beim geringsten Widerstand. Die Affennatur raste, sich überkugelnd, aus mir hinaus und weg, so daß mein erster Lehrer selbst davon fast äffisch wurde, bald den Unterricht aufgeben und in eine Heilanstalt gebracht werden mußte. Glücklicherweise kam er wieder bald hervor.

Aber ich verbrauchte viele Lehrer, ja sogar einige Lehrer gleichzeitig. Als ich meiner Fähigkeiten schon sicherer geworden war, die Öffentlichkeit meinen Fortschritten folgte, meine Zukunft zu leuchten begann, nahm ich selbst Lehrer auf, ließ sie in fünf aufeinanderfolgenden Zimmern niedersetzen und lernte bei allen zugleich, indem ich ununterbrochen aus einem Zimmer ins andere sprang.

Diese Fortschritte! Dieses Eindringen der Wissensstrahlen von allen Seiten ins erwachende Hirn! Ich leugne nicht: es beglückte mich. Ich gestehe aber auch ein: ich überschätzte es nicht, schon damals nicht, wieviel weniger heute. Durch eine Anstrengung, die sich bisher auf der Erde nicht wiederholt hat, habe ich die Durchschnittsbildung eines Europäers erreicht. Das wäre an sich vielleicht gar nichts, ist aber insofern doch etwas, als es mir aus dem Käfig half und mir diesen besonderen Ausweg, diesen Menschenausweg verschaffte. Es gibt eine ausgezeichnete deutsche Redensart: sich in die Büsche schlagen; das habe ich getan, ich habe mich in die Büsche geschlagen. Ich hatte keinen anderen Weg, immer vorausgesetzt, daß nicht die Freiheit zu wählen war.

Überblicke ich meine Entwicklung und ihr bisheriges Ziel, so klage ich weder, noch bin ich zufrieden. Die Hände in den Hosentaschen, die Weinflasche auf dem Tisch, liege ich halb, halb sitze ich im Schaukelstuhl und schaue aus dem Fenster. Kommt Besuch, empfange ich ihn, wie es sich gebührt. Mein Impresario sitzt im Vorzimmer; läute ich, kommt er und hört, was ich zu sagen habe. Am Abend ist fast immer Vorstellung, und ich habe wohl kaum mehr zu steigernde Erfolge. Komme ich spät nachts von Banketten, aus wissenschaftlichen Gesellschaften, aus gemütlichem Beisammensein nach Hause, erwartet mich eine kleine halbdressierte Schimpansin und ich lasse es mir nach Affenart bei ihr wohlgehen. Bei Tag will ich sie nicht sehen; sie hat nämlich den Irrsinn des verwirrten dressierten Tieres im Blick; das erkenne nur ich und ich kann es nicht ertragen.

Im Ganzen habe ich jedenfalls erreicht, was ich erreichen wollte. Man sage nicht, es wäre der Mühe nicht wert gewesen. Im übrigen will ich keines Menschen Urteil, ich will nur Kenntnisse verbreiten, ich berichte nur, auch Ihnen, hohe Herren von der Akademie, habe ich nur berichtet.

Ein Hungerkünstler

Vier Geschichten

Erstes Leid

Ein Trapezkünstler – bekanntlich ist diese hoch in den Kuppeln der großen Varietébühnen ausgeübte Kunst eine der schwierigsten unter allen, Menschen erreichbaren – hatte, zuerst nur aus dem Streben nach Vervollkommnung, später auch aus tyrannisch gewordener Gewohnheit sein Leben derart eingerichtet, daß er, so lange er im gleichen Unternehmen arbeitete, Tag und Nacht auf dem Trapeze blieb. Allen seinen, übrigens sehr geringen Bedürfnissen wurde durch einander ablösende Diener entsprochen, welche unten wachten und alles, was oben benötigt wurde, in eigens konstruierten Gefäßen hinauf- und hinabzogen. Besondere Schwierigkeiten für die Umwelt ergaben sich aus dieser Lebensweise nicht; nur während der sonstigen Programmnummern war es ein wenig störend, daß er, wie sich nicht verbergen ließ, oben geblieben war und daß, trotzdem er sich in solchen Zeiten meist ruhig verhielt, hie und da ein Blick aus dem Publikum zu ihm abirrte. Doch verziehen ihm dies die Direktionen, weil er ein außerordentlicher, unersetzlicher Künstler war. Auch sah man natürlich ein, daß er nicht aus Mutwillen so lebte, und eigentlich nur so sich in dauernder Übung erhalten, nur so seine Kunst in ihrer Vollkommenheit bewahren konnte.

Doch war es oben auch sonst gesund, und wenn in der wärmeren Jahreszeit in der ganzen Runde der Wölbung die Seitenfenster aufgeklappt wurden und mit der frischen Luft die Sonne mächtig in den dämmernden Raum eindrang, dann war es dort sogar schön. Freilich, sein menschlicher Verkehr war eingeschränkt, nur manchmal kletterte auf der

Strickleiter ein Turnerkollege zu ihm hinauf, dann saßen sie beide auf dem Trapez, lehnten rechts und links an den Haltestricken und plauderten, oder es verbesserten Bauarbeiter das Dach und wechselten einige Worte mit ihm durch ein offenes Fenster, oder es überprüfte der Feuerwehrmann die Notbeleuchtung auf der obersten Galerie und rief ihm etwas Respektvolles, aber wenig Verständliches zu. Sonst blieb es um ihn still; nachdenklich sah nur manchmal irgendein Angestellter, der sich etwa am Nachmittag in das leere Theater verirrte, in die dem Blick sich fast entziehende Höhe empor, wo der Trapezkünstler, ohne wissen zu können, daß jemand ihn beobachtete, seine Künste trieb oder ruhte.

So hätte der Trapezkünstler ungestört leben können, wären nicht die unvermeidlichen Reisen von Ort zu Ort gewesen, die ihm äußerst lästig waren. Zwar sorgte der Impresario dafür, daß der Trapezkünstler von jeder unnötigen Verlängerung seiner Leiden verschont blieb: für die Fahrten in den Städten benützte man Rennautomobile, mit denen man, womöglich in der Nacht oder in den frühesten Morgenstunden, durch die menschenleeren Straßen mit letzter Geschwindigkeit jagte, aber freilich zu langsam für des Trapezkünstlers Sehnsucht; im Eisenbahnzug war ein ganzes Kupee bestellt, in welchem der Trapezkünstler, zwar in kläglichem, aber doch irgendeinem Ersatz seiner sonstigen Lebensweise die Fahrt oben im Gepäcknetz zubrachte; im nächsten Gastspielort war im Theater lange vor der Ankunft des Trapezkünstlers das Trapez schon an seiner Stelle, auch waren alle zum Theaterraum führenden Türen weit geöffnet, alle Gänge freigehalten – aber es waren doch immer die schönsten Augenblicke im Leben des Impresario, wenn der Trapezkünstler dann den Fuß auf die Strickleiter setzte und im Nu, endlich, wieder oben an seinem Trapeze hing.

So viele Reisen nun auch schon dem Impresario geglückt

waren, jede neue war ihm doch wieder peinlich, denn die Reisen waren, von allem anderen abgesehen, für die Nerven des Trapezkünstlers jedenfalls zerstörend.

So fuhren sie wieder einmal miteinander, der Trapezkünstler lag im Gepäcknetz und träumte, der Impresario lehnte in der Fensterecke gegenüber und las ein Buch, da redete ihn der Trapezkünstler leise an. Der Impresario war gleich zu seinen Diensten. Der Trapezkünstler sagte, die Lippen beißend, er müsse jetzt für sein Turnen, statt des bisherigen einen, immer zwei Trapeze haben, zwei Trapeze einander gegenüber. Der Impresario war damit sofort einverstanden. Der Trapezkünstler aber, so als wolle er zeigen, daß hier die Zustimmung des Impresario ebenso bedeutungslos sei, wie es etwa sein Widerspruch wäre, sagte, daß er nun niemals mehr und unter keinen Umständen nur auf einem Trapez turnen werde. Unter der Vorstellung, daß es vielleicht doch einmal geschehen könnte, schien er zu schaudern. Der Impresario erklärte, zögernd und beobachtend, nochmals sein volles Einverständnis, zwei Trapeze seien besser als eines, auch sonst sei diese neue Einrichtung vorteilhaft, sie mache die Produktion abwechslungsreicher. Da fing der Trapezkünstler plötzlich zu weinen an. Tief erschrocken sprang der Impresario auf und fragte, was denn geschehen sei, und da er keine Antwort bekam, stieg er auf die Bank, streichelte ihn und drückte sein Gesicht an das eigene, so daß es auch von des Trapezkünstlers Tränen überflossen wurde. Aber erst nach vielen Fragen und Schmeichelworten sagte der Trapezkünstler schluchzend: »Nur diese eine Stange in den Händen – wie kann ich denn leben!« Nun war es dem Impresario schon leichter, den Trapezkünstler zu trösten; er versprach, gleich aus der nächsten Station an den nächsten Gastspielort wegen des zweiten Trapezes zu telegraphieren; machte sich Vorwürfe, daß er den Trapezkünstler so lange

Zeit nur auf einem Trapez hatte arbeiten lassen, und dankte ihm und lobte ihn sehr, daß er endlich auf den Fehler aufmerksam gemacht hatte. So gelang es dem Impresario, den Trapezkünstler langsam zu beruhigen, und er konnte wieder zurück in seine Ecke gehen. Er selbst aber war nicht beruhigt, mit schwerer Sorge betrachtete er heimlich über das Buch hinweg den Trapezkünstler. Wenn ihn einmal solche Gedanken zu quälen begannen, konnten sie je gänzlich aufhören? Mußten sie sich nicht immerfort steigern? Waren sie nicht existenzbedrohend? Und wirklich glaubte der Impresario zu sehn, wie jetzt im scheinbar ruhigen Schlaf, in welchen das Weinen geendet hatte, die ersten Falten auf des Trapezkünstlers glatter Kinderstirn sich einzuzeichnen begannen.

Eine kleine Frau

Es ist eine kleine Frau; von Natur aus recht schlank, ist sie doch stark geschnürt; ich sehe sie immer im gleichen Kleid, es ist aus gelblich-grauem, gewissermaßen holzfarbigem Stoff und ist ein wenig mit Troddeln oder knopfartigen Behängen von gleicher Farbe versehen; sie ist immer ohne Hut, ihr stumpf-blondes Haar ist glatt und nicht unordentlich, aber sehr locker gehalten. Trotzdem sie geschnürt ist, ist sie doch leicht beweglich, sie übertreibt freilich diese Beweglichkeit, gern hält sie die Hände in den Hüften und wendet den Oberkörper mit einem Wurf überraschend schnell seitlich. Den Eindruck, den ihre Hand auf mich macht, kann ich nur wiedergeben, wenn ich sage, daß ich noch keine Hand gesehen habe, bei der die einzelnen Finger derart scharf voneinander abgegrenzt wären, wie bei der ihren; doch hat ihre Hand keineswegs irgendeine anatomische Merkwürdigkeit, es ist eine völlig normale Hand.

Diese kleine Frau nun ist mit mir sehr unzufrieden, immer hat sie etwas an mir auszusetzen, immer geschieht ihr Unrecht von mir, ich ärgere sie auf Schritt und Tritt; wenn man das Leben in allerkleinste Teile teilen und jedes Teilchen gesondert beurteilen könnte, wäre gewiß jedes Teilchen meines Lebens für sie ein Ärgernis. Ich habe oft darüber nachgedacht, warum ich sie denn so ärgere; mag sein, daß alles an mir ihrem Schönheitssinn, ihrem Gerechtigkeitsgefühl, ihren Gewohnheiten, ihren Überlieferungen, ihren Hoffnungen widerspricht, es gibt derartige einander widersprechende Naturen, aber warum leidet sie so sehr darunter? Es besteht ja gar keine Beziehung zwischen uns, die sie zwingen würde, durch mich zu leiden. Sie müßte sich nur entschließen, mich als völlig Fremden anzusehn, der ich ja auch bin und der ich gegen einen solchen Entschluß mich nicht wehren, sondern ihn sehr begrüßen würde, sie müßte sich nur entschließen, meine Existenz zu vergessen, die ich ihr ja niemals aufgedrängt habe oder aufdrängen würde – und alles Leid wäre offenbar vorüber. Ich sehe hiebei ganz von mir ab und davon, daß ihr Verhalten natürlich auch mir peinlich ist, ich sehe davon ab, weil ich ja wohl erkenne, daß alle diese Peinlichkeit nichts ist im Vergleich mit ihrem Leid. Wobei ich mir allerdings durchaus dessen bewußt bin, daß es kein liebendes Leid ist; es liegt ihr gar nichts daran, mich wirklich zu bessern, zumal ja auch alles, was sie an mir aussetzt, nicht von einer derartigen Beschaffenheit ist, daß mein Fortkommen dadurch gestört würde. Aber mein Fortkommen kümmert sie eben auch nicht, sie kümmert nichts anderes als ihr persönliches Interesse, nämlich die Qual zu rächen, die ich ihr bereite, und die Qual, die ihr in Zukunft von mir droht, zu verhindern. Ich habe schon einmal versucht, sie darauf hinzuweisen, wie diesem fortwährenden Ärger am besten ein Ende gemacht werden könnte, doch habe ich sie gerade dadurch in eine derartige Aufwallung gebracht, daß ich den Versuch nicht mehr wiederholen werde.

Auch liegt ja, wenn man will, eine gewisse Verantwortung auf mir, denn so fremd mir die kleine Frau auch ist, und so sehr die einzige Beziehung, die zwischen uns besteht, der Ärger ist, den ich ihr bereite, oder vielmehr der Ärger, den sie sich von mir bereiten läßt, dürfte es mir doch nicht gleichgültig sein, wie sie sichtbar unter diesem Ärger auch körperlich leidet. Es kommen hie und da, sich mehrend in letzter Zeit, Nachrichten zu mir, daß sie wieder einmal am Morgen bleich, übernächtig, von Kopfschmerzen gequält und fast arbeitsunfähig gewesen sei; sie macht damit ihren Angehörigen Sorgen, man rät hin und her nach den Ursachen ihres Zustandes und hat sie bisher noch nicht gefunden. Ich allein kenne sie, es ist der alte und immer neue Ärger. Nun teile ich freilich die Sorgen ihrer Angehörigen nicht; sie ist stark und zäh; wer sich so zu ärgern vermag, vermag wahrscheinlich auch die Folgen des Ärgers zu überwinden; ich habe sogar den Verdacht, daß sie sich – wenigstens zum Teil – nur leidend stellt, um auf diese Weise den Verdacht der Welt auf mich hinzulenken. Offen zu sagen, wie ich sie durch mein Dasein quäle, ist sie zu stolz; an andere meinetwegen zu appellieren, würde sie als eine Herabwürdigung ihrer selbst empfinden; nur aus Widerwillen, aus einem nicht aufhörenden, ewig sie antreibenden Widerwillen beschäftigt sie sich mit mir; diese unreine Sache auch noch vor der Öffentlichkeit zu besprechen, das wäre für ihre Scham zu viel. Aber es ist doch auch zu viel, von der Sache ganz zu schweigen, unter deren unaufhörlichem Druck sie steht. Und so versucht sie in ihrer Frauenschlauheit einen Mittelweg; schweigend, nur durch die äußern Zeichen eines geheimen Leides will sie die Angelegenheit vor das Gericht der Öffentlichkeit bringen. Vielleicht hofft sie sogar, daß, wenn die Öffentlichkeit einmal ihren vollen Blick auf mich richtet, ein allgemeiner öffentlicher Ärger gegen mich entstehen und mit seinen großen Machtmitteln mich bis zur vollständigen Endgültigkeit viel kräftiger und schneller richten wird, als es ihr verhältnismäßig doch schwacher privater Ärger imstande ist; dann aber wird sie sich zurückziehen, aufatmen und mir den Rükken kehren. Nun, sollten dies wirklich ihre Hoffnungen sein, so täuscht sie sich. Die Öffentlichkeit wird nicht ihre Rolle übernehmen; die Öffentlichkeit wird niemals so unendlich viel an mir auszusetzen haben, auch wenn sie mich unter ihre stärkste Lupe nimmt. Ich bin kein so unnützer Mensch, wie sie glaubt; ich will mich nicht rühmen und besonders nicht in diesem Zusammenhang; wenn ich aber auch nicht durch besondere Brauchbarkeit ausgezeichnet sein sollte, werde ich doch auch gewiß nicht gegenteilig auffallen; nur für sie, für ihre fast weißstrahlenden Augen bin ich so, niemanden andern wird sie davon überzeugen können. Also könnte ich in dieser Hinsicht völlig beruhigt sein? Nein, doch nicht; denn wenn es wirklich bekannt wird, daß ich sie geradezu krank mache durch mein Benehmen, und einige Aufpasser, eben die fleißigsten Nachrichten-Überbringer, sind schon nahe daran, es zu durchschauen oder sie stellen sich wenigstens so, als durchschauten sie es, und es kommt die Welt und wird mir die Frage stellen, warum ich denn die arme kleine Frau durch meine Unverbesserlichkeit quäle und ob ich sie etwa bis in den Tod zu treiben beabsichtige und wann ich endlich die Vernunft und das einfache menschliche Mitgefühl haben werde, damit aufzuhören – wenn mich die Welt so fragen wird, es wird schwer sein, ihr zu antworten. Soll ich dann eingestehn, daß ich an jene Krankheitszeichen nicht sehr glaube und soll ich damit den unangenehmen Eindruck hervorrufen, daß ich, um von einer Schuld loszukommen, andere beschuldige und gar in so unfeiner Weise? Und könnte ich etwa gar offen sagen, daß ich, selbst wenn ich an ein wirkliches Kranksein glaubte, nicht das geringste Mitgefühl hätte, da mir ja die Frau völlig fremd ist und die Beziehung, die zwischen uns besteht, nur von ihr hergestellt ist und nur von ihrer Seite aus besteht. Ich will nicht sagen, daß man mir nicht glauben würde; man würde mir vielmehr weder glauben noch nicht glauben; man käme gar nicht so weit, daß davon die Rede sein könnte; man würde lediglich die Antwort registrieren, die ich hinsichtlich einer schwachen, kranken Frau gegeben habe, und das wäre wenig günstig für mich. Hier wie bei jeder andern Antwort wird mir eben hartnäckig in die Quere kommen die Unfähigkeit der Welt, in einem Fall wie diesem den Verdacht einer Liebesbeziehung nicht aufkommen zu lassen, trotzdem es bis zur äußersten Deutlichkeit zutage liegt, daß eine solche Beziehung nicht besteht und daß, wenn sie bestehen würde, sie eher noch von mir ausginge, der ich tatsächlich die kleine Frau in der Schlagkraft ihres Urteils und der Unermüdlichkeit ihrer Folgerungen immerhin zu bewundern fähig wäre, wenn ich nicht eben durch ihre Vorzüge immerfort gestraft würde. Bei ihr aber ist jedenfalls keine Spur einer freundlichen Beziehung zu mir vorhanden; darin ist sie aufrichtig und wahr; darauf ruht meine letzte Hoffnung; nicht einmal, wenn es in ihren Kriegsplan passen würde, an eine solche Beziehung zu mir glauben zu machen, würde sie sich soweit vergessen, etwas derartiges zu tun. Aber die in dieser Richtung völlig stumpfe Öffentlichkeit wird bei ihrer Meinung bleiben und immer gegen mich entscheiden.

So bliebe mir eigentlich doch nur übrig, rechtzeitig, ehe die Welt eingreift, mich soweit zu ändern, daß ich den Ärger der kleinen Frau nicht etwa beseitige, was undenkbar ist, aber doch ein wenig mildere. Und ich habe mich tatsächlich öfters gefragt, ob mich denn mein gegenwärtiger Zustand so befriedige, daß ich ihn gar nicht ändern wolle, und ob es denn nicht möglich wäre, gewisse Änderungen an mir vorzunehmen, auch wenn ich es nicht täte, weil ich von ihrer Notwendigkeit überzeugt wäre, sondern nur, um die Frau zu besänftigen. Und ich habe es ehrlich versucht, nicht ohne Mühe und Sorgfalt, es entsprach mir sogar, es belustigte mich fast; einzelne Änderungen ergaben sich, waren weithin sichtbar, ich mußte die Frau nicht auf sie aufmerksam machen, sie merkt alles derartige früher als ich, sie merkt schon den Ausdruck der Absicht in meinem Wesen; aber ein Erfolg war mir nicht beschieden. Wie wäre es auch möglich? Ihre Unzufriedenheit mit mir ist ja, wie ich jetzt schon einsehe, eine grundsätzliche; nichts kann sie beseitigen, nicht einmal die Beseitigung meiner selbst; ihre Wutanfälle etwa bei der Nachricht meines Selbstmordes wären grenzenlos. Nun kann ich mir nicht vorstellen, daß sie, diese scharfsinnige Frau, dies nicht ebenso einsieht wie ich, und zwar sowohl die Aussichtslosigkeit ihrer Bemühungen als auch meine Unschuld, meine Unfähigkeit, selbst bei bestem Willen ihren Forderungen zu entsprechen. Gewiß sieht sie es ein, aber als Kämpfernatur vergißt sie es in der Leidenschaft des Kampfes, und meine unglückliche Art, die ich aber nicht anders wählen kann, denn sie ist mir nun einmal so gegeben, besteht darin, daß ich jemandem, der außer Rand und Band geraten ist, eine leise Mahnung zuflüstern will. Auf diese Weise werden wir uns natürlich nie verständigen. Immer wieder werde ich etwa im Glück der ersten Morgenstunden aus dem Hause treten und dieses um meinetwillen vergrämte Gesicht sehn, die verdrießlich aufgestülpten Lippen, den prüfenden und schon vor der Prüfung das Ergebnis kennenden Blick, der über mich hinfährt und dem selbst bei größter Flüchtigkeit nichts entgehen kann, das bittere in die mädchenhafte Wange sich einbohrende Lächeln, das klagende Aufschauen zum Himmel, das Einlegen der Hände in die Hüften, um sich zu festigen, und dann in der Empörung das Bleichwerden und Erzittern.

Letzthin machte ich, überhaupt zum erstenmal, wie ich mir bei dieser Gelegenheit erstaunt eingestand, einem guten Freund einige Andeutungen von dieser Sache, nur nebenbei, leicht, mit ein paar Worten, ich drückte die Bedeutung des Ganzen, so klein sie für mich nach außen hin im Grunde ist, noch ein wenig unter die Wahrheit hinab. Sonderbar, daß der Freund dennoch nicht darüber hinweghörte, ja sogar aus eigenem der Sache an Bedeutung hinzugab, sich nicht ablenken ließ und dabei verharrte. Noch sonderbarer allerdings, daß er trotzdem in einem entscheidenden Punkt die Sache unterschätzte, denn er riet mir ernstlich, ein wenig zu verreisen. Kein Rat könnte unverständiger sein; die Dinge liegen zwar einfach, jeder kann sie, wenn er näher hinzutritt, durchschauen, aber so einfach sind sie doch auch nicht, daß durch mein Wegfahren alles oder auch nur das Wichtigste in Ordnung käme. Im Gegenteil, vor dem Wegfahren muß ich mich vielmehr hüten; wenn ich überhaupt irgendeinen Plan befolgen soll, dann jedenfalls den, die Sache in ihren bisherigen, engen, die Außenwelt noch nicht einbeziehenden Grenzen zu halten, also ruhig zu bleiben, wo ich bin, und keine großen, durch diese Sache veranlaßten, auffallenden Veränderungen zuzulassen, wozu auch gehört, mit niemandem davon zu sprechen, aber dies alles nicht deshalb, weil es irgendein gefährliches Geheimnis wäre, sondern deshalb, weil es eine kleine, rein persönliche und als solche immerhin leicht zu tragende Angelegenheit ist und weil sie dieses auch bleiben soll. Darin waren die Bemerkungen des Freundes doch nicht ohne Nutzen, sie haben mich nichts Neues gelehrt, aber mich in meiner Grundansicht bestärkt.

Wie es sich ja überhaupt bei genauerem Nachdenken zeigt,

daß die Veränderungen, welche die Sachlage im Laufe der Zeit erfahren zu haben scheint, keine Veränderungen der Sache selbst sind, sondern nur die Entwicklung meiner Anschauung von ihr, insofern, als diese Anschauung teils ruhiger, männlicher wird, dem Kern näher kommt, teils allerdings auch unter dem nicht zu verwindenden Einfluß der fortwährenden Erschütterungen, seien diese auch noch so leicht, eine gewisse Nervosität annimmt.

Ruhiger werde ich der Sache gegenüber, indem ich zu erkennen glaube, daß eine Entscheidung, so nahe sie manchmal bevorzustehen scheint, doch wohl noch nicht kommen wird; man ist leicht geneigt, besonders in jungen Jahren, das Tempo, in dem Entscheidungen kommen, sehr zu überschätzen; wenn einmal meine kleine Richterin, schwach geworden durch meinen Anblick, seitlich in den Sessel sank, mit der einen Hand sich an der Rückenlehne festhielt, mit der anderen an ihrem Schnürleib nestelte, und Tränen des Zornes und der Verzweiflung ihr die Wangen hinabrollten, dachte ich immer, nun sei die Entscheidung da und gleich würde ich vorgerufen werden, mich zu verantworten. Aber nichts von Entscheidung, nichts von Verantwortung, Frauen wird leicht übel, die Welt hat nicht Zeit, auf alle Fälle aufzupassen. Und was ist denn eigentlich in all den Jahren geschehn? Nichts weiter, als daß sich solche Fälle wiederholten, einmal stärker, einmal schwächer, und daß nun also ihre Gesamtzahl größer ist. Und daß Leute sich in der Nähe herumtreiben und gern eingreifen würden, wenn sie eine Möglichkeit dazu finden würden; aber sie finden keine, bisher verlassen sie sich nur auf ihre Witterung, und Witterung allein genügt zwar, um ihren Besitzer reichlich zu beschäftigen, aber zu anderem taugt sie nicht. So aber war es im Grunde immer, immer gab es diese unnützen Eckensteher und Lufteinatmer, welche ihre Nähe immer auf irgendeine überschlaue Weise, am liebsten durch

Verwandtschaft, entschuldigten, immer haben sie aufgepaßt, immer haben sie die Nase voll Witterung gehabt, aber das Ergebnis alles dessen ist nur, daß sie noch immer dastehn. Der ganze Unterschied besteht darin, daß ich sie allmählich erkannt habe, ihre Gesichter unterscheide; früher habe ich geglaubt, sie kämen allmählich von überall her zusammen, die Ausmaße der Angelegenheit vergrößerten sich und würden von selbst die Entscheidung erzwingen; heute glaube ich zu wissen, daß das alles von altersher da war und mit dem Herankommen der Entscheidung sehr wenig oder nichts zu tun hat. Und die Entscheidung selbst, warum benenne ich sie mit einem so großen Wort? Wenn es einmal – und gewiß nicht morgen und übermorgen und wahrscheinlich niemals – dazu kommen sollte, daß sich die Öffentlichkeit doch mit dieser Sache, für die sie, wie ich immer wiederholen werde, nicht zuständig ist, beschäftigt, werde ich zwar nicht unbeschädigt aus dem Verfahren hervorgehen, aber es wird doch wohl in Betracht gezogen werden, daß ich der Öffentlichkeit nicht unbekannt bin, in ihrem vollen Licht seit jeher lebe, vertrauensvoll und Vertrauen verdienend, und daß deshalb diese nachträglich hervorgekommene leidende kleine Frau, die nebenbei bemerkt ein anderer als ich vielleicht längst als Klette erkannt und für die Öffentlichkeit völlig geräuschlos unter seinem Stiefel zertreten hätte, daß diese Frau doch schlimmstenfalls nur einen kleinen häßlichen Schnörkel dem Diplom hinzufügen könnte, in welchem mich die Öffentlichkeit längst als ihr achtungswertes Mitglied erklärt. Das ist der heutige Stand der Dinge, der also wenig geeignet ist, mich zu beunruhigen.

Daß ich mit den Jahren doch ein wenig unruhig geworden bin, hat mit der eigentlichen Bedeutung der Sache gar nichts zu tun; man hält es einfach nicht aus, jemanden immerfort zu ärgern, selbst wenn man die Grundlosigkeit des Ärgers wohl erkennt; man wird unruhig, man fängt an, gewissermaßen nur körperlich, auf Entscheidungen zu lauern, auch wenn man an ihr Kommen vernünftigerweise nicht sehr glaubt. Zum Teil aber handelt es sich auch nur um eine Alterserscheinung; die Jugend kleidet alles gut; unschöne Einzelheiten verlieren sich in der unaufhörlichen Kraftquelle der Jugend; mag einer als Junge einen etwas lauernden Blick gehabt haben, er ist ihm nicht übelgenommen, er ist gar nicht bemerkt worden, nicht einmal von ihm selbst, aber, was im Alter übrigbleibt, sind Reste, jeder ist nötig, keiner wird erneut, jeder steht unter Beobachtung, und der lauernde Blick eines alternden Mannes ist eben ein ganz deutlich lauernder Blick, und es ist nicht schwierig, ihn festzustellen. Nur ist es aber auch hier keine wirkliche sachliche Verschlimmerung.

Von wo aus also ich es auch ansehe, immer wieder zeigt sich und dabei bleibe ich, daß, wenn ich mit der Hand auch nur ganz leicht diese kleine Sache verdeckt halte, ich noch sehr lange, ungestört von der Welt, mein bisheriges Leben ruhig werde fortsetzen dürfen, trotz allen Tobens der Frau.

Ein Hungerkünstler

In den letzten Jahrzehnten ist das Interesse an Hungerkünstlern sehr zurückgegangen. Während es sich früher gut lohnte, große derartige Vorführungen in eigener Regie zu veranstalten, ist dies heute völlig unmöglich. Es waren andere Zeiten. Damals beschäftigte sich die ganze Stadt mit dem Hungerkünstler; von Hungertag zu Hungertag stieg die Teilnahme; jeder wollte den Hungerkünstler zumindest einmal täglich sehn; an den spätern Tagen gab es Abonnenten, welche tagelang vor dem kleinen Gitterkäfig saßen; auch in der Nacht fanden Besichtigungen statt, zur Erhöhung der

Wirkung bei Fackelschein; an schönen Tagen wurde der Käfig ins Freie getragen, und nun waren es besonders die Kinder, denen der Hungerkünstler gezeigt wurde; während er für die Erwachsenen oft nur ein Spaß war, an dem sie der Mode halber teilnahmen, sahen die Kinder staunend, mit offenem Mund, der Sicherheit halber einander bei der Hand haltend, zu, wie er bleich, im schwarzen Trikot, mit mächtig vortretenden Rippen, sogar einen Sessel verschmähend, auf hingestreutem Stroh saß, einmal höflich nickend, angestrengt lächelnd Fragen beantwortete, auch durch das Gitter den Arm streckte, um seine Magerkeit befühlen zu lassen, dann aber wieder ganz in sich selbst versank, um niemanden sich kümmerte, nicht einmal um den für ihn so wichtigen Schlag der Uhr, die das einzige Möbelstück des Käfigs war, sondern nur vor sich hinsah mit fast geschlossenen Augen und hie und da aus einem winzigen Gläschen Wasser nippte, um sich die Lippen zu feuchten.

Außer den wechselnden Zuschauern waren auch ständige, vom Publikum gewählte Wächter da, merkwürdigerweise gewöhnlich Fleischhauer, welche, immer drei gleichzeitig, die Aufgabe hatten, Tag und Nacht den Hungerkünstler zu beobachten, damit er nicht etwa auf irgendeine heimliche Weise doch Nahrung zu sich nehme. Es war das aber lediglich eine Formalität, eingeführt zur Beruhigung der Massen, denn die Eingeweihten wußten wohl, daß der Hungerkünstler während der Hungerzeit niemals, unter keinen Umständen, selbst unter Zwang nicht, auch das Geringste nur gegessen hätte; die Ehre seiner Kunst verbot dies. Freilich, nicht jeder Wächter konnte das begreifen, es fanden sich manchmal nächtliche Wachgruppen, welche die Bewachung sehr lax durchführten, absichtlich in eine ferne Ecke sich zusammensetzten und dort sich ins Kartenspiel vertieften, in der offenbaren Absicht, dem Hungerkünstler eine kleine Erfrischung zu gönnen, die er ihrer Meinung nach aus irgendwelchen geheimen Vorräten hervorholen konnte. Nichts war dem Hungerkünstler quälender als solche Wächter; sie machten ihn trübselig; sie machten ihm das Hungern entsetzlich schwer; manchmal überwand er seine Schwäche und sang während dieser Wachzeit, solange er es nur aushielt, um den Leuten zu zeigen, wie ungerecht sie ihn verdächtigten. Doch half das wenig; sie wunderten sich dann nur über seine Geschicklichkeit, selbst während des Singens zu essen. Viel lieber waren ihm die Wächter, welche sich eng zum Gitter setzten, mit der trüben Nachtbeleuchtung des Saales sich nicht begnügten, sondern ihn mit den elektrischen Taschenlampen bestrahlten, die ihnen der Impresario zur Verfügung stellte. Das grelle Licht störte ihn gar nicht, schlafen konnte er ja überhaupt nicht, und ein wenig hindämmern konnte er immer, bei jeder Beleuchtung und zu jeder Stunde, auch im übervollen, lärmenden Saal. Er war sehr gerne bereit, mit solchen Wächtern die Nacht gänzlich ohne Schlaf zu verbringen; er war bereit, mit ihnen zu scherzen, ihnen Geschichten aus seinem Wanderleben zu erzählen, dann wieder ihre Erzählungen anzuhören, alles nur um sie wachzuhalten, um ihnen immer wieder zeigen zu können, daß er nichts Eßbares im Käfig hatte und daß er hungerte, wie keiner von ihnen es könnte. Am glücklichsten aber war er, wenn dann der Morgen kam, und ihnen auf seine Rechnung ein überreiches Frühstück gebracht wurde, auf das sie sich warfen mit dem Appetit gesunder Männer nach einer mühevoll durchwachten Nacht. Es gab zwar sogar Leute, die in diesem Frühstück eine ungebührliche Beeinflussung der Wächter sehen wollten, aber das ging doch zu weit, und wenn man sie fragte, ob etwa sie nur um der Sache willen ohne Frühstück die Nachtwache übernehmen wollten, verzogen sie sich, aber bei ihren Verdächtigungen blieben sie dennoch.

Dieses allerdings gehörte schon zu den vom Hungern überhaupt nicht zu trennenden Verdächtigungen. Niemand war ja imstande, alle die Tage und Nächte beim Hungerkünstler ununterbrochen als Wächter zu verbringen, niemand also konnte aus eigener Anschauung wissen, ob wirklich ununterbrochen, fehlerlos gehungert worden war; nur der Hungerkünstler selbst konnte das wissen, nur er also gleichzeitig der von seinem Hungern vollkommen befriedigte Zuschauer sein. Er aber war wieder aus einem andern Grunde niemals befriedigt; vielleicht war er gar nicht vom Hungern so sehr abgemagert, daß manche zu ihrem Bedauern den Vorführungen fernbleiben mußten, weil sie seinen Anblick nicht ertrugen, sondern er war nur so abgemagert aus Unzufriedenheit mit sich selbst. Er allein nämlich wußte, auch kein Eingeweihter sonst wußte das, wie leicht das Hungern war. Es war die leichteste Sache von der Welt. Er verschwieg es auch nicht, aber man glaubte ihm nicht, hielt ihn günstigstenfalls für bescheiden, meist aber für reklamesüchtig oder gar für einen Schwindler, dem das Hungern allerdings leicht war, weil er es sich leicht zu machen verstand, und der auch noch die Stirn hatte, es halb zu gestehn. Das alles mußte er hinnehmen, hatte sich auch im Laufe der Jahre daran gewöhnt, aber innerlich nagte diese Unbefriedigtheit immer an ihm, und noch niemals, nach keiner Hungerperiode – dieses Zeugnis mußte man ihm ausstellen – hatte er freiwillig den Käfig verlassen. Als Höchstzeit für das Hungern hatte der Impresario vierzig Tage festgesetzt, darüber hinaus ließ er niemals hungern, auch in den Weltstädten nicht, und zwar aus gutem Grund. Vierzig Tage etwa konnte man erfahrungsgemäß durch allmählich sich steigernde Reklame das Interesse einer Stadt immer mehr aufstacheln, dann aber versagte das Publikum, eine wesentliche Abnahme des Zuspruchs war festzustellen; es bestanden natürlich in dieser Hinsicht kleine Unterschiede zwischen den Städten und Ländern, als Regel aber galt, daß vierzig Tage die Höchstzeit war. Dann also am vierzigsten Tage wurde die Tür des mit Blumen umkränzten Käfigs geöffnet, eine begeisterte Zuschauerschaft erfüllte das Amphitheater, eine Militärkapelle spielte, zwei Ärzte betraten den Käfig, um die nötigen Messungen am Hungerkünstler vorzunehmen, durch ein Megaphon wurden die Resultate dem Saale verkündet, und schließlich kamen zwei junge Damen, glücklich darüber, daß gerade sie ausgelost worden waren, und wollten den Hungerkünstler aus dem Käfig ein paar Stufen hinabführen, wo auf einem kleinen Tischchen eine sorgfältig ausgewählte Krankenmahlzeit serviert war. Und in diesem Augenblick wehrte sich der Hungerkünstler immer. Zwar legte er noch freiwillig seine Knochenarme in die hilfsbereit ausgestreckten Hände der zu ihm hinabgebeugten Damen, aber aufstehen wollte er nicht. Warum gerade jetzt nach vierzig Tagen aufhören? Er hätte es noch lange, unbeschränkt lange ausgehalten; warum gerade jetzt aufhören, wo er im besten, ja noch nicht einmal im besten Hungern war? Warum wollte man ihn des Ruhmes berauben, weiter zu hungern, nicht nur der größte Hungerkünstler aller Zeiten zu werden, der er ja wahrscheinlich schon war, aber auch noch sich selbst zu übertreffen bis ins Unbegreifliche, denn für seine Fähigkeit zu hungern fühlte er keine Grenzen. Warum hatte diese Menge, die ihn so sehr zu bewundern vorgab, so wenig Geduld mit ihm; wenn er es aushielt, noch weiter zu hungern, warum wollte sie es nicht aushalten? Auch war er müde, saß gut im Stroh und sollte sich nun hoch und lang aufrichten und zu dem Essen gehn, das ihm schon allein in der Vorstellung Übelkeiten verursachte, deren Äußerung er nur mit Rücksicht auf die Damen mühselig unterdrückte. Und er blickte empor in die Augen der scheinbar so freundlichen, in Wirklichkeit so grausamen Damen und schüttelte den auf dem schwachen Halse überschweren Kopf. Aber dann geschah, was immer geschah. Der Impresario kam, hob stumm – die Musik machte das Reden unmöglich – die Arme über dem Hungerkünstler, so, als lade er den Himmel ein, sich sein Werk hier auf dem Stroh einmal anzusehn, diesen bedauernswerten Märtyrer, welcher der Hungerkünstler allerdings war, nur in ganz anderem Sinn; faßte den Hungerkünstler um die dünne Taille, wobei er durch übertriebene Vorsicht glaubhaft machen wollte, mit einem wie gebrechlichen Ding er es hier zu tun habe; und übergab ihn – nicht ohne ihn im geheimen ein wenig zu schütteln, so daß der Hungerkünstler mit den Beinen und dem Oberkörper unbeherrscht hin und her schwankte – den inzwischen totenbleich gewordenen Damen. Nun duldete der Hungerkünstler alles; der Kopf lag auf der Brust, es war, als sei er hingerollt und halte sich dort unerklärlich; der Leib war ausgehöhlt; die Beine drückten sich im Selbsterhaltungstrieb fest in den Knien aneinander, scharrten aber doch den Boden, so, als sei es nicht der wirkliche, den wirklichen suchten sie erst; und die ganze, allerdings sehr kleine Last des Körpers lag auf einer der Damen, welche hilfesuchend, mit fliegendem Atem – so hatte sie sich dieses Ehrenamt nicht vorgestellt – zuerst den Hals möglichst streckte, um wenigstens das Gesicht vor der Berührung mit dem Hungerkünstler zu bewahren, dann aber, da ihr dies nicht gelang und ihre glücklichere Gefährtin ihr nicht zu Hilfe kam, sondern sich damit begnügte, zitternd die Hand des Hungerkünstlers, dieses kleine Knochenbündel, vor sich herzutragen, unter dem entzückten Gelächter des Saales in Weinen ausbrach und von einem längst bereitgestellten Diener abgelöst werden mußte. Dann kam das Essen, von dem der Impresario dem Hungerkünstler während eines ohnmachtähnlichen Halbschlafes ein wenig einflößte, unter lustigem Plaudern, das die Aufmerksamkeit vom Zustand des Hungerkünstlers ablenken sollte; dann wurde noch ein Trinkspruch auf das Publikum ausgebracht, welcher dem Impresario angeblich vom Hungerkünstler zugeflüstert worden war; das Orchester bekräftigte alles durch einen großen Tusch, man ging auseinander, und niemand hatte das Recht, mit dem Gesehenen unzufrieden zu sein, niemand, nur der Hungerkünstler, immer nur er.

So lebte er mit regelmäßigen kleinen Ruhepausen viele Jahre, in scheinbarem Glanz, von der Welt geehrt, bei alledem aber meist in trüber Laune, die immer noch trüber wurde dadurch, daß niemand sie ernst zu nehmen verstand. Womit sollte man ihn auch trösten? Was blieb ihm zu wünschen übrig? Und wenn sich einmal ein Gutmütiger fand, der ihn bedauerte und ihm erklären wollte, daß seine Traurigkeit wahrscheinlich von dem Hungern käme, konnte es, besonders bei vorgeschrittener Hungerzeit, geschehn, daß der Hungerkünstler mit einem Wutausbruch antwortete und zum Schrecken aller wie ein Tier an dem Gitter zu rütteln begann. Doch hatte für solche Zustände der Impresario ein Strafmittel, das er gern anwandte. Er entschuldigte den Hungerkünstler vor versammeltem Publikum, gab zu, daß nur die durch das Hungern hervorgerufene, für satte Menschen nicht ohne weiteres begreifliche Reizbarkeit das Benehmen des Hungerkünstlers verzeihlich machen könne; kam dann im Zusammenhang damit auch auf die ebenso zu erklärende Behauptung des Hungerkünstlers zu sprechen, er könnte noch viel länger hungern, als er hungere; lobte das hohe Streben, den guten Willen, die große Selbstverleugnung, die gewiß auch in dieser Behauptung enthalten seien; suchte dann aber die Behauptung einfach genug durch Vorzeigen von Photographien, die gleichzeitig verkauft wurden, zu widerlegen, denn auf den Bildern sah man den Hungerkünstler an einem vierzigsten Hungertag, im Bett, fast verlöscht vor Entkräftung. Diese dem Hungerkünstler zwar wohlbekannte, immer aber von neuem ihn entnervende Verdrehung der Wahrheit war ihm zu viel. Was die Folge der vorzeitigen Beendigung des Hungerns war, stellte man hier als die Ursache dar! Gegen diesen Unverstand, gegen diese Welt des Unverstandes zu kämpfen, war unmöglich. Noch hatte er immer wieder in gutem Glauben begierig am Gitter dem Impresario zugehört, beim Erscheinen der Photographien aber ließ er das Gitter jedesmal los, sank mit Seufzen ins Stroh zurück, und das beruhigte Publikum konnte wieder herankommen und ihn besichtigen.

Wenn die Zeugen solcher Szenen ein paar Jahre später daran zurückdachten, wurden sie sich oft selbst unverständlich. Denn inzwischen war jener erwähnte Umschwung eingetreten; fast plötzlich war das geschehen; es mochte tiefere Gründe haben, aber wem lag daran, sie aufzufinden; jedenfalls sah sich eines Tages der verwöhnte Hungerkünstler von der vergnügungssüchtigen Menge verlassen, die lieber zu anderen Schaustellungen strömte. Noch einmal jagte der Impresario mit ihm durch halb Europa, um zu sehn, ob sich nicht noch hie und da das alte Interesse wiederfände; alles vergeblich; wie in einem geheimen Einverständnis hatte sich überall geradezu eine Abneigung gegen das Schauhungern ausgebildet. Natürlich hatte das in Wirklichkeit nicht plötzlich so kommen können, und man erinnerte sich jetzt nachträglich an manche zu ihrer Zeit im Rausch der Erfolge nicht genügend beachtete, nicht genügend unterdrückte Vorboten, aber jetzt etwas dagegen zu unternehmen, war zu spät. Zwar war es sicher, daß einmal auch für das Hungern wieder die Zeit kommen werde, aber für die Lebenden war das kein Trost. Was sollte nun der Hungerkünstler tun? Der, welchen Tausende umjubelt hatten, konnte sich nicht in Schaubuden auf kleinen Jahrmärkten zeigen, und um einen andern Beruf zu ergreifen, war der Hungerkünstler nicht nur zu alt, sondern vor allem dem Hungern allzu fanatisch ergeben. So verabschiedete er denn den Impresario, den Genossen einer Laufbahn ohnegleichen, und ließ sich von einem großen Zirkus engagieren; um seine Empfindlichkeit zu schonen, sah er die Vertragsbedingungen gar nicht an.

Ein großer Zirkus mit seiner Unzahl von einander immer wieder ausgleichenden und ergänzenden Menschen und Tieren und Apparaten kann jeden und zu jeder Zeit gebrauchen, auch einen Hungerkünstler, bei entsprechend bescheidenen Ansprüchen natürlich, und außerdem war es ja in diesem besonderen Fall nicht nur der Hungerkünstler selbst, der engagiert wurde, sondern auch sein alter berühmter Name, ja man konnte bei der Eigenart dieser im zunehmenden Alter nicht abnehmenden Kunst nicht einmal sagen, daß ein ausgedienter, nicht mehr auf der Höhe seines Könnens stehender Künstler sich in einen ruhigen Zirkusposten flüchten wolle, im Gegenteil, der Hungerkünstler versicherte, daß er, was durchaus glaubwürdig war, ebensogut hungere wie früher, ja er behauptete sogar, er werde, wenn man ihm seinen Willen lasse, und dies versprach man ihm ohne weiteres, eigentlich erst jetzt die Welt in berechtigtes Erstaunen setzen, eine Behauptung allerdings, die mit Rücksicht auf die Zeitstimmung, welche der Hungerkünstler im Eifer leicht vergaß, bei den Fachleuten nur ein Lächeln hervorrief.

Im Grunde aber verlor auch der Hungerkünstler den Blick für die wirklichen Verhältnisse nicht und nahm es als selbstverständlich hin, daß man ihn mit seinem Käfig nicht etwa als Glanznummer mitten in die Manege stellte, sondern draußen an einem im übrigen recht gut zugänglichen Ort in der Nähe der Stallungen unterbrachte. Große, bunt gemalte Aufschriften umrahmten den Käfig und verkündeten, was dort zu sehen war. Wenn das Publikum in den Pausen der Vorstellung zu den Ställen drängte, um die Tiere zu besichtigen, war es fast unvermeidlich, daß es beim Hungerkünstler vorüberkam und ein wenig dort haltmachte, man wäre vielleicht länger bei ihm geblieben, wenn nicht in dem schmalen Gang die Nachdrängenden, welche diesen Aufenthalt auf dem Weg zu den ersehnten Ställen nicht verstanden, eine längere ruhige Betrachtung unmöglich gemacht hätten. Dieses war auch der Grund, warum der Hungerkünstler vor diesen Besuchszeiten, die er als seinen Lebenszweck natürlich herbeiwünschte, doch auch wieder zitterte. In der ersten Zeit hatte er die Vorstellungspausen kaum erwarten können; entzückt hatte er der sich heranwälzenden Menge entgegengesehn, bis er sich nur zu bald – auch die hartnäckigste, fast bewußte Selbsttäuschung hielt den Erfahrungen nicht stand – davon überzeugte, daß es zumeist der Absicht nach, immer wieder, ausnahmslos, lauter Stallbesucher waren. Und dieser Anblick von der Ferne blieb noch immer der schönste. Denn wenn sie bis zu ihm herangekommen waren, umtobte ihn sofort Geschrei und Schimpfen der ununterbrochen neu sich bildenden Parteien, jener, welche – sie wurde dem Hungerkünstler bald die peinlichere – ihn bequem ansehen wollte, nicht etwa aus Verständnis, sondern aus Laune und Trotz, und jener zweiten, die zunächst nur nach den Ställen verlangte. War der große Haufe vorüber, dann kamen die Nachzügler, und diese allerdings, denen es nicht mehr verwehrt war, stehen zu bleiben, solange sie nur Lust hatten, eilten mit langen Schritten, fast ohne Seitenblick, vorüber, um rechtzeitig zu den Tieren zu kommen. Und es war kein allzu häufiger Glücksfall, daß ein Familienvater mit seinen Kindern kam, mit dem Finger auf den Hungerkünstler zeigte, ausführlich erklärte, um was es sich hier handelte, von früheren Jahren erzählte, wo er bei ähnlichen, aber unvergleichlich großartigeren Vorführungen gewesen war, und dann die Kinder, wegen ihrer ungenügenden Vorbereitung von Schule und Leben her, zwar immer noch verständnislos blieben – was war ihnen Hungern? – aber doch in dem Glanz ihrer forschenden Augen etwas von neuen, kommenden, gnädigeren Zeiten verrieten. Vielleicht, so sagte sich der Hungerkünstler dann manchmal, würde alles doch ein wenig besser werden, wenn sein Standort nicht gar so nahe bei den Ställen wäre. Den Leuten wurde dadurch die Wahl zu leicht gemacht, nicht zu reden davon, daß ihn die Ausdünstungen der Ställe, die Unruhe der Tiere in der Nacht, das Vorübertragen der rohen Fleischstücke für die Raubtiere, die Schreie bei der Fütterung sehr verletzten und dauernd bedrückten. Aber bei der Direktion vorstellig zu werden, wagte er nicht; immerhin verdankte er ja den Tieren die Menge der Besucher, unter denen sich hie und da auch ein für ihn Bestimmter finden konnte, und wer wußte, wohin man ihn verstecken würde, wenn er an seine Existenz erinnern wollte und damit auch daran, daß er, genau genommen, nur ein Hindernis auf dem Weg zu den Ställen war.

Ein kleines Hindernis allerdings, ein immer kleiner werdendes Hindernis. Man gewöhnte sich an die Sonderbarkeit, in den heutigen Zeiten Aufmerksamkeit für einen Hungerkünstler beanspruchen zu wollen, und mit dieser Gewöhnung war das Urteil über ihn gesprochen. Er mochte so gut hungern, als er nur konnte, und er tat es, aber nichts konnte ihn mehr retten, man ging an ihm vorüber. Versuche, jemandem die Hungerkunst zu erklären! Wer es nicht fühlt, dem kann man es nicht begreiflich machen. Die schönen Aufschriften wurden schmutzig und unleserlich, man riß sie herunter, niemandem fiel es ein, sie zu ersetzen; das Täfelchen mit der Ziffer der abgeleisteten Hungertage, das in der ersten Zeit sorgfältig täglich erneut worden war, blieb schon längst immer das gleiche, denn nach den ersten Wochen war das Personal selbst dieser kleinen Arbeit überdrüssig geworden; und so hungerte zwar der Hungerkünstler weiter, wie er es früher einmal erträumt hatte, und es gelang ihm ohne Mühe ganz so, wie er es damals vorausgesagt hatte, aber niemand zählte die Tage, niemand, nicht einmal der Hungerkünstler selbst wußte, wie groß die Leistung schon war, und sein Herz wurde schwer. Und wenn einmal in der Zeit ein Müßiggänger stehen blieb, sich über die alte Ziffer lustig machte und von Schwindel sprach, so war das in diesem Sinn die dümmste Lüge, welche Gleichgültigkeit und eingeborene Bösartigkeit erfinden konnte, denn nicht der Hungerkünstler betrog, er arbeitete ehrlich, aber die Welt betrog ihn um seinen Lohn.

Doch vergingen wieder viele Tage, und auch das nahm ein Ende. Einmal fiel einem Aufseher der Käfig auf, und er fragte die Diener, warum man hier diesen gut brauchbaren Käfig mit dem verfaulten Stroh drinnen unbenützt stehen lasse; niemand wußte es, bis sich einer mit Hilfe der Ziffertafel an den Hungerkünstler erinnerte. Man rührte mit Stangen das Stroh auf und fand den Hungerkünstler darin. »Du hungerst noch immer?« fragte der Aufseher, »wann wirst du denn endlich aufhören?« »Verzeiht mir alle«, flüsterte der Hungerkünstler; nur der Aufseher, der das Ohr ans Gitter hielt, verstand ihn. »Gewiß«, sagte der Aufseher und legte den Finger an die Stirn, um damit den Zustand des Hungerkünstlers dem Personal anzudeuten, »wir verzeihen dir.« »Immerfort wollte ich, daß ihr mein Hungern bewundert«, sagte der Hungerkünstler. »Wir bewundern es auch«, sagte der Aufseher entgegenkommend. »Ihr sollt es aber nicht bewundern«, sagte der Hungerkünstler. »Nun, dann bewundern wir es

272

also nicht«, sagte der Aufseher, »warum sollen wir es denn nicht bewundern?« »Weil ich hungern muß, ich kann nicht anders«, sagte der Hungerkünstler. »Da sieh mal einer«, sagte der Aufseher, »warum kannst du denn nicht anders?« »Weil ich«, sagte der Hungerkünstler, hob das Köpfchen ein wenig und sprach mit wie zum Kuß gespitzten Lippen gerade in das Ohr des Aufsehers hinein, damit nichts verloren ginge, »weil ich nicht die Speise finden konnte, die mir schmeckt. Hätte ich sie gefunden, glaube mir, ich hätte kein Aufsehen gemacht und mich vollgegessen wie du und alle.« Das waren die letzten Worte, aber noch in seinen gebrochenen Augen war die feste, wenn auch nicht mehr stolze Überzeugung, daß er weiterhungre.

»Nun macht aber Ordnung!« sagte der Aufseher, und man begrub den Hungerkünstler samt dem Stroh. In den Käfig aber gab man einen jungen Panther. Es war eine selbst dem stumpfsten Sinn fühlbare Erholung, in dem so lange öden Käfig dieses wilde Tier sich herumwerfen zu sehn. Ihm fehlte nichts. Die Nahrung, die ihm schmeckte, brachten ihm ohne langes Nachdenken die Wächter; nicht einmal die Freiheit schien er zu vermissen; dieser edle, mit allem Nötigen bis knapp zum Zerreißen ausgestattete Körper schien auch die Freiheit mit sich herumzutragen; irgendwo im Gebiß schien sie zu stecken; und die Freude am Leben kam mit derart starker Glut aus seinem Rachen, daß es für die Zuschauer nicht leicht war, ihr standzuhalten. Aber sie überwanden sich, umdrängten den Käfig und wollten sich gar nicht fortrühren.

Josefine, die Sängerin
oder
Das Volk der Mäuse

Unsere Sängerin heißt Josefine. Wer sie nicht gehört hat, kennt nicht die Macht des Gesanges. Es gibt niemanden, den ihr Gesang nicht fortreißt, was umso höher zu bewerten ist, als unser Geschlecht im ganzen Musik nicht liebt. Stiller Frieden ist uns die liebste Musik; unser Leben ist schwer, wir können uns, auch wenn wir einmal alle Tagessorgen abzuschütteln versucht haben, nicht mehr zu solchen, unserem sonstigen Leben so fernen Dingen erheben, wie es die Musik ist. Doch beklagen wir es nicht sehr; nicht einmal so weit kommen wir; eine gewisse praktische Schlauheit, die wir freilich auch äußerst dringend brauchen, halten wir für unsern größten Vorzug, und mit dem Lächeln dieser Schlauheit pflegen wir uns über alles hinwegzutrösten, auch wenn wir einmal – was aber nicht geschieht – das Verlangen nach dem Glück haben sollten, das von der Musik vielleicht ausgeht. Nur Josefine macht eine Ausnahme; sie liebt die Musik und weiß sie auch zu vermitteln; sie ist die einzige; mit ihrem Hingang wird die Musik – wer weiß wie lange – aus unserem Leben verschwinden.

Ich habe oft darüber nachgedacht, wie es sich mit dieser Musik eigentlich verhält. Wir sind doch ganz unmusikalisch; wie kommt es, daß wir Josefinens Gesang verstehn oder, da Josefine unser Verständnis leugnet, wenigstens zu verstehen glauben. Die einfachste Antwort wäre, daß die Schönheit dieses Gesanges so groß ist, daß auch der stumpfste Sinn ihr nicht widerstehen kann, aber diese Antwort ist nicht befriedigend. Wenn es wirklich so wäre, müßte man vor diesem Gesang zunächst und immer das Gefühl des Außerordentlichen haben, das Gefühl, aus dieser Kehle erklinge etwas,

was wir nie vorher gehört haben und das zu hören wir auch gar nicht die Fähigkeit haben, etwas, was zu hören uns nur diese eine Josefine und niemand sonst befähigt. Gerade das trifft aber meiner Meinung nach nicht zu, ich fühle es nicht und habe auch bei andern nichts dergleichen bemerkt. Im vertrauten Kreise gestehen wir einander offen, daß Josefinens Gesang als Gesang nichts Außerordentliches darstellt.

Ist es denn überhaupt Gesang? Trotz unserer Unmusikalität haben wir Gesangsüberlieferungen; in den alten Zeiten unseres Volkes gab es Gesang; Sagen erzählen davon und sogar Lieder sind erhalten, die freilich niemand mehr singen kann. Eine Ahnung dessen, was Gesang ist, haben wir also und dieser Ahnung nun entspricht Josefinens Kunst eigentlich nicht. Ist es denn überhaupt Gesang? Ist es nicht vielleicht doch nur ein Pfeifen? Und Pfeifen allerdings kennen wir alle, es ist die eigentliche Kunstfertigkeit unseres Volkes, oder vielmehr gar keine Fertigkeit, sondern eine charakteristische Lebensäußerung. Alle pfeifen wir, aber freilich denkt niemand daran, das als Kunst auszugeben, wir pfeifen, ohne darauf zu achten, ja, ohne es zu merken und es gibt sogar viele unter uns, die gar nicht wissen, daß das Pfeifen zu unsern Eigentümlichkeiten gehört. Wenn es also wahr wäre, daß Josefine nicht singt, sondern nur pfeift und vielleicht gar, wie es mir wenigstens scheint, über die Grenzen des üblichen Pfeifens kaum hinauskommt – ja vielleicht reicht ihre Kraft für dieses übliche Pfeifen nicht einmal ganz hin, während es ein gewöhnlicher Erdarbeiter ohne Mühe den ganzen Tag über neben seiner Arbeit zustandebringt – wenn das alles wahr wäre, dann wäre zwar Josefinens angebliche Künstlerschaft widerlegt, aber es wäre dann erst recht das Rätsel ihrer großen Wirkung zu lösen.

Es ist aber eben doch nicht nur Pfeifen, was sie produziert.

Stellt man sich recht weit von ihr hin und horcht, oder noch besser, läßt man sich in dieser Hinsicht prüfen, singt also Josefine etwa unter andern Stimmen und setzt man sich die Aufgabe, ihre Stimme zu erkennen, dann wird man unweigerlich nichts anderes heraushören, als ein gewöhnliches, höchstens durch Zartheit oder Schwäche ein wenig auffallendes Pfeifen. Aber steht man vor ihr, ist es doch nicht nur ein Pfeifen; es ist zum Verständnis ihrer Kunst notwendig, sie nicht nur zu hören sondern auch zu sehn. Selbst wenn es nur unser tagtägliches Pfeifen wäre, so besteht hier doch schon zunächst die Sonderbarkeit, daß jemand sich feierlich hinstellt, um nichts anderes als das Übliche zu tun. Eine Nuß aufknacken ist wahrhaftig keine Kunst, deshalb wird es auch niemand wagen, ein Publikum zusammenzurufen und vor ihm, um es zu unterhalten, Nüsse knacken. Tut er es dennoch und gelingt seine Absicht, dann kann es sich eben doch nicht nur um bloßes Nüsseknacken handeln. Oder es handelt sich um Nüsseknacken, aber es stellt sich heraus, daß wir über diese Kunst hinweggesehen haben, weil wir sie glatt beherrschten und daß uns dieser neue Nußknacker erst ihr eigentliches Wesen zeigt, wobei es dann für die Wirkung sogar nützlich sein könnte, wenn er etwas weniger tüchtig im Nüsseknacken ist als die Mehrzahl von uns.

Vielleicht verhält es sich ähnlich mit Josefinens Gesang; wir bewundern an ihr das, was wir an uns gar nicht bewundern; übrigens stimmt sie in letzterer Hinsicht mit uns völlig überein. Ich war einmal zugegen, als sie jemand, wie dies natürlich öfters geschieht, auf das allgemeine Volkspfeifen aufmerksam machte und zwar nur ganz bescheiden, aber für Josefine war es schon zu viel. Ein so freches, hochmütiges Lächeln, wie sie es damals aufsetzte, habe ich noch nicht gesehn; sie, die äußerlich eigentlich vollendete Zartheit ist, auffallend zart selbst in unserem an solchen Frauengestalten reichen Volk, erschien damals geradezu gemein; sie mochte es übrigens in ihrer großen Empfindlichkeit auch gleich selbst fühlen und faßte sich. Jedenfalls leugnet sie also jeden Zusammenhang zwischen ihrer Kunst und dem Pfeifen. Für die, welche gegenteiliger Meinung sind, hat sie nur Verachtung und wahrscheinlich uneingestandenen Haß. Das ist nicht gewöhnliche Eitelkeit, denn diese Opposition, zu der auch ich halb gehöre, bewundert sie gewiß nicht weniger als es die Menge tut, aber Josefine will nicht nur bewundert, sondern genau in der von ihr bestimmten Art bewundert sein, an Bewunderung allein liegt ihr nichts. Und wenn man vor ihr sitzt, versteht man sie; Opposition treibt man nur in der Ferne; wenn man vor ihr sitzt, weiß man: was sie hier pfeift, ist kein Pfeifen.

Da Pfeifen zu unseren gedankenlosen Gewohnheiten gehört, könnte man meinen, daß auch in Josefinens Auditorium gepfiffen wird; es wird uns wohl bei ihrer Kunst und wenn uns wohl ist, pfeifen wir; aber ihr Auditorium pfeift nicht, es ist mäuschenstill, so als wären wir des ersehnten Friedens teilhaftig geworden, von dem uns zumindest unser eigenes Pfeifen abhält, schweigen wir. Ist es ihr Gesang, der uns entzückt oder nicht vielmehr die feierliche Stille, von der das schwache Stimmchen umgeben ist? Einmal geschah es, daß irgendein törichtes kleines Ding während Josefinens Gesang in aller Unschuld auch zu pfeifen anfing. Nun, es war ganz dasselbe, was wir auch von Josefine hörten; dort vorne das trotz aller Routine immer noch schüchterne Pfeifen und hier im Publikum das selbstvergessene kindliche Gepfeife; den Unterschied zu bezeichnen, wäre unmöglich gewesen; aber doch zischten und pfiffen wir gleich die Störerin nieder, trotzdem es gar nicht nötig gewesen wäre, denn sie hätte sich gewiß auch sonst in Angst und Scham verkrochen, während Josefine ihr Triumphpfeifen anstimmte und ganz außer sich

war mit ihren ausgespreizten Armen und dem gar nicht mehr
höher dehnbaren Hals.

So ist sie übrigens immer, jede Kleinigkeit, jeden Zufall,
jede Widerspenstigkeit, ein Knacken im Parkett, ein Zähne-
knirschen, eine Beleuchtungsstörung hält sie für geeignet,
die Wirkung ihres Gesanges zu erhöhen; sie singt ja ihrer
Meinung nach vor tauben Ohren; an Begeisterung und Beifall fehlt es nicht, aber auf wirkliches Verständnis, wie sie es
meint, hat sie längst verzichten gelernt. Da kommen ihr denn
alle Störungen sehr gelegen; alles, was sich von außen her der
Reinheit ihres Gesanges entgegenstellt, in leichtem Kampf,
ja ohne Kampf, bloß durch die Gegenüberstellung besiegt
wird, kann dazu beitragen, die Menge zu erwecken, sie zwar
nicht Verständnis, aber ahnungsvollen Respekt zu lehren.

Wenn ihr aber nun das Kleine so dient, wie erst das Große.
Unser Leben ist sehr unruhig, jeder Tag bringt Überraschun-
gen, Beängstigungen, Hoffnungen und Schrecken, daß der
Einzelne unmöglich dies alles ertragen könnte, hätte er nicht
jederzeit bei Tag und Nacht den Rückhalt der Genossen; aber
selbst so wird es oft recht schwer; manchmal zittern selbst
tausend Schultern unter der Last, die eigentlich nur für einen
bestimmt war. Dann hält Josefine ihre Zeit für gekommen.
Schon steht sie da, das zarte Wesen, besonders unterhalb der
Brust beängstigend vibrierend, es ist, als hätte sie alle ihre
Kraft im Gesang versammelt, als sei allem an ihr, was nicht
dem Gesange unmittelbar diene, jede Kraft, fast jede Lebens-
möglichkeit entzogen, als sei sie entblößt, preisgegeben, nur
dem Schutze guter Geister überantwortet, als könne sie,
während sie so, sich völlig entzogen, im Gesange wohnt, ein
kalter Hauch im Vorüberwehn töten. Aber gerade bei solchem Anblick pflegen wir angeblichen Gegner uns zu sagen:
»Sie kann nicht einmal pfeifen; so entsetzlich muß sie sich
anstrengen, um nicht Gesang – reden wir nicht von Gesang –

aber um das landesübliche Pfeifen einigermaßen sich abzu-
zwingen. « So scheint es uns, doch ist dies, wie erwähnt, ein
zwar unvermeidlicher, aber flüchtiger, schnell vorüberge-
hender Eindruck. Schon tauchen auch wir in das Gefühl der
Menge, die warm, Leib an Leib, scheu atmend horcht.

Und um diese Menge unseres fast immer in Bewegung
befindlichen, wegen oft nicht sehr klarer Zwecke hin- und
herschießenden Volkes um sich zu versammeln, muß Josefine meist nichts anderes tun, als mit zurückgelegtem Köpfchen, halboffenem Mund, der Höhe zugewandten Augen
jene Stellung einnehmen, die darauf hindeutet, daß sie zu
singen beabsichtigt. Sie kann dies tun, wo sie will, es muß
kein weithin sichtbarer Platz sein, irgendein verborgener, in
zufälliger Augenblickslaune gewählter Winkel ist ebensogut
brauchbar. Die Nachricht, daß sie singen will, verbreitet sich
gleich, und bald zieht es in Prozessionen hin. Nun, manchmal treten doch Hindernisse ein, Josefine singt mit Vorliebe
gerade in aufgeregten Zeiten, vielfache Sorgen und Nöte
zwingen uns dann zu vielerlei Wegen, man kann sich beim
besten Willen nicht so schnell versammeln, wie es Josefine
wünscht, und sie steht dort diesmal in ihrer großen Haltung
vielleicht eine Zeitlang ohne genügende Hörerzahl – dann
freilich wird sie wütend, dann stampft sie mit den Füßen,
flucht ganz unmädchenhaft, ja sie beißt sogar. Aber selbst ein
solches Verhalten schadet ihrem Rufe nicht; statt ihre über-
großen Ansprüche ein wenig einzudämmen, strengt man
sich an, ihnen zu entsprechen; es werden Boten ausgeschickt,
um Hörer herbeizuholen; es wird vor ihr geheim gehalten,
daß das geschieht; man sieht dann auf den Wegen im Umkreis
Posten aufgestellt, die den Herankommenden zuwinken, sie
möchten sich beeilen; dies alles so lange, bis dann schließlich
doch eine leidliche Anzahl beisammen ist.

Was treibt das Volk dazu, sich für Josefine so zu bemühen?

Eine Frage, nicht leichter zu beantworten als die nach Josefinens Gesang, mit der sie ja auch zusammenhängt. Man könnte sie streichen und gänzlich mit der zweiten Frage vereinigen, wenn sich etwa behaupten ließe, daß das Volk wegen des Gesanges Josefine bedingungslos ergeben ist. Dies ist aber eben nicht der Fall; bedingungslose Ergebenheit kennt unser Volk kaum; dieses Volk, das über alles die freilich harmlose Schlauheit liebt, das kindliche Wispern, den freilich unschuldigen, bloß die Lippen bewegenden Tratsch, ein solches Volk kann immerhin nicht bedingungslos sich hingeben, das fühlt wohl auch Josefine, das ist es, was sie bekämpft mit aller Anstrengung ihrer schwachen Kehle.

Nur darf man freilich bei solchen allgemeinen Urteilen nicht zu weit gehn, das Volk ist Josefine doch ergeben, nur nicht bedingungslos. Es wäre z. B. nicht fähig, über Josefine zu lachen. Man kann es sich eingestehn: an Josefine fordert manches zum Lachen auf; und an und für sich ist uns das Lachen immer nah; trotz allem Jammer unseres Lebens ist ein leises Lachen bei uns gewissermaßen immer zu Hause; aber über Josefine lachen wir nicht. Manchmal habe ich den Eindruck, das Volk fasse sein Verhältnis zu Josefine derart auf, daß sie, dieses zerbrechliche, schonungsbedürftige, irgendwie ausgezeichnete, ihrer Meinung nach durch Gesang ausgezeichnete Wesen ihm anvertraut sei und es müsse für sie sorgen; der Grund dessen ist niemandem klar, nur die Tatsache scheint festzustehn. Über das aber, was einem anvertraut ist, lacht man nicht; darüber zu lachen, wäre Pflichtverletzung; es ist das Äußerste an Boshaftigkeit, was die Boshaftesten unter uns Josefine zufügen, wenn sie manchmal sagen: »Das Lachen vergeht uns, wenn wir Josefine sehn.«

So sorgt also das Volk für Josefine in der Art eines Vaters, der sich eines Kindes annimmt, das sein Händchen – man weiß nicht recht, ob bittend oder fordernd – nach ihm ausstreckt. Man sollte meinen, unser Volk tauge nicht zur Erfüllung solcher väterlicher Pflichten, aber in Wirklichkeit versieht es sie, wenigstens in diesem Falle, musterhaft; kein Einzelner könnte es, was in dieser Hinsicht das Volk als Ganzes zu tun imstande ist. Freilich, der Kraftunterschied zwischen dem Volk und dem Einzelnen ist so ungeheuer, es genügt, daß es den Schützling in die Wärme seiner Nähe zieht, und er ist beschützt genug. Zu Josefine wagt man allerdings von solchen Dingen nicht zu reden. »Ich pfeife auf eueren Schutz«, sagt sie dann. »Ja, ja, du pfeifst«, denken wir. Und außerdem ist es wahrhaftig keine Widerlegung, wenn sie rebelliert, vielmehr ist das durchaus Kindesart und Kindesdankbarkeit, und Art des Vaters ist es, sich nicht daran zu kehren.

Nun spricht aber doch noch anderes mit herein, das schwerer aus diesem Verhältnis zwischen Volk und Josefine zu erklären ist. Josefine ist nämlich der gegenteiligen Meinung, sie glaubt, sie sei es, die das Volk beschütze. Aus schlimmer politischer oder wirtschaftlicher Lage rettet uns angeblich ihr Gesang, nichts weniger als das bringt er zuwege, und wenn er das Unglück nicht vertreibt, so gibt er uns wenigstens die Kraft, es zu ertragen. Sie spricht es nicht so aus und auch nicht anders, sie spricht überhaupt wenig, sie ist schweigsam unter den Plappermäulern, aber aus ihren Augen blitzt es, von ihrem geschlossenen Mund – bei uns können nur wenige den Mund geschlossen halten, sie kann es – ist es abzulesen. Bei jeder schlechten Nachricht – und an manchen Tagen überrennen sie einander, falsche und halbrichtige darunter – erhebt sie sich sofort, während es sie sonst müde zu Boden zieht, erhebt sich und streckt den Hals und sucht den Überblick über ihre Herde wie der Hirt vor dem Gewitter. Gewiß, auch Kinder stellen ähnliche Forderungen in ihrer wilden, unbeherrschten Art, aber bei Josefine sind sie doch nicht so unbegründet wie bei jenen. Freilich, sie rettet uns nicht und gibt uns keine Kräfte, es ist leicht, sich als Retter dieses Volkes aufzuspielen, das leidensgewohnt, sich nicht schonend, schnell in Entschlüssen, den Tod wohl kennend, nur dem Anscheine nach ängstlich in der Atmosphäre von Tollkühnheit, in der es ständig lebt, und überdies ebenso fruchtbar wie wagemutig – es ist leicht, sage ich, sich nachträglich als Retter dieses Volkes aufzuspielen, das sich noch immer irgendwie selbst gerettet hat, sei es auch unter Opfern, über die der Geschichtsforscher – im allgemeinen vernachlässigen wir Geschichtsforschung gänzlich – vor Schrekken erstarrt. Und doch ist es wahr, daß wir gerade in Notlagen noch besser als sonst auf Josefinens Stimme horchen. Die Drohungen, die über uns stehen, machen uns stiller, bescheidener, für Josefinens Befehlshaberei gefügiger; gern kommen wir zusammen, gern drängen wir uns aneinander, besonders weil es bei einem Anlaß geschieht, der ganz abseits liegt von der quälenden Hauptsache; es ist, als tränken wir noch schnell – ja, Eile ist nötig, das vergißt Josefine allzuoft – gemeinsam einen Becher des Friedens vor dem Kampf. Es ist nicht so sehr eine Gesangsvorführung als vielmehr eine Volksversammlung, und zwar eine Versammlung, bei der es bis auf das kleine Pfeifen vorne völlig still ist; viel zu ernst ist die Stunde, als daß man sie verschwätzen wollte.

Ein solches Verhältnis könnte nun freilich Josefine gar nicht befriedigen. Trotz all ihres nervösen Mißbehagens, welches Josefine wegen ihrer niemals ganz geklärten Stellung erfüllt, sieht sie doch, verblendet von ihrem Selbstbewußtsein, manches nicht und kann ohne große Anstrengung dazu gebracht werden, noch viel mehr zu übersehen, ein Schwarm von Schmeichlern ist in diesem Sinne, also eigentlich in einem allgemein nützlichen Sinne, immerfort tätig, – aber nur nebenbei, unbeachtet, im Winkel einer Volksversammlung zu singen, dafür würde sie, trotzdem es an sich gar nicht wenig wäre, ihren Gesang gewiß nicht opfern.

Aber sie muß es auch nicht, denn ihre Kunst bleibt nicht unbeachtet. Trotzdem wir im Grunde mit ganz anderen Dingen beschäftigt sind und die Stille durchaus nicht nur dem Gesange zuliebe herrscht und mancher gar nicht aufschaut, sondern das Gesicht in den Pelz des Nachbars drückt und Josefine also dort oben sich vergeblich abzumühen scheint, dringt doch – das ist nicht zu leugnen – etwas von ihrem Pfeifen unweigerlich auch zu uns. Dieses Pfeifen, das sich erhebt, wo allen anderen Schweigen auferlegt ist, kommt fast wie eine Botschaft des Volkes zu dem Einzelnen; das dünne Pfeifen Josefinens mitten in den schweren Entscheidungen ist fast wie die armselige Existenz unseres Volkes mitten im Tumult der feindlichen Welt. Josefine behauptet sich, dieses Nichts an Stimme, dieses Nichts an Leistung behauptet sich und schafft sich den Weg zu uns, es tut wohl, daran zu denken. Einen wirklichen Gesangskünstler, wenn einer einmal sich unter uns finden sollte, würden wir in solcher Zeit gewiß nicht ertragen und die Unsinnigkeit einer solchen Vorführung einmütig abweisen. Möge Josefine beschützt werden vor der Erkenntnis, daß die Tatsache, daß wir ihr zuhören, ein Beweis gegen ihren Gesang ist. Eine Ahnung dessen hat sie wohl, warum würde sie sonst so leidenschaftlich leugnen, daß wir ihr zuhören, aber immer wieder singt sie, pfeift sie sich über diese Ahnung hinweg.

Aber es gäbe auch sonst noch immer einen Trost für sie: wir hören ihr doch auch gewissermaßen wirklich zu, wahrscheinlich ähnlich, wie man einem Gesangskünstler zuhört; sie erreicht Wirkungen, die ein Gesangskünstler vergeblich bei uns anstreben würde und die nur gerade ihren unzureichenden Mitteln verliehen sind. Dies hängt wohl hauptsächlich mit unserer Lebensweise zusammen.

In unserem Volke kennt man keine Jugend, kaum eine winzige Kinderzeit. Es treten zwar regelmäßig Forderungen auf, man möge den Kindern eine besondere Freiheit, eine besondere Schonung gewährleisten, ihr Recht auf ein wenig Sorglosigkeit, ein wenig sinnloses Sichherumtummeln, auf ein wenig Spiel, dieses Recht möge man anerkennen und ihm zur Erfüllung verhelfen; solche Forderungen treten auf und fast jedermann billigt sie, es gibt nichts, was mehr zu billigen wäre, aber es gibt auch nichts, was in der Wirklichkeit unseres Lebens weniger zugestanden werden könnte, man billigt die Forderungen, man macht Versuche in ihrem Sinn, aber bald ist wieder alles beim Alten. Unser Leben ist eben derart, daß ein Kind, sobald es nur ein wenig läuft und die Umwelt ein wenig unterscheiden kann, ebenso für sich sorgen muß wie ein Erwachsener; die Gebiete, auf denen wir aus wirtschaftlichen Rücksichten zerstreut leben müssen, sind zu groß, unserer Feinde sind zu viele, die uns überall bereiteten Gefahren zu unberechenbar – wir können die Kinder vom Existenzkampfe nicht fernhalten, täten wir es, es wäre ihr vorzeitiges Ende. Zu diesen traurigen Gründen kommt freilich auch ein erhebender: die Fruchtbarkeit unseres Stammes. Eine Generation – und jede ist zahlreich – drängt die andere, die Kinder haben nicht Zeit, Kinder zu sein. Mögen bei anderen Völkern die Kinder sorgfältig gepflegt werden, mögen dort Schulen für die Kleinen errichtet sein, mögen dort aus diesen Schulen täglich die Kinder strömen, die Zukunft des Volkes, so sind es doch immer lange Zeit Tag für Tag die gleichen Kinder, die dort hervorkommen. Wir haben keine Schulen, aber aus unserem Volke strömen in allerkürzesten Zwischenräumen die unübersehbaren Scharen unserer Kinder, fröhlich zischend oder piepsend, solange sie noch nicht pfeifen können, sich wälzend oder kraft des Druckes weiterrollend, solange sie noch nicht laufen können, täppisch durch ihre Masse alles mit sich fortreißend, solange sie noch nicht sehen können, unsere Kinder! Und nicht wie in jenen Schulen die gleichen Kinder, nein, immer, immer wieder neue, ohne Ende, ohne Unterbrechung, kaum erscheint ein Kind, ist es nicht mehr Kind, aber schon drängen hinter ihm die neuen Kindergesichter ununterscheidbar in ihrer Menge und Eile, rosig vor Glück. Freilich, wie schön dies auch sein mag und wie sehr uns andere darum auch mit Recht beneiden mögen, eine wirkliche Kinderzeit können wir eben unseren Kindern nicht geben. Und das hat seine Folgewirkungen. Eine gewisse unerstorbene, unausrottbare Kindlichkeit durchdringt unser Volk; im geraden Widerspruch zu unserem Besten, dem untrüglichen praktischen Verstande, handeln wir manchmal ganz und gar töricht, und zwar eben in der Art, wie Kinder töricht handeln, sinnlos, verschwenderisch, großzügig, leichtsinnig und dies alles oft einem kleinen Spaß zuliebe. Und wenn unsere Freude darüber natürlich nicht mehr die volle Kraft der Kinderfreude haben kann, etwas von dieser lebt darin noch gewiß. Von dieser Kindlichkeit unseres Volkes profitiert seit jeher auch Josefine.

Aber unser Volk ist nicht nur kindlich, es ist gewissermaßen auch vorzeitig alt, Kindheit und Alter machen sich bei uns anders als bei anderen. Wir haben keine Jugend, wir sind gleich Erwachsene, und Erwachsene sind wir dann zu lange, eine gewisse Müdigkeit und Hoffnungslosigkeit durchzieht von da aus mit breiter Spur das im ganzen doch so zähe und hoffnungsstarke Wesen unseres Volkes. Damit hängt wohl auch unsere Unmusikalität zusammen; wir sind zu alt für Musik, ihre Erregung, ihr Aufschwung paßt nicht für unsere Schwere, müde winken wir ihr ab; wir haben uns auf das Pfeifen zurückgezogen; ein wenig Pfeifen hie und da, das ist das Richtige für uns. Wer weiß, ob es nicht Musiktalente unter uns gibt; wenn es sie aber gäbe, der Charakter der

Volksgenossen müßte sie noch vor ihrer Entfaltung unterdrücken. Dagegen mag Josefine nach ihrem Belieben pfeifen oder singen oder wie sie es nennen will, das stört uns nicht, das entspricht uns, das können wir wohl vertragen; wenn darin etwas von Musik enthalten sein sollte, so ist es auf die möglichste Nichtigkeit reduziert; eine gewisse Musiktradition wird gewahrt, aber ohne daß uns dies im geringsten beschweren würde.

Aber Josefine bringt diesem so gestimmten Volke noch mehr. Bei ihren Konzerten, besonders in ernster Zeit, haben nur noch die ganz Jungen Interesse an der Sängerin als solcher, nur sie sehen mit Staunen zu, wie sie ihre Lippen kräuselt, zwischen den niedlichen Vorderzähnen die Luft ausstößt, in Bewunderung der Töne, die sie selbst hervorbringt, erstirbt und dieses Hinsinken benützt, um sich zu neuer, ihr immer unverständlicher werdender Leistung anzufeuern, aber die eigentliche Menge hat sich – das ist deutlich zu erkennen – auf sich selbst zurückgezogen. Hier in den dürftigen Pausen zwischen den Kämpfen träumt das Volk, es ist, als lösten sich dem Einzelnen die Glieder, als dürfte sich der Ruhelose einmal nach seiner Lust im großen warmen Bett des Volkes dehnen und strecken. Und in diese Träume klingt hie und da Josefinens Pfeifen; sie nennt es perlend, wir nennen es stoßend; aber jedenfalls ist es hier an seinem Platze, wie nirgends sonst, wie Musik kaum jemals den auf sie wartenden Augenblick findet. Etwas von der armen kurzen Kindheit ist darin, etwas von verlorenem, nie wieder aufzufindendem Glück, aber auch etwas vom tätigen heutigen Leben ist darin, von seiner kleinen, unbegreiflichen und dennoch bestehenden und nicht zu ertötenden Munterkeit. Und dies alles ist wahrhaftig nicht mit großen Tönen gesagt, sondern leicht, flüsternd, vertraulich, manchmal ein wenig heiser. Natürlich ist es ein Pfeifen. Wie denn nicht? Pfeifen ist

die Sprache unseres Volkes, nur pfeift mancher sein Leben
lang und weiß es nicht, hier aber ist das Pfeifen freigemacht
von den Fesseln des täglichen Lebens und befreit auch uns für
eine kurze Weile. Gewiß, diese Vorführungen wollten wir
nicht missen.

Aber von da bis zu Josefinens Behauptung, sie gebe uns in
solchen Zeiten neue Kräfte usw. usw., ist noch ein sehr
weiter Weg. Für gewöhnliche Leute allerdings, nicht für
Josefinens Schmeichler. »Wie könnte es anders sein« – sagen
sie in recht unbefangener Keckheit – »wie könnte man anders
den großen Zulauf, besonders unter unmittelbar drängender
Gefahr, erklären, der schon manchmal sogar die genügende,
rechtzeitige Abwehr eben dieser Gefahr verhindert hat.«
Nun, dies letztere ist leider richtig, gehört aber doch nicht zu
den Ruhmestiteln Josefinens, besonders wenn man hinzu-
fügt, daß, wenn solche Versammlungen unerwartet vom
Feind gesprengt wurden, und mancher der unserigen dabei
sein Leben lassen mußte, Josefine, die alles verschuldet, ja,
durch ihr Pfeifen den Feind vielleicht angelockt hatte, immer
im Besitz des sichersten Plätzchens war und unter dem
Schutze ihres Anhanges sehr still und eiligst als erste verschwand. Aber auch dieses wissen im Grunde alle, und dennoch eilen sie wieder hin, wenn Josefine nächstens nach
ihrem Belieben irgendwo, irgendwann zum Gesange sich
erhebt. Daraus könnte man schließen, daß Josefine fast außerhalb des Gesetzes steht, daß sie tun darf, was sie will,
selbst wenn es die Gesamtheit gefährdet, und daß ihr alles
verziehen wird. Wenn dies so wäre, dann wären auch Josefinens Ansprüche völlig verständlich, ja, man könnte gewissermaßen in dieser Freiheit, die ihr das Volk geben würde, in
diesem außerordentlichen, niemand sonst gewährten, die
Gesetze eigentlich widerlegenden Geschenk ein Eingeständ-
nis dessen sehen, daß das Volk Josefine, wie sie es behauptet,

nicht versteht, ohnmächtig ihre Kunst anstaunt, sich ihrer nicht würdig fühlt, dieses Leid, das es Josefine tut, durch eine geradezu verzweifelte Leistung auszugleichen strebt und, so wie ihre Kunst außerhalb seines Fassungsvermögens ist, auch ihre Person und deren Wünsche außerhalb seiner Befehlsgewalt stellt. Nun, das ist allerdings ganz und gar nicht richtig, vielleicht kapituliert im einzelnen das Volk zu schnell vor Josefine, aber wie es bedingungslos vor niemandem kapituliert, also auch nicht vor ihr.

Schon seit langer Zeit, vielleicht schon seit Beginn ihrer Künstlerlaufbahn, kämpft Josefine darum, daß sie mit Rücksicht auf ihren Gesang von jeder Arbeit befreit werde; man solle ihr also die Sorge um das tägliche Brot und alles, was sonst mit unserem Existenzkampf verbunden ist, abnehmen und es – wahrscheinlich – auf das Volk als Ganzes überwälzen. Ein schnell Begeisterter – es fanden sich auch solche – könnte schon allein aus der Sonderbarkeit dieser Forderung, aus der Geistesverfassung, die eine solche Forderung auszudenken imstande ist, auf deren innere Berechtigung schließen. Unser Volk zieht aber andere Schlüsse, und lehnt ruhig die Forderung ab. Es müht sich auch mit der Widerlegung der Gesuchsbegründung nicht sehr ab. Josefine weist z. B. darauf hin, daß die Anstrengung bei der Arbeit ihrer Stimme schade, daß zwar die Anstrengung bei der Arbeit gering sei im Vergleich zu jener beim Gesang, daß sie ihr aber doch die Möglichkeit nehme, nach dem Gesang sich genügend auszuruhen und für neuen Gesang sich zu stärken, sie müsse sich dabei gänzlich erschöpfen und könne trotzdem unter diesen Umständen ihre Höchstleistung niemals erreichen. Das Volk hört sie an und geht darüber hinweg. Dieses so leicht zu rührende Volk ist manchmal gar nicht zu rühren. Die Abweisung ist manchmal so hart, daß selbst Josefine stutzt, sie scheint sich zu fügen, arbeitet wie sichs gehört, singt so gut sie kann, aber das alles nur eine Weile, dann nimmt sie den Kampf mit neuen Kräften – dafür scheint sie unbeschränkt viele zu haben – wieder auf.

Nun ist es ja klar, daß Josefine nicht eigentlich das anstrebt, was sie wörtlich verlangt. Sie ist vernünftig, sie scheut die Arbeit nicht, wie ja Arbeitsscheu überhaupt bei uns unbekannt ist, sie würde auch nach Bewilligung ihrer Forderung gewiß nicht anders leben als früher, die Arbeit würde ihrem Gesang gar nicht im Wege stehn, und der Gesang allerdings würde auch nicht schöner werden – was sie anstrebt, ist also nur die öffentliche, eindeutige, die Zeiten überdauernde, über alles bisher Bekannte sich weit erhebende Anerkennung ihrer Kunst. Während ihr aber fast alles andere erreichbar scheint, versagt sich ihr dieses hartnäckig. Vielleicht hätte sie den Angriff gleich anfangs in andere Richtung lenken sollen, vielleicht sieht sie jetzt selbst den Fehler ein, aber nun kann sie nicht mehr zurück, ein Zurückgehen hieße sich selbst untreu werden, nun muß sie schon mit dieser Forderung stehen oder fallen.

Hätte sie wirklich Feinde, wie sie sagt, sie könnten diesem Kampfe, ohne selbst den Finger rühren zu müssen, belustigt zusehen. Aber sie hat keine Feinde, und selbst wenn mancher hie und da Einwände gegen sie hat, dieser Kampf belustigt niemanden. Schon deshalb nicht, weil sich hier das Volk in seiner kalten richterlichen Haltung zeigt, wie man es sonst bei uns nur sehr selten sieht. Und wenn einer auch diese Haltung in diesem Falle billigen mag, so schließt doch die bloße Vorstellung, daß sich einmal das Volk ähnlich gegen ihn selbst verhalten könnte, jede Freude aus. Es handelt sich eben auch bei der Abweisung, ähnlich wie bei der Forderung, nicht um die Sache selbst, sondern darum, daß sich das Volk gegen einen Volksgenossen derart undurchdringlich abschließen kann und um so undurchdringlicher, als es sonst für eben diesen Genossen väterlich und mehr als väterlich, demütig sorgt.

Stünde hier an Stelle des Volkes ein Einzelner: man könnte glauben, dieser Mann habe die ganze Zeit über Josefine nachgegeben unter dem fortwährenden brennenden Verlangen endlich der Nachgiebigkeit ein Ende zu machen; er habe übermenschlich viel nachgegeben im festen Glauben, daß das Nachgeben trotzdem seine richtige Grenze finden werde; ja, er habe mehr nachgegeben als nötig war, nur um die Sache zu beschleunigen, nur, um Josefine zu verwöhnen und zu immer neuen Wünschen zu treiben, bis sie dann wirklich diese letzte Forderung erhob; da habe er nun freilich, kurz, weil längst vorbereitet, die endgültige Abweisung vorgenommen. Nun, so verhält es sich ganz gewiß nicht, das Volk braucht solche Listen nicht, außerdem ist seine Verehrung für Josefine aufrichtig und erprobt und Josefinens Forderung ist allerdings so stark, daß jedes unbefangene Kind ihr den Ausgang hätte voraussagen können; trotzdem mag es sein, daß in der Auffassung, die Josefine von der Sache hat, auch solche Vermutungen mitspielen und dem Schmerz der Abgewiesenen eine Bitternis hinzufügen.

Aber mag sie auch solche Vermutungen haben, vom Kampf abschrecken läßt sie sich dadurch nicht. In letzter Zeit verschärft sich sogar der Kampf; hat sie ihn bisher nur durch Worte geführt, fängt sie jetzt an, andere Mittel anzuwenden, die ihrer Meinung nach wirksamer, unserer Meinung nach für sie selbst gefährlicher sind.

Manche glauben, Josefine werde deshalb so dringlich, weil sie sich alt werden fühle, die Stimme Schwächen zeige, und es ihr daher höchste Zeit zu sein scheine, den letzten Kampf um ihre Anerkennung zu führen. Ich glaube daran nicht. Josefine wäre nicht Josefine, wenn dies wahr wäre. Für sie gibt es kein Altern und keine Schwächen ihrer Stimme. Wenn sie etwas fordert, so wird sie nicht durch äußere Dinge, sondern durch innere Folgerichtigkeit dazu gebracht. Sie greift nach dem höchsten Kranz, nicht, weil er im Augenblick gerade ein wenig tiefer hängt, sondern weil es der höchste ist; wäre es in ihrer Macht, sie würde ihn noch höher hängen.

Diese Mißachtung äußerer Schwierigkeiten hindert sie allerdings nicht, die unwürdigsten Mittel anzuwenden. Ihr Recht steht ihr außer Zweifel; was liegt also daran, wie sie es erreicht; besonders da doch in dieser Welt, so wie sie sich ihr darstellt, gerade die würdigen Mittel versagen müssen. Vielleicht hat sie sogar deshalb den Kampf um ihr Recht aus dem Gebiet des Gesanges auf ein anderes ihr wenig teures verlegt. Ihr Anhang hat Aussprüche von ihr in Umlauf gebracht, nach denen sie sich durchaus fähig fühlt, so zu singen, daß es dem Volk in allen seinen Schichten bis in die versteckteste Opposition hinein eine wirkliche Lust wäre, wirkliche Lust nicht im Sinne des Volkes, welches ja behauptet, diese Lust seit jeher bei Josefinens Gesang zu fühlen, sondern Lust im Sinne von Josefinens Verlangen. Aber, fügt sie hinzu, da sie das Hohe nicht fälschen und dem Gemeinen nicht schmeicheln könne, müsse es eben bleiben, wie es sei. Anders aber ist es bei ihrem Kampf um die Arbeitsbefreiung, zwar ist es auch ein Kampf um ihren Gesang, aber hier kämpft sie nicht unmittelbar mit der kostbaren Waffe des Gesanges, jedes Mittel, das sie anwendet, ist daher gut genug.

So wurde z. B. das Gerücht verbreitet, Josefine beabsichtige, wenn man ihr nicht nachgebe, die Koloraturen zu kürzen. Ich weiß nichts von Koloraturen, habe in ihrem Gesange niemals etwas von Koloraturen bemerkt. Josefine aber will die Koloraturen kürzen, vorläufig nicht beseitigen, sondern nur kürzen. Sie hat angeblich ihre Drohung wahr gemacht, mir allerdings ist kein Unterschied gegenuber ihren früheren

Vorführungen aufgefallen. Das Volk als Ganzes hat zugehört wie immer, ohne sich über die Koloraturen zu äußern, und auch die Behandlung von Josefinens Forderung hat sich nicht geändert. Übrigens hat Josefine, wie in ihrer Gestalt, unleugbar auch in ihrem Denken manchmal etwas recht Graziöses. So hat sie z. B. nach jener Vorführung, so als sei ihr Entschluß hinsichtlich der Koloraturen gegenüber dem Volk zu hart oder zu plötzlich gewesen, erklärt, nächstens werde sie die Koloraturen doch wieder vollständig singen. Aber nach dem nächsten Konzert besann sie sich wieder anders, nun sei es endgültig zu Ende mit den großen Koloraturen, und vor einer für Josefine günstigen Entscheidung kämen sie nicht wieder. Nun, das Volk hört über alle diese Erklärungen, Entschlüsse und Entschlußänderungen hinweg, wie ein Erwachsener in Gedanken über das Plaudern eines Kindes hinweghört, grundsätzlich wohlwollend, aber unerreichbar.

Josefine aber gibt nicht nach. So behauptete sie z. B. neulich, sie habe sich bei der Arbeit eine Fußverletzung zugezogen, die ihr das Stehen während des Gesanges beschwerlich mache; da sie aber nur stehend singen könne, müsse sie jetzt sogar die Gesänge kürzen. Trotzdem sie hinkt und sich von ihrem Anhang stützen läßt, glaubt niemand an eine wirkliche Verletzung. Selbst die besondere Empfindlichkeit ihres Körperchens zugegeben, sind wir doch ein Arbeitsvolk und auch Josefine gehört zu ihm; wenn wir aber wegen jeder Hautabschürfung hinken wollten, dürfte das ganze Volk mit Hinken gar nicht aufhören. Aber mag sie sich wie eine Lahme führen lassen, mag sie sich in diesem bedauernswerten Zustand öfters zeigen als sonst, das Volk hört ihren Gesang dankbar und entzückt wie früher, aber wegen der Kürzung macht es nicht viel Aufhebens.

Da sie nicht immerfort hinken kann, erfindet sie etwas anderes, sie schützt Müdigkeit vor, Mißstimmung, Schwäche. Wir haben nun außer dem Konzert auch ein Schauspiel. Wir sehen hinter Josefine ihren Anhang, wie er sie bittet und beschwört zu singen. Sie wollte gern, aber sie kann nicht. Man tröstet sie, umschmeichelt sie, trägt sie fast auf den schon vorher ausgesuchten Platz, wo sie singen soll. Endlich gibt sie mit undeutbaren Tränen nach, aber wie sie mit offenbar letztem Willen zu singen anfangen will, matt, die Arme nicht wie sonst ausgebreitet, sondern am Körper leblos herunterhängend, wobei man den Eindruck erhält, daß sie vielleicht ein wenig zu kurz sind – wie sie so anstimmen will, nun, da geht es doch wieder nicht, ein unwilliger Ruck des Kopfes zeigt es an und sie sinkt vor unseren Augen zusammen. Dann allerdings rafft sie sich doch wieder auf und singt, ich glaube, nicht viel anders als sonst, vielleicht wenn man für feinste Nuancen das Ohr hat, hört man ein wenig außergewöhnliche Erregung heraus, die der Sache aber nur zugute kommt. Und am Ende ist sie sogar weniger müde als vorher, mit festem Gang, soweit man ihr huschendes Trippeln so nennen kann, entfernt sie sich, jede Hilfe des Anhangs ablehnend und mit kalten Blicken die ihr ehrfurchtsvoll ausweichende Menge prüfend.

So war es letzthin, das Neueste aber ist, daß sie zu einer Zeit, wo ihr Gesang erwartet wurde, verschwunden war. Nicht nur der Anhang sucht sie, viele stellen sich in den Dienst des Suchens, es ist vergeblich; Josefine ist verschwunden, sie will nicht singen, sie will nicht einmal darum gebeten werden, sie hat uns diesmal völlig verlassen.

Sonderbar, wie falsch sie rechnet, die Kluge, so falsch, daß man glauben sollte, sie rechne gar nicht, sondern werde nur weiter getrieben von ihrem Schicksal, das in unserer Welt nur ein sehr trauriges werden kann. Selbst entzieht sie sich dem Gesang, selbst zerstört sie die Macht, die sie über die Gemüter erworben hat. Wie konnte sie nur diese Macht erwerben,

293

da sie diese Gemüter so wenig kennt. Sie versteckt sich und singt nicht, aber das Volk, ruhig, ohne sichtbare Enttäuschung, herrisch, eine in sich ruhende Masse, die förmlich, auch wenn der Anschein dagegen spricht, Geschenke nur geben, niemals empfangen kann, auch von Josefine nicht, dieses Volk zieht weiter seines Weges.

Mit Josefine aber muß es abwärts gehn. Bald wird die Zeit kommen, wo ihr letzter Pfiff ertönt und verstummt. Sie ist eine kleine Episode in der ewigen Geschichte unseres Volkes und das Volk wird den Verlust überwinden. Leicht wird es uns ja nicht werden; wie werden die Versammlungen in völliger Stummheit möglich sein? Freilich, waren sie nicht auch mit Josefine stumm? War ihr wirkliches Pfeifen nennenswert lauter und lebendiger, als die Erinnerung daran sein wird? War es denn noch bei ihren Lebzeiten mehr als eine bloße Erinnerung? Hat nicht vielmehr das Volk in seiner Weisheit Josefinens Gesang, eben deshalb, weil er in dieser Art unverlierbar war, so hoch gestellt?

Vielleicht werden wir also gar nicht sehr viel entbehren, Josefine aber, erlöst von der irdischen Plage, die aber ihrer Meinung nach Auserwählten bereitet ist, wird fröhlich sich verlieren in der zahllosen Menge der Helden unseres Volkes, und bald, da wir keine Geschichte treiben, in gesteigerter Erlösung vergessen sein wie alle ihre Brüder.

Drucke zu Lebzeiten:
Nur in Zeitschriften oder Zeitungen
veröffentlichte Texte

Ein Damenbrevier

Wenn man sich in die Welt aufatmend entläßt, wie vom hohen Gerüst der Schwimmer in den Fluß, gleich und später manchmal von Gegenstößen wie ein liebes Kind verwirrt, aber immer mit schönen Wellen zur Seite in die Luft der Ferne treibt, dann mag man wie in diesem Buch ziellos mit geheimem Ziel die Blicke über das Wasser richten, das einen trägt und das man trinken kann und das für den auf seiner Fläche ruhenden Kopf grenzenlos geworden ist.

Verschließt man sich jedoch diesem ersten Eindruck, dann erkennt man bis zur Überzeugung, daß der Verfasser hier mit einer förmlich ungestillten Energie gearbeitet hat, die den Bewegungen seines unablässigen Geistes – sie sind zu schnell, als daß sie Zusammenhang verrieten – Kanten zum Erschrecken gibt.

Und dies vor einer Materie, die in der zuckenden Entwicklung, welche sie erfährt, an die Versuchungen erinnert, die vom Schreien unsichtbarer Wüstentiere angetrieben, Einsiedler einst erfrischten. Doch schwebt diese Versuchung nicht vor dem Verfasser als kleines Balletkorps auf ferner Bühne, sondern sie ist ihm nah, sie umpreßt ihn stark, bis er sich in sie verschlingt und ehe er es noch von der Dame erfuhr, schrieb er schon: »Aber man muß lieben, um sich mit Grazie hingeben zu können«, sagte Annie D., eine schöne blonde Schwedin.

Was ist es nun für ein Anblick, wenn der Verfasser in diese Arbeit so verstrickt uns erscheint, getragen von einer Natur, gleich jenen Wolken aus Stein, die einmal im Barock die Gruppen im Sturmwind sich umarmender Heiliger erhoben.

Der Himmel, in den das Buch in der Mitte und gegen Ende ausbrechen muß, um durch ihn die frühere Gegend zu retten, ist fest und überdies durchsichtig.

Natürlich besteht niemand darauf, daß die Damen, für die der Verfasser geschrieben hat, dies wirklich sehn. Ist es doch genügend und mehr als das, wenn sie, vom ersten Absatz schon gezwungen, wie es sein muß, fühlen werden, daß sie in ihren Händen einen Beichtspiegel halten und einen besonders treuen. Denn die Beichte, die man so nennt, geschieht in einem ungewohnten Möbelstück, auf dem Boden eines ungewohnten Raumes im halben Licht, das alles ringsherum und auf und ab mit Zukunft und Vergangenheit nur halb wahr macht, so daß notwendig auch alle Ja und Nein, die gefragten und die geantworteten halb falsch sein müssen, besonders wenn sie ganz ehrlich sind. Wie könnte man aber hier an ein wichtiges Detail vergessen in der gewohnten mitternächtlichen Beleuchtung während eines leisen Gespräches (leise, weil es heiß ist) nahe beim Bett!

Im Verlag Hans von Weber erschien
»Die Puderquaste« von Franz Blei

Gespräch mit dem Beter

Es gab eine Zeit, in der ich Tag um Tag in eine Kirche ging, denn ein Mädchen, in das ich mich verliebt hatte, betete dort kniend eine halbe Stunde am Abend, unterdessen ich sie in Ruhe betrachten konnte.

Als einmal das Mädchen nicht gekommen war und ich unwillig auf die Betenden blickte, fiel mir ein junger Mensch auf, der sich mit seiner ganzen mageren Gestalt auf den Boden geworfen hatte. Von Zeit zu Zeit packte er mit der ganzen Kraft seines Körpers seinen Schädel und schmetterte ihn seufzend in seine Handflächen, die auf den Steinen auflagen.

In der Kirche waren nur einige alte Weiber, die oft ihr eingewickeltes Köpfchen mit seitlicher Neigung drehten, um nach dem Betenden hinzusehn. Diese Aufmerksamkeit schien ihn glücklich zu machen, denn vor jedem seiner frommen Ausbrüche ließ er seine Augen umgehn, ob die zuschauenden Leute zahlreich wären. Ich fand das ungebührlich und beschloß ihn anzureden, wenn er aus der Kirche ginge, und ihn auszufragen, warum er in dieser Weise bete. Ja, ich war ärgerlich, weil mein Mädchen nicht gekommen war.

Aber erst nach einer Stunde stand er auf, schlug ein ganz sorgfältiges Kreuz und ging stoßweise zum Becken. Ich stellte mich auf dem Wege zwischen Becken und Türe auf und wußte, daß ich ihn nicht ohne Erklärung durchlassen würde. Ich verzerrte meinen Mund, wie ich es immer als Vorbereitung tue, wenn ich mit Bestimmtheit reden will. Ich trat mit dem rechten Beine vor und stützte mich darauf, während ich das linke nachlässig auf der Fußspitze hielt; auch das gibt mir Festigkeit.

Nun ist es möglich, daß dieser Mensch schon auf mich schielte, als er das Weihwasser in sein Gesicht spritzte, vielleicht auch hatte er mich schon früher mit Besorgnis bemerkt, denn jetzt unerwartet rannte er zur Türe hinaus. Die Glastür schlug zu. Und als ich gleich nachher aus der Türe trat, sah ich ihn nicht mehr, denn dort gab es einige schmale Gassen und der Verkehr war mannigfaltig.

In den nächsten Tagen blieb er aus, aber mein Mädchen kam. Sie war in dem schwarzen Kleide, welches auf den Schultern durchsichtige Spitzen hatte, – der Halbmond des Hemdrandes lag unter ihnen –, von deren unterem Rande die Seide in einem wohlgeschnittenen Kragen niederging. Und da das Mädchen kam, vergaß ich den jungen Mann und selbst dann kümmerte ich mich nicht um ihn, als er später wieder regelmäßig kam und nach seiner Gewohnheit betete. Aber immer ging er mit großer Eile an mir vorüber, mit abgewendetem Gesichte. Vielleicht lag es daran, daß ich mir ihn immer nur in Bewegung denken konnte, so daß es mir, selbst wenn er stand, schien, als schleiche er.

Einmal verspätete ich mich in meinem Zimmer. Trotzdem ging ich noch in die Kirche. Ich fand das Mädchen nicht mehr dort und wollte nach Hause gehn. Da lag dort wieder dieser junge Mensch. Die alte Begebenheit fiel mir jetzt ein und machte mich neugierig.

Auf den Fußspitzen glitt ich zum Türgang, gab dem blinden Bettler, der dort saß, eine Münze und drückte mich neben ihn hinter den geöffneten Türflügel; dort saß ich eine Stunde lang und machte vielleicht ein listiges Gesicht. Ich fühlte mich dort wohl und beschloß öfters herzukommen. In der zweiten Stunde fand ich es unsinnig hier wegen des Beters zu sitzen. Und dennoch ließ ich noch eine dritte

Stunde schon zornig die Spinnen über meine Kleider kriechen, während die letzten Menschen lautatmend aus dem Dunkel der Kirche traten.

Da kam er auch. Er ging vorsichtig und seine Füße betasteten zuerst leichthin den Boden, ehe sie auftraten.

Ich stand auf, machte einen großen und geraden Schritt und ergriff den jungen Menschen. »Guten Abend«, sagte ich und stieß ihn, meine Hand an seinem Kragen, die Stufen hinunter auf den beleuchteten Platz.

Als wir unten waren, sagte er mit einer völlig unbefestigten Stimme: »Guten Abend, lieber, lieber Herr, zürnen Sie mir nicht, Ihrem höchst ergebenen Diener.«

»Ja«, sagte ich, »ich will Sie einiges fragen, mein Herr; voriges Mal entkamen Sie mir, das wird Ihnen heute kaum gelingen.«

»Sie sind mitleidig, mein Herr, und Sie werden mich nach Hause gehen lassen. Ich bin bedauernswert, das ist die Wahrheit.«

»Nein«, schrie ich in den Lärm der vorüberfahrenden Straßenbahn, »ich lasse Sie nicht. Gerade solche Geschichten gefallen mir. Sie sind ein Glücksfang. Ich beglückwünsche mich.«

Da sagte er: »Ach Gott, Sie haben ein lebhaftes Herz und einen Kopf aus einem Block. Sie nennen mich einen Glücksfang, wie glücklich müssen Sie sein! Denn mein Unglück ist ein schwankendes Unglück, ein auf einer dünnen Spitze schwankendes Unglück und berührt man es, so fällt es auf den Frager. Gute Nacht, mein Herr.«

»Gut«, sagte ich und hielt seine rechte Hand fest, »wenn Sie mir nicht antworten werden, werde ich hier auf der Gasse zu rufen anfangen. Und alle Ladenmädchen, die jetzt aus den Geschäften kommen und alle ihre Liebhaber, die sich auf sie freuen, werden zusammenlaufen, denn sie werden glauben, ein Droschkenpferd sei gestürzt oder etwas dergleichen sei geschehen. Dann werde ich Sie den Leuten zeigen.«

Da küßte er weinend abwechselnd meine beiden Hände. »Ich werde Ihnen sagen, was Sie wissen wollen, aber bitte, gehen wir lieber in die Seitengasse drüben.« Ich nickte und wir gingen hin.

Aber er begnügte sich nicht mit dem Dunkel der Gasse, in der nur weit voneinander gelbe Laternen waren, sondern er führte mich in den niedrigen Flurgang eines alten Hauses unter ein Lämpchen, das vor der Holztreppe tropfend hing.

Dort nahm er wichtig sein Taschentuch und sagte, es auf eine Stufe breitend: »Setzt Euch doch lieber Herr, da könnt Ihr besser fragen, ich bleibe stehen, da kann ich besser antworten. Quält mich aber nicht.«

Da setzte ich mich und sagte, indem ich mit schmalen Augen zu ihm aufblickte: »Ihr seid ein gelungener Tollhäusler, das seid Ihr! Wie benehmt Ihr Euch doch in der Kirche! Wie ärgerlich ist das und wie unangenehm den Zuschauern! Wie kann man andächtig sein, wenn man Euch anschauen muß.«

Er hatte seinen Körper an die Mauer gepreßt, nur den Kopf bewegte er frei in der Luft. »Ärgert Euch nicht – warum sollt Ihr Euch ärgern über Sachen, die Euch nicht angehören. Ich ärgere mich, wenn ich mich ungeschickt benehme; benimmt sich aber nur ein anderer schlecht, dann freue ich mich. Also ärgert Euch nicht, wenn ich sage, daß es der Zweck meines Lebens ist, von den Leuten angeschaut zu werden.«

»Was sagt Ihr da«, rief ich viel zu laut für den niedrigen Gang, aber ich fürchtete mich dann, die Stimme zu schwächen, »wirklich was sagtet Ihr da. Ja ich ahne schon, ja ich ahnte es schon, seit ich Euch zum erstenmal sah, in welchem Zustande Ihr seid. Ich habe Erfahrung und es ist nicht scherzend gemeint, wenn ich sage, daß es eine Seekrankheit auf festem Lande ist. Deren Wesen ist so, daß Ihr den wahrhaftigen Namen der Dinge vergessen habt und über sie jetzt in einer Eile zufällige Namen schüttet. Nur schnell, nur schnell! Aber kaum seid Ihr von ihnen weggelaufen, habt Ihr wieder ihre Namen vergessen. Die Pappel in den Feldern, die Ihr den ›Turm von Babel‹ genannt habt, denn Ihr wußtet nicht oder wolltet nicht wissen, daß es eine Pappel war, schaukelt wieder namenlos und Ihr müßt sie nennen ›Noah, wie er betrunken war‹.«

Ich war ein wenig bestürzt, als er sagte: »Ich bin froh, daß ich das, was Ihr sagtet, nicht verstanden habe.«

Aufgeregt sagte ich rasch: »Dadurch, daß Ihr froh seid darüber, zeigt Ihr, daß Ihr es verstanden habt.«

»Freilich habe ich es gezeigt, gnädiger Herr, aber auch Ihr habt merkwürdig gesprochen.«

Ich legte meine Hände auf eine obere Stufe, lehnte mich zurück und fragte in dieser fast unangreifbaren Haltung, welche die letzte Rettung der Ringkämpfer ist: »Ihr habt eine lustige Art, Euch zu retten, indem Ihr Eueren Zustand bei den anderen voraussetzt.«

Daraufhin wurde er mutig. Er legte die Hände ineinander, um seinem Körper eine Einheit zu geben, und sagte unter leichtem Widerstreben: »Nein, ich tue das nicht gegen alle, zum Beispiel auch gegen Euch nicht, weil ich es nicht kann. Aber ich wäre froh, wenn ich es könnte, denn dann hätte ich die Aufmerksamkeit der Leute in der Kirche nicht mehr nötig. Wisset Ihr, warum ich sie nötig habe?«

Diese Frage machte mich unbeholfen. Sicherlich, ich wußte es nicht und ich glaube, ich wollte es auch nicht wissen. Ich hatte ja auch nicht hierher kommen wollen, sagte ich mir damals, aber der Mensch hatte mich gezwungen, ihm zuzuhören. So brauchte ich ja jetzt bloß meinen Kopf zu schütteln, um ihm zu zeigen, daß ich es nicht wußte, aber ich konnte meinen Kopf in keine Bewegung bringen.

Der Mensch, welcher mir gegenüber stand, lächelte. Dann duckte er sich auf seine Knie nieder und erzählte mit schläfriger Grimasse: »Es hat niemals eine Zeit gegeben, in der ich durch mich selbst von meinem Leben überzeugt war. Ich erfasse nämlich die Dinge um mich nur in so hinfälligen Vorstellungen, daß ich immer glaube, die Dinge hätten einmal gelebt, jetzt aber seien sie versinkend. Immer, lieber Herr, habe ich eine Lust, die Dinge so zu sehen, wie sie sich geben mögen, ehe sie sich mir zeigen. Sie sind da wohl schön und ruhig. Es muß so sein, denn ich höre oft Leute in dieser Weise von ihnen reden.«

Da ich schwieg und nur durch unwillkürliche Zuckungen in meinem Gesichte zeigte, wie unbehaglich mir war, fragte er: »Sie glauben nicht daran, daß die Leute so reden?«

Ich glaubte, nicken zu müssen, konnte es aber nicht.

»Wirklich, Sie glauben nicht daran? Ach hören Sie doch; als ich als Kind nach einem kurzen Mittagsschlaf die Augen öffnete, hörte ich noch ganz im Schlaf befangen meine Mutter in natürlichem Ton vom Balkon hinunterfragen: ›Was machen Sie meine Liebe. Es ist so heiß.‹ Eine Frau antwortete aus dem Garten: ›Ich jause im Grünen.‹ Sie sagten es ohne Nachdenken und nicht allzu deutlich, als müßte es jeder erwartet haben.«

Ich glaubte, ich sei gefragt, daher griff ich in die hintere Hosentasche und tat, als suchte ich dort etwas. Aber ich suchte nichts, sondern ich wollte nur meinen Anblick verändern, um meine Teilnahme am Gespräch zu zeigen. Dabei sagte ich, daß dieser Vorfall so merkwürdig sei und daß ich ihn keineswegs begreife. Ich fügte auch hinzu, daß ich an dessen Wahrheit nicht glaube und daß er zu einem bestimmten Zweck, den ich gerade nicht einsehe, erfunden sein müsse. Dann schloß ich die Augen, denn sie schmerzten mich.

»Oh, das ist doch gut, daß Ihr meiner Meinung seid und es

war uneigennützig, daß Ihr mich angehalten habt, um mir das zu sagen.

Nicht wahr, warum sollte ich mich schämen – oder warum sollten wir uns schämen –, daß ich nicht aufrecht und schwer gehe, nicht mit dem Stock auf das Pflaster schlage und nicht die Kleider der Leute streife, welche laut vorübergehen. Sollte ich nicht vielmehr mit Recht trotzig klagen dürfen, daß ich als Schatten mit eckigen Schultern die Häuser entlang hüpfe, manchmal in den Scheiben der Auslagsfenster verschwindend.

Was sind das für Tage, die ich verbringe! Warum ist alles so schlecht gebaut, daß bisweilen hohe Häuser einstürzen, ohne daß man einen äußeren Grund finden könnte. Ich klettere dann über die Schutthaufen und frage jeden, dem ich begegne: ›Wie konnte das nur geschehn! In unserer Stadt – ein neues Haus – das ist heute schon das fünfte – bedenken Sie doch.‹ Da kann mir keiner antworten.

Oft fallen Menschen auf der Gasse und bleiben tot liegen. Da öffnen alle Geschäftsleute ihre mit Waren verhangenen Türen, kommen gelenkig herbei, schaffen den Toten in ein Haus, kommen dann, Lächeln um Mund und Augen, heraus und reden: ›Guten Tag – der Himmel ist blaß – ich verkaufe viele Kopftücher – ja, der Krieg.‹ Ich hüpfe ins Haus und nachdem ich mehrere Male die Hand mit dem gebogenen Finger furchtsam gehoben habe, klopfe ich endlich an dem Fensterchen des Hausmeisters. ›Lieber Mann‹, sage ich freundlich, ›es wurde ein toter Mensch zu Ihnen gebracht. Zeigen Sie mir ihn, ich bitte Sie.‹ Und als er den Kopf schüttelt, als wäre er unentschlossen, sage ich bestimmt: ›Lieber Mann. Ich bin Geheimpolizist. Zeigen Sie mir gleich den Toten.‹ ›Einen Toten‹, fragt er jetzt und ist fast beleidigt. ›Nein, wir haben keinen Toten hier. Es ist ein anständiges Haus.‹ Ich grüße und gehe.

Dann aber, wenn ich einen großen Platz zu durchqueren habe, vergesse ich an alles. Die Schwierigkeit dieses Unternehmens verwirrt mich und ich denke oft bei mir: ›Wenn man so große Plätze nur aus Übermut baut, warum baut man nicht auch ein Steingeländer, das durch den Platz führen könnte. Heute bläst ein Südwestwind. Die Luft auf dem Platz ist aufgeregt. Die Spitze des Rathausturmes beschreibt kleine Kreise. Warum macht man nicht Ruhe in dem Gedränge? Alle Fensterscheiben lärmen und die Laternenpfähle biegen sich wie Bambus. Der Mantel der heiligen Maria auf der Säule windet sich und die stürmische Luft reißt an ihm. Sieht es denn niemand? Die Herren und Damen, die auf den Steinen gehen sollten, schweben. Wenn der Wind Atem holt, bleiben sie stehen, sagen einige Worte zueinander und verneigen sich grüßend, stößt aber der Wind wieder, können sie ihm nicht widerstehn und alle heben gleichzeitig ihre Füße. Zwar müssen sie fest ihre Hüte halten, aber ihre Augen schauen lustig, als wäre milde Witterung. Nur ich fürchte mich.‹« –

Mißhandelt, wie ich war, sagte ich: »Die Geschichte, die Sie früher erzählt haben von Ihrer Frau Mutter und der Frau im Garten finde ich gar nicht merkwürdig. Nicht nur, daß ich viele derartige Geschichten gehört und erlebt habe, so habe ich sogar bei manchen mitgewirkt. Diese Sache ist doch ganz natürlich. Meinen Sie, ich hätte, wenn ich am Balkon gewesen wäre, nicht dasselbe sagen können und aus dem Garten dasselbe antworten können? Ein so einfacher Vorfall.«

Als ich das gesagt hatte, schien er sehr beglückt. Er sagte, daß ich hübsch gekleidet sei, und daß ihm meine Halsbinde sehr gefalle. Und was für eine feine Haut ich hätte. Und Geständnisse würden am klarsten, wenn man sie widerriefe.

Gespräch mit dem Betrunkenen

Als ich aus dem Haustor mit kleinem Schritte trat, wurde ich von dem Himmel mit Mond und Sternen und großer Wölbung und von dem Ringplatz mit Rathaus, Mariensäule und Kirche überfallen.

Ich ging ruhig aus dem Schatten ins Mondlicht, knöpfte den Überzieher auf und wärmte mich; dann ließ ich durch Erheben der Hände das Sausen der Nacht schweigen und fing zu überlegen an:

»Was ist es doch, daß Ihr tut, als wenn Ihr wirklich wäret. Wollt Ihr mich glauben machen, daß ich unwirklich bin, komisch auf dem grünen Pflaster stehend? Aber doch ist es schon lange her, daß du wirklich warst, du Himmel, und du Ringplatz bist niemals wirklich gewesen.«

»Es ist ja wahr, noch immer seid Ihr mir überlegen, aber doch nur dann, wenn ich Euch in Ruhe lasse.«

»Gott sei Dank, Mond, du bist nicht mehr Mond, aber vielleicht ist es nachlässig von mir, daß ich dich Mondbenannten noch immer Mond nenne. Warum bist du nicht mehr so übermütig, wenn ich dich nenne ›Vergessene Papierlaterne in merkwürdiger Farbe‹. Und warum ziehst du dich fast zurück, wenn ich dich ›Mariensäule‹ nenne und ich erkenne deine drohende Haltung nicht mehr Mariensäule, wenn ich dich nenne ›Mond, der gelbes Licht wirft‹.«

»Es scheint nun wirklich, daß es Euch nicht gut tut, wenn man über Euch nachdenkt; Ihr nehmt ab an Mut und Gesundheit.«

»Gott, wie zuträglich muß es erst sein, wenn Nachdenkender vom Betrunkenen lernt!«

»Warum ist alles still geworden. Ich glaube es ist kein Wind mehr. Und die Häuschen, die oft wie auf kleinen Rädern über den Platz rollen, sind ganz festgestampft – still – still – man sieht gar nicht den dünnen, schwarzen Strich, der sie sonst vom Boden trennt.«

Und ich setzte mich in Lauf. Ich lief ohne Hindernis dreimal um den großen Platz herum und da ich keinen Betrunkenen traf, lief ich ohne die Schnelligkeit zu unterbrechen und ohne Anstrengung zu verspüren gegen die Karlsgasse. Mein Schatten lief oft kleiner als ich neben mir an der Wand, wie in einem Hohlweg zwischen Mauer und Straßengrund.

Als ich bei dem Hause der Feuerwehr vorüberkam, hörte ich vom kleinen Ring her Lärm und als ich dort einbog, sah ich einen Betrunkenen am Gitterwerk des Brunnens stehn, die Arme wagrecht haltend und mit den Füßen, die in Holzpantoffeln staken, auf die Erde stampfend.

Ich blieb zuerst stehn, um meine Atmung ruhig werden zu lassen, dann ging ich zu ihm, nahm meinen Zylinder vom Kopfe und stellte mich vor:

»Guten Abend, zarter Edelmann, ich bin dreiundzwanzig Jahre alt, aber ich habe noch keinen Namen. Sie aber kommen sicher mit erstaunlichen, ja mit singbaren Namen aus dieser großen Stadt Paris. Der ganz unnatürliche Geruch des ausgleitenden Hofes von Frankreich umgibt Sie.«

»Sicher haben Sie mit Ihren gefärbten Augen jene großen Damen gesehn, die schon auf der hohen und lichten Terasse stehn, sich in schmaler Taille ironisch umwendend, während das Ende ihrer auch auf der Treppe ausgebreiteten bemalten Schleppe noch über dem Sand des Gartens liegt. – Nicht wahr, auf langen Stangen, überall verteilt, steigen Diener in grauen frechgeschnittenen Fräcken und weißen Hosen, die Beine um die Stange gelegt, den Oberkörper aber oft nach hinten und zur Seite gebogen, denn sie müssen an Stricken riesige graue Leinwandtücher von der Erde heben und in der Höhe spannen, weil die große Dame einen nebligen Morgen wünscht.« Da er sich rülpste, sagte ich fast erschrocken: »Wirklich, ist es wahr, Sie kommen Herr aus unserem Paris, aus dem stürmischen Paris, ach, aus diesem schwärmerischen Hagelwetter?« Als er sich wieder rülpste, sagte ich verlegen: »Ich weiß, es widerfährt mir eine große Ehre.«

Und ich knöpfte mit raschen Fingern meinen Überzieher zu, dann redete ich inbrünstig und schüchtern:

»Ich weiß, Sie halten mich einer Antwort nicht für würdig, aber ich müßte ein verweintes Leben führen, wenn ich Sie heute nicht fragte.«

»Ich bitte Sie, so geschmückter Herr, ist das wahr, was man mir erzählt hat. Gibt es in Paris Menschen, die nur aus verzierten Kleidern bestehn und gibt es dort Häuser, die bloß Portale haben und ist es wahr, daß an Sommertagen der Himmel über der Stadt fliehend blau ist, nur verschönt durch angepreßte weiße Wölkchen, die alle die Form von Herzen haben? Und gibt es dort ein Panoptikum mit großem Zulauf, in dem bloß Bäume stehn mit den Namen der berühmtesten Helden, Verbrecher und Verliebten auf kleinen angehängten Tafeln.«

»Und dann noch diese Nachricht! Diese offenbar lügnerische Nachricht!«

»Nicht wahr, diese Straßen von Paris sind plötzlich verzweigt; sie sind unruhig, nicht wahr? Es ist nicht immer alles in Ordnung, wie könnte es auch sein! Es geschieht einmal ein Unfall, Leute sammeln sich, aus den Nebenstraßen kommend mit dem großstädtischen Schritt, der das Pflaster nur wenig berührt; alle sind zwar in Neugierde, aber auch in Furcht vor Enttäuschung; sie atmen schnell und strecken ihre kleinen Köpfe vor. Wenn sie aber einander berühren, so verbeugen sie sich tief und bitten um Verzeihung: ›Es tut mir sehr leid, – es geschah ohne Absicht – das Gedränge ist groß, verzeihen Sie, ich bitte – es war sehr ungeschickt von mir – ich gebe das zu. Mein Name ist – mein Name ist Jerome Faroche, Gewürzkrämer bin ich in der rue du Cabotin – gestatten Sie, daß ich Sie für morgen zum Mittagessen einlade – auch meine Frau würde so große Freude haben.‹ So reden sie, während doch die Gasse betäubt ist und der Rauch der Schornsteine zwischen die Häuser fällt. So ist es doch. Und wäre es möglich, daß da einmal auf einem belebten Boulevard eines vornehmen Viertels zwei Wagen halten. Diener öffnen ernst die Türen. Acht edle sibirische Wolfshunde tänzeln hinunter und jagen bellend über die Fahrbahn in Sprüngen. Und da sagt man, daß es verkleidete junge Pariser Stutzer sind.«

Er hatte die Augen fast geschlossen. Als ich schwieg, steckte er beide Hände in den Mund und riß am Unterkiefer. Sein Kleid war ganz beschmutzt. Man hatte ihn vielleicht aus einer Weinstube hinausgeworfen und er war darüber noch nicht im Klaren.

Es war vielleicht diese kleine, ganz ruhige Pause zwischen Tag und Nacht, wo uns der Kopf, ohne daß wir es erwarten, im Genicke hängt und wo alles, ohne daß wir es merken, still steht, da wir es nicht betrachten, und dann verschwindet. Während wir mit gebogenem Leib allein bleiben, uns dann umschaun, aber nichts mehr sehn, auch keinen Widerstand der Luft mehr fühlen, aber innerlich uns an der Erinnerung halten, daß in gewissem Abstand von uns Häuser stehn mit Dächern und glücklicherweise eckigen Schornsteinen, durch die das Dunkel in die Häuser fließt, durch die Dachkammern in die verschiedenartigen Zimmer. Und es ist ein Glück, daß morgen ein Tag sein wird, an dem, so unglaublich es ist, man alles wird sehen können.

Da riß der Betrunkene seine Augenbrauen hoch, so daß

zwischen ihnen und den Augen ein Glanz entstand und erklärte in Absätzen: »Das ist so nämlich – ich bin nämlich
schläfrig, daher werde ich schlafen gehn. – Ich habe nämlich
einen Schwager am Wenzelsplatz – dorthin geh ich, denn dort
wohne ich, denn dort habe ich mein Bett. – Ich geh jetzt. – Ich
weiß nämlich nur nicht, wie er heißt und wo er wohnt – mir
scheint, das habe ich vergessen – aber das macht nichts, denn
ich weiß ja nicht einmal, ob ich überhaupt einen Schwager
habe. – Jetzt gehe ich nämlich. – Glauben Sie, daß ich ihn
finden werde?«

Darauf sagte ich ohne Bedenken: »Das ist sicher. Aber Sie
kommen aus der Fremde und Ihre Dienerschaft ist zufällig
nicht bei Ihnen. Gestatten Sie, daß ich Sie führe.«

Er antwortete nicht. Da reichte ich ihm meinen Arm,
damit er sich einhänge.

Die Aeroplane in Brescia

Wir sind angekommen. Vor dem Aerodrom liegt noch ein großer Platz mit verdächtigen Holzhäuschen, für die wir andere Aufschriften erwartet hätten, als: Garage, Grand Büfett International und so weiter. Ungeheure in ihren Wägelchen fettgewordene Bettler strecken uns ihre Arme in den Weg, man ist in der Eile versucht, über sie zu springen. Wir überholen viele Leute und werden von vielen überholt. Wir schauen in die Luft, um die es sich hier ja handelt. Gott sei Dank, noch fliegt keiner! Wir weichen nicht aus und werden doch nicht überfahren. Zwischen und hinter den Tausend Fuhrwerken und ihnen entgegen hüpft italienische Kavallerie. Ordnung und Unglücksfälle scheinen gleich unmöglich.

Einmal in Brescia spät am Abend wollten wir rasch in eine bestimmte Gasse kommen, die unserer Meinung nach ziemlich weit entfernt war. Ein Kutscher verlangt 3 Lire, wir bieten zwei. Der Kutscher verzichtet auf die Fahrt und nur aus Freundschaft beschreibt er uns die geradezu entsetzliche Entfernung dieser Gasse. Wir fangen an, uns unseres Anbotes zu schämen. Gut, 3 Lire. Wir steigen ein, drei Drehungen des Wagens durch kurze Gassen, wir sind dort, wohin wir wollten. Otto, energischer als wir zwei andern, erklärt, es falle ihm natürlich nicht im geringsten ein, für die Fahrt, die eine Minute gedauert hat, 3 Lire zu geben. Ein Lire sei mehr als genug. Da sei ein Lire. Es ist schon Nacht, das Gäßchen ist leer, der Kutscher ist stark. Er kommt gleich in einen Eifer, als dauere der Streit schon eine Stunde: Was? – Das sei Betrug. – Was man sich denn denke. – 3 Lire seien vereinbart, 3 Lire müssen gezahlt werden, 3 Lire her oder wir würden

312

staunen. Otto: »Den Tarif oder die Wache!« Tarif? Da sei kein Tarif. – Wo gäbe es dafür einen Tarif! – Es sei eine Vereinbarung über eine Nachtfahrt gewesen, wenn wir ihm aber 2 Lire geben, so lasse er uns laufen. Otto zum Angst bekommen: »Den Tarif oder die Wache!« Noch einiges Geschrei und Suchen, dann wird ein Tarif herausgezogen, auf dem nichts zu sehen ist, als Schmutz. Wir einigen uns daher auf 1 Lire 50 und der Kutscher fährt weiter in die enge Gasse, in der er nicht wenden kann, nicht nur wütend, sondern auch wehmütig, wie mir scheinen will. Denn unser Benehmen ist leider nicht das Richtige gewesen; so darf man in Italien nicht auftreten, anderswo mag das recht sein, hier nicht. Nun wer überlegt das in der Eile! Da ist nichts zu beklagen, man kann eben in einer kleinen Flugwoche nicht Italiener werden.

Aber Reue soll uns nicht die Freude auf dem Flugfeld verderben, das gäbe doch nur wieder frische Reue, und wir springen ins Aerodrom mehr als wir gehen in dieser Begeisterung aller Gelenke, die uns, einen nach dem andern, unter dieser Sonne hier plötzlich manchmal erfaßt.

Wir kommen an den Hangars vorüber, die mit ihren zusammengezogenen Vorhängen dastehen, wie geschlossene Bühnen wandernder Komödianten. Auf ihren Giebelfeldern stehn die Namen der Aviatiker, deren Apparate sie verbergen, darüber die Trikolore ihrer Heimat. Wir lesen die Namen Cobianchi, Cagno, Calderara, Rougier, Curtiss, Moncher (ein Tridentiner, der italienische Farben trägt, er vertraut ihnen mehr, als unsern), Anzani, Klub der römischen Aviatiker. Und Blériot? fragen wir. Blériot, an den wir die ganze Zeit über dachten, wo ist Blériot?

In dem eingezäunten Platz vor seinem Hangar läuft Rougier, ein kleiner Mensch mit auffallender Nase, in Hemdärmeln auf und ab. Er ist in äußerster, etwas unklarer Tätigkeit, er wirft die Arme mit den stark bewegten Händen, betastet sich im Gehen überall, schickt seine Arbeiter hinter den Vorhang des Hangars, ruft sie zurück, geht selbst, alle vor sich drängend, hinein, während abseits seine Frau in engem, weißen Kleid, einen kleinen schwarzen Hut stark ins Haar gepreßt, die Beine im kurzen Rock zart auseinandergestellt, in die leere Hitze schaut, eine Geschäftsfrau mit allen Sorgen des Geschäftes in ihrem kleinen Kopf.

Vor dem benachbarten Hangar sitzt Curtiss ganz allein. Durch die ein wenig gelüfteten Vorhänge ist sein Apparat zu sehen; er ist größer, als man erzählt. Als wir vorüberkommen, hält Curtiss den Newyork Herald in der Höhe vor sich und liest eine Zeile oben auf einer Seite; nach einer halben Stunde kommen wir wieder vorbei, er hält schon in der Mitte dieser Seite; wieder nach einer halben Stunde ist er mit der Seite fertig und fängt eine neue an. Fliegen will er heute offenbar nicht.

Wir wenden uns und sehn das weite Feld. Es ist so groß, daß alles, was sich auf ihm befindet, verlassen scheint: die Zielstange nahe bei uns, der Signalmast in der Ferne, der Startkatapult irgendwo rechts, ein Komiteeautomobil, das mit im Wind gespanntem gelben Fähnchen einen Bogen über das Feld beschreibt, in seinem eigenen Staub stehen bleibt und wieder fährt.

Eine künstliche Einöde ist hier eingerichtet worden in einem fast tropischen Lande, und der Hochadel Italiens, glänzende Damen aus Paris und alle andern Tausende sind hier beisammen, um viele Stunden mit schmalen Augen in diese sonnige Einöde zu schauen. Nichts ist auf diesem Platz, was sonst auf Sportfeldern Abwechslung bringt. Es fehlen die hübschen Hürden der Pferderennen, die weißen Zeichnungen der Tennisplätze, der frische Rasen der Fußballspiele, das steinerne Auf und Ab der Automobil- und Radrennbahnen. Nur zwei- oder dreimal während des Nachmittags trabt ein

Zug färbiger Reiterei quer über die Ebene. Die Füße der Pferde sind unsichtbar im Staub, das gleichmäßige Licht der Sonne ändert sich bis gegen die fünfte Nachmittagsstunde nicht. Und damit nichts im Anblick dieser Ebene störe, fehlt auch jede Musik, nur das Pfeifen der Massen auf den billigen Plätzen sucht die Bedürfnisse des Ohres und der Ungeduld zu erfüllen. Von den teueren Tribünen aus, die hinter uns stehn, mag allerdings jenes Volk mit der leeren Ebene ohne Unterschied in eins zusammenfließen.

An einer Stelle des Holzgeländers stehen viele Leute aneinander. »Wie klein!« ruft eine französische Gruppe gleichsam seufzend. Was ist denn los? Wir drängen uns durch. Aber da steht ja auf dem Felde, ganz nahe, mit wirklicher gelblicher Farbe ein kleiner Aeroplan, den man zum Fliegen vorbereitet. Nun sehen wir auch den Hangar Blériots, neben ihm den seines Schülers Leblanc, sie sind auf dem Felde selbst aufgebaut. An einen der zwei Flügel des Apparats gelehnt steht, gleich erkannt, Blériot und schaut, den Kopf fest auf dem Halse, seinen Mechanikern in die Finger, wie sie am Motor arbeiten.

Ein Arbeiter faßt den einen Flügel der Schraube um sie anzudrehn, er reißt an ihr, es gibt auch einen Ruck, man hört etwas wie den Atemzug eines starken Mannes im Schlaf; aber die Schraube rührt sich nicht weiter. Noch einmal wird es versucht, zehnmal wird es versucht, manchmal bleibt die Schraube gleich stehn, manchmal gibt sie sich für ein paar Wendungen her. Es liegt am Motor. Neue Arbeiten fangen an, die Zuschauer ermüden mehr als die nahe Beteiligten. Der Motor wird von allen Seiten geölt; verborgene Schrauben werden gelockert und zugeschnürt; ein Mann läuft ins Hangar, holt ein Ersatzstück; da paßt es wieder nicht; er eilt zurück und hockend auf dem Boden des Hangar bearbeitet er es mit einem Hammer zwischen seinen Beinen. Blériot wechselt den Sitz mit einem Mechaniker, der Mechaniker mit Leblanc. Bald reißt dieser Mann an der Schraube, bald jener. Aber der Motor ist unbarmherzig, wie ein Schüler, dem man immer hilft, die ganze Klasse sagt ihm ein, nein, er kann es nicht, immer wieder bleibt er stecken, immer wieder bei der gleichen Stelle bleibt er stecken, versagt. Ein Weilchen lang sitzt Blériot ganz still in seinem Sitz; seine sechs Mitarbeiter stehn um ihn herum, ohne sich zu rühren; alle scheinen zu träumen.

Die Zuschauer können einmal aufatmen und sich umsehn. Die junge Frau Blériot mit mütterlichem Gesicht kommt vorüber, zwei Kinder hinter ihr. Wenn ihr Mann nicht fliegen kann, ist es ihr nicht recht, und wenn er fliegt, hat sie Angst; überdies ist ihr schönes Kleid ein bißchen zu schwer für diese Temperatur.

Wieder wird die Schraube angedreht, vielleicht besser als früher, vielleicht auch nicht; der Motor kommt mit Lärm in Gang, als sei er ein anderer; vier Männer halten rückwärts den Apparat und inmitten der Windstille ringsherum fährt der Luftzug von der schwingenden Schraube her in Stößen durch die Arbeitsmäntel dieser Männer. Man hört kein Wort, nur der Lärm der Schraube scheint zu kommandieren, acht Hände entlassen den Apparat, der lange über die Erdschollen hinläuft, wie ein Ungeschickter auf Parkett.

Viele solche Versuche werden gemacht und alle enden unabsichtlich. Jeder treibt das Publikum in die Höhe, auf die Strohsessel hinauf, auf denen man mit ausgestreckten Armen zugleich sich in Balance erhält, zugleich auch Hoffnung, Angst und Freude zeigen kann. In den Pausen aber zieht die Gesellschaft des italienischen Adels die Tribünen entlang. Man begrüßt einander, verneigt sich, erkennt einander wieder, es gibt Umarmungen, man steigt die Treppen zu den Tribünen hinauf und hinab. Man zeigt einander die Principessa Laetitia Savoia Bonaparte, die Principessa Borghese, eine ältliche Dame, deren Gesicht die Farbe dunkelgelber Weintrauben hat, die Contessa Morosini. Marcello Borghese ist bei allen Damen und keiner, er scheint von der Ferne ein verständliches Gesicht zu haben, in der Nähe aber schließen sich seine Wangen über den Mundwinkeln ganz fremd. Gabriele d'Annunzio, klein und schwach, tanzt scheinbar schüchtern vor dem Conte Oldofredi, einem der bedeutendsten Herren des Komitees. Von der Tribüne schaut über das Geländer das starke Gesicht Puccinis mit einer Nase, die man eine Trinkernase nennen könnte.

Aber diese Personen erblickt man nur, wenn man sie sucht, sonst sieht man überall alles entwertend die langen Damen der heutigen Mode. Sie ziehen das Gehen dem Sitzen vor, in ihren Kleidern sitzt es sich nicht gut. Alle Gesichter, asiatisch verschleiert, werden in einer leichten Dämmerung getragen. Das am Oberkörper lose Kleid läßt die ganze Gestalt von rückwärts etwas zaghaft erscheinen; ein wie gemischter, ruheloser Eindruck entsteht, wenn solche Damen zaghaft erscheinen! Das Mieder liegt tief, kaum noch zu fassen; die Taille scheint breiter, als gewöhnlich, weil alles schmal ist; diese Frauen wollen tiefer umarmt sein.

Es war nur der Apparat Leblancs, der bisher gezeigt wurde. Nun aber kommt der Apparat, mit dem Blériot den Kanal überflogen hat; keiner hat es gesagt, alle wissen es. Eine lange Pause und Blériot ist in der Luft, man sieht seinen geraden Oberkörper über den Flügeln, seine Beine stecken tief als Teil der Maschinerie. Die Sonne hat sich geneigt und unter dem Baldachin der Tribünen durch beleuchtet sie die schwebenden Flügel. Hingegeben sehn alle zu ihm auf, in keinem Herzen ist für einen andern Platz. Er fliegt eine kleine Runde und zeigt sich dann fast senkrecht über uns. Und alles sieht mit gerecktem Hals, wie der Monoplan schwankt, von

Blériot gepackt wird und sogar steigt. Was geschieht denn? Hier oben ist 20 M. über der Erde ein Mensch in einem Holzgestell verfangen und wehrt sich gegen eine freiwillig übernommene unsichtbare Gefahr. Wir aber stehn unten ganz zurückgedrängt und wesenlos und sehen diesem Menschen zu.

Alles geht gut vorüber. Der Signalmast zeigt gleichzeitig an, daß der Wind günstiger geworden ist und Curtiss um den großen Preis von Brescia fliegen wird. Also doch? Kaum verständigt man sich darüber, schon rauscht der Motor des Curtiss, kaum sieht man hin, schon fliegt er von uns weg, fliegt über die Ebene, die sich vor ihm vergrößert, zu den Wäldern in der Ferne, die jetzt erst aufzusteigen scheinen. Lange geht sein Flug über jene Wälder, er verschwindet, wir sehen die Wälder an, nicht ihn. Hinter Häusern, Gott weiß wo, kommt er in gleicher Höhe wie früher hervor, jagt gegen uns zu; steigt er, dann sieht man die unteren Flächen des Biplans dunkel sich neigen, sinkt er, dann glänzen die oberen Flächen in der Sonne. Er kommt um den Signalmast herum und wendet, gleichgültig gegen den Lärm der Begrüßung, geradeaus dorthin, von wo er gekommen ist, um nur schnell wieder klein und einsam zu werden. Er führt fünf solche Runden aus, fliegt 50 Km. in 49′ 24″ und gewinnt damit den großen Preis von Brescia, L. 30.000. Es ist eine vollkommene Leistung, aber vollkommene Leistungen können nicht gewürdigt werden, vollkommener Leistungen hält sich am Ende jeder für fähig, zu vollkommenen Leistungen scheint kein Mut nötig. Und während Curtiss allein dort über den Wäldern arbeitet, während seine allen bekannte Frau um ihn sich sorgt, hat die Menge fast an ihn vergessen. Überall wird nur darüber geklagt, daß Calderara nicht fliegen wird (sein Apparat ist zerbrochen), daß Rougier schon zwei Tage lang an seinem Voisinflieger herumhantiert, ohne ihn loszulassen, daß Zodiac, der italienische Lenkballon, noch immer nicht gekommen ist. Über Calderaras Unglück laufen so rühmliche Gerüchte um, daß man glauben will, die Liebe der Nation sollte ihn sicherer in die Luft heben, als sein Wrightflieger.

Noch hat Curtiss seinen Flug nicht beendet, und schon fangen wie vor Begeisterung in drei Hangars die Motors zu arbeiten an. Wind und Staub schlägt aus entgegengesetzten Richtungen zusammen. Zwei Augen genügen nicht. Man dreht sich auf seinem Sessel, schwankt, hält sich an irgendjemandem fest, bittet um Verzeihung, irgend jemand schwankt, reißt einen mit, man bekommt Dank. Der frühe Abend des italienischen Herbstes beginnt, auf dem Felde ist nicht mehr alles deutlich zu sehen.

Gerade als Curtiss nach seinem Siegesflug vorüberkommt, ohne herzuschauen ein bißchen lächelnd die Mütze abnimmt, fängt Blériot einen kleinen Kreisflug an, den ihm alle schon vorher zutrauen! Man weiß nicht, ob man Curtiss applaudiert oder Blériot oder schon Rougier, dessen großer schwerer Apparat sich jetzt in die Luft wirft. Rougier sitzt an seinen Hebeln wie ein Herr an einem Schreibtisch, zu dem man hinter seinem Rücken auf einer kleinen Leiter kommen kann. Er steigt in kleinen Runden, überfliegt Blériot, macht ihn zum Zuschauer und hört nicht auf zu steigen.

Wenn wir noch einen Wagen bekommen wollen, ist es höchste Zeit wegzugehen; viele Leute drängen schon an uns vorüber. Man weiß ja, dieser Flug ist nur ein Experiment, da es schon gegen 7 Uhr geht, wird er nicht mehr offiziell registriert. In dem Vorhof des Aerodroms stehen die Chauffeure und Diener auf ihren Sitzen und zeigen auf Rougier; vor dem Aerodrom stehen die Kutscher auf den verstreuten vielen Wagen und zeigen auf Rougier; drei Züge voll bis zum letzten Puffer rühren sich nicht wegen Rougiers. Wir bekommen glücklich einen Wagen, der Kutscher hockt sich vor uns nieder (einen Kutschbock gibt es nicht), und endlich wieder selbständige Existenzen geworden fahren wir los. Max macht die sehr richtige Bemerkung, daß man etwas ähnliches wie hier auch in Prag veranstalten könnte und sollte. Es müßte ja kein Wettfliegen sein, meint er, trotzdem auch das sich lohnen würde, aber einen Aviatiker einladen, das wäre doch sicher eine Leichtigkeit und kein Beteiligter würde es zu bereuen haben. Die Sache wäre ja so einfach; jetzt fliegt Wright in Berlin, nächstens wird Blériot in Wien fliegen, Latham in Berlin. Man müßte also die Leute nur zu dem kleinen Umweg überreden. Wir zwei andern antworten nichts, da wir erstens müde sind und zweitens auch sonst nichts einzuwenden hätten. Der Weg dreht sich und Rougier erscheint so hoch, daß man glaubt, seine Lage könne bald nur nach den Sternen bestimmt werden, die sich gleich auf dem Himmel zeigen werden, der sich schon dunkel verfärbt. Wir hören nicht auf, uns umzudrehen; gerade steigt noch Rougier, mit uns aber geht es endgültig tiefer in die Campagna.

Ein Roman der Jugend

Felix Sternheim: Die Geschichte des
jungen Oswald. Hyperionverlag
Hans von Weber, München 1910.

Ob es will, oder nicht, es ist ein Buch um junge Leute
glücklich zu machen.

Vielleicht muß der Leser, während er diesen Roman in
Briefform zu lesen beginnt, aus Not ein wenig einfältig werden, denn ein Leser kann nicht gedeihen, beugt man seinen
Kopf sogleich mit dem ersten Ruck über den unveränderlichen Strom eines Gefühls. Und vielleicht ist diese Einfalt
des Lesers die Ursache, daß ihm die Schwächen des Autors
hier im Anfang geradezu morgendlich klar erscheinen: Eine
beschränkte Terminologie von Werthers Schatten um-
kreist, schmerzlich den Ohren mit immer »süß« und immer
»hold«. Ein beständig wiederkehrendes Entzücken, dessen
Fülle niemals aufgegeben wird, das aber, oft nur noch gerade an den Worten hängend, tot durch die Seiten geht.

Wird dann aber der Leser vertrauter, bekommt er einen
geschützten Platz, dessen Boden schon gemeinsam mit dem
Boden der Geschichte zittert, dann ist die Einsicht nicht mehr
schwierig, daß die Briefform des Romans den Autor fast
mehr braucht, als er sie. Die Briefform gestattet, einen
raschen Wechsel aus einem dauernden Zustand herauszu-
schildern, ohne daß der rasche Wechsel um seine Raschheit
kommt; sie gestattet, einen dauernden Zustand durch einen
Aufschrei bekannt zu machen und die Dauer bleibt daneben
bestehn. Sie erlaubt ohne Schaden die Entwicklung aufzuhalten, denn während der Mann, dessen berechtigte Hitze uns

erregt, seine Briefe schreibt, schonen ihn alle Mächte, die Vorhänge sind herabgelassen und bei Ruhigsein des ganzen Körpers schiebt er gleichmäßig seine Hand über das Briefpapier. Es wird des Nachts im Halbschlaf geschrieben; je größer die Augen hiebei sind, desto früher fallen sie zu. Es werden zwei Briefe hinter einander an verschiedene Adressaten geschrieben und der zweite mit einem Kopf, der nur an den ersten denkt. Es werden Briefe abends, in der Nacht und am Morgen geschrieben, und das Gesicht am Morgen schaut über das schon unkenntliche Nachtgesicht hinweg, dem Gesicht vom Abend noch mit Verständnis in die Augen. Die Worte »Liebstes, liebstes Gretchen!« kommen verdeckt zwischen zwei großen Sätzen hervor, stoßen durch die Überraschung beide zurück und bekommen alle Freiheit.

Und wir verlassen alles, den Ruhm, die Dichtkunst, die Musik und verlieren uns, wie wir sind, in jenes sommerliche Land, wo die Felder und Wiesen »ähnlich wie im Holländischen, von schmalen, dunklen Wasserarmen durchzogen sind«, wo im Kreise erwachsener Mädchen, kleiner Kinder und einer klugen Frau Oswald in das Gretchen beim Tiktak kleiner gesprochener Sätze sich verliebt. Dieses Gretchen lebt in der tiefsten Stelle des Romans; von allen Seiten, immer wieder, stürzen wir ihm zu. Selbst Oswald verlieren wir hie und da aus den Augen, sie nicht, selbst durch das lauteste Lachen ihrer kleinen Gesellschaft sehn wir sie wie durch ein Gebüsch. Jedoch kaum sehn wir sie, ihre einfache Gestalt, schon sind wir ihr so nahe, daß wir sie nicht mehr sehen können, kaum fühlen wir sie nahe, sind wir ihr schon entrissen und sehn sie klein in der Ferne. »Sie lehnte ihr Köpfchen an das Birkengeländer, so daß der Mond zur Hälfte ihr Gesicht beschien.«

Die Bewunderung für diesen Sommer im Herzen – wer

wagte zu sagen oder besser wer wagte die leichte Beweisführung, daß sich von da ab das Buch zugleich mit dem Helden, mit der Liebe, der Treue, zugleich mit allen guten Dingen geradewegs totschlägt, während bloß die Dichtkunst des Helden siegt, eine Angelegenheit, die nur infolge ihrer Gleichgültigkeit nicht fraglich ist? So geschieht es, daß der Leser, je mehr es gegen Ende geht, desto stärker zu jenem anfänglichen Sommer sich zurückwünscht und schließlich, statt dem Helden auf den Selbstmordfelsen zu folgen, glücklich zu jenem Sommer zurückkehrt und für immer sich dort festhalten möchte.

Eine entschlafene Zeitschrift

Die Zeitschrift »Hyperion« hat ihre Arbeit halb gezwungen, halb freiwillig beendet und ihre zwölf wie Steinplatten großen, weißen Hefte sollen jetzt abgeschlossen sein. Unmittelbar erinnern an sie nur noch die Hyperionalmanache 1910 und 1911, um die sich das Publikum wie um die unterhaltenden Reliquien eines unbequemen Toten reißt. Der wesentliche Herausgeber war Franz Blei, dieser bewundernswerte Mann, den die Mannigfaltigkeit seiner Talente in die dichteste Literatur hineintreibt, wo er sich aber nicht befreien und halten kann, sondern mit verwandelter Energie zu Zeitschriftengründungen entläuft. Der Verleger war Hans von Weber, dessen Verlag zuerst vom »Hyperion« ganz überdeckt war, heute aber, ohne sich in einer Seitengasse der Literatur zu verstecken, ohne aber auch mit allgemeinen Programmen zu strahlen, einer der zielbewußtesten großen deutschen Verlage geworden ist.

Die Absicht der Gründer des »Hyperion« war, mit ihm in jene Lücke des literarischen Zeitschriftenwesens zu treten, die zuerst der »Pan« erkannt, nach ihm die »Insel« auszufüllen versucht hatte, und die seitdem scheinbar offenstand. Hier fängt schon der Irrtum des »Hyperion« an. Freilich hat kaum je eine literarische Zeitschrift edler geirrt. Der »Pan« brachte zu seiner Zeit über Deutschland die Wohltat eines Schreckens, indem er die wesentlichen zeitgemäßen, aber noch unerkannten Kräfte einigte und durch einander stärkte. Die »Insel« erschmeichelte sich dort, wo ihr jene äußerste Notwendigkeit fehlte, eine andere, wenn auch niedrigere. Der »Hyperion« hatte keine. Er sollte denen, die an den

Grenzen der Literatur wohnen, eine große lebendige Repräsentation geben; aber sie gebührte jenen nicht, und sie wollten sie im Grunde auch nicht haben. Diejenigen, die ihre Natur von der Gemeinschaft fernhält, können nicht ohne Verlust regelmäßig in einer Zeitschrift auftreten, wo sie sich zwischen den andern Arbeiten in eine Art bühnenmäßigen Lichts gestellt fühlen müssen und fremder aussehn, als sie sind; sie brauchen auch keine Verteidigung, denn das Unverständnis kann sie nicht treffen, und die Liebe findet sie überall. Sie brauchen auch keine Kräftigung, denn, wenn sie wahrhaftig bleiben wollen, können sie nur von sich selbst zehren, so daß man ihnen nicht helfen kann, ohne ihnen vorher zu schaden. Wenn also die Möglichkeiten anderer Zeitschriften, zu repräsentieren, zu zeigen, zu verteidigen, zu kräftigen, sich dem »Hyperion« versagten, konnten überdies peinliche Nachteile nicht vermieden werden: Eine solche Literaturversammlung, wie sie im »Hyperion« beisammen war, zieht mit Macht und ohne die Fähigkeit sich zu wehren, Lügenhaftes an; dagegen gab es dort, wo die beste allgemeine Literatur und Kunst in den »Hyperion« eintrat, keineswegs immer einen vollkommenen Zusammenklang und jedenfalls keinen besondern anderswo nicht zu erreichenden Gewinn. Alle diese Bedenken aber konnten in den zwei Jahren den Genuß des »Hyperion« nicht stören, denn schon der Reiz des Versuches machte alles vergessen; dem »Hyperion« selbst allerdings gingen diese Bedenken wohl an den Leib. Sein Andenken aber wird schon deshalb nicht verschwinden können, weil in den nächsten Generationen sich sicher keiner finden wird, der den Willen, die Kraft, den Opfermut und die begeisterte Verblendung hätte, ein ähnliches Unternehmen wieder anzufangen; und deshalb beginnt der unvergessene »Hyperion« jeder Feindschaft schon zu entrücken und wird in zehn oder zwanzig Jahren einfach ein bibliographischer Schatz sein.

Erstes Kapitel des Buches »Richard und Samuel«
von Max Brod und Franz Kafka

Unter dem Titel »Richard und Samuel – Eine kleine Reise durch mitteleuropäische Gegenden«, wird ein Bändchen die parallelen Reisetagebücher zweier Freunde verschiedenartigen Charakters enthalten.

Samuel ist ein weltläufiger junger Mann, der mit vielem Ernst sich Kenntnisse im großen Stil und ein richtiges Urteil über alle Gegenstände des Lebens und der Kunst zu bilden bestrebt ist, ohne doch jemals nüchtern oder gar pedantisch zu werden. Richard hat keinen bestimmten Interessekreis, läßt sich von rätselhaften Gefühlen, noch mehr von seiner Schwäche treiben, zeigt aber in seinem engen und zufälligen Kreise so viel Intensität und naive Selbstständigkeit, daß er nie zu schrullenhafter Komik ausartet. Dem Berufe nach ist Samuel Sekretär eines Kunstvereines, Richard Bankbeamter. Richard hat Vermögen, arbeitet nur, weil er sich nicht für fähig hält, freie Tage zu ertragen; Samuel muß von seiner (überdies erfolgreichen und sehr geschätzten) Arbeit leben.

Die beiden, obwohl Schulkollegen, sind während dieser beschriebenen Reise zum erstenmal andauernd mit einander allein. Sie schätzen einander, obwohl sie einander unbegreiflich erscheinen. Anziehung und Abstoßung wird vielartig gefühlt. Es wird beschrieben, wie sich dieses Verhältnis zunächst zu überhitzter Intimität anstachelt, dann nach manchen Zwischenfällen auf dem gefährlichen Boden von Mailand und Paris in männliches Verständnis gegenseitig beruhigt und ganz befestigt. Die Reise schließt damit, daß die beiden Freunde ihre Fähigkeiten zu einem neuen eigenartigen Kunstunternehmen vereinigen.

Die vielen Nüancen, deren Freundschaftsbeziehungen zwischen Männern fähig sind, darzustellen und zugleich die bereisten Länder durch eine widerspruchsvolle Doppelbeleuchtung in einer Frische und Bedeutung sehn zu lassen, wie sie oft mit Unrecht nur exotischen Gegenden zugeschrieben werden: ist der Sinn dieses Buches.

Die erste lange Eisenbahnfahrt (Prag–Zürich)

Samuel: Abfahrt 26. VIII. 1911 Mittag 1 Uhr 2 Min.

Richard: Beim Anblick Samuels, der in seinen bekannten winzigen Taschenkalender etwas Kurzes einträgt, habe ich wieder die alte schöne Idee, jeder von uns solle ein Tagebuch über diese Reise führen. Ich sage es ihm. Er lehnt zuerst ab, dann stimmt er zu, er begründet beides, ich verstehe es beidemal nur oberflächlich, aber das macht nichts, wenn wir nur Tagebücher führen werden. – Jetzt lacht er schon wieder über mein Notizbuch, welches allerdings, in Glanzleinen schwarz eingebunden, neu, sehr groß, quadratisch, eher einem Schulheft ähnelt. Ich sehe voraus, daß es schwer und jedenfalls lästig sein wird, dieses Heft während der ganzen Reise in der Tasche zu tragen. Übrigens kann ich mir auch in Zürich mit ihm zugleich ein praktisches kaufen. Er hat auch eine Füllfeder. Ich werde mir sie hie und da ausborgen.

Samuel: In einer Station unserem Fenster gegenüber ein Waggon mit Bäuerinnen. Im Schoße einer, die lacht, schläft eine. Aufwachend winkt sie uns, unanständig in ihrem Halb-schlaf: »Komm«. Als verspotte sie uns, weil wir nicht hin-überkönnen. Im Nebenkoupee eine dunkle, heroische, ganz unbeweglich. Den Kopf tief zurückgelehnt schaut sie entlang der Scheibe hinaus. Delphische Sibylle.

Richard: Aber was mir nicht gefällt, ist sein anknüpferi-scher, fälschlich Vertrautheit vorgebender, fast liebedieneri-scher Gruß an die Bäuerinnen. Nun setzt sich gar der Zug in Bewegung und Samuel bleibt mit seinem zu groß angefange-nen Lächeln und Mützeschwenken allein. – Übertreibe ich nicht? – Samuel liest mir seine erste Bemerkung vor, sie macht auf mich einen großen Eindruck. Ich hätte auf die Bäuerinnen mehr Acht geben sollen. – Der Kondukteur fragt, übrigens sehr undeutlich, als hätte er es mit lauter Leuten zu tun, die diese Strecke schon oft gefahren sind, ob jemand für Pilsen Kaffee bestellen wolle. Bestellt man, so klebt er einen schmalen grünen Zettel für jede Portion ans Koupeefenster, so wie in Misdroy ehemals, so lange es keine Landungsbrücke gab, der ferne Dampfer durch Wimpel die Zahl der Boote, die zum Ausbooten benötigt wurden, anzeigte. Samuel kennt Misdroy gar nicht. Schade, daß ich nicht mit ihm dort war. Es war damals sehr schön. Diesmal wird es auch wunderbar schön werden. Die Fahrt ist zu schnell, es vergeht zu rasch; die Begierde nach weiten Reisen, die ich jetzt habe! – Welch ein altertümlicher Vergleich ist der obige, da seit fünf Jahren der Landungssteg in Misdroy steht. – Der Kaffee in Pilsen auf dem Perron. Man muß ihn mit Zettel nicht nehmen und bekommt ihn auch ohne.

Samuel: Vom Perron aus sehn wir ein fremdes Mädchen aus unserem Koupee herausschauen, die spätere Dora Lippert. Hübsch, dicknasig, kleiner Halsausschnitt in weißer Spitzenbluse. Erste gemeinschaftliche Tatsache bei der Weiterfahrt: ihr großer Hut in seiner Papierhülle schwebt aus dem Gepäcknetz leicht auf meinen Kopf herab. – Wir erfahren, daß sie die Tochter eines nach Innsbruck versetzten Offiziers ist und zu ihren Eltern fährt, die sie schon so lange nicht gesehn hat. Sie arbeitet in einem technischen Bureau in Pilsen, den ganzen Tag, hat sehr viel zu tun, aber es macht ihr Freude, sie ist sehr zufrieden mit ihrem Leben. Im Bureau heißt sie: unser Nesthäkchen, unsere kleine Schwalbe. Sie ist dort unter lauter Männern, die jüngste. O es ist lustig im Bureau! Man verwechselt die Hüte in der Garderobe, nagelt die Zehnuhrkipfel an oder klebt einem den Federstiel mit Gummiarabicum an die Schreibmappe. Wir selbst haben Gelegenheit an einem solchen »tadellosen« Witz mitzuwirken. Sie schreibt nämlich eine Karte an ihre Bureaukollegen, in der es heißt: »Das Vorausgesagte ist leider eingetroffen. Ich bin in einen falschen Zug eingestiegen und befinde mich jetzt in Zürich. Herzliche Grüße.« Wir sollen diese Karte in Zürich aufgeben. Sie erwartet aber von uns als »Ehrenmännern«, daß wir nichts dazuschreiben. Im Bureau wird man natürlich Sorge haben, telegraphieren und Gott weiß, was noch. – Sie ist Wagnerianerin, fehlt bei keiner Wagnervorstellung, »diese Kurz neulich als Isolde«, auch den Briefwechsel Wagners mit der Wesendonck liest sie eben, sie nimmt ihn sogar nach Innsbruck mit, ein Herr, natürlich jener, der ihr die Klavierauszüge vorspielt, hat ihr das Buch geborgt. Sie selbst hat leider wenig Talent zum Klavierspiel, wir wissen es aber schon, seitdem sie uns einige Leitmotive vorgesummt hat. – Sie sammelt Chokoladenpapier, aus dem sie eine große Staniolkugel macht, die sie auch mit hat. Diese Kugel ist für eine Freundin bestimmt, weiterer Zweck unbekannt. Sie sammelt aber auch Cigarrenbinden, diese ganz bestimmt für ein Tablett. – Der erste bayerische Kondukteur bringt sie darauf, ihre sehr widerspruchsvollen und dunklen Ansichten einer Offizierstochter über das österreichische Militär und Militär überhaupt kurz und mit großer Entschiedenheit zu äußern. Sie hält nämlich nicht nur das österreichische Militär für schlapp, sondern auch das deutsche und jedes Militär überhaupt. Aber läuft sie nicht im Bureau zum Fenster, wenn Militärmusik vorüberkommt? Eben nicht, denn das ist kein Militär. Ja, ihre jüngere Schwester, die ist anders. Die tanzt fleißig im Innsbrucker Offizierskasino. Also Uniformen imponieren ihr gar nicht und Offiziere sind für sie Luft. Offenbar ist daran zum Teil jener Herr schuld, der ihr die Klavierauszüge borgt, zum Teil aber unser Hin- und Herspazieren auf dem Perron des Further Bahnhofs, denn sie fühlt sich nach der Fahrt im Gehn so frisch und streicht mit den Handflächen ihre Hüften. Richard verteidigt das Militär, aber ganz im Ernst. – Ihre Lieblingsausdrücke: tadellos – mit Null Komma fünf Beschleunigung – herausfeuern – prompt – schlapp.

Richard: Dora L. hat runde Wangen mit viel blondem Flaum; sie sind aber so blutleer, daß man sehr lange die Hände in sie drücken müßte, ehe sich eine Röthung zeigte. Das Mieder ist schlecht, über seinem Rande auf der Brust zerknittert sich die Bluse; davon muß man absehn.

Froh bin ich, daß ich ihr gegenüber und nicht neben ihr sitze, ich kann nämlich mit einem, der neben mir sitzt, nicht reden. Samuel z. B. setzt sich wieder mit Vorliebe neben mich; er sitzt auch gern neben Dora. Ich dagegen fühle mich ausgehorcht, wenn sich jemand neben mich setzt. Schließlich hat man ja wirklich gegen einen solchen Menschen von vornherein kein Auge in Bereitschaft, man muß sie erst zu ihm hinüberdrehen. Allerdings bin ich infolge meines Gegenübersitzens von der Unterhaltung Doras und Samuels, besonders wenn der Zug fährt, zeitweilig ausgeschlossen; alle Vorteile kann man nicht haben. Dafür sah ich sie aber schon, wenn auch nur Augenblicke lang, stumm neben einandersitzen; natürlich ohne meine Schuld.

Ich bewundere sie; sie ist so musikalisch. Samuel allerdings scheint ironisch zu lächeln, als sie ihm etwas leise vorsingt. Vielleicht war es nicht ganz korrekt, aber immerhin, verdient es nicht Bewunderung, daß sich ein in einer großen Stadt alleinstehendes Mädchen so herzlich für Musik interessiert? Sie hat sogar in ihr Zimmer, das doch nur gemietet ist, ein gemietetes Klavier schaffen lassen. Man muß sich nur vorstellen: eine so umständliche Angelegenheit wie ein Klaviertransport (Fortepiano!), die selbst ganzen Familien Schwierigkeiten macht und das schwache Mädchen! Wie viel Selbständigkeit und Entschiedenheit gehört dazu!

Ich frage sie nach ihrem Haushalt. Sie wohnt mit zwei

Freundinnen, abends kauft eine von ihnen das Nachtmahl in einem Delikatessengeschäft, sie unterhalten sich sehr gut und lachen viel. Daß das alles bei Petroleumbeleuchtung geschieht, kommt mir, als ich es höre, merkwürdig vor, aber ich will es ihr nicht sagen. Offenbar liegt ihr auch an dieser schlechten Beleuchtung nichts, denn bei ihrer Energie könnte sie von ihrer Wirtin gewiß auch eine bessere erzwingen, wenn es ihr einmal einfiele.

Da sie im Laufe des Gespräches alles vorzeigen muß, was sie in ihrem Täschchen hat, sehn wir auch eine Medizinflasche mit irgend etwas Abscheulichem Gelbem drin. Jetzt erst erfahren wir, daß sie nicht ganz gesund ist, sogar lange krank gelegen ist. Und nachher war sie noch sehr schwach. Damals hat ihr der Chef selbst geraten (so anständig ist man gegen sie), nur halbe Tage ins Bureau zu kommen. Jetzt geht es ihr besser, sie muß aber dieses Eisenpräparat nehmen. Ich rate ihr, es lieber zum Fenster hinauszuschütten. Sie stimmt zwar leicht zu (denn das Zeug schmeckt elend), ist aber nicht zum Ernst zu bringen, trotzdem ich, näher zu ihr vorgebeugt als jemals, meine gerade darin so klaren Ansichten über eine naturgemäße Behandlung des menschlichen Organismus darlegen will, und zwar in der aufrichtigen Absicht, ihr zu helfen oder zumindest dieses unberatene Mädchen vor Schaden zu bewahren, und mich so wenigstens für einen Augenblick lang als glücklichen Zufall dieses Mädchens fühle. – Als sie nicht aufhört zu lachen, breche ich ab. Geschadet hat mir auch, daß Samuel während meiner ganzen Rede mit dem Kopf gewackelt hat. Ich kenne ihn ja. Er glaubt an die Ärzte und hält die Naturheilmethode für lächerlich. Ich verstehe das sehr gut: er hat nie einen Arzt gebraucht und daher nie ernstliche selbständige Gedanken über diese Sache gehabt, kann beispielsweise dieses ekelhafte Präparat gar nicht auf sich beziehn. – Wäre ich mit dem Fräulein allein gewesen, so hätte ich sie schon überzeugt. Denn: wenn ich in dieser Sache nicht Recht habe, habe ich es in keiner!

Die Ursache ihrer Blutarmut ist mir ja von allem Anfang an klar gewesen. Das Bureau. Man kann ja wie alles auch das Bureauleben als etwas Scherzhaftes empfinden (und dieses Mädchen empfindet es ehrlich so, ist ja vollständig getäuscht), aber im Wesen, in den unglücklichen Folgen!? – Ich weiß ja, woran ich z. B. bin. Und jetzt soll gar ein Mädchen im Bureau sitzen, der Frauenrock ist gar nicht dazu gemacht, wie muß er sich überall spannen, um dauernd, stundenlang auf einem harten Holzsessel sich hin- und herzuschieben. Und so werden diese runden Popos gedrückt, und zugleich die Brust an der Schreibtischkante. – Übertrieben? – Ein Mädchen im Bureau ist mir doch jedesmal ein trauriger Anblick.

Samuel ist schon ziemlich intim mit ihr geworden. Er hat sie sogar, was ich eigentlich nie gedacht hätte dazu gebracht, mit uns in den Speisewagen zu gehn. In diesen Waggon zwischen fremde Passagiere treten wir schon mit einer geradezu unglaublichen Zusammengehörigkeit ein, alle drei. Das muß man sich merken, daß man zur Verstärkung der Freundschaft eine neue Umgebung aufsuchen soll. Ich sitze jetzt sogar neben ihr, wir trinken Wein, unsere Arme berühren einander, unsere gemeinsame Ferienfreude macht wirklich eine Familie aus uns.

Dieser Samuel hat sie trotz ihres lebhaften und durch den Regenguß unterstützten Sträubens überredet, den halbstündigen Aufenthalt in München zu einer Autofahrt zu benützen. Während er ein Auto holt, sagt sie zu mir in der Bahnhofsarkade, und sie nimmt mich dabei beim Arm: »Bitte, verhindern Sie diese Fahrt. Ich darf nicht mit. Es ist ganz ausgeschlossen. Ich sage es Ihnen, weil ich zu Ihnen Vertrauen habe. Mit Ihrem Freund kann man ja nicht reden. Er ist so verrückt!« – Wir steigen ein, mir ist das Ganze peinlich, es erinnert mich auch genau an das Kinematographenstück »Die weiße Sklavin«, in dem die unschuldige Heldin gleich am Bahnhofsausgang im Dunkel von fremden Männern in ein Automobil gedrängt und weggeführt wird. Samuel dagegen ist guter Laune. Da der große Schirm des Autos uns die Aussicht nimmt, sehn wir eigentlich von allen Gebäuden nur den ersten Stock zur Not. Es ist Nacht. Perspektiven einer Kellerwohnung. Samuel dagegen leitet daraus phantastische Vorstellungen über die Höhe der Schlösser und Kirchen ab. Da Dora in ihrem dunklen Rücksitz noch immer schweigt und ich schon fast einen Ausbruch fürchte, wird er endlich doch stützig und fragt sie, für mein Gefühl etwas zu konventionell: »Nun, Sie sind doch nicht bös auf mich, Fräulein? Habe ich Ihnen etwas getan u. s. f.?« Sie erwiedert: »Da ich einmal hier bin, will ich Ihnen das Vergnügen nicht stören. Sie hätten mich aber nicht zwingen sollen. Wenn ich ›Nein‹ sage, so sage ich es nicht ohne Grund. Ich darf eben nicht fahren.« »Warum?« fragt er. »Das kann ich Ihnen nicht sagen. Sie müssen doch selbst einsehn, daß es sich für ein Mädchen nicht schickt, Nachts mit Herren herumzufahren. Außerdem ist noch etwas dabei. Nehmen Sie nur an, ich wäre schon gebunden . . .« Wir erraten, jeder für uns, mit stillem Respekt, daß diese Sache irgendwie mit dem Wagner-Herren zusammenhängt. Nun, ich habe mir keine Vorwürfe zu machen, versuche sie aber trotzdem aufzuheitern. Auch Samuel, der sie bisher ein wenig von oben herab behandelt hat, scheint zu bereuen und will nur mehr von der Fahrt sprechen. Der Chauffeur, von uns aufgefordert, ruft die Namen der unsichtbaren Sehenswürdigkeiten aus. Die Pneumatics rauschen auf dem nassen Asphalt wie der Apparat im Kinematographen. Wieder diese »weiße Sklavin«. Diese leeren langen gewaschenen schwarzen Gassen. Das Deutlichste sind die unverhängten großen Fenster des Restaurants »Vier Jahreszeiten«, dessen Name uns als des elegantesten irgendwie bekannt war. Verbeugung eines livrierten Kellners vor einer Tischgesellschaft. Bei einem Denkmal, das wir in einem glücklichen Einfall für das berühmte Wagnerdenkmal erklären, zeigt sie Teilnahme. Nur beim Freiheitsmonument mit seinen im Regen klatschenden Fontänen ist längerer Aufenthalt gegönnt. Brücke über die nur geahnte Isar. Schöne herrschaftliche Villen längs des Englischen Gartens. Ludwigsstraße, Theatinerkirche, Feldherrnhalle, Pschorrbräu. Ich weiß nicht, wieso das kommt: ich erkenne nichts wieder, obwohl ich doch schon mehrmals in München war. Sendlinger Tor. Bahnhof, den rechtzeitig zu erreichen ich (besonders Doras wegen) Sorge hatte. So sind wir wie eine daraufhin ausgerechnete Feder in genau zwanzig Minuten durch die Stadt geschnurrt, nach dem Taxameter.

Wir bringen unsere Dora, als wären wir ihre Münchner Verwandten, in einem direkten Koupee nach Innsbruck unter, wo eine schwarzgekleidete Dame, die mehr zu fürchten ist als wir, ihr für die Nacht ihren Schutz anbietet. Da sehe ich erst, daß man uns zweien mit Beruhigung ein Mädchen anvertrauen kann.

Samuel: Die Sache mit Dora ist gründlich mißlungen. Je weiter es gieng, desto schlimmer. Ich hatte die Absicht, die Reise zu unterbrechen und in München zu übernachten. Bis zum Nachtmahl, etwa Station Regensburg, war ich überzeugt, daß es gehn würde. Ich versuchte mich mit Richard durch ein paar Worte auf einem Zettel zu verständigen. Er scheint ihn gar nicht gelesen zu haben, nur darauf bedacht, ihn zu verstecken. Schließlich liegt ja nichts daran, ich hatte gar keine Lust auf das fade Frauenzimmer. Nur Richard machte so ein Wesen aus ihr, mit seinen umständlichen Ansprachen und Gefälligkeiten. Dadurch wurde sie auch in ihrer dummen Ziererei bekräftigt, die schließlich im Automobil ganz unerträglich wurde. Beim Abschied wurde sie folgerecht ein sentimentales deutsches Gretchen, Richard, der ihr natürlich den Koffer trug, benahm sich, wie wenn sie ihn unverdient beglückt hätte, ich hatte nur ein peinliches Gefühl. Um es kurz zu formulieren: Frauen, die allein reisen oder sonst irgendwie als selbständig betrachtet sein wollen, dürfen dann nicht wieder in die übliche, vielleicht heute schon veraltete Koketterie verfallen, indem sie bald anziehn, bald abstoßen und in der dadurch erzeugten Verwirrung ihren Vorteil suchen. Denn das durchschaut man und läßt sich bald mit Vergnügen stärker abstoßen, als sie wahrscheinlich gewünscht haben. –

Nach dieser nicht ganz saubern Reisebekanntschaft war es ein besonderes Vergnügen, eine eigens für Hände- und Gesichtwaschen eingerichtete Anstalt auf dem Bahnhof zu finden. Man öffnet uns eine »Kabine«; allerdings könnte man sich schönere Waschgelegenheiten denken, auch haben wir nur gerade noch Zeit, mit unseren Kleidern bepackt uns in der Enge zwischen den zwei Waschbecken hin und her zu drehn, trotzdem sind wir einig, daß Kultur in dieser reichsdeutschen Einrichtung liegt. In Prag könnte man lange auf den Bahnhöfen herumsuchen, ehe man so etwas fände.

Wir steigen in das Koupee ein, in dem wir zu Richards Herzklopfen unser Gepäck gelassen hatten. Richard macht seine bekannten Schlafvorbereitungen, indem er sein Plaid als Kopfpolster unterlegt und den aufgehängten Havelock als Baldachin um sein Gesicht herabhängen läßt. Es gefällt mir, daß er, wenigstens wenn es sich um seinen Schlaf handelt, rücksichtslos ist, z. B. die Lampe verdunkelt, ohne zu fragen, trotzdem er weiß, daß ich in der Eisenbahn nicht schlafen kann. Er streckt sich auf seiner Bank aus, als ob er ein besonderes Recht vor den Mitreisenden hätte. Er schläft auch sofort friedlich ein. Und dabei hat der Mensch immerfort über Schlaflosigkeit zu klagen.

Im Koupee sitzen noch zwei junge Franzosen. (Genfer Gymnasiasten.) Der eine, schwarzhaarige, lacht immerfort, sogar darüber, daß ihn Richard kaum sitzen läßt (so streckt er sich aus), dann darüber, daß er einen Augenblick, in dem sich Richard erhebt und die Gesellschaft bittet nicht soviel zu rauchen, benützt um einen Teil von Richards Lagerplatz zu besetzen. Solche kleine Kämpfe werden unter Fremdsprachigen stumm und daher mit großer Leichtigkeit ausgefochten, ohne Entschuldigungen und ohne Vorwürfe. – Die Franzosen verkürzen sich die Nacht, indem sie eine Blechbüchse mit Kakes einander hin- und herreichen oder Zigaretten drehn oder jeden Augenblick auf den Gang hinausgehn, einander rufen, wieder hereinkommen. In Lindau (sie sagen »Lendó«) lachen sie herzlich und für diese Nachtzeit überraschend hell über den österreichischen Kondukteur. Kondukteure eines fremden Staates wirken unwiderstehlich komisch, so auch auf uns der bayrische in Furth mit seiner großen roten Tasche, die ihm tief unten um die Beine schlenkerte. – Langdauernde Aussicht auf den von den Zugslichtern beleuchteten und geglätteten Bodensee bis hinüber zu den fernen Lichtern der jenseitigen Ufer, finster und dunstig. Mir fällt ein altes Schulgedicht ein, »Der Reiter über den Bodensee«. Ich verbringe eine hübsche Zeit damit, es mir aus dem Gedächtnis wiederherzustellen. – Eindringen dreier Schweizer. Einer raucht. Einer, der dann auch nach dem Aussteigen der zwei andern zurückbleibt, ist zuerst unwesentlich, klärt sich aber gegen Morgen auf. Er hat den Streitigkeiten zwischen Richard und dem schwarzen Franzosen ein Ende gemacht, indem er gleichsam beiden Unrecht gab und sich für den ganzen Rest der Nacht steif zwischen sie setzte, den Bergstock zwischen den Beinen. Richard zeigt, daß er auch sitzend schlafen kann.

Die Schweiz überrascht durch die alleinstehenden, daher scheinbar besonders aufrechten selbstständigen Häuser in allen Städtchen, Dörfern längs der ganzen Eisenbahnstrecke. Keine Gassenbildung in St. Gallen. Vielleicht drückt sich darin der gut deutsche Partikularismus jedes Einzelnen aus, – von Terrainschwierigkeiten unterstützt. Jedes Haus mit seinen dunkelgrünen Fensterläden und viel grüner Farbe in Fachwerk und Geländer hat einen villenähnlichen Charakter. Trägt trotzdem eine Firma, nur e i n e, Familie und Geschäft scheinen nicht unterschieden. Diese Einrichtung, Geschäftsunternehmungen in Villen zu betreiben, erinnert mich stark an R. Walsers Roman »Der Gehilfe«.

Es ist Sonntag, fünf Uhr früh, 27. August. Alle Fenster noch geschlossen, alles schläft. Immer das Gefühl, daß wir, in diesen Zug gesperrt, die einzige schlechte Luft weit und breit atmen, während das Land draußen in natürlicher Weise, die man nur aus einem Nachtzug heraus, unter einer weiterbrennenden Lampe, richtig beobachten kann, sich entschleiert. Es ist zuerst von den dunklen Bergen als besonders schmales Tal zwischen ihnen und unserem Zug hergeschoben, dann durch den Morgendunst wie durch Oberlichtfenster weißlich aufgehellt, die Matten erscheinen allmählich frisch, wie nie zuvor berührt, saftig grün, was mich in diesem trockenen Jahr sehr in Erstaunen setzt, endlich erbleicht das Gras bei steigender Sonne in langsamer Verwandlung. – Bäume mit schweren großen Nadelästen, die längs des ganzen Stammes bis zum Fuße niederwallen.

Solche Formen sieht man häufig in Bildern Schweizer Maler und ich hielt sie bis heute für nichts als stylisiert.

Eine Mutter mit ihren Kindern beginnt auf der saubern Straße den Sonntagspaziergang. Das erinnert mich an Gottfried Keller, der von seiner Mutter erzogen wurde.

Im Wiesenland überall die sorgfältigsten Zäune; manche

sind aus grauen wie Bleistifte zugespitzten Stämmen gebaut, oft aus halbierten solchen Stämmen. So teilten wir als Kinder Bleistifte, um den Graphit herauszubekommen. Derartige Zäune habe ich noch nie gesehn. So bietet jedes Land Neues im Alltäglichen und man muß sich hüten, der Freude über solche Eindrücke nachgebend das Seltene zu übersehn.

Richard: Die Schweiz in den ersten Morgenstunden sich selbst überlassen. Samuel weckt mich angeblich beim Anblick einer sehenswerten Brücke, die aber schon vorbei ist, ehe ich aufschaue, und verschafft sich durch diesen Griff vielleicht den ersten starken Eindruck von der Schweiz. Ich sehe sie zuerst, viel zu lange Zeit, aus innerer in äußerer Dämmerung an.

Ich habe in der Nacht ungewöhnlich gut geschlafen, wie in der Eisenbahn fast immer. Mein Schlaf in der Eisenbahn ist förmlich eine reinliche Arbeit. Ich lege mich hin, den Kopf zu allerletzt, probiere kurz zum Vorspiel einige Lagen, sondere mich von der ganzen Gesellschaft ab, wie sie mich auch von allen Seiten anschauen möge, indem ich mit dem Überzieher oder der Reisemütze mein Gesicht verdecke und werde von dem anfänglichen Behagen einer neu eingenommenen Körperlage in den Schlaf geweht. Am Anfang ist das Dunkel natürlich eine gute Hilfe, im weiteren Verlaufe ist es fast überflüssig. Auch die Unterhaltung könnte fortgehn wie früher nur ist es schon so, daß der Mahnung, die ein ernsthaft Schlafender bildet, auch ein entfernt sitzender Schwätzer nicht widerstehen kann. Denn es gibt kaum einen Ort, wo die größten Gegensätze in der Lebensführung so nah, unvermittelt und überraschend neben einander sitzen wie im Koupee und infolge der fortwährenden gegenseitigen Betrachtung in der kürzesten Zeit auf einander zu wirken anfangen. Und wenn auch ein Schlafender die andern nicht gleich wieder einschläfert, so macht er sie doch stiller oder steigert gar ganz gegen seinen Willen ihre Nachdenklichkeit zum Rauchen, so wie es leider bei dieser Fahrt geschehen ist, wo ich in der guten Luft unaufdringlicher Träume Wolken von Zigarettenrauch eingeatmet habe.

Meinen guten Schlaf in der Eisenbahn erkläre ich damit, daß mich sonst meine aus Überarbeitung stammende Nervosität durch den Lärm nicht schlafen läßt, den sie in mir anrichtet und der in der Nacht von allen zufälligen Geräuschen des großen Wohnhauses und der Gasse, von jedem aus der Ferne herannahenden Wagenrollen, jedem Zanken Betrunkener, jedem Schritt auf der Treppe angefeuert wird, daß ich oft ärgerlich alle Schuld auf diesen äußeren Lärm schiebe – während in der Eisenbahn die Gleichmäßigkeit der Fahrtgeräusche, ob es nun gerade die arbeitende Federung des Waggons ist, oder das sich Reiben der Räder, das Aneinanderschlagen der Schienen, das Zittern des ganzen Holz-, Glas- und Eisenbaues ein Niveau wie von vollkommener Ruhe bilden, auf dem ich schlafen kann, scheinbar wie ein gesunder Mensch. Dieser Schein weicht natürlich sofort z.B. einem vordringenden Pfiff der Lokomotive oder einer Veränderung des Fahrttempos oder ganz bestimmt dem Eindruck in den Stationen, der sich genau wie durch den ganzen Zug auch durch meinen ganzen Schlaf fortsetzt bis zum Erwachen. Dann höre ich ohne Erstaunen die Namen von Orten ausrufen, die ich nie zu passieren erwartet habe, wie diesmal Lindau, Konstanz, ich glaube auch Romanshorn und habe von ihnen weniger Gewinn, als wenn ich von ihnen nur geträumt hätte, im Gegenteil nur Störung. Erwache ich während der Fahrt, dann ist das Erwachen stärker, weil es wie gegen die Natur des Eisenbahnschlafes ist. Ich öffne die Augen und wende mich einen Augenblick zum Fenster. Viel sehe ich da nicht, und was ich sehe, ist mit dem nachlässigen Gedächtnis des Träumenden erfaßt. Doch möchte ich schwören, daß ich irgendwo im Würtembergischen, wie wenn ich auch dieses Würtembergische ausdrücklich erkannt hätte, um zwei Uhr in der Nacht einen Mann gesehen habe, der auf der Veranda seines Landhauses sich zum Geländer beugte. Hinter ihm war die Tür seines beleuchteten Schreibzimmers halb geöffnet, als sei er nur herausgekommen, um vor dem Schlaf noch den Kopf zu kühlen. . . . In Lindau war im Bahnhof, aber auch während der Einfahrt und der Ausfahrt viel Gesang in der Nacht und weil man überhaupt in einer solchen Fahrt in der Nacht von Samstag auf Sonntag viel nächtliches Leben auf weiten Strecken, nur leicht im Schlaf beirrt, zusammenkehrt, scheint einem der Schlaf besonders tief und die Unruhe draußen besonders laut zu sein. Auch die Schaffner, die ich öfters an meiner getrübten Fensterscheibe vorüberlaufen sah, und die niemanden wecken, sondern nur ihre Pflicht erfüllen wollten, riefen in der Leere der Bahnhofsräume überlaut eine Silbe des Stationsnamens zu uns herein und weiterhin die andern. Dann lockte es meine Reisegenossen sich den Namen zusammenzusetzen oder sie erhoben sich, um durch die immer wieder abgewischte Scheibe den Namen selbst zu lesen; mein Kopf aber fiel schon zurück aufs Holz.

Wenn man aber schon einmal so gut im Fahren schlafen kann wie ich – Samuel durchsitzt die ganze Nacht mit offenen Augen, wie er behauptet – dann sollte man auch erst bei der Ankunft erwachen dürfen, um sich nicht im Augenblick des Aufwachens aus gesundem Schlaf mit fettigem Gesicht, nassem Körper, kreuz und quer gedrückten Haaren, in Wäsche und Kleidern, die 24 Stunden, ohne geputzt und gelüftet zu werden, im Eisenbahnstaub bestanden habend, in einen Winkel des Koupees gekrümmt zu finden und in diesem Zustand weiterfahren zu müssen. Hätte man jetzt die Kraft dazu, würde man den Schlaf verfluchen, so aber beneidet man nur im Stillen Leute, die wie Samuel, vielleicht nur weilchenweise geschlafen haben, aber dafür auch besser auf sich achten konnten, fast die ganze Fahrt mit Bewußtsein gemacht haben und die durch die Unterdrückung des Schlafes, dessen sie schließlich auch fähig gewesen wären, bei ununterbrochenem klarem Verstande geblieben sind. Ich war ja Samuel am Morgen ausgeliefert.

Wir standen nebeneinander beim Fenster, ich nur seinetwegen, und während er mir zeigte, was von der Schweiz zu sehen war und von dem erzählte, was ich verschlafen hatte, nickte ich und bewunderte, wie er wollte. Es ist noch ein Glück, daß er solche Zustände an mir entweder nicht merkt oder nicht richtig beurteilt, denn gerade zu solchen Zeiten ist er freundlicher zu mir, als dann, wenn ich es besser verdiene. Ernsthaft aber dachte ich damals nur an die Lippert. Ein wahres Urteil über neue kurze Bekanntschaften, besonders mit Frauen, kann ich mir ja nur schwer bilden. In der Zeit nämlich, in der die Bekanntschaft im Gange ist, beaufsichtige ich lieber mich selbst, weil da viel zu tun ist, und so habe ich auch an ihr nur einen lächerlichen Teil von dem bemerkt, was ich flüchtig und gleich verloren an ihr ahnte. In der Erinnerung wiederum nehmen diese Bekanntschaften sofort große anbetungswürdige Formen an, da sie dort stumm sind, nur ihrer eigenen Beschäftigung nachgehn und durch ihr völliges Vergessen unserer Person ihre Mißachtung unserer Bekanntschaft zeigen. Doch war noch ein anderer Grund, weshalb ich mich nach Dora, dem nächsten Mädchen meiner Erinnerung, so sehnte. Samuel genügte mir an diesem Morgen nicht. Er wollte als mein Freund eine Reise mit mir machen, aber das war nicht viel. Das bedeutete nur, daß ich an allen Tagen dieser Reise einen angezogenen Mann neben mir haben werde, dessen Körper ich nur im Bade sehen kann, ohne auch nach diesem Anblick das geringste Verlangen zu haben. Samuel würde ja schließlich meinen Kopf an seiner Brust dulden, wenn ich dort weinen wollte, aber können mir beim Anblick seines männlichen Gesichts, seines knapp wehenden Spitzbartes, seines zusammengeklappten Mundes – da höre ich schon auf – können mir denn ihm gegenüber die erlösenden Tränen in die Augen kommen?

(Fortsetzung folgt)

Großer Lärm

Ich sitze in meinem Zimmer im Hauptquartier des Lärms der ganzen Wohnung. Alle Türen höre ich schlagen, durch ihren Lärm bleiben mir nur die Schritte der zwischen ihnen Laufenden erspart, noch das Zuklappen der Herdtüre in der Küche höre ich. Der Vater durchbricht die Türen meines Zimmers und zieht im nachschleppenden Schlafrock durch, aus dem Ofen im Nebenzimmer wird die Asche gekratzt, Valli fragt, durch das Vorzimmer Wort für Wort rufend, ob des Vaters Hut schon geputzt ist, ein Zischen, das mir befreundet sein will, erhebt noch das Geschrei einer antwortenden Stimme. Die Wohnungstüre wird aufgeklinkt und lärmt, wie aus katarrhalischem Hals, öffnet sich dann weiterhin mit dem Singen einer Frauenstimme und schließt sich endlich mit einem dumpfen, männlichen Ruck, der sich am rücksichtslosesten anhört. Der Vater ist weg, jetzt beginnt der zartere, zerstreutere, hoffnungslosere Lärm, von den Stimmen der zwei Kanarienvögel angeführt. Schon früher dachte ich daran, bei den Kanarienvögeln fällt es mir von neuem ein, ob ich nicht die Türe bis zu einer kleinen Spalte öffnen, schlangengleich ins Nebenzimmer kriechen und so auf dem Boden meine Schwestern und ihr Fräulein um Ruhe bitten sollte.

Aus Matlárháza. In Matlárháza ist gegenwärtig eine kleine Ausstellung von Tatra-Bildern von Anton Holub zu sehen, die lebhafte Aufmerksamkeit findet und verdient. Unter den Aquarellen scheinen uns jene aus abendlichen Stimmungen mit ihrem düsteren Ernst den Vorzug zu verdienen, während die Ansichten aus sonnigen Tagen bei aller Feinheit der Töne eine gewisse Erdenschwere noch nicht überwinden können. Vor allem aber gefallen die Federzeichnungen. Mit ihrem zarten Strich, ihrem perspektivischen Reiz, ihrer wohlbedachten bald holzschnittmäßigen, bald mehr der Radierung angenäherten Komposition sind es erstaunlich achtungswerte Leistungen. Gerade solche treue, dabei persönlich betonte Bilder sind mehr als alles andere imstande, den Blick für die Schönheit unserer Berge zu öffnen. Wir würden uns freuen, wenn von diesen Arbeiten bald eine größere und auch einem größeren Publikum zugängliche Ausstellung veranstaltet würde.

Der Kübelreiter

Verbraucht alle Kohle; leer der Kübel; sinnlos die Schaufel; Kälte atmend der Ofen; das Zimmer vollgeblasen von Frost; vor dem Fenster Bäume starr im Reif; der Himmel, ein silberner Schild gegen den, der von ihm Hilfe will. Ich muß Kohle haben; ich darf doch nicht erfrieren; hinter mir der erbarmungslose Ofen, vor mir der Himmel ebenso; infolgedessen muß ich scharf zwischendurch reiten und in der Mitte beim Kohlenhändler Hilfe suchen. Gegen meine gewöhnlichen Bitten aber ist er schon abgestumpft; ich muß ihm ganz genau nachweisen, daß ich kein einziges Kohlenstäubchen mehr habe und daß er daher für mich geradezu die Sonne am Firmament bedeutet. Ich muß kommen, wie der Bettler, der röchelnd vor Hunger an der Türschwelle verenden will und dem deshalb die Herrschaftsköchin den Bodensatz des letzten Kaffees einzuflößen sich entscheidet; ebenso muß mir der Händler, wütend, aber unter dem Strahl des Gebotes »Du sollst nicht töten!« eine Schaufel voll in den Kübel schleudern.

Meine Auffahrt schon muß es entscheiden; ich reite deshalb auf dem Kübel hin. Als Kübelreiter, die Hand oben am Griff, dem einfachsten Zaumzeug, drehe ich mich beschwerlich die Treppe hinab; unten aber steigt mein Kübel auf, prächtig, prächtig; Kameele, niedrig am Boden hingelagert, steigen, sich schüttelnd unter dem Stock des Führers, nicht schöner auf. Durch die fest gefrorene Gasse geht es in ebenmäßigem Trab; oft werde ich bis zur Höhe der ersten Stockwerke gehoben; niemals sinke ich bis zur Haustüre hinab. Und außergewöhnlich hoch schwebe ich vor dem Kellergewölbe des Händlers, in dem er tief unten an seinem Tisch-chen kauert und schreibt; um die übergroße Hitze abzulas-sen, hat er die Tür geöffnet.

»Kohlenhändler!« rufe ich mit vor Kälte hohl gebrannter Stimme, in Rauchwolken des Atems gehüllt, »bitte Kohlen-händler, gib mir ein wenig Kohle. Mein Kübel ist schon so leer, daß ich auf ihm reiten kann. Sei so gut. Bis ich kann, bezahl ichs.«

Der Händler legt die Hand ans Ohr. »Hör ich recht?« fragt er über die Schulter weg seine Frau, die auf der Ofenbank strickt, »hör ich recht? Eine Kundschaft.«

»Ich höre gar nichts«, sagt die Frau, ruhig aus- und ein-atmend über den Stricknadeln, wohlig im Rücken gewärmt.

»O ja«, rufe ich, »ich bin es; eine alte Kundschaft; treu ergeben; nur augenblicklich mittellos.«

»Frau«, sagt der Händler, »es ist, es ist jemand; so sehr kann ich mich doch nicht täuschen; eine alte, eine sehr alte Kundschaft muß es sein, die mir so zum Herzen zu sprechen weiß.«

»Was hast du, Mann?« sagt die Frau und drückt, einen Augenblick ausruhend, die Handarbeit an die Brust, »nie-mand ist es; die Gasse ist leer; alle unsere Kundschaft ist versorgt; wir könnten für Tage das Geschäft sperren und ausruhn.«

»Aber ich sitze doch hier auf dem Kübel«, rufe ich und gefühllose Tränen der Kälte verschleiern mir die Augen, »bitte seht doch herauf; Ihr werdet mich gleich entdecken; um eine Schaufel voll bitte ich; und gebt Ihr zwei, macht Ihr mich überglücklich. Es ist doch schon alle übrige Kundschaft versorgt. Ach, hörte ich es doch schon in dem Kübel klap-pern!«

»Ich komme«, sagt der Händler und kurzbeinig will er die Kellertreppe emporsteigen, aber die Frau ist schon bei ihm, hält ihn beim Arm fest und sagt: »Du bleibst. Läßt du von deinem Eigensinn nicht ab, so gehe ich hinauf. Erinnere dich an deinen schweren Husten heute nachts. Aber für ein Geschäft und sei es auch ein eingebildetes, vergißt du Frau und Kind und opferst deine Lungen. Ich gehe.« »Dann nenn ihm aber alle Sorten, die wir auf Lager haben; die Preise rufe ich dir nach.« »Gut«, sagt die Frau und steigt zur Gasse auf. Natürlich sieht sie mich gleich.

»Frau Kohlenhändlerin«, rufe ich, »ergebenen Gruß; nur eine Schaufel Kohle; gleich hier in den Kübel; ich führe sie selbst nach Hause; eine Schaufel von der schlechtesten. Ich bezahle sie natürlich voll, aber nicht gleich, nicht gleich.« Was für ein Glockenklang sind die zwei Worte »nicht gleich« und wie sinnverwirrend mischen sie sich mit dem Abendläuten, das eben vom nahen Kirchturm zu hören ist.

»Was will er also haben?« ruft der Händler. »Nichts«, ruft die Frau zurück, »es ist ja nichts; ich sehe nichts, ich höre nichts; nur sechs Uhr läutet es und wir schließen. Ungeheuer ist die Kälte; morgen werden wir wahrscheinlich doch viel Arbeit haben.«

Sie sieht nichts und hört nichts; aber dennoch löst sie das Schürzenband und versucht mich mit der Schürze fortzuwehen. Leider gelingt es. Alle Vorzüge eines guten Reittieres hat mein Kübel; Widerstandskraft hat er nicht; zu leicht ist er; eine Frauenschürze jagt ihm die Beine vom Boden.

»Du Böse!« rufe ich noch zurück, während sie, zum Geschäft sich wendend, halb verächtlich, halb befriedigt mit der Hand in die Luft schlägt, »du Böse! Um eine Schaufel von der schlechtesten habe ich gebeten und du hast sie mir nicht gegeben.« Und damit steige ich in die Regionen der Eisgebirge und verliere mich auf Nimmerwiedersehn.

Anhang

Editorische Notiz

Der Text dieser Taschenbuchausgabe entspricht dem der Kritischen Kafka-Ausgabe. Im vorliegenden Band erscheinen die von Kafka veröffentlichten Texte in der jeweils letzten, von ihm autorisierten Fassung. In den Text eingegriffen wurde nur in wenigen Fällen, bei Druckfehlern und ähnlichen Anomalien, die die Lesbarkeit deutlich und unnötig erschweren würden. (Eine vollständige Rechenschaft über die Eingriffe in den Text wird im Apparatband ›Drucke zu Lebzeiten‹ der Kritischen Ausgabe gegeben.)

Textgrundlage dieses Bandes sind folgende Drucke:

Betrachtung. Leipzig: Ernst Rowohlt 1913 [1912].

Das Urteil. Eine Geschichte. (2. Auflage) München: Kurt Wolff 1920.

Der Heizer. Ein Fragment. Zweite Auflage. Leipzig: Kurt Wolff 1916.

Die Verwandlung. (2. Auflage) Leipzig: Kurt Wolff 1918.

In der Strafkolonie. Leipzig: Kurt Wolff 1919.

Ein Landarzt. Kleine Erzählungen. München und Leipzig: Kurt Wolff 1919 [12. Mai 1920 erschienen].

Ein Hungerkünstler. Vier Geschichten. Berlin: Verlag Die Schmiede 1924.

Ein Damenbrevier. In: Der neue Weg. Hrsg. von der Genossenschaft deutscher Bühnenangehöriger. 38. Jg., Berlin 1909, Heft 2, 6. Februar, S. 62.

Gespräch mit dem Beter. Gespräch mit dem Betrunkenen. In: Hyperion. Eine Zweimonatsschrift. Hrsg. von Franz Blei. 2. Folge, 1 Band, München 1909, Heft 8, S. 126–131 und 131–133.

Die Aeroplane in Brescia. In: Bohemia. 82. Jg., Prag 1909, Nr. 269, Morgen-Ausgabe vom 29. September, S. 1–3.

Ein Roman der Jugend. In: Bohemia. 83. Jg., Prag 1910, Nr. 16, Morgen-Ausgabe vom 16. Januar, Sonntags-Beilage, S. 33.

Eine entschlafene Zeitschrift. In: Bohemia. 84. Jg., Prag 1911, Nr. 78, Morgen-Ausgabe vom 19. März, Sonntags-Beilage, S. 33.

Erstes Kapitel des Buches ›Richard und Samuel‹ von Max Brod und Franz Kafka: Die erste lange Eisenbahnfahrt (Prag – Zürich). In: Herderblätter. Hrsg. im Auftrag der J. G. Herdervereinigung zu Prag von Willy Haas, Norbert Eisler, Otto Pick. 1. Jg., Prag 1912, Nr. 3, S. 15–25.

Großer Lärm. In: Herderblätter. Hrsg. im Auftrag der J. G. Herdervereinigung zu Prag von Willy Haas, Norbert Eisler, Otto Pick. 1. Jg., Prag 1912, Nr. 4/5, S. 44.

Aus Matlárháza. In: Karpathen-Post. 42. Jg., Folge 17, Kesmark 1921, 23. April, S. 1.

Der Kübelreiter. In: Prager Presse. 1. Jg., 1921, Nr. 270, Morgen-Ausgabe vom 25. Dezember, Weihnachts-Beilage, S. 22.

Den Prinzipien der Textdarbietung in der Kritischen Ausgabe entsprechend werden auch in der Taschenbuchausgabe Texttitel nur dann wiedergegeben, wenn sie von Kafka stammen. Um das Auffinden von in den weiteren Bänden dieser Ausgabe enthaltenen und in der Handschrift unbetitelten Texten zu erleichtern, die von Kafka anderswo mit Titel genannt oder erwähnt werden, oder die aufgrund ihrer Druckgeschichte unter einem nicht von Kafka herrührenden Titel bekannt sind, ist dem vorliegenden Band ein Verzeichnis beigegeben, das auf die entsprechenden Fundstellen in den Bänden dieser Taschenbuchausgabe verweist.

Nachbemerkung
von Gerhard Neumann

Kafkas Verhältnis zur Veröffentlichung seiner eigenen Texte
war zwiespältig und voller Widersprüche. Als sein Freund
Max Brod ihn am 29. Juni 1912 beim Rowohlt Verlag eingeführt hatte, den zu dieser Zeit noch Ernst Rowohlt und Kurt
Wolff gemeinsam leiteten, schrieb Kafka am 14. August 1912
mit Bezug auf die Publikationszusage für den Band ›Betrachtung‹ an den Verleger: »Hier lege ich Ihnen die kleine Prosa
vor, die Sie zu sehen wünschen . . . Während ich sie für diesen
Zweck zusammenstellte, hatte ich manchmal die Wahl zwischen der Beruhigung meines Verantwortungsgefühls und
der Gier, unter Ihren schönen Büchern auch ein Buch zu
haben . . . Jetzt aber wäre ich natürlich glücklich, wenn Ihnen
die Sachen auch nur soweit gefielen, daß Sie sie druckten.«
   Immer wieder, bis zu dem ›Landarzt‹-Band von 1919,
wird Franz Kafka seine Freude über die vom Verlag für
›Betrachtung‹ gewählte große, schöne Schrift und die ge-
pflegte, um nicht zu sagen luxuriöse Ausstattung zu erkennen geben, so wie zuvor bereits über »Englisch Velin« oder
»Kaiserlich Japan« der Zeitschrift ›Hyperion‹, in der sein
allererster Druck vorlag. Seine Texte brauchten, heißt es in
einem Brief, um sich entfalten zu können, »ganz freien Raum
um sich« (am 19. 8. 1916 an den Kurt Wolff Verlag). Andererseits dann aber die Versenkung in den aller Welt entrückten
Schreibakt: Man weiß von Kafkas eingezogenem und selbst-
vergessenem nächtlichen Schreiben, das nichts ist als Hingabe und Verströmen. »Nur so kann geschrieben werden,
nur in einem solchen Zusammenhang, mit solcher vollständigen Öffnung des Leibes und der Seele« (›Tagebücher, Band 2:

1912–1914‹, S. 101), versichert Kafka sich selbst in einer auf die Niederschrift des ›Urteils‹ folgenden Tagebucheintragung. Wenige Monate zuvor schon hatte er notiert (›Tagebücher, Band 1: 1909–1912‹, S. 264): »Als es in meinem Organismus klar geworden war, daß das Schreiben die ergiebigste Richtung meines Wesens sei, drängte sich alles hin und ließ alle Fähigkeiten leer stehn, die sich auf die Freuden des Geschlechtes, des Essens, des Trinkens, des philosophischen Nachdenkens der Musik zu allererst richteten. Ich magerte nach allen diesen Richtungen ab.«

Und noch kurz vor seinem Tod wird er an den jungen Medizinstudenten Robert Klopstock schreiben (in einem Brief vom Ende März 1923): »... und dieses Schreiben ist mir in einer für jeden Menschen um mich grausamsten ... Weise das Wichtigste auf Erden, wie etwa einem Irrsinnigen sein Wahn ... oder wie einer Frau ihre Schwangerschaft.«

Zwischen Öffnung und Selbstversenkung, zwischen der Lust an der Schrift, die vor der Welt erscheint, und der fast bewußtlosen Hingabe an die über das Papier gleitende Hand wird alle Zwiespältigkeit von Kafkas »Zögern vor der Geburt« (›Tagebücher, Band 3: 1914–1923‹, S. 207) des Textes wahrnehmbar. Da gibt es das freudige Vorlesen des eben Geschriebenen im engsten Kreis der Schwestern (wie am Morgen nach der Entstehungsnacht des ›Urteils‹); da gibt es den Vortrag neuer Texte im Zirkel der Freunde, begleitet vom Lachen des Vorlesenden, so daß dieser, wie Brod berichtet, »weilchenweise nicht weiterlesen konnte«; aber da gibt es auch die Lesung vor geladenen Hörern, wie im Fall des ›Urteils‹ in der Herder-Vereinigung zu Prag am 4. Dezember 1912 oder der ›Strafkolonie‹ im Kunstsalon Goltz in München am 10. November 1916. Und es gibt schließlich die ausdrückliche Markierung des gedruckten Textes »nach

außen«, als ein »Geleiten« in die Welt der Öffentlichkeit: durch die Widmungen, gleichsam die Erschaffung des
Adressaten als Rechtfertigungsgrund des publizierten Textes: so die Zueignung der ›Betrachtung‹ (1912) an den Freund
Max Brod, des ›Urteils‹ (1913) an die Verlobte Felice Bauer,
des ›Landarzt‹-Bandes (1919) an den Vater Hermann Kafka.
Erst der letzte Erzählungenband Kafkas, ›Ein Hungerkünstler‹ (1924), dessen Korrekturfahnen er noch liest, dessen
Erscheinen er aber nicht mehr erlebt, wird ohne Widmung
bleiben, allein aus der freien Verantwortung des Autors ans
Licht der Öffentlichkeit treten.

Kafkas Werk muß im Zeichen solchen Zögerns zwischen
Verhehlung und Publikation des Geschriebenen gelesen werden. Dieser ambivalente Gestus gehört zum Wesen seines
Schreibens wie seines Verhältnisses zur Welt. So könnte man
auch sagen: Das zu Lebzeiten Kafkas Veröffentlichte bildet
nur die Spitze eines Eisberges, ein Fünftel nur dessen, was
nach dem Willen des Autors der Nachwelt ohnehin vorzu-
enthalten war. In seinen »Testamenten« hatte er Max Brod,
dem Freund und Verwalter des Nachlasses, die Vernichtung
des Unpublizierten und das der Vergessenheit Überantworten des Publizierten zugemutet; hatte ihm, dem Autor und
Freund, die Wahl zwischen der Rolle des Judas oder des
Johannes überlassen. Er forderte von ihm (im »Testament«
vom 29. 11. 1922), alles, was sich in seinem Nachlaß fände,
»ausnahmslos am liebsten ungelesen« zu verbrennen: »Von
allem, was ich geschrieben habe gelten nur die Bücher:
Urteil, Heizer, Verwandlung, Strafkolonie, Landarzt und die
Erzählung: Hungerkünstler . . . Wenn ich sage, daß jene 5
Bücher und die Erzählung gelten, so meine ich damit nicht,
daß ich den Wunsch habe, sie mögen neu gedruckt und
künftigen Zeiten überliefert werden, im Gegenteil, sollten sie
ganz verloren gehn, entspricht dieses meinem eigentlichen

Wunsch. Nur hindere ich, da sie schon einmal da sind, niemanden daran, sie zu erhalten, wenn er dazu Lust hat.«

Fast war es jenes in der ›Sorge des Hausvaters‹ entfachte Spiel zwischen dem Sorgenkind Odradek und dem Hausvater, der diesem seine Identität zu entlocken sucht, das Kafka und Max Brod, das aber auch Kafka und seine Verleger, ja das Kafka und die literarische Öffentlichkeit selbst spielten: die Verleger Rowohlt und Wolff zuerst, wo der Autor, kaum war ihm die Druckzusage abgerungen, diese gleich wieder »ungeschehen« zu machen hoffte (›Tagebücher, Band 2: 1912–1914‹, S. 79); dann, nachdem Rowohlt den Verlag verlassen hatte, Wolff allein, der immer wieder Werbebriefe schrieb, um seinem Autor ein Stück Text abzulocken, und dem Kafka (trotz des Bemühens der Verlage Reiß und Cassirer) die Treue hielt – bis zu dem letzten Erzählungenband, der im Verlag Die Schmiede in Berlin erschien. Eine Schlüsselrolle für die Publikation von Kafkas Texten spielte Kurt Wolffs erfolgreiche Buchreihe ›Der jüngste Tag‹, in der fast alle wichtigen Autoren des Expressionismus ihre Texte veröffentlichten, und in der ›Der Heizer‹, ›Das Urteil‹ und ›Die Verwandlung‹ (zum Teil in wiederholten Auflagen) erschienen.

Kafkas Publikationspraxis erwächst, so könnte man sagen, aus der Besonderheit dieser zwiespältig besetzten, geradezu von einer Doppelbindung beherrschten Produktionssituation. Manchmal scheint es, als sei Kafkas Schreiben und Wertvorstellung durch Gattungskonzepte gesteuert; so wenn er im Zusammenhang mit seinen Romanen von den »Niederungen des Schreibens« (›Tagebücher, Band 2: 1912–1914‹, S. 101) spricht (und demgemäß denn auch keinen der Romantexte für die Publikation vorsieht), und solchem Schreiben dann das Glücken eines Schöpfungsaugenblicks (die Nacht des ›Urteils‹) entgegenstellt: als den »Durchbruch« zur Literatur. Aber zuletzt sind es wohl doch die Eigentümlichkeiten des zwischen Äußerungslust und mystischer Versenkung spielenden Schreibprozesses selbst, die auf das Publikationsgebaren Kafkas einwirken. So werden aus dem Schreibstrom, dem er sich in nächtlicher Arbeit anvertraut, unverhofft einzelne, oft winzige Partikel ausgehoben und zögernd, geradezu eifersüchtig der Öffentlichkeit zugestellt: Miniaturen, manchmal nur ein einziger Satz, aus dem umfangreichen Manuskript der ›Beschreibung eines Kampfes‹ zum Beispiel; dann die sogenannte ›Prozeß‹-Parabel aus dem großen Konvolut des Romanfragments; das ›Heizer‹-Kapitel aus dem unvollendeten Roman ›Der Verschollene‹; und dann, in einem faszinierenden Vorgang des Ans-Licht-Bringens und des gleichzeitigen Ausstreichens, die Verwandlung des sich verknäuelnden Schreibstroms der sogenannten »Oktavhefte« in die Erzählungen des Sammelbandes ›Ein Landarzt‹: die Gestaltwerdung und Reifung des ›Berichts für eine Akademie‹ zu einem »Werk«, aus einer Kette von Varianten »entbunden«; und, demgegenüber, die Ausmerzung so vollkommener Stücke wie ›Das Schweigen der Sirenen‹ und ›Prometheus‹, die, von Kafka gestrichen, erst durch Brods Publikation und nachträgliche Titelgebung zu »Werken« der Literatur, ja zu Schlüsseltexten seiner Wirkung wurden.

Das Spiel von Verkettung, Verwerfung und Textisolation, das die Manuskripte spielen, setzt sich fort, wenn Kafka sich schließlich doch zur Publikation entschlossen hat. So nimmt er sich vor, ›Heizer‹, ›Urteil‹ und ›Verwandlung‹ unter dem Titel ›Die Söhne‹ zu einem Band von Erzählungen zu vereinen, verwirft diesen Plan und erprobt für einen neuen, seinerseits flüchtigen Augenblick die Zusammenstellung von ›Urteil‹, ›Verwandlung‹ und ›In der Strafkolonie‹ zu einem Sammelband ›Strafen‹. So erwägt er in seinen Aufzeichnungen nicht weniger als fünf verschiedene Kombinationen und Konfigurationen der für den Sammelband ›Ein Landarzt‹

vorgesehenen Texte. Und es gibt Fälle, wo Kafka zunächst ein Textstück – ›Schakale und Araber‹ – aus dem Manuskript herauslöst und zusammen mit einem zweiten, als Diptychon, zum Druck bringt, denselben Text sodann einzeln publiziert, um ihn alsbald, mit mehreren anderen, zu einem Sammelband zu vereinigen, diesen Sammelband teilweise wieder in Einzeldrucke auflöst und schließlich in seinem »Testament« die Bestimmung erläßt, daß auch die gedruckten Texte nicht wieder aufgelegt werden dürften, also dem Prinzip des »verschollenen« Textes zu überantworten sind.

Kafkas Weltgeltung ist freilich nicht durch die von ihm selbst veröffentlichten Texte begründet worden, sondern durch seine Romane, die Max Brod aus dem Nachlaß als gleichsam vollendete »Werke« zu publizieren wußte, eben dadurch aber den »Romancier« Kafka und seine unabsehbaren Wirkungen allererst erschaffend. Erst durch die Nachlaßedition der Kritischen Ausgabe, die doppelte, gleichsam synoptische Darbietung des Schreibstroms der Manuskripte einerseits, der aus diesem zu Werk und Werkgruppe gestalteten Veröffentlichungen andererseits ist dieses spannungsvolle Bild der Autorpersönlichkeit Kafka sichtbar geworden: die Wahrnehmung seiner Texte im doppelten Aggregatzustand von Schreibfluß und Vollendung, als das Strömen der Schrift in den Manuskripten, die der Öffentlichkeit verhehlt blieben, und die zu vollkommenen Werken verdichteten Publikationen, die im Namen Kafkas, des Autors, vor die Öffentlichkeit traten.

1883	Franz Kafka wird am 3. Juli als erstes Kind des Kaufmanns Hermann Kafka und seiner Frau Julie, geb. Löwy, in Prag geboren.
1889–1901	Besuch der Volksschule am Fleischmarkt, ab 1893 des Altstädter Deutschen Gymnasiums. Im Sommer 1901 Abitur.
1901–1906	Studium an der Deutschen Universität in Prag; zunächst Besuch von Veranstaltungen in Chemie, Germanistik und Kunstgeschichte, dann Entscheidung für das Jura-Studium.
1902	Im Oktober erste Begegnung mit Max Brod.
1904	Beginn der Arbeit an der ersten Fassung von ›Beschreibung eines Kampfes‹.
1906	Im Juni Promotion zum Doktor der Rechte.
1906–1907	Rechtspraktikum am Landes- und am Strafgericht.
1907	Beginn der Arbeit an der ersten Fassung von ›Hochzeitsvorbereitungen auf dem Lande‹.
1907–1908	Anstellung bei der Versicherungsgesellschaft *Assicurazioni Generali* in Prag.
1908	Im März erste Veröffentlichung: In der Zweimonatsschrift ›Hyperion‹ erscheinen kleine Prosastücke unter dem Titel ›Betrachtung‹; am 30. Juli Eintritt in die *Arbeiter-Unfall-Versicherungs-Anstalt für das Königreich Böhmen in Prag.*
1909	Im Frühsommer Beginn der Eintragungen ins erste Tagebuchheft; im September Reise mit Max und Otto Brod nach Norditalien; es ent-

steht der kurz darauf in der Prager Tageszeitung ›Bohemia‹ publizierte Bericht ›Die Aeroplane in Brescia‹; im Herbst Arbeit an der zweiten Fassung von ›Beschreibung eines Kampfes‹.

1910   Ende März erscheint eine Auswahl kürzerer Prosatexte unter dem Titel ›Betrachtungen‹ in der ›Bohemia‹; im Oktober Reise mit Max und Otto Brod nach Paris.

1911   Im Sommer Reise mit Max Brod in die Schweiz, nach Norditalien und Paris; Ende September Aufenthalt im Sanatorium Erlenbach bei Zürich; Begegnung mit einer mehrere Monate in Prag gastierenden jiddischen Schauspieltruppe.

1912   Im Sommer Reise mit Max Brod nach Leipzig und Weimar, anschließend Aufenthalt im Naturheilsanatorium *Jungborn* bei Stapelburg im Harz; im August erste Begegnung mit der Berlinerin Felice Bauer in Prag, im September Beginn der Korrespondenz mit ihr; es entstehen u.a. die Erzählungen ›Das Urteil‹ und ›Die Verwandlung‹, und Kafka beginnt mit der Niederschrift des Romans ›Der Verschollene‹ (von Max Brod erstmals 1927 unter dem Titel ›Amerika‹ herausgegeben); unter dem Titel ›Betrachtung‹ erscheint im Dezember Kafkas erstes Buch (Ernst Rowohlt Verlag, Leipzig).

1913   Reger Briefwechsel mit Felice Bauer; Ende Mai erscheint ›Der Heizer. Ein Fragment‹ (das erste Kapitel des Romans ›Der Verschollene‹) im Kurt Wolff Verlag in der Buchreihe ›Der jüngste Tag‹, im Juni ›Das Urteil‹ im Jahrbuch ›Arkadia‹; im September Reise nach Wien, Venedig und Riva.

1914	Am 1. Juni offizielle Verlobung mit Felice Bauer in Berlin, am 12. Juli Entlobung; im Juli Reise über Lübeck nach Marielyst; Anfang August Beginn der Niederschrift des Romans ›Der Proceß‹; während der damit einsetzenden Schaffensphase entsteht u. a. die Erzählung ›In der Strafkolonie‹.
1915	Im Januar erste Begegnung mit Felice Bauer nach der Entlobung; ›Die Verwandlung‹ erscheint im Oktoberheft der Zeitschrift ›Die Weißen Blätter‹; Carl Sternheim gibt die Preissumme des ihm verliehenen Fontane-Preises »als Zeichen seiner Anerkennung« an Kafka weiter.
1916	Erneute engere Beziehung zu Felice Bauer, im Juli gemeinsamer Urlaub in Marienbad; Beginn der Aufzeichnungen in Oktavheften; in der Buchreihe ›Der jüngste Tag‹ des Kurt Wolff Verlags erscheint im November ›Das Urteil‹.
1916–1917	Viele kurze Texte (vor allem die später in den Band ›Ein Landarzt‹ aufgenommenen) entstehen in Kafkas Arbeitsdomizil in der Alchimistengasse auf dem Hradschin.
1917	Zweite Verlobung mit Felice Bauer im Juli; im August erste Anzeichen einer Lungenerkrankung, am 4. September Diagnose einer Lungentuberkulose; im Dezember Lösung der zweiten Verlobung.
1917–1918	Genesungsurlaub im nordböhmischen Zürau auf einem von Ottla Kafka bewirtschafteten Bauernhof; Entstehung vieler Aphorismen.
1919	›In der Strafkolonie‹ erscheint im Mai bei Kurt Wolff; im Sommer Verlobung mit Julie Wohry-

zek; im November entsteht der ›Brief an den Vater‹.

1920   Im April Genesungsurlaub in Meran; Beginn des Briefwechsels mit Milena Jesenská; im Mai erscheint bei Kurt Wolff der Band ›Ein Landarzt. Kleine Erzählungen‹; im Juli Lösung des Verlöbnisses mit Julie Wohryzek.

1920–1921   Kuraufenthalt in Matliary in der Hohen Tatra (von Mitte Dezember 1920 bis August 1921).

1922   Von Ende Januar bis Mitte Februar Aufenthalt in Spindelmühle im Riesengebirge; Beginn der Niederschrift des Romans ›Das Schloß‹; außerdem entsteht u. a. ›Ein Hungerkünstler‹; am 1. Juli wird Kafka pensioniert; von Ende Juni bis September Aufenthalt in Planá an der Luschnitz (Böhmerwald).

1923   Im Juli erste Begegnung mit Dora Diamant in Müritz an der Ostsee; im September Übersiedlung von Prag nach Berlin, Lebensgemeinschaft mit Dora Diamant; es entsteht u. a. der Text ›Eine kleine Frau‹.

1924   Verschlechterung des Gesundheitszustandes; im März Rückkehr nach Prag; ›Josefine, die Sängerin oder Das Volk der Mäuse‹ entsteht; im April Aufenthalt im Sanatorium Wiener Wald in Ortmann (Niederösterreich), später in der Klinik von Prof. Hajek in Wien, schließlich Sanatorium Dr. Hugo Hoffmann in Kierling bei Wien; Kafka beginnt mit der Satzkorrektur seines Bandes ›Ein Hungerkünstler‹; am 3. Juni stirbt Franz Kafka; er wird am 11. Juni auf dem jüdischen Friedhof in Prag-Straschnitz bestattet.

Titelübersicht

Die Übersicht verweist unter den aus anderen Editionen bekannten Titeln und Überschriften auf die entsprechende Textstelle in den Bänden dieser Ausgabe. Sie ist nach dem Wortlaut, d. h. ohne Berücksichtigung der Artikel, alphabetisch geordnet. Von Kafka stammende Überschriften und Titel stehen gerade.

Inhalt

Drucke zu Lebzeiten:
Nur in Zeitschriften oder Zeitungen
veröffentlichte Texte

Anhang

Franz Kafka
Brief an den Vater
Faksimileausgabe
Herausgegeben und mit einem Nachwort
von Joachim Unseld
Band 12436

Der sogenannte ›Brief an den Vater‹ ist die wichtigste und um-
fassendste autobiographische Äußerung, die von Franz Kafka
überliefert ist. Der im Original über 100 Seiten lange Brief, der
»Riesenbrief«, wie der Dichter ihn in einem Schreiben an die
Freundin Milena Jesenská nennt, wird heute zur Weltliteratur
gezählt und sollte doch nur das private, ja intime Dokument
einer persönlichen Beziehung sein. Die Briefhandschrift ist ein
einzigartiges Zeugnis: Die Schönheit der Kafkaschen Schrift-
züge beeindruckt den Leser und erlaubt zugleich die Wahrnehmung eines persönlich-appellativen Moments der Handschrift
als gestischer Sprache.

Fischer Taschenbuch Verlag

fi 199 / 4 a

Liebster Vater,

Du hast mich letzthin einmal gefragt, warum ich behaupte, ich hätte Furcht vor Dir. Ich wußte Dir, wie gewöhnlich, nichts zu antworten, zum Teil eben aus der Furcht, die ich vor Dir habe, zum Teil deshalb, weil zur Begründung dieser Furcht zu viele Einzelheiten gehören, als daß ich sie im Reden halbwegs zusammenhalten könnte. Und wenn ich hier versuche, Dir schriftlich zu antworten, so wird es doch nur sehr unvollständig sein, weil auch im Schreiben die Furcht und ihre Folgen mich Dir gegenüber behindern und weil die Größe des Stoffs über mein Gedächtnis und meinen Verstand weit hinausgeht.

Dir hat sich die Sache immer sehr einfach dargestellt, wenigstens soweit Du vor mir und, ohne Auswahl, vor vielen andern davon gesprochen hast. Es schien Dir etwa so zu sein: Du hast

Erste Seite des ›Brief an den Vater‹,
der wichtigsten und umfassendsten autobiographischen
Äußerung von Franz Kafka.

Franz Kafka
Der Verschollene
Roman

In der Fassung der Handschrift

Band 12442

Thema dieses von Max Brod
in seiner Edition »Amerika« genannten Romans ist die
Einordnung des Einzelnen in die Gemeinschaft.

»Als der siebzehnjährige Karl Roßmann...
in den Hafen von Newyork einfuhr, erblickte er die schon
längst beobachtete Statue der Freiheitsgöttin wie in einem
plötzlich stärker gewordenen Licht.«

»Am schönsten an diesem Werk ist die tiefe
Melancholie, die es durchzieht: hier ist der ganz seltene Fall,
daß einer *das Leben nicht versteht* und recht hat.«
Kurt Tucholsky

Fischer Taschenbuch Verlag

fi 1661 / 1

Franz Kafka
Der Proceß

Roman

In der Fassung der Handschrift

Band 12443

Die Frage der Schuld wurde durch
diesen im August 1914, bei Ausbruch des Ersten Weltkriegs,
begonnenen Roman, in dem sie immateriell bleibt,
geradezu zur Vision des Jahrhunderts.

»Jemand mußte Josef K. verleumdet haben,
denn ohne daß er etwas Böses getan hätte, wurde er
eines Morgens verhaftet.«

»In Kafkas Romanen gehen die exzentrischesten Dinge
vor sich. Aber... es ist alles ganz wirklich, mit einer fast
pedantischen Genauigkeit wirklich, wenn auch wirklich in
einer Wirklichkeit, die sich nicht bezeichnen läßt.
Wirklichkeit ist ja eben nichts anderes, als eine Ahnung,
eine Suggestion, eine Erschütterung von fernsten
Weltzusammenhängen her.«
Willy Haas

Fischer Taschenbuch Verlag

fi 1663 / 1

Franz Kafka
Das Schloß

Roman

In der Fassung der Handschrift

Band 12444

Jeder Versuch, ins Schloß zu gelangen, mißlingt;
so bleibt es nah und fern zugleich; seine Hierarchie fordert
Gehorsam, aber die Weisungen bleiben dunkel
und unverständlich.

»Dieses Dorf ist Besitz des Schlosses,
wer hier wohnt oder übernachtet, wohnt oder übernachtet
gewissermaßen im Schloß. Niemand darf das
ohne gräfliche Erlaubnis.«

»Alles, was über dieses Buch gesagt werden kann,
ist nur tastendes Nebenher. Man muß es selbst nachlesen,
Zeile für Zeile, wie hier aus einem oft lieblichen Zusammen-
sein von Ironie und Pietät die drohende Strenge
des letzten Gerichts auftaucht.«

Hans Sahl

Fischer Taschenbuch Verlag

fi 1664 / 1

Franz Kafka
Beschreibung eines Kampfes
und andere Schriften aus dem Nachlaß

In der Fassung der Handschrift

Band 12445

Dieser erste von vier Bänden mit
Schriften aus dem Nachlaß beginnt mit dem frühesten
erhaltenen Albumblatt aus dem Jahre 1897 und reicht bis zu
»Blumfeld ein älterer Junggeselle« vom März 1915.

»Ich schlief und fuhr mit meinem ganzen Wesen
in den ersten Traum hinein. Ich warf mich in ihn so in Angst
und Schmerz herein, daß er es nicht ertrug, mich aber auch
nicht wecken durfte, weil die Welt um mich zuende war...«

»Wenn irgendeine Dichtung der Gegenwart,
so ist Franz Kafkas Werk unter dem Auftrag des Unbewußten
entstanden... Wir haben hier ein frühes Wunder von Prägnanz
und Ausdrücklichkeit, sanfte Feerien einer weltlichen Ironie,
ein dichtes Geflecht von lokaler Atmosphäre und einer
Schwermut, wirr und weit wie die Welt.«

Heinz Politzer

Fischer Taschenbuch Verlag

fi 1665 / 1

Franz Kafka
Beim Bau der chinesischen Mauer
und andere Schriften aus dem Nachlaß

In der Fassung der Handschrift

Band 12446

Gegen Ende November 1916 begann Kafka Eintragungen
in Oktavhefte zu machen; er setzte dies bis zum Februar 1918
fort – sie sind mit dem Dramenfragment »Der Gruftwächter«
und Aphorismen in diesem zweiten Band mit Schriften
aus dem Nachlaß zusammengefaßt.

»Die chinesische Mauer ist an ihrer nördlichsten Stelle
beendet worden. Von Südosten und Südwesten wurde der Bau
herangeführt und hier vereinigt.«

»Franz Kafka ist ein romantischer Klassiker, zweifelsohne.
Die tragische und skurrile Ironie seiner die Nichtigkeiten der
Wissenschaften und des menschlichen Daseins persiflierenden
Erzählungen, die Lebens- und Todesängste, das folterreiche
Beamtendasein seiner Tiere und Menschen... steht mit seiner
von Anbeginn unveränderlichen, weil vollendeten ethisch-
menschlichen Natur jenseits von Lob und Tadel.«
Albert Ehrenstein

Fischer Taschenbuch Verlag

fi 1666 / 1

Franz Kafka
Zur Frage der Gesetze
und andere Schriften aus dem Nachlaß

In der Fassung der Handschrift

Band 12447

Der bekannteste Text dieses dritten Bandes
der Schriften aus dem Nachlaß der Jahre 1919 bis 1922 ist der
»Brief an den Vater«, den Kafka im November 1919
in Schelesen schrieb.

»Unsere Gesetze sind leider nicht allgemein bekannt,
sie sind Geheimnis der kleinen Adelsgruppe,
welche uns beherrscht.«

»Von kaum einem erreicht ist Kafkas Virtuosität
in der Handhabung der Sprache. Er ist ein Magier des Wortes.
Die außerordentliche Wirkung besteht in der Einfachheit.
Stahlhart sind seine Sätze, es gibt in ihnen keine exaltierten
Wortkaskaden und keine lyrischen Überladenheiten.
Und doch deuten diese Sätze in alle Tiefen der Seele...«
Manfred Sturmann

Fischer Taschenbuch Verlag

fi 1667 / 1

Franz Kafka
Tagebücher

In der Fassung der Handschrift

In Kafkas Tagebüchern sind autobiographische
Aufzeichnungen und literarische Texte miteinander vermischt.
Die langsam gefundene Form behält er grundsätzlich bei,
variiert sie aber immer wieder.
In dieser Edition bilden sie drei Bände.

Band 1: 1909-1912
»Ich habe vieles in diesen Tagen über mich nicht
aufgeschrieben...teils aus Faulheit, teils aber auch aus Angst,
meine Selbsterkenntnis zu verraten.«
Bd. 12449

Band 2: 1912-1914
»Gestern unfähig auch nur ein Wort zu schreiben.
Heute nicht besser. Wer erlöst mich? Und in mir das
Gedränge, in der Tiefe, kaum zu sehn.«
Bd. 12450

Band 3: 1914-1923
»Alles ist Phantasie, die Familie, das Bureau, die Freunde,
die Strafe, alles Phantasie, fernere oder nähere...«
Bd. 12451

Fischer Taschenbuch Verlag

fi 1670 / 1

Franz Kafka
Reisetagebücher

In der Fassung der Handschrift

Mit den parallel geführten Aufzeichnungen von
Max Brod im Anhang

Band 12452

In den Jahren 1910 bis 1912 machten
Franz Kafka und Max Brod unabhängig voneinander
Aufzeichnungen von ihren gemeinsamen Reisen; die Gegen-
überstellung der Niederschriften verdeutlicht das
Gegensätzliche im zusammen Erlebten.

»Das Schloß in Friedland. Die vielen Möglichkeiten,
es zu sehen: aus der Ebene, von einer Brücke, aus dem Park,
zwischen entlaubten Bäumen, aus dem Wald
zwischen großen Tannen durch.«

»Nie im Leben bin ich je wieder so ausgeglichen heiter
gewesen wie in den mit Kafka verbrachten Reisewochen... –
es war ein großes Glück, in Kafkas Nähe zu leben.«
Max Brod

Fischer Taschenbuch Verlag

fi 1669 / 1

Franz Kafka
Das Ehepaar
und andere Schriften aus dem Nachlaß

In der Fassung der Handschrift

Band 12448

»Ein Hungerkünstler«, »Forschungen eines Hundes«,
»Josefine die Sängerin«, »Der Bau« sind in diesem vierten
Band der Schriften aus dem Nachlaß enthalten.

»Sie schläft. Ich wecke sie nicht. Warum weckst Du sie nicht?
Es ist mein Unglück und mein Glück.«

»Kafkas Sprache ist Kafka selbst und seine Welt ist nur in
seiner Sprache möglich und denkbar. Ähnlich wie Paul Klees
oder Marc Chagalls malerische und zeichnerische Handschrift
nichts Entlehntes hat und von niemandem entlehnt werden
kann, weil sie aus einem Stück ist mit dem Geist und der
Absicht ihrer Schöpfungen.«

Johannes Urzidil

Fischer Taschenbuch Verlag

fi 1668 / 1